CONTE *verlag*

Porridge, Pies and Pistols

Ingrid Schmitz (Hrsg.)

Eine kulinarische Krimi-Anthologie

CONTE *krimi*

Bibliografische Information der Deutschen Nationalbibliothek
Die Deutsche Nationalbibliothek verzeichnet diese Publikation
in der Deutschen Nationalbibliografie; detaillierte bibliografische
Daten sind im Internet über http://dnb.d-nb.de abrufbar.

ISBN 978-3-941657-87-8

© Conte Verlag GmbH, 2013
Am Rech 14
66386 St. Ingbert
Tel: (0 68 94) 1 66 41 63
Fax: (0 68 94) 1 66 41 64
E-Mail: info@conte-verlag.de
Verlagsinformationen im Internet unter www.conte-verlag.de

Lektorat: Daniela Hartmann, Noémie Geiskopp
Umschlag und Satz: Markus Dawo
Druck und Bindung: Faber, Mandelbachtal

Inhalt

Raoul Biltgen

Tír na nÓg

Nicht gerade das beste Wetter haben Sie sich ausgesucht, um die Cliffs zu besuchen, nicht wahr? Da reisen Sie hunderte von Kilometern nach Irland, schlagen in Ihrem Reiseführer nach, was Sie auf keinen Fall verpassen sollten, stoßen auf die unvergleichlichen Cliffs of Moher, und dann das: Nebel. Aber das stand doch sicher auch in Ihrem Reiseführer, dass Nebel in Irland nicht allzu selten ist. *The famous irish mist.*

Haben Sie das schon probiert? *Irish Mist*? Ein Getränk, ein Likör, Whiskey, Kräuter und Honig, nicht zu verachten und uralt, tatsächlich, man möchte ja meinen, da hat sich eine marketingtechnisch clevere Firma was einfallen lassen für die Touristen, aber dem ist nicht so, über tausend Jahre soll das Rezept alt sein. Also, wenn Sie es noch nicht probiert haben, tun Sie es. Gibt es ja auch unten im Visitor Center zu kaufen. Da gibt es ja alles zu kaufen, im Visitor Center, alles was das Touristenherz begehrt, nicht wahr? Sogar Samen, Kleesamen, haben Sie das schon gesehen? Hier, überall gehen wir über den Klee, *the famous irish shamrock*, aber im Visitor Center legt man gut und gerne fünf, sechs Euro hin für ein kleines Papier mit was? Fünf, sechs Samen? Na, da verdienen sich aber einige ein goldenes Näschen damit.

Ja ja, und nun stehen Sie hier und mümmeln sich in Ihre Jacke und schauen in den *irish mist*, so ein Mist, und haben nichts von der spektakulären Sicht, die Ihnen versprochen wurde. Da kann ich nur sagen: Visitor Center, dort gibt es Bilder in Hülle und Fülle, und Sie können sich ausmalen, was Sie gerade nicht zu sehen bekommen.

Ja, ich weiß, nur ein schwacher Trost.

Wollen Sie was wirklich Irisches? Selbstgemacht, hier, *the famous irish Shepherd's Pie*, Schäferpastete, bitte, nehmen Sie nur. Doch, wirklich, ich bestehe darauf, als Entschädigung sozusagen, dafür, dass Sie nichts zu sehen bekommen.

Gut, es ist nicht ganz das Originalrezept, ich mache sie nicht mit Lammfleisch, viele Menschen mögen kein Lammfleisch. Ich schon, aber man trifft dann doch immer wieder jemanden, der's nicht mag, und deshalb ... Bitte. Ich backe sie extra so klein, normalerweise ist das ja eher eine Art Auflauf, Fleisch mit Kartoffelpüree, gratiniert, sehr lecker, aber so im Teig lässt es sich dann doch besser essen, wenn man hier steht und der Wind weht.

Ich habe mir sofort gedacht, dass ich Sie auf Deutsch ansprechen muss, das hab ich mir gedacht. Oh, nicht dass Sie jetzt glauben, ich hätte Ihr Auto unten auf dem Parkplatz gesehen, ich weiß ja nicht einmal, ob Sie mit dem Auto da sind, und wenn, haben Sie ja wahrscheinlich ein Mietauto, nicht wahr? Stimmt es, dass man ganze sechs Euro bezahlen muss, nur um sein Auto abstellen zu dürfen? Billig ist das ja auch nicht gerade. Und dann auch noch Eintrittsgeld für die sogenannte *Cliffs of Moher Experience* und was da nicht noch alles angeboten wird. Aber sehen Sie, dafür haben Sie jetzt eine *Shepherd's Pie* umsonst bekommen, schmeckt's?

Das dachte ich mir, dass es Ihnen schmeckt, ich wusste, Sie haben einen Sinn für so etwas. Wenn Sie noch eine wollen, bitte, greifen Sie nur zu, gestern frisch zubereitet, weil man muss sie über Nacht stehen lassen, dann schmecken sie am besten, der leichte Hauch von Minze und das saftige Fleisch.

Soll ich Ihnen mal etwas verraten? Seien Sie froh, dass es Sie gerade heute hierher verschlagen hat, wo der Nebel tief in den Felsen hängt und Sie das Meer dort unten nur erahnen können, nur hören, wie die Wellen gegen die Felsen schlagen, denn an solchen Tagen sind einfach viel weniger Menschen unterwegs, gerade hier, die Touristen stecken jetzt alle in Doolin und kaufen sich CDs mit folkloristischer Musik, *the famous irish folk music*, statt hier rumzuhängen. Es ist eine Schande, wie es sich verändert hat, gerade in den letzten Jahren. Im Sommer ist es ja noch schlimmer, busweise werden sie angekarrt, die Touristen, und trampeln sich gegenseitig auf die Füße, nur weil's in den Touristenführern so steht, dass man die *Cliffs of Moher* nicht verpassen darf, *the famous Cliffs of Moher*, aber da hat man doch nichts davon, nicht wahr?

Nein, ich bin kein gebürtiger Ire, falls Sie sich gewundert haben, dass ich so gut deutsch spreche, aber ich lebe schon so lange hier, ich kenn mich aus. Besser als so mancher Einheimischer möchte man meinen, obwohl man ja nie wirklich dazugehört, egal wie lange man schon da ist. Der Ire an sich ist ein sehr höflicher und geselliger Mensch, man wird aufgenommen, aber doch nie als einer der ihren, einer der Iren anerkannt.

Na ja, so ist es, aber das ist ja in anderen Ländern nicht anders. Aber dass sie jetzt dieses Visitor Center hinbauen mussten, ich weiß nicht, ich find's nicht gut, ich war auch immer dagegen, das passt doch nicht, das stimmt doch nicht.

Welche Assoziationen haben Sie, wenn Sie an Irland denken? Oder woran haben Sie gedacht, als Sie die Reise gebucht haben? Eben, an Natur, nicht wahr? Natur und grün und ursprünglich und wild und Wetter. Aber doch nicht an so ein Visitor Center. Oder an diese Treppen hier rauf, Geländer aus Edelstahl, damit auch die Alten sich festhalten können und die Kinder nicht den Berg runterpurzeln.

Natürlich war es früher gefährlicher, das stimmt, aber das gehört doch auch dazu, finde ich. Und ich weiß von keinem einzigen Unfall, der tödlich geendet hätte, nicht ein einziger, und dabei lebe ich schon lange hier, wirklich lang.

Gut, es gibt natürlich hin und wieder Selbstmordkandidaten, die es hierher verschlägt, das stimmt.

Oh, ich hoffe, Sie sind nicht zufällig ein Selbstmordtourist, weil da wäre ich ja jetzt ordentlich ins Fettnäpfchen getreten. Nein, nur ein Witz, nein nein.

Meine Nachbarin, die hat sich hier runtergestürzt. Wochenbettdepression, wie es heißt. Kleines Kind, das Glück perfekt, und dann so was. Ich glaube, der Vater ist mit dem Kleinen weggezogen, hat es nicht mehr ausgehalten, hier, an den Klippen, von denen seine Frau sich gestürzt hat. Sicher auch die Schuldgefühle, nicht wahr? Ja, ja.

Aber bitte, ich wollte Ihnen nicht den Appetit verderben, greifen Sie zu, ich hatte heute schon genug davon, ich bin satt. Zufrieden und satt, wie es sich gehört. Nachher noch einen Whiskey vorm Torffeuer, und der Tag kann sich dem Ende neigen.

Dieses besondere Aroma? Ich habe es mir gedacht, dass Sie das irritiert. Essig.

Ja, genau, ein Schuss Essig, das macht es aus, ich liebe es. Und haben Sie gesehen? Die Petersilienblätter oben auf der Kartoffelpüreeschicht? Die stellen das dreiblättrige Kleeblatt Irlands dar. Nur ein Detail, aber ich wollte Sie nicht vom Essen abhalten, bitte sehr.

Wissen Sie was?

Wissen Sie was? Ich zeige Ihnen jetzt etwas, das sehen die Touristen nicht.

Kommen Sie, drüben, sehen Sie den Turm? Den Aussichtsturm? O'Brien's Tower, wenn wir da entlanggehen, kommt eine Stelle, an der die Steinmauer nicht so hoch ist, da steigen wir drüber.

Doch wirklich, keine Angst, auch wenn's verboten ist, seit das Visitor Center steht, aber um diese Jahreszeit und bei dem Nebel sieht uns niemand. Und bis hinter den Turm verirrt sich sowieso auch kaum wer.

Ach so, verstehe, Sie haben Angst, runterzustürzen. Nein nein, ich kenn mich aus, ich pass auf Sie auf, und wie gesagt, noch kein tödlicher Unfall passiert hier oben, nie. Und da werden Sie ja nicht gerade der Erste sein, nicht wahr? Na eben, sehen Sie.

So, bitte, aufpassen, der Weg ist doch vielleicht etwas rutschig, bei dem feuchten Wetter, aber reichen Sie mir nur den Arm, ich führe Sie. Und vielleicht doch noch ein wenig Touristeninfo auf dem Weg dorthin?

Bitte sehr. Also, die Steine, aus denen die Mauer hier erbaut ist, nennen sich *Moher flagstones*, und diese Mauer ist tatsächlich aus dem 19. Jahrhundert, errichtet durch O'Brien, mit E geschrieben, nicht A, nach dem auch der Turm benannt ist. Weil schon damals die Touristen hierhergerauscht sind, schon damals. Wenn auch nicht so viele, weit nicht so viele wie jetzt. Aber nicht dass Sie denken: Sicherheitsmaßnahme. Nein nein, eine Wette, einfach nur eine Wette. Und O'Brien hat sie gewonnen, seine Wette, und seither steht sie da, die Mauer, eine Meile lang. Ich weiß aber nicht, worum er gewettet hat, der gute O'Brien, wahrscheinlich nur um ein Glas Whiskey. Aber das hat er sich verdient, nicht wahr? Und jetzt haben auch Sie ein wenig Insiderwissen mehr.

Nein, wir gehen nicht auf den Turm, was haben wir davon, ein paar Fuß höher zu stehen, bei dem Wetter? Mehr werden wir da auch nicht sehen.

Ich mag den Turm nicht besonders, im Grunde war doch auch der nichts anderes als ein Visitor Center. Es heißt, O'Brien hat ihn errichtet, um den Frauen zu imponieren, aber schön ist er nicht. Gut, er passt wenigstens ein wenig rein, in die Landschaft, auch wenn mir die alten, verfallenen Burgruinen weit mehr gefallen, die, um die sich noch niemand kümmert, die noch nicht touristisch erschlossen sind. Das müssen Sie machen: Einfach die Küstenstraßen entlangfahren, die kleinen und unwegsamen, die *single path ways*, wo's noch welche gibt, wo die Straßen noch nicht ausgebaut sind für die *coaches*, da sehen Sie dann immer wieder an den letzten Spitzen der Felsen graue Gemäuer im Grün der Emerald Isle stehen. Einfach das Auto abstellen, in die Gummistiefel schlüpfen und losmarschieren, da erleben Sie Irland, wie es wirklich ist. Da begegnen Sie höchstens ein paar Schafen, die Sie müde und dumm anschauen. Das war's. Wenn Sie ein wenig weiter nach Norden fahren, nach Connemara, da können Sie noch einige von diesen Ruinen entdecken. Gut, manche sind auch keine Burgen, manche sind einfach nur verlassene und verfallene Häuser, noch aus der Zeit der großen Hungersnot, als die Menschen hinausschauten aufs Meer und weit, weit hinter dem Horizont Amerika vermuteten, das Land der unbegrenzten Möglichkeiten. Also haben sie Haus und Hof verlassen, im wahrsten Sinne des Wortes, und haben ihr Glück versucht. Und sind nicht selten auch drüben einfach nur verhungert. Aber sie haben eine Seereise unternommen, das war doch was, da hatten sie was erlebt, bevor sie gestorben sind.

Na ja, aber Connemara steht ja nicht auf Ihrem Programm, es sollen die *Cliffs of Moher* sein. Und so langsam kommen wir auch schon zu der höchsten Stelle der *Cliffs*, siebenhundertzwei Fuß, das ist nicht schlecht. Da fragt man sich schon, warum dieses Visitor Center nicht hier errichtet worden ist, wo's am höchsten ist, aber bitte, es wurde wohl angenommen, dass unten die Sicht imposanter ist, weil man zu beiden Seiten die Klippen sieht. Wenn man sie sieht.

So, und hier ist auch schon die besagte Stelle, da können wir zwischen zwei *flagstones* hindurchschlüpfen und nach vorne ans Ende gehen. Aufpassen, Rutschgefahr, mit Ihren Straßenschuhen auf dem nassen Gras, da dürfen Sie nicht leichtsinnig sein. Kommen Sie, hier ist es sicher, stellen Sie sich genau hierher, an diesen Punkt, genau, und nun …

Und nun schauen Sie hinaus aufs Meer.

Ja, ich weiß, Sie sehen das Meer nicht, nur die ewig graue Wand, aber darum geht es nicht, schauen Sie hinaus, kneifen Sie Ihre müden Augen leicht zusammen, lauschen Sie den Möwen und der Brandung, und vielleicht, warten Sie nur ein wenig, erahnen Sie ganz weit hinten ein dunkles Etwas, was ist das? Ist das Land? Ist das etwa eine einsame Insel mitten im sturmgepeitschten Meer?

Tír na nÓg.

Tír na nÓg, das Land der ewigen Jugend. Oder auch des ewigen Lebens. Noch etwas Folkloristisches, möchten Sie meinen, aber da muss ich Ihnen widersprechen, *Tír na nÓg* ist irische Kultur, ist irische Seele, ist das Ursprüngliche, keltische Sagen und Legenden, bitte sehr. Nach *Tír na nÓg* kann man nur durch eine beschwerliche Reise gelangen. Wie das eben so ist mit mystischen und mythischen Orten. Oder wenn man durch einen der Bewohner dahin eingeladen wird. Nur ganz ganz wenige Sterbliche sind jemals dahin gelangt. Einer von ihnen war Oisín, der von seiner späteren Frau Niamh, die von *Tír na nÓg* war, auf einem magischen Pferd, das über das Wasser galoppieren konnte, hinüberbegleitet wurde. Und Oisín und Niamh hatten einen Sohn, Oscar, ein großer Held der irischen Sagen. Und nun raten Sie mal. Ja, darauf kommen Sie nicht. Mein

Name ist Oscar. Haha, ja, aber ich bin kein Held, beileibe nicht, nein nein.

Aber ich lade Sie ein. Nach *Tír na nÓg*, ins Land des ewigen Lebens. Spüren Sie, wie Sie müde werden? Wie es Sie dahin zieht, in die Ferne? Ja, Sie spüren es, ich weiß es, und ich werde Sie dahin begleiten.

Oh, nein nein nein, bitte, keine Angst, ich sehe es in Ihren Augen, dass Sie jetzt Angst bekommen haben, dass Sie denken, ich bin irgend so ein Verrückter, der Touristen auf den *Cliffs of Moher* anquatscht, der sie an eine abgelegene Stelle führt, wo er sie in die Tiefe stürzt, nein nein, das tu ich nicht, ich bitte Sie, so was tu ich doch nicht, das wär doch ... das wär ... verrückt.

Ich habe Ihnen ja gesagt, dass ich diese Zeiten am liebsten mag, wenn kaum Leute hier oben sind, wenn man sich alleine wähnt, wenn die Touristen nicht knipsen und lachen und alles zerstören, die Stimmung zerstören, den Flair, den man hier oben erleben kann, dieses Gefühl von alten Zeiten, von magischen Zeiten, wenn man das Gefühl hat, der Wind trägt die Laute dieser fremden alten Sprache der Kelten bis an Land, wenn man nur genau hinhört, diese alte Sehnsucht nach ich weiß nicht was, nach mehr, nach Erhabenheit, und der Geruch von gebratenem Fleisch und der dröhnende Gesang der Männer und die verspielten Melodien auf der Flöte, der zerrende Rhythmus im Sechsachteltakt.

Und als ich Sie vorhin gesehen habe, so alleine im Nebel, und doch den Blick in die Ferne gerichtet, da wusste ich, Sie haben es in sich, tief in sich haben Sie es, Sie spüren es auch. Vielleicht wissen Sie es noch nicht, aber ich sage es Ihnen, Sie haben es, Sie gehören nicht zu den blökenden Touristen, die nur schnellschnell mal hier rauflatschen, um einen Punkt mehr in ihrem Reiseführer abzuhaken, um sich dann wieder in den Bus zu setzen und sich zur nächsten Whiskey-Verkostung kutschieren zu lassen, wo man ihnen den billigen Fusel zu überhöhten Preisen anbietet. Von mir aus. Von mir aus können die Touristen das tun und dann nach Dublin fahren und sich Guinness den Rachen hinunterspülen, aber sie sollen fern bleiben von diesen Orten, die Bedeutung haben, die Energie haben.

Und dann bauen sie ein Visitor Center hin und Parkplätze und gepflasterte Wege und nicht einmal die Schafe fühlen sich noch wohl, das frisst sich doch alles selber auf, das kann nicht funktionieren, auf Dauer, das geht doch nicht, auf einmal sind die *Cliffs of Moher* nur mehr hohe Felsen, lustig ja, aber nichts anderes als der *Great Canyon* oder sonst etwas, wo längst alle Lebendigkeit begraben und verschwunden und verloren ist.

Ja, nun spüren Sie es, nicht wahr? Genau, schließen Sie die Augen, das hilft, lassen Sie sich gehen, lassen Sie sich fallen. Haha, nein, nicht den Fels hinunter, lassen Sie sich in sich fallen, werden Sie eins mit der Natur, mit dem Wind und dem Hauch der Unendlichkeit.

Kommen Sie, setzen Sie sich, ich stütze Sie.

Nein, wundern Sie sich nicht, dass Ihnen ein wenig schwummrig ist gerade, das ist normal, das gehört dazu, und vielleicht ist es auch die Wirkung, die einsetzt, von der *Shepherd's Pie*, die ich Ihnen gegeben habe, oder besser gesagt von einer bestimmten Zutat, ein Samen, nichts Schlimmes, macht nur etwas schläfrig, aber es öffnet die Sinne, die eigentlichen Sinne, die Sie brauchen, um durch den Nebel hindurchzusehen und zu erkennen, worin Sie eingehen werden, wenn Sie übersetzen in das andere Leben.

Lehnen Sie sich an mich an, während ich Ihnen noch ein wenig erzähle, denn, witzig, am Anfang dachte ich das alles als Strafe für die verblödet blökenden Touristen, die nur störten. Ich war ja einfach nur genervt von den Menschenmassen. Da zieht man hunderte Kilometer weit weg in ein fremdes Land, ein einsames Land, an den letzten Zipfel dieses Landes, um endlich seine Ruhe zu finden, und dann so was, nicht wahr? Da ist es nur noch schlimmer. Und weil ich so wütend war, habe ich damit angefangen. Doch weil ich meine Opfer, damals waren es ja noch Opfer, natürlich dann anzutreffen hoffte, wenn es nicht gar so überlaufen war, sonst hätte ich ja verdächtig wirken können, kam ich immer öfter bei Wetter wie heute hierher. Doch nach und nach lernte ich, zu sehen, durch den Nebel hindurchzusehen, zu erkennen. Und nach und nach bin ich drauf gekommen, welches Geschenk ich den Menschen da eigentlich machte. Und dann sah ich, dass es Menschen gab, die das sahen, was ich sah. Oder zumindest spürten. So haben zwar anfangs ein paar Leute etwas bekommen, was sie gar nicht verdient hatten, aber nichts für ungut, nicht wahr? Nur ging ich dann dazu über, es, sagen wir mal, richtig zu machen, mir die Richtigen auszusuchen, die einen Sinn dafür haben. Deswegen habe ich auch von den handelsüblichen Schlafmitteln in den Pies zu Samen eines einheimischen Krauts gewechselt, die das Bewusstsein etwas erweitern. Und natürlich auch den Schmerz lindern, ist klar, wenn ich dann Hand anlege, nicht wahr?

Ich mag das Wort *töten* nicht, denn es ist ja kein Töten, es ist ein … ein Übergehen. Und ich bin nur der Begleiter, ich lade Sie ein. Und jeder, der einmal übergegangen ist, begleitet den nächsten nach Tír na nÓg. Sie zum Beispiel, Sie werden von einer jungen Dame aus Spanien begleitet, da können Sie sich glücklich schätzen, eine sehr schöne junge Frau, ein wenig esoterisch angehaucht, was ja meistens Humbug ist, aber würdig, absolut. Und sie lebt fort in Ihnen, indem Sie sie gerade zu sich genommen haben. Und genauso werden Sie den nächsten begleiten, nachdem Sie Ihren Weg gegangen sind und das, was von Ihnen übrig bleibt, Ihr Fleisch, in der nächsten Ladung *Shepherd's Pies* dem nächsten Kandidaten angeboten wird.

Ja, da lachen Sie, nicht wahr? Da lachen Sie, aber es ist doch auch immer ein trauriger Moment, für mich zumindest, denn ich bin ja derjenige, der übrig bleibt. Alleine. Hier.

Na ja, irgendwann, irgendwann werde ich Ihnen folgen, und wissen Sie was? Dann bringe ich Ihnen frische *Shepherd's Pies* mit, mit Lammfleisch, so was haben Sie noch nicht probiert.

Shepherd's Pies für auf die Hand

Zutaten *(für 12 Stück)*:
Für den Mürbeteig:
- *350 g Mehl*
- *½ Teelöffel Senf*
- *120 g Butter, in kleine Stücke geschnitten*
- *1-3 Esslöffel Wasser*

Für die Füllung:
- *500 g gemischtes Hackfleisch (die richtigen Shepherd's Pies werden mit Lammfleisch gemacht, anderes Fleisch geht aber auch)*
- *1 Zwiebel, klein gehackt*
- *3 Karotten, gerieben*
- *5-6 große Minzeblätter, klein gehackt*
- *die Blätter von einem kleinen Bund Petersilie, klein gehackt*
- *12 schöne Petersilienblätter (zur Deko)*
- *2-3 Esslöffel Ketchup*
- *1 Esslöffel Essig*
- *eine kleine Knoblauchzehe*
- *Salz, Pfeffer, Chili*
- *3 Esslöffel Butter*
- *1 Packung Fertigkartoffelpüree (1 Portion)*
- *200 ml Wasser*
- *90 g Frischkäse*
- *zerdrückte Kartoffelchips*

Zubereitung:
Teig: Mehl, Senf, Butter vermengen. Nach Bedarf Wasser dazugeben und zu einem Teig verarbeiten. Abdecken und ruhen lassen. In der Zwischenzeit die Füllung vorbereiten. Dann etwa drei Millimeter dick ausrollen und in zwölf kreisrunde Stücke schneiden.

Fleischfüllung: Zwiebel glasig anbraten, Fleisch dazugeben, anbraten, bis es nicht mehr rosa ist. Knoblauch, Karotten, Ketchup, Essig, Salz, Pfeffer, Chili, Petersilie und Minze hinzugeben, verrühren. Abkühlen lassen.

Kartoffelpüreemischung: Wasser und Butter zum Kochen bringen. Vom Herd nehmen, Fertigkartoffelpüree einrühren. Frischkäse einrühren.

Zusammensetzung: Eingefettete Muffinformen mit den runden Teigstücken auslegen, anschließend Fleischfüllung hineingeben, leicht andrücken. Mit Kartoffelpüreemischung abdecken. Mit zerdrückten Kartoffelchips bestreuen, ein schönes Petersilienblatt darauf legen. Bei 210 °C 20 bis 25 Minuten im Ofen backen. Heiß oder kalt genießen.

»Normale« Shepherd's Pie: Fleischfüllung in eine Auflaufform geben, leicht andrücken. Mit Kartoffelpüreemischung abdecken. Mit zerdrückten Kartoffelchips bestreuen, ein schönes Petersilienblatt darauf legen. Bei 210 °C 20 bis 25 Minuten im Ofen backen.

Ina Coelen

Teatime oder Der Mörder ist immer der Butler

»Wie man so alt wird wie ich, möchten Sie wissen? Nun, ganz einfach, indem man alle anderen überlebt.« Lady D. lacht und hunderte Fältchen plissieren ihr Gesicht. In ihrem Pass stünde eigentlich Daisy als Vorname, aber sie hat mir gestanden, dass sie diesen Namen immer gehasst hat, weil er sie an eine Ente erinnert. Also kürzt sie ihn mit nur einem einzigen Buchstaben ab und schiebt ein »Lady« davor. Sie ist zwar eine Dame, aber eine echte Adelige ist sie nicht. Ich vermute, sie hat den Titel gekauft, denn mittlerweile hat sie mehr Geld als sie noch ausgeben kann, und was braucht man im Alter von hundert Jahren schon großartig?

Lady D. beugt sich in ihrem weinrotkarierten Ohrensessel vor. »Aber probieren Sie doch endlich von den Muffins. Die sind exzellent; nach einem Rezept, das ich vor Jahren, ach Jahrzehnten, in einem Kochbuch hier in der Schlossbibliothek gefunden habe.«

Sie reicht mir einen goldrandigen Teller, auf dem sich sechs appetitlich aussehende Gebäckstücke befinden, die teilweise mit Schokolade und verschiedenfarbigen Zuckerstreuseln verziert sind. Zögernd nehme ich einen der Muffins und schäle ihn bedächtig aus dem geblümten Papierförmchen. Eigentlich bin ich auf Diät und esse zurzeit nichts Süßes, aber ich möchte nicht unhöflich erscheinen. Ich betrachte das Backwerk in meiner Hand, aber statt hineinzubeißen, lege ich es auf dem kleinen Gebäcktellerchen ab, das neben meiner Tasse auf dem Sofatisch steht. Ich möchte das Interview nicht mit vollem Mund weiterführen.

»Wenn Sie erlauben, dass ich das frage, Lady D., es heißt, Sie stammten aus ganz einfachen Verhältnissen.« Das habe ich jetzt nicht sehr charmant ausgedrückt, ich räuspere mich, doch die alte Dame scheint auf diese Frage gewartet zu haben. Ihr ohnehin freundliches Gesicht hellt sich geradezu auf.

»Aber ja, das ist doch das Besondere an meiner Lebensgeschichte. Ich habe es von ganz unten nach, na ja, doch«, sie wirft einen zufriedenen Blick aus dem Fenster in den Schlossgarten, wo eine niedrige Buchsbaumhecke den gepflegten englischen Rasen von dem frisch geharkten Kiesweg trennt. Rechts und links der bodentiefen Fenster stehen zierliche Rosenstöcke, die schon ihren herbstlichen Schnitt erhalten haben.

»Doch, ich habe es nach ziemlich weit oben geschafft«, setzt sie nicht ohne Stolz hinzu und schnippt einen imaginären Krümel von ihrem dunklen Tweedrock. Sie sieht mich erwartungsvoll an, und ich habe den Eindruck, sie hat regelrecht Spaß an unserem Gespräch. Ob sie einsam ist und ihr jede Art von Abwechslung willkommen ist, fährt es mir durch den Kopf. Außer dem mürrischen Butler, der vehement versucht hat, mich abzuwimmeln, habe ich hier keinen lebenden Menschen gesehen, als ich der Lady durch die Gänge ihres Schlosses gefolgt bin.

»Das ist es doch, was die Leute interessiert, und dafür habe ich durchaus Verständnis«, unterbricht sie meine Gedanken. »Jeder hofft doch auf etwas Besseres im Leben und strebt nach …«, sie hält inne, als müsse sie überlegen, »Reichtum und Macht? Oder Gütern, Geltung oder wenigstens Geld. Jedenfalls wird die Hoffnung der Menschen genährt, wenn sie lesen, dass eine wie ich es geschafft hat. Eine von geringem Stand und schlichtem Gemüt.« Sie schmunzelt, streicht versonnen über die Armlehne ihres Sessels und zupft dann mit den Fingern an ihren Löckchen, die so schneeweiß sind wie ihre Bluse. Schließlich sieht sie wieder zu mir auf. »Oder die Menschen haben die Hoffnung für sich selbst schon aufgegeben und lauern voller Schadenfreude darauf, dass die, die es nach ganz oben gebracht haben, wieder abstürzen. Man sagt doch: *the higher they climb, the harder they fall.*« Sie zwinkert mir zu. »Ihnen als Journalistin brauche ich das ja nicht zu erzählen.« Sie gluckst über ihren grammatikalischen Fauxpas.

Klar, die Menschen sind missgünstig. Die, die wenig haben, sind neidisch auf die, die mehr haben. So sind die Menschen eben, denke ich und schiele auf das silberne Milchkännchen, das mir so sehr gefällt. Ich habe tatsächlich darüber nachgedacht, es unauffällig einzustecken, weil es so gut zu meiner Sammlung passt. Alte Zuckerdosen, antike Kannen und Milchkännchen. Lady D. würde es vermutlich nicht einmal vermissen. Sie trinkt ihren Kaffee schwarz.

»Geld alleine macht nicht glücklich«, räume ich ein, um die Gesprächslücke zu füllen. »Was ist mit der Liebe? Sie muss in Ihrem Leben doch auch eine Rolle gespielt haben, jedenfalls waren Sie dreimal verheiratet, habe ich gelesen.« Ich spüre, wie mir die Röte ins Gesicht schießt. Das war jetzt ein bisschen zu platt formuliert. Ich sollte mir Mühe geben, wenigstens ein bisschen intellektuell zu wirken, aber ich schreibe eben nur für die Klatschspalten der *Yellow Press*. Nervös knipse ich mit meinem Kugelschreiber und schaue auf den Teller mit den Muffins. Die Hausherrin selbst hat noch nichts von dem Gebäck angerührt.

Lady D. blickt sinnend hinüber zum Kamin, auf dessen Sims silbergerahmte Schwarzweißfotografien stehen, die vermutlich ihre Ehemänner und andere verstorbene Familienmitglieder zeigen.

»In meinem Leben war die Liebe immer das Wichtigste«, seufzt sie und fügt in gedämpftem Tonfall hinzu, »gleich nach dem Geld natürlich.« Sie sieht mich schelmisch lächelnd an, und ihr faltiges Gesicht mit den kleinen wachen Augen wirkt plötzlich rosiger. Vermutlich schmeichelt es ihr, dass die Welt da draußen Interesse an ihr zeigt. Dass sie außer reich auch ein bisschen berühmt ist. Sie hat also allen Grund, mir freundlich zu begegnen. Vielleicht ist sie mir sogar dankbar, dass ich über ihr Leben schreiben möchte und dazu beitrage, dass auch nach ihrem Tod noch über sie gesprochen wird. Ich brauche mich also gar nicht wie eine Bittstellerin zu fühlen, fährt es mir durch den Sinn, ich bin wichtig für Lady D. Ich richte mich in meinem Sessel auf, und sie beugt sich zu mir vor, als wolle sie mir ihre Geheimnisse anvertrauen. Der blumig süßliche Duft ihres Parfüms steigt mir in die Nase. »Wissen Sie, ich hätte noch viel öfter geheiratet, wenn sich mir die Gelegenheit geboten hätte. Es geht doch nichts über ein rauschendes Fest mit köstlichen Speisen und Naschwerk, mit Musik und Tanz bis in die Morgenstunden. Man sollte viel häufiger feiern.« Die alte Dame hält inne und erhebt sich. Für eine Hundertjährige ist sie erstaunlich beweglich, denke ich. Sie geht hinüber zum Bücherregal, das mit Schnitzereien verziert ist und bis unter die Decke reicht. Sie scheint die Reihen der zumeist in Leder gebundenen Bücher abzusuchen, nimmt das ein oder andere heraus, um es direkt wieder zurückzustellen. Bei einem etwas dickeren Exemplar pustet sie den Staub ab und hüstelt. Mein Blick wandert erneut zu dem Milchkännchen. Jetzt oder nie, denke ich und strecke meine Hand aus. Das Kännchen ist noch fast zur Hälfte mit Milch gefüllt, die ich blitzschnell in die Blumenvase kippe. Ein feines weißes Rinnsal läuft über den Bauch der Vase und bildet an ihrem Fuß eine dezente Pfütze.

»Ich habe gelesen, auf einer griechischen Insel, ich meine, es sei Ikaría gewesen, werden die Menschen so alt wie nirgendwo sonst auf der Welt. Und zwar aus dem Grund, weil die Inselbewohner so viel und lange feiern. Sie essen, trinken und tanzen bis in die Mittagsstunden des nächsten Tages.« Lady D. dreht sich abrupt zu mir um und schaut mich mit leicht zusammengekniffenen Augen an. Ich halte das Milchkännchen noch immer in der Hand. Ich lächle und stelle das Kännchen zurück auf das Tablett.

»Und das, obwohl das Volk arm ist«, fügt sie hinzu. Ein spitzbübisches Lächeln huscht über ihr Gesicht. Hat sie etwas bemerkt?

»Ich schweife ab«, sagt Lady D. »Sie wollten etwas über die Liebe wissen.«

Mit bedächtigen Schritten kehrt sie zu ihrem Ohrensessel zurück, nimmt Platz und schiebt sich ein Kissen in den Rücken. »Schon mit zwölf Jahren hatte ich mich unsterblich in den Herzog von York verliebt.« Ihr Blick verliert sich irgendwo zwischen den geblümten Vorhängen. Sie lächelt und scheint in Erinnerungen zu schwelgen.

Nach einer Weile fährt sie fort: »Sie müssen wissen, zu der damaligen Zeit trug ich sehr früh am Morgen Brötchen aus. Ich hatte drei ältere Geschwister, und unsere Eltern sind früh verstorben, sodass wir alle schon in jungen Jahren selbst für unseren Lebensunterhalt sorgen mussten. Ich sah den Herzog regelmäßig auf den Bildern der Illustrierten. Oder war es der Earl of Grey? Egal, es ist ja schon sehr lange her; damals waren Sie noch gar nicht geboren, nicht mal Ihre Mutter.« Sie führt ihre Tasse an die rosageschminkten Lippen und nippt an ihrem Kaffee. Sie hasst schwarzen Tee, hat sie mir anvertraut. Den hätte sie in ihrer Kindheit immer trinken müssen, wenn sie krank gewesen sei.

»Auf meinem Weg in die bessere Gegend kam ich jeden Tag an einem Kiosk vorbei. Ich sah mir die Fotografien auf den Magazinen und Zeitungen an und las den einen oder anderen Artikel. Und Sie können sich vorstellen, all die Geschichten und Bilder von den Reichen und Schönen des Britischen Königreiches haben mich damals sehr beeindruckt. Ach, bevor ich es vergesse, möchten Sie noch etwas Kaffee oder doch lieber Tee?« Sie nimmt die geblümte Porzellankanne von dem Silbertablett, hebt den Deckel ab und stellt fest, dass sie schon leer ist. Ich winke dankend ab.

»Ich kann nach James rufen. Vermutlich steht er sowieso hinter der Tür und lauscht.« Sie kichert mädchenhaft, stellt die Kanne zurück auf den Beistelltisch und fährt fort. »Dieser gutaussehende Mann war mir direkt aufgefallen. Er hatte nicht diese wässrig blauen Augen, keine Hakennase, weder eine zu hohe Stirn noch ein vorspringendes Kinn.« Einen Moment lang frage ich mich, ob sie von ihrem Butler James spricht oder den Herzog meint, welchen auch immer. Aber schon fährt die alte Dame fort.

»Es wurde für mich zur größten Freude, an jenem Kiosk nach seinem Konterfei Ausschau zu halten und die Fotos aus dieser anderen Welt zu betrachten. Wenn ich sein Bildnis erspähte, wurde mir warm ums Herz, und ich malte mir aus, wie es sein würde, ihm im richtigen Leben zu begegnen.« Plötzlich hören wir ein knackendes Geräusch und dann fällt irgendwo ein Schuss. Ich springe vom Sofa auf, nehme die Hände hoch und spüre, dass meine Knie weich werden. Lady D. bemüht sich, ihr Lachen zu unterdrücken. »Ach, Sie müssen entschuldigen, in diesen alten Gemäuern gibt es die absonderlichsten Geräusche. Sicher war das nur ein Fensterladen, den der Wind zugeschlagen hat.« Sie hält die Hand vor den Mund und ergänzt: »Oder James macht wieder Jagd auf die Kaninchen, die den Schlossgarten heimsuchen und alles abfressen.«

Ich bin sicher, dass mein Herz so laut schlägt, dass sie es hören muss. Zitternd setze ich mich wieder auf das stierblutrote Sofa. Das Gesicht der alten Dame verfinstert sich, sie scheint sich wieder an ihre Geschichte zu erinnern, und zwischen den feinen Linien ihrer Augenbrauen entsteht eine tiefe Falte.

»Eines Tages las ich, dass er heiraten würde. Irgendeine blasse, reiche Adelige. Ich fühlte mich verraten. Wie konnte er mir das antun? Warum wartete er nicht, bis er mir begegnen würde? Ich war jung und hübsch und ich war sicher, dass er sich kopfüber in mich verlieben musste, wenn er mich nur sah.« Sie hebt entschuldigend die Achseln und schmunzelt: »All das romantische Zeug eben, was ich damals so gelesen hatte.«

Ich nicke stumm.

»Und so wie ich ihn geliebt hatte, begann ich, ihn zu hassen. Ich stellte mir die quälendsten Todesarten für ihn vor und wünschte ihm die Pest an den Hals oder jede andere grauenvolle Seuche, von der ich je gehört hatte.« Sie hält inne, und plötzlich nehmen ihre Züge einen zufriedenen Ausdruck an. »Und stellen Sie sich vor, kurz vor seiner Heirat verstarb er tatsächlich langsam und qualvoll, nachdem er bei einer Fuchsjagd von seinem Lieblingspferd gefallen war.« Sie schüttelt den Kopf und zieht die Brauen zusammen. »Oder erlag er einer sehr seltenen, unerforschten Krankheit und es war der Earl of Sandwich, der den Reitunfall hatte? Egal, es ist wirklich schon lange her. Jedenfalls glaubte ich damals, dass ich übernatürliche Kräfte haben müsste. Ich war sicher, wenn ich mir nur ganz fest etwas wünschte, so würde es Kraft meiner Gedanken eintreten.«

Lady D. lächelt mir verschmitzt zu. »Ich glaubte das damals. Sicher, es konnte nicht schaden, bei Gelegenheit auch ein wenig nachzuhelfen. Als ich sechzehn Jahre alt war, nahm ich eine Stelle als

Küchenhilfe bei einer betagten Lady an.« Die alte Dame neigt sich zu mir herüber. »Sie können sich bestimmt schon denken, dass es sich dabei um die Tante des Duke of Sandwich handelte, dessen jüngerer Cousin später mein Ehemann wurde.« Ja, das hatte ich bestimmt irgendwo gelesen. Aber ich war nicht ganz schlau daraus geworden, mit wem Lady D. wann und wie lange verheiratet war. Ich hatte gehofft, sie könnte sich noch erinnern. Die alte Dame lehnt sich wieder zurück und lächelt beseelt. »Mit achtzehn Jahren heiratete ich also zum ersten Mal und hielt Einzug in die Welt des Adels und der High Society.« Schon beugt sie sich wieder vor, ihre Miene verfinstert sich, und sie schlägt mit der flachen Hand auf den Tisch. »Glauben Sie nicht, dass das ein Vergnügen war. Ich gehörte schließlich nicht richtig dazu. Ich war ein Emporkömmling, und das ließ man mich spüren.« Sie streckt die Hand nach dem Gebäckteller aus, besinnt sich dann anders und erzählt weiter. »All diese Regeln, Umgangsformen und die Etikette, grauenvoll und überflüssig, sage ich Ihnen. Der Duke hatte sich ja gerade deshalb in mich verliebt, weil ich mir eine gewisse Natürlichkeit, um nicht zu sagen Gewöhnlichkeit bewahrt hatte. Er hielt mich für extraordinär, wie er stets betonte. Diese adeligen Fräuleins sind alle gleich langweilig, sagte er immer.« Die Lady verdreht die Augen und seufzt. »Und dann diese ständigen Intrigen! Nun, sehr lange hat unsere Ehe nicht gedauert.«

Mit einer Leichtigkeit, die man ihr gar nicht zugetraut hätte, springt die alte Dame plötzlich auf und hält mir eine Bonboniere hin, in der sich verschiedene Pralinen befinden. »Greifen Sie doch zu, meine Liebe! Das sind ausgesuchte Schokoladenkreationen aus hauseigener Fertigung. Ich bevorzuge die in schwarzer Schokolade mit einem Hauch Feigensenf oder die helleren mit einer feinen Curry-Chili-Honig-Füllung.«

Ich räuspere mich. »Ich, ähm …«

Sie lacht amüsiert. »Ach, Sie haben natürlich auch recherchiert, dass mein erster Mann nach dem Genuss von Pralinen verblichen ist.« Sie macht eine wegwischende Handbewegung. »Das lag aber daran, dass er auf Nüsse allergisch reagierte, und da er ein maßloser Mensch war, kam es, wie es kommen musste. Aber keine Sorge!«

Sie beugt sich zu mir herunter, ergreift meine Hand und flüstert: »Es war nicht schade um ihn, und meine Trauer hielt sich in Grenzen. Schon kurz nach unserer Hochzeit hatte er sich als despotischer Choleriker entpuppt. Außerdem war er ein Spieler, der gerne betrog und nicht viele Freunde hatte.«

Ich muss schlucken und bemühe mich um einen mitfühlenden Gesichtsausdruck. »Verstehe«, höre ich mich sagen.

»Möchten Sie vielleicht ein Likörchen?«, fragt die alte Dame und scheint leicht enttäuscht, als ich verneine. Sie zuckt mit den Achseln und erzählt weiter. »Ich war also noch keine fünfundzwanzig Jahre alt, hatte einige Schulden geerbt und einen Adelstitel, als ich erneut heiratete«, fährt sie fort, nachdem sie wieder Platz genommen hat.

»Henry war bei Gott keine Augenweide, und ob er einen guten Charakter hatte, wage ich bis heute zu bezweifeln. Aber er hatte alle Schuldscheine meines verstorbenen Mannes aufgekauft und glaubte, er hätte somit auch einen Anspruch auf die junge Witwe.« Sie zwinkert mir zu. »Allerdings hatte er auch etwas, was ich wollte, und das war Geld. Sehr viel Geld. Also machte ich ihm schöne Augen, zierte mich ein wenig und machte ihm Versprechungen, bis er mich schließlich ehelichte.«

Lady D. greift nach ihrer Tasse, stellt fest, dass sie leer ist, und platziert sie wieder auf der Untertasse. Dabei fällt ihr Blick auf den Gebäckteller.

»Aber meine Liebe, Sie haben noch immer nicht von den Muffins probiert. Sie wollen mir und meinen Backkünsten doch nicht misstrauen? Also bitte!« Sie sieht mich strafend an, so dass ich nicht umhinkann, nach einem der Gebäckstücke zu greifen. Vorsichtig ziehe ich das Papier ab und lege es auf den Rand meiner Untertasse. Dann beiße ich zaghaft in die Schokoladenglasur und lutsche langsam daran herum. Unter dem strengen Blick der alten Dame esse ich das ganze Gebäckstück auf, das mit einer wohlschmeckenden Nougatcreme gefüllt ist. Meine Gastgeberin nickt anerkennend und hält mir erneut den Kuchenteller hin. Ich greife nach einem zweiten Törtchen, lege es aber nur auf mein Tellerchen, als es plötzlich im

Kamin knackt. Die Flammen, die müde um die wenigen Holzscheite züngeln, lenken das Interesse der alten Dame ab.

»Henry unternahm viele Reisen. Ein paar Mal nahm er mich mit, und ich habe ihm zu verdanken, einiges von der Welt gesehen zu haben. Ja, und wie Sie vermutlich wissen, hatte er irgendwann geschäftlich mit Charly Mac Muffin zu tun, der uns auf sein Schloss einlud. Und so passierte es. Ich habe mich unsterblich verliebt.« Ihr Gesicht nimmt einen verzauberten Ausdruck an und ich überlege, wie ich sie dazu bringen kann, weiter zu erzählen. So sehr ich überlege, fällt mir keine rhetorisch geschickte Frage ein und so warte ich, bis sie von sich aus weiterspricht. »Schon als wir die alleeähnliche Auffahrt hinter uns gelassen hatten und ich die trutzigen Türmchen erblickte, deren rundliche Dächer mich sofort an Cupcakes erinnerten und deren beigefarbener Sandstein sanft das Licht der abendlichen Sonne zurückwarf, wusste ich, dieses Schloss wollte ich haben, koste es, was es wolle.« Sie macht eine umfassende Handbewegung und strahlt eine tiefe Zufriedenheit aus. »Und sehen Sie, seit einigen Jahrzehnten bin ich hier die Hausherrin.«

»Sie haben das Schloss aber nicht einfach so gekauft?«, frage ich und hoffe auf eine spannende Geschichte.

»Aber nein, inzwischen kennen Sie mich doch etwas besser.« Lady D. zwinkert mir zu. »Ich habe es mir nur ganz fest gewünscht und dem Schicksal ein kleinwenig nachgeholfen.«

»Sie haben Charles Mac Muffin aber nicht geheiratet«, bohre ich und habe plötzlich das Gefühl, als würden meine Glieder schwerer. »Sie waren noch mit Henry verheiratet …«, höre ich mich sagen. Die Lady lächelt nachsichtig. »Henry langweilte sich bald mit mir. Er führte ein ausschweifendes Leben, bestieg alles, was Röcke anhatte, und unternahm weiterhin Reisen, aber ohne mich. Ich ließ ihn gewähren und schmiedete meine eigenen Pläne. Wie Sie sicherlich erfahren haben, erlag der gute Henry eines Tages einer seltenen Krankheit. Man vermutete, dass er sich die auf einer seiner Fernreisen zugezogen haben musste.« Lady D. seufzt, bemüht sich um einen unschuldigen Gesichtsausdruck und spielt mit einem ihrer schneeweißen Löckchen.

»Wissen Sie, der Schlossherr war ein gutmütiger Trottel von knapp vierzig Jahren, der mit seiner Mutter zusammenlebte, und mit diesem Frauenzimmer war nicht zu scherzen.«

»Sie meinen Charles Mac Muffin ...«, weiter komme ich nicht. Die Lady legt mir eine Hand auf den Arm. Ich rieche etwas wie Veilchenduft und habe den Eindruck, leicht verschwommen zu sehen. Ich gebe mir alle Mühe, mich zu konzentrieren.

»Charles war vor Gutheit nichts wert, wie man so sagt. Wir hatten ein Techtelmechtel, und um seiner Mutter eins auszuwischen und sich nur einmal im Leben gegen sie durchzusetzen, hat er mich als seine Alleinerbin eingesetzt. Und wie es das Schicksal so wollte, sind seine Mutter und er kurz hintereinander verstorben. Nikotinvergiftung ... alle beide.«

Mein Mund fühlt sich plötzlich trocken an und ich schiele nach meiner Tasse.

»Sie haben die beiden vergiftet?« Meine Lippen formen diese Worte, aber ich höre mich nicht sprechen.

Lady D. sieht mich zufrieden an. Ihre Augen scheinen zu strahlen. »Ich sehe, Sie haben mich durchschaut.« Ihr Gesicht ist ganz nah vor meinem. »Es war schön, mit Ihnen zu plaudern. Es hat richtig gut getan, mir mal alles von der Seele zu reden. Aber Sie verstehen sicher, dass ich Sie nicht einfach so gehen lassen kann.« Plötzlich sieht sie anders aus, ihr Gesicht ist verzerrt. »Das wäre ja noch schöner, ich bewahre jahrelang Stillschweigen über meine Taten und dann lockern Sie einfach so meine Zunge und glauben, ich ließe Sie gehen und meine Untaten in die Welt hinausposaunen. Also, ich bitte Sie, für so naiv halte ich Sie nicht.« Die Lady erhebt sich aus ihrem Sessel. Was hat sie vor? Ich muss versuchen, wach zu bleiben, denke ich. Bloß nicht einschlafen. Plötzlich wird die Tür geöffnet und der Butler kommt herein. Das ist meine Rettung. Ich sehe ihn mit bestürzter Miene auf mich zukommen, dann bleibt er abrupt stehen und sieht sich nach Lady D. um. Wo ist sie? Ich kann sie nicht mehr sehen. Alles verschwimmt, dann wird es dunkel um mich herum.

Als ich aufwache, habe ich einen pelzigen Geschmack auf der Zunge. Es riecht nach kaltem Rauch. Meine rechte Hand kribbelt.

Sie ist eingeschlafen. Ich muss einen Moment überlegen, wo ich bin. Ich liege auf einem alten roten Sofa. Jemand hat mich mit einer Häkeldecke zugedeckt, die leicht muffig riecht. Ich schrecke hoch. Mir ist schwindelig, aber ich bin nicht tot.

Vorsichtig sehe ich mich im Zimmer um. Durch die hohen Fenster fällt dämmriges Licht, aber außer mir scheint niemand im Raum zu sein. Das Kaminfeuer ist erloschen, ich fröstle, als ich die Decke zur Seite schiebe. Wie lange habe ich hier gelegen? Ich versuche mich langsam aufzurichten. Meine Glieder schmerzen. Das Sofa knarrt. Ich spüre einen Windzug und habe unvermittelt das Gefühl nicht alleine zu sein.

Wie aus dem Nichts taucht der Butler hinter dem Sofa auf. »Ich weiß nicht, was sie Ihnen erzählt hat, aber Sie können sicher sein, nichts an ihrer Geschichte ist wahr. Ich hatte Sie gewarnt, aber Sie wollten ja nicht hören.« Er räuspert sich. »Vermutlich hat sie versucht, Sie glauben zu machen, sie hätte gerade ihren 100. Geburtstag gefeiert. Nun, die meisten Damen neigen dazu ein paar Jährchen zu unterschlagen.« James räuspert sich. »Natürlich ist die Lady keine hundert Jahre alt. Letzten Winter ist sie achtzig geworden«, brummt er und sieht missbilligend auf mich herab. »Sie liebt es nun mal Geschichten zu erfinden und die Leute an der Nase herumzuführen. Wir bekommen nicht oft Besuch. Ich hatte Sie ja gewarnt.«

Ich bekomme keinen Ton heraus, ich will weg hier. Suchend blicke ich mich nach meiner Handtasche um, die ich am Boden liegend entdecke. Ich beuge mich herab, greife danach und schon taumle ich auf das Sofa zurück.

»Entschuldigen Sie, wenn ich mich noch nicht vorgestellt habe, mein Name ist James, James Bond.«

»Ich bin im falschen Film«, murmle ich, klemme meine Tasche unter den Arm und stürze aus dem Raum. Ich eile den dunklen Flur entlang, den ich vorhin gekommen bin, oder war das gestern? Wie finde ich jetzt bloß hier heraus? Ich will weg, so schnell wie möglich einfach nur weg.

Plötzlich höre ich ein tiefes Lachen hinter mir. »Entschuldigen Sie, das war ein dummer Kalauer, aber ich konnte nicht widerstehen. Ihnen kann man anscheinend alles erzählen.« Ich drehe mich nicht um. Ich renne weiter, die Treppe hinab, und halte mich mit einer Hand an dem gedrechselten Holzgeländer fest. Nicht, dass ich jetzt noch stolpere. Ich will bloß weg hier, die beiden Alten sind doch irre.

»Warten Sie, ich begleite Sie hinaus!«, ruft James hinter mir her, aber da habe ich die schwere, dunkle Eingangstür schon erreicht. »Und besuchen Sie uns nicht wieder!«, höre ich seine Stimme.

Ich haste über den Kiesweg, der durch den Schlossgarten führt, und komme außer Atem an dem kleinen Holzhäuschen neben dem Eingangstor an. Erst jetzt verlangsamen sich meine Schritte. Als ich das Tor fest hinter mir schließe, lese ich, was in verwischten Buchstaben auf der verblichenen Tafel an einer Wand des kioskähnlichen Häuschens geschrieben steht.

»Unsere Spezialitäten:
Spezielle Teemischungen mit Kräutern
und gebrochenen Artischockenherzen
Cupcakes und Muffins mit besonderen Zutaten
nach überlieferten Rezepten aus eigener Herstellung.«

Ich schüttle unwillkürlich den Kopf, und mein Entschluss steht fest, ich werde kein Wort über meinen Besuch bei der Lady schreiben.

 **Muffin-Rezepte**

Apfel-Muffins *(12 Stück)*

- *3 Tassen Mehl*
- *¾ Tasse Zucker*
- *1 Pck. Vanillinzucker*
- *½ Pck. Backpulver*
- *1 Prise Salz*
- *2 Eier*
- *1 Tasse Milch*
- *1 Tasse Öl*
- *2 Äpfel*
- *Dekoration nach Belieben*

Zubereitung:

Mehl, Backpulver, Zucker, Vanillinzucker und Salz mischen. Zuerst die beiden Eier, dann die Milch und das Öl unterrühren.

Den Ofen auf 150 Grad vorheizen.

Die Äpfel in kleine Würfel schneiden und unter den Teig mischen.

Ein Muffinblech mit Papierförmchen auslegen.

Den Teig in die Muffinformen füllen und ca. 25 Min. bei 150 Grad backen.

Nach Belieben verzieren, z.B. mit Puderzucker bestreuen oder Zuckerguss anrühren und auf die Muffins verteilen, vielleicht auch mit Schokostreuseln bestreuen.

Schoko-Muffins *(12 Stück)*

- *100 g Mehl*
- *20 g Kakao*
- *140 g Zucker*
- *½ Pck. Backpulver*
- *1 Prise Salz*
- *40 g weiche Butter*
- *120 ml Milch*
- *1 Ei*

- 120 g Nutella
- evtl. gehackte Nüsse zur Deko

Für die Glasur:
- 200 g Puderzucker (gesiebt)
- 80 g weiche Butter
- 25 ml Mich
- 80 g Nutella
- evtl. gehackte Haselnüsse

Zubereitung:

Mehl, Kakaopulver, Butter, Zucker, Backpulver und Salz mischen. Unter Rühren die Milch, dann das Ei und Nutella zugeben.

Den Ofen auf 180 °C vorheizen.

Ein Muffinblech mit Papiermuffinförmchen auslegen oder die Mulden einfetten. Den Teig hineingeben und 15-20 Minuten backen.

Die Muffins ganz auskühlen lassen. Einen kleinen »Deckel« oben aus den Muffins schneiden, Nutella auf der Schnittstelle verteilen und das herausgeschnittene Stück wieder auf die Muffins setzen.

Die Glasur anrühren, mit einem Messer auf die gefüllten Muffins verteilen und nach Belieben mit gehackten Nüssen dekorieren.

Astrid della Giustina

Die Wiedergutmacherin

»Sie hatte den Kopf auf dem Rücken.«

Moiras Phantasie schlug Purzelbäume.

»Wie meinst du das: *den Kopf auf dem Rücken*?«, fragte sie mit hochgezogenen Brauen.

Maisie hackte Zwiebeln, als gelte es, dadurch die Welt zu retten. Sie trug eine mit bunten Katzen bestickte Wollmütze, unter der sie ihre langen braunen Haare verborgen hatte und die ihr beim Arbeiten fast über die Augen rutschte.

»Na, sie hatte den Kopf so verdreht, dass das Gesicht nach hinten blickte, und dabei hat sie die ganze Zeit wie wild mit den Augen gerollt. So –« Maisie zog eine Grimasse, die Moira unwillkürlich in schallendes Gelächter ausbrechen ließ.

»Sehr witzig, Moira. Sieh zu, dass das Gemüse endlich fertig wird, bevor du vor Lachen tot umfällst!«

»Wahrscheinlich holt mich dann auch der Teufel«, murmelte Moira und schob Maisie das Holzbrett samt Gemüse zu. Ihre Schwester hatte sie dazu verdonnert, Sellerie, Möhren und Porree in akkurate Würfelchen zu schneiden.

»Fang!«, rief Maisie und Moira sah ein Ei auf sich zufliegen. Hastig griff sie in die Luft und bewahrte es vor dem Absturz.

»Dein Glück, dass es hart gekocht ist«, grinste Maisie. »Hier ist noch ein zweites. Hack sie beide samt Schale in kleine Stücke.«

»Mit Schale??«

»Hörst du schlecht, Schwesterherz? Das macht der Großstadtlärm. Ja, mit Schale. Ordentlich zerkleinert schmeckst du nichts davon, aber der enthaltene Kalk ist unschätzbar wertvoll für die Knochen.«

»Aber ...«

»Nerv mich nicht«, fiel Maisie ihr ins Wort. »Es ist schon spät und ich muss viele hungrige Mäuler stopfen. Hol lieber die große Schüssel aus dem Kühlschrank.«

Moira hackte die Eier klein und spürte, wie eine Gänsehaut ihren Rücken hinaufkroch. *Eier mit Schale* ... Was ging hier ab? Dann öffnete sie den riesigen alten Kühlschrank. In Maisies Küche war vieles riesig und alles alt. Im Grunde war das gesamte *guest house* aus dem frühen 18. Jahrhundert von vorne bis hinten marode und renovierungsbedürftig. Damit stand es in krassem Gegensatz zu seinem hoch gestochenen Namen: *Morgan's Manor*. Dabei wäre *Morgan's Bruchbude* weitaus treffender gewesen, dachte Moira.

»Nimm die Alufolie ab«, befahl Maisie und knallte eine gusseiserne Pfanne auf den Herd. Dann hob sie einen Steinguttiegel vom Bord und ließ einen Löffel grau-glänzende Masse in die Pfanne gleiten. Es zischte und Moiras Nasenflügel blähten sich. Während sie noch damit beschäftigt war, die Alufolie von der Schüssel zu knibbeln, fragte sie nach einem Seitenblick angeekelt: »Was ist das denn für ein Teufelszeug?«

»Das ist hochwertiges Schaffett. Gut für Haut und Haar. Und sprich bitte nicht dauernd vom Teufel. Das macht mich nervös, das weißt du.«

»Wir müssen aber darüber reden, Maisie. Deshalb bin ich schließlich hier.«

»Ja, aber nicht jetzt. Das Essen hat Vorrang. Übrigens habe ich dich nicht darum gebeten, hierher zu kommen. Ich bin froh und dankbar, dass Onkel Alasdair mir die Pension hinterlassen hat. Er war übrigens auch dein Onkel.«

»Er war ein Freak. Und ein gefährlicher obendrein, sonst wäre das arme Mädchen jetzt nicht tot.«

»Die offizielle Todesursache lautet *Herzversagen* und wurde nie angezweifelt.«

»Ja, klar … weil die Psychopathen in diesem Horrorkaff alle zusammenhalten.«

»Dramstone. Das *Horrorkaff* heißt Dramstone.«

Irgendetwas ließ die Folie bombenfest an der Schüssel kleben und als Moira genauer hinsah, erkannte sie eine zähe, dunkle Flüssigkeit. Entschlossen rupfte sie die Abdeckung an mehreren Stellen gleichzeitig ab und wünschte sich im selben Moment, sie hätte es nicht getan. Die Schüssel war randvoll gefüllt mit einer blutig-braunen Brühe, die hier und dort Blasen warf. Kleinere und größere Stücke zweifelhafter Herkunft dümpelten darin herum. Der aufsteigende Geruch, ein *übler* Geruch, verbreitete sich in Windeseile. Moira presste ihre Armbeuge gegen die Nase und stürzte zum Fenster, um es aufzureißen, aber so sehr sie auch rüttelte, es ließ sich nicht öffnen.

»Es klemmt. Muss mal gemacht werden«, sagte Maisie, während sie Gemüse und Eier zu den Zwiebeln in die Pfanne gab. Moira hing immer noch am Fenstergriff und zerrte verzweifelt daran. Maisie verdrehte die Augen, angelte nach der Whiskyflasche, die ebenfalls auf dem Bord stand, und reichte sie Moira. Die griff dankbar zu und schenkte sich einen kräftigen Schluck in ein Glas. Dann warf sie den Kopf in den Nacken, kippte den würzigen Single Malt in ihre Kehle und schloss für einen Moment die Augen. Der Geruch aus der Schüssel erfüllte mittlerweile die gesamte Küche. Maisie schien das nicht zu bemerken. »Wir haben schon kurz vor sieben und ich bin immer noch nicht fertig mit dem Essen«, schimpfte sie. »Das gibt gleich wieder ein schönes Theater …« Kein Vergleich zu dem Theater, dass die Gäste machen werden, wenn sie den Schlangenfraß vorgesetzt bekommen, dachte Moira schaudernd und goss sich einen großzügigen Nachschlag ein. Danach fühlte sie sich einigermaßen gestärkt und fragte energisch:

»Maisie Morgan, was schwimmt in dieser Horrorschüssel herum?!«

»Köstlichkeiten vom Galloway-Rind, nach denen sich Gourmets die Finger lecken.«

Keine Frage, Irrsinn war ansteckend und Maisie hatte sich bereits nach kurzer Zeit in dieser Kaschemme genauso infiziert wie der tote

Onkel, dessen liebstes Hobby der ambulante Exorzismus gewesen war. Vom Rinderhirten zum selbst ernannten Teufelsaustreiber – Karriere made in Scotland. Moira schielte erneut zum tröstenden Whisky, aber die Angst vor völligem Kontrollverlust hielt sie davon ab.

»Und um was für Köstlichkeiten handelt es sich dabei?«, fragte sie stattdessen vorsichtig.

Maisie griff schwungvoll in die Schüssel und hielt ein stinkendes, tropfendes Etwas mit dem Aussehen eines alten Putzlappens in die Höhe:»Rinderkopfhaut zum Beispiel, aber eben auch Luftröhren, Sehnen und Nasen vom Rind.« Maisie zog die zitierten Gegenstände nacheinander aus ihrer mörderischen Lake und schnitt sie mit geübtem Griff in kleine Stückchen, die sie portionsweise in die brutzelnde Zwiebel-Gemüse-Ei-Mischung warf. Moira spürte, wie ihr Magen sich hob.

»Ist das so etwas Ähnliches wie *Haggis*?« Moira hatte natürlich schon von der zweifelhaften schottischen Spezialität gehört, war aber bis dato von direktem Kontakt verschont geblieben.

»*Haggis*? Nein, da wird ja alles Mögliche in einen Schafsmagen gewickelt, iiieeeh!!!«, quiekte Maisie, goss einen Schwall Wasser in die Pfanne und schaltete die Herdplatte aus.

»So, noch einmal ordentlich umrühren, ein paar Haferflocken dazu und fertig ist das Abendmahl«, jubelte sie und rundete ihre Kreation mit einem Hauch Salz ab.

»Scheiß auf die Kontrolle!«, sagte Moira und nahm einen tiefen Schluck direkt aus der Flasche. »Und das willst du jetzt deinen Gästen vorsetzen, Maisie?« Sie schüttelte sich.

»Meinen Gästen? Bist du irre, Moira?! Das ist das Abendessen für die Katzen!«

Maisie grinste ihre Schwester frech an. »Du glaubst wohl, ich wäre völlig durchgeknallt, was?« Sie wollte noch etwas hinzufügen, aber da zerbarst das Küchenfenster in tausend Splitter. Maisies Mund blieb vor Schreck offen, während Moira instinktiv beiseite gesprungen war. Beide Frauen starrten erst durch die zerbrochene Scheibe ins Dunkel und dann auf einen Gegenstand, der vor dem Kühlschrank lag. *Eine Handgranate!*, schoss es Moira durch den Kopf.

Aber es war nur ein Stein, mit einem Blatt Papier und einer Kordel umwickelt. Maisie reagierte erstaunlich schnell: Sie löste die Kordel, strich das Blatt glatt und las:

Verdammtes Mörderpack!!!

Nun war sie es, die sich die Whiskyflasche schnappte und glucksend daraus trank. Durch das Loch im Fenster pfiff der Novemberwind.

»Wenigstens kann der Gestank jetzt abziehen«, sagte Moira trocken und streckte eine Hand nach dem Papier aus. Da schellte es. Beide fuhren zusammen und schlichen dann leise in den dunklen Hausflur. Draußen über der Tür brannte ein schwaches Licht und die Silhouette darunter erschien riesenhaft. Daneben kleinere Schatten und gutturale Laute. Maisie schaute ängstlich zu Moira hinüber, da schellte es erneut und eine tiefe Stimme rief: »Hallo, jemand da?«

»Klingt harmlos, oder?«, wisperte Maisie. Moira rollte im Dunkeln mit den Augen, knipste das Licht an und riss die Tür auf.

Sofort schoss eine Horde Katzen herein und verschwand miauend in Richtung Küche.

»Eine fehlt«, bemerkte Maisie und Moira konnte sich ein weiteres Mal nur wundern, hatte jedoch gerade keinen Kopf dafür.

Der Mann draußen kniff irritiert die Augen zusammen und blickte dann leicht hektisch hinter sich. Fast hätte Moira die Tür wieder zugeknallt, aber da trat der Fremde bereits eilig ein und schloss selbst die Tür. Zu dritt drängten sie sich in dem schmalen Flur und suchten nach Worten. Der Mann warf einen kurzen Blick auf Maisies Mütze und fragte schmunzelnd: »Kann ich hier vielleicht ein Zimmer bekommen oder ist das eine reine Katzenpension?«

»Ein Zimmer? Ach, so. Ja, klar. Ein Zimmer!«

Maisie wäre dem neuen Gast vor Erleichterung fast um den Hals gefallen.

Moira dachte an den Stein in der Küche. Konnte jemand so dreist sein, erst ein Fenster einzuwerfen, um dann unverfroren nach einem Zimmer zu fragen?

»Ist Ihnen da draußen jemand begegnet?«, wollte sie wissen.

»Nein. Wieso?«

Wieder trat der gehetzte Ausdruck in die Augen des Mannes.

Moira winkte ab, aber Maisie musste sich offenbar unbedingt mitteilen.

»Jemand hat einen Stein durch mein Küchenfenster geworfen. Durch das geschlossene.«

»Grundgütiger!«, rief der Gast. »Da komme ich ja vom Regen in die Traufe ...«

Egoist!, dachte Moira.

»Warum?«, fragte Maisie.

Doch dieses Mal war er es, der abwinkte.

»Egal. Wirklich. Mein Name ist übrigens Ryan MacLoughlin und es wäre wunderbar, wenn Sie mir jetzt mein Zimmer zeigen könnten.«

Maisie entschuldigte sich und kletterte mit ihm die enge Stiege nach oben. Moira dachte: *Warum hast du kein Gepäck, Ryan MacLoughlin?*

Später, als die Katzen satt und wieder ihrer Katzenwege gegangen waren und Moira erfahren hatte, dass die nächsten Gäste erst zum Wochenende erwartet wurden, saßen die Schwestern bei Kerzenschein am Küchentisch. Das hässliche Loch in der Scheibe hatten sie notdürftig mit einer Plastiktüte und Paketklebeband verschlossen.

»Bis morgen reicht das erst mal«, sagte Moira und streichelte ihrer Schwester aufmunternd über den Arm. Maisie nahm endlich ihre Mütze ab und legte sie neben sich. Moira dachte: *Wie jung sie doch aussieht ...* Dabei betrug der Altersunterschied zwischen ihnen gerade mal drei Jahre. Maisie schüttelte traurig den Kopf.

»Morgen wird niemand kommen, um das Fenster zu reparieren. Und nächste Woche auch nicht. Es wird überhaupt nie jemand kommen. Die Leute hier hassen mich.« Maisie schaute auf den Stein, der zusammen mit Zettel und Schnur auf dem Küchentisch lag.

»Und deshalb werden wir morgen deinen Kram zusammenpacken und gemeinsam von hier verschwinden!« Moira spürte ihre Geduld mehr und mehr schwinden. Sie wollte weg aus diesem Gruselkabinett.

»Nein!«, rief Maisie ärgerlich. »Ich bin es leid, wegzulaufen. Schluss damit!«

Sie schlug mit der flachen Hand so hart auf den Holztisch, dass die Gläser wackelten.

»Erst bin ich vor unserem Vater weggelaufen, weil ich keinen Bock auf ein Jura-Studium hatte; dann vor meinem Mann, weil er krankhaft eifersüchtig war, und dieses Mal habe ich mir geschworen, ich ziehe es durch – komme, was da wolle.«

»Maisie«, sagte Moira beschwichtigend, »du bist erst seit ein paar Wochen hier in diesem Kaff und alle hassen dich, ohne dich überhaupt zu kennen. Was in drei Teufels Namen willst du durchziehen?«

»Teufel, Teufel, Teufel!« Maisie schien allmählich hysterisch zu werden. Sie sprang auf und lief um den Tisch herum. »Ja, Alasdair war ein scheiß selbsternannter Exorzist! Ja, er hat es mit seinem religiösen Wahn zu weit getrieben. Ja, deshalb ist in diesem verdammten Haus ein Mädchen gestorben. Aber was hat das alles mit mir zu tun?«

Maisie warf sich auf ihren Stuhl, legte den Kopf auf die Arme und begann, hemmungslos zu weinen, während Moira überlegte, wo in grauer Vorzeit sie mit der Beantwortung von Maisies Frage beginnen sollte. Ihrer Natur folgend entschied sie sich für den kürzesten Weg.

»Alasdair kann niemand mehr zur Rechenschaft ziehen, weil er sich umgebracht hat, aber du hast sein Erbe angetreten und sollst das nun büßen. Was ist daran so schwer zu kapieren?«

Maisie hob den Kopf und wischte sich mit dem Handrücken die Tränen ab.

»Du bist diejenige, die nichts kapiert! Alasdair hat bis zuletzt geschworen, dass er dem Mädchen nichts getan hat, ja, dass er sie noch nicht einmal angerührt hat! Plötzlich war sie einfach tot! Und dieses *guest house* ist alles, was ich mir immer gewünscht habe. Schon damals, als Dad mir jeden Abend etwas von seiner Kanzlei vorgefaselt hat, habe ich mir immer vorgestellt, wie ich in einer idyllischen Pension am Meer eine kleine Gästeschar bekoche und betüdele ...«

Idyllisch ... Wie ein Friedhof bei Nacht. Moira wollte etwas sagen, aber Maisie ließ sie nicht zu Wort kommen.

»... und als Alasdair dann tot war und ich den Anruf von seinem Anwalt bekam, da war plötzlich alles so einfach und klar. Plötzlich hatte sich mein Traum erfüllt, wie aus dem Nichts, und ich werde nicht zulassen, dass er wieder zerplatzt.«

Moira fuhr sich mechanisch durch die raspelkurzen Haare, fühlte kurz über die Tätowierung in ihrem Nacken, als Maisie sich weit über den Tisch beugte und flüsterte:

»Weißt du, was seine letzten Worte waren?«

»Natürlich nicht. Und woher kennst du sie?«

»Sie stehen in seinem Abschiedsbrief: *Nur die Wiedergutmacherin kann es richten.*«

»Die Wiedergutmacherin?«, wiederholte Moira.

»Ja. Mysteriös, nicht?«

»Mysteriös, vielleicht. Oder total irrsinnig.«

Wieder griff Maisie nach der Whiskyflasche, die anscheinend von einem unsichtbaren Füllhorn gespeist wurde. Moira verzog ihren Mund.

»Ich komme mir allmählich vor wie in einem Heimatfilm, in dem Kilt-tragende Schotten den ganzen Tag zu Dudelsackmusik Whisky saufen. Hast du nichts anderes?«

»Ich habe nichts gegen Klischees.« Plötzlich stand der neue Gast in der halbdunklen Küche vor ihrem Tisch. »Vor allem nicht, wenn sie das Herz erwärmen.«

Die beiden Frauen starrten ihn an wie eine Erscheinung und rührten sich nicht. Ryan MacLoughlin schaute unbefangen zurück. Maisie besann sich auf ihre Rolle als Gastgeberin und zeigte auf einen der freien Stühle. Er setzte sich und Maisie schenkte ihm zwei Finger breit Whisky in einen Tumbler.

»Ich hätte trotzdem lieber einen kalten Wein«, beharrte Moira und erinnerte sich, vorhin im Riesenkühlschrank eine Flasche Chardonnay erblickt zu haben. Auch ein altes, geschliffenes Weinglas fand sich in einem Hängeschrank. Die Flüssigkeit rann kühl durch ihre Kehle.

»Ich möchte euch nicht stören, aber mein Gefühl sagt mir, dass wir uns vielleicht guttun können«, sagte Ryan nach einem andächtigen Schluck aus seinem Glas.

»Wenn dir jetzt ein flotter Dreier mit zwei einsamen Schwestern vorschwebt, muss ich dich enttäuschen«, knurrte Moira und sah ihm direkt in die Augen. »Das ist hier eine Familienpension und kein Swinger-Club.« Maisie stülpte sich hektisch ihre Mütze über und zog sie runter bis über die Augenbrauen, aber Ryan konnte sich vor Lachen kaum halten. »Reizvoller Gedanke, aber ich kann euch beruhigen: Ich habe eher eine Frau zu viel als zwei zu wenig.«

Moira beschloss, sich keinesfalls vom Charme des Fremden einlullen zu lassen.

Maisie wollte nachhaken, aber da hatte Ryan den Stein und das zerknitterte Blatt Papier auf dem Tisch entdeckt. Schnell folgte er Maisies Blick zum Plastiktütenfenster.

»Darf ich?«, fragte er, griff aber bereits nach dem Zettel.

»*Verdammtes Mörderpack?*« Er sah erst Moira und dann Maisie an.

»Dasselbe steht draußen an der Hauswand.«

»Wie bitte?!« Als Maisie aufsprang und aus der Küche lief, fiel ihr Stuhl laut polternd um.

»Vielen Dank für deine Sensibilität«, fauchte Moira, schnappte sich eine Strickjacke vom Haken neben der Tür und folgte ihrer Schwester. Draußen war es bereits eisig kalt, obwohl es erst Anfang November war. Ihren sprachlosen Münden entwichen kleine weiße Atemwolken, wie sie so da standen und die rot besudelte Steinwand rechts vom Eingang betrachteten.

»Das *t* sieht aus wie ein Kreuz«, hauchte Maisie schockiert.

»Genau wie drinnen auf dem Zettel auch«, fiel es Moira ein.

»Und jetzt wisst ihr, wer es war, oder wie?« Auch Ryan war unbemerkt dazu gekommen und nahm das *t* in Augenschein. Moira mochte ihn immer weniger.

»Warum rufen wir nicht endlich die Polizei?« Moira ärgerte sich, dass sie nicht schon längst auf das Naheliegende gekommen war. Wurde sie auch bereits verrückt? Sie drehte sich zu Maisie um.

»Ganz einfach«, antwortete Maisie fast heiter. »Weil sie nicht kommen wird. Der Schreiner kommt nicht, meine Briefe muss ich mir im Postamt selbst abholen und die Polizei sagt, sie schickt jemanden, tut es aber nicht.«

»Woher weißt du das?«

»Weil irgendein Spaßvogel vergangene Woche mitten in der Nacht einen Scheiterhaufen vor dem Haus errichtet und angezündet hat. Ich habe natürlich sofort die Polizei angerufen, aber es ist nie jemand gekommen. Ja, als ich später noch einmal angerufen habe, ist erst gar keiner mehr ans Telefon gegangen.«

Moira sah sich unwillkürlich nach den Überresten des Scheiterhaufens um, aber Maisie erzählte, sie habe tags darauf alles selbst weggeräumt, damit ihre Gäste nicht noch mehr beunruhigt wurden. Wie meist waren es Ruhesuchende aus dem Ausland gewesen, denen sie irgendetwas von schottischen Herbstbräuchen vorgefaselt hatte. So gesehen war es gut, dass die Polizei nicht erschienen war, sagte Maisie.

»Dann können wir im Moment hier draußen nichts weiter ausrichten. Wir kümmern uns morgen früh darum«, entschied Ryan und drängte die Frauen, wieder hineinzugehen.

Wir??, dachte Moira und spürte die Beklommenheit der Wut weichen. Ärgerlich schob sie seinen Arm von sich: »Ihr könnt gerne reingehen – *ich* brauche jetzt frische Luft, sonst platze ich.«

»Bitte komm mit rein«, bat Maisie.

»Ich kann ganz hervorragend auf mich selbst aufpassen, wie du weißt!« Demonstrativ zog sie ein Klappmesser aus ihrer Cargohose, ließ es aufschnappen und marschierte schnurstracks um die Hausecke, hinter der sich ein alter Werkschuppen und der Weg ins Dorf befanden. Maisie kannte Moiras unerschrockene Alleingänge in Stresssituationen von Kindesbeinen an. Sie zuckte mit den Schultern und folgte Ryan zurück ins Warme.

Als Maisie am nächsten Morgen in die Küche kam, trug Moira dieselben Sachen wie am Vorabend, plus einer Sonnenbrille und nippte vorsichtig an ihrer Teetasse. Maisie goss sich ebenfalls einen Tee aus der Kanne auf dem Herd ein, setzte sich ihrer Schwester gegenüber und sah sie erwartungsvoll an.

»Und?«, fragte sie.

»Was und?«

»Na, komm schon.« Maisie stupste sie an. »Wo warst du?«
Moira grinste und massierte mit zwei Fingern vorsichtig ihre Schläfe.

»Ich habe einen Plan. Wenn der funktioniert, kannst du hier in deiner Albtraumbude wohnen bleiben und ich schlüpfe ganz schnell wieder in mein eigenes kleines Leben.«

»Erzähl!«, rief Maisie neugierig. Die Holztreppe im Flur knarrte. Moira und Maisie sahen sich an. Kurz darauf kam Ryan verlegen in die Küche gestapft.

»Ich wollte mich eigentlich mit dir allein unterhalten«, bemerkte Moira kühl, »aber es ist vielleicht ganz gut, wenn unser lieber Ryan mithört.« Ihre Stimme triefte vor Sarkasmus. Auch Ryan versorgte sich mit Tee und sah Moira wachsam an, als er sich an den Tisch setzte.

»Ich war gestern Nacht im Pub. Und ich weiß, wer die *Wiedergutmacherin* ist.«

Ryan stellte seine Tasse ab.

»Einer alten Legende zufolge kann man der *Wiedergutmacherin* in Vollmondnächten einen Bittbrief zukommen lassen und wenn sie einen für würdig befindet, schafft sie Abhilfe.«

Maisie sank in sich zusammen. »Und du nennst *mich* verrückt ...«, murmelte sie.

»Lass mich ausreden!«, befahl die Ältere. »Da das ganze Dorf hier einen kollektiven Riesenknall hat, ist das unsere einzige Chance, den wahren Mörder von – wie hieß das Mädchen? – zu entlarven!«

»Lindsay. Sie hieß Lindsay«, sagte Ryan leise. Sein Gesicht war blass.

»Ja. Aber woher kanntest *du* sie?« Maisie starrte den Gast an. Moira lächelte triumphierend und nahm ihre Sonnenbrille ab.

»Weil er ihr Schwager ist«, ließ sie die Katze aus dem Sack und stach mit dem Brillenbügel in Ryans Richtung. »Die tote Lindsay war die Schwester seiner lieben Frau.«

»Was?! Und da schleichst du dich hier rein und sagst nichts?« Maisie rückte von Ryan ab.

»Nein ...«, wehrte der Mann ab.

»Nein«, fuhr Moira dazwischen, »Fergie, seine Frau, hat ihn rausgeworfen. Ihr gehört das Pub und sie hat es mir selbst erzählt.«

»Das stimmt nicht! *Ich* bin gegangen!«, rief Ryan empört.

»Hat sie mir aber so erzählt«, wiederholte Moira.

»Ach ja? Nach dem wievielten Drink?!«, ätzte Ryan, der nun wütend wurde. »Und hat sie dir auch erzählt, warum ich abgehauen bin, ja?!«

Maisie schaute fassungslos vom einen zur anderen. Moira schwieg.

»Ich bin gestern abgehauen, weil ich es endgültig nicht mehr ausgehalten habe. Fergie war immer schwierig, unsere Beziehung von Tag eins an eine einzige Katastrophe, aber seit der Sache mit ihrer Schwester ist sie völlig unberechenbar.«

»Seit Lindsays Tod oder was meinst du mit *der Sache*, Ryan?«, wollte Maisie wissen.

»Ich meine seit … seit sie diese Anfälle hatte.«

»Also seit sie vom Teufel besessen war?«, hakte Maisie nach.

»Sie war oft verwirrt, psychisch krank, geistig umnachtet – sucht euch was aus. Den Floh mit dem Teufel hat Alasdair allen ins Ohr gesetzt und Fergie hat es nur zu gerne geglaubt.«

»Warum?«, fragte Maisie, aber ihre Stimme ging in Sturmgeklingel unter. Fragend sah sie Moira an. Die schürzte nach einem Blick auf die Uhr ihre Lippen und sagte:

»Bestimmt der Postbote.«

»Blödsinn. Der kommt nicht hierher, habe ich dir doch erzählt.«

»Ab jetzt kommt er«, entgegnete Moira und kippte einen kleinen Schluck Whisky in ihren Tee. »Mach auf und sag ihm, er soll reinkommen.«

Maisie bewegte sich staunend zur Tür und kam noch staunender mit einem riesigen Kerl in dunkelblauer Uniform wieder zurück.

»Hi, Seamus«, grüßte Moira knapp.

»Hi, Schatz«, sagte der Postbote, ließ seine schwere Tasche fallen und gab Moira einen langen, feuchten Kuss.

»Schatz?«, echote Maisie.

»Wir haben ein bisschen rumgemacht«, antwortete Moira und setzte die Sonnenbrille wieder auf.

»Rumgemacht?«, fragte Seamus wenig begeistert, nahm neben Moira Platz und probierte ihre Teemischung.

»Bitte setzen Sie sich doch und trinken einen Tee mit uns«, stichelte Maisie und zupfte Maschen aus ihrer Mütze. Ryan grinste und lehnte sich zurück als begänne gleich der Hauptfilm.

»Gerne«, antwortete Seamus erfreut und sah zu, wie Maisie ihm Tee eingoss. »Jemand hat gestern Nacht *Ihr seid alles Penner!!!* auf die Wand des Gemeindehauses geschrieben. Mit drei Ausrufezeichen und drei Totenköpfen als Punkte unter den Ausrufezeichen, stellt euch das mal vor!«

»Stellt euch das mal vor«, wiederholte Maisie und sah ihre Schwester kopfschüttelnd an. Eine leichte Röte flutete Moiras Wangen, aber sie blieb stumm.

»Müsste das nicht heißen *Ihr seid alle Penner?* Alles ohne *s?*«, sinnierte Seamus, während Ryan die Gelegenheit nutzte, um nach draußen zu flüchten. Irgendwie wollte kein rechtes Gespräch aufkommen. Moira seufzte und kniff Seamus in den Arm.

»Geh jetzt deine Post austragen. Komm, ich bring dich raus.«

»Okay. Und morgen repariere ich das Fenster und übermale die Schmiererei draußen, Maisie.«

Vor der Haustür legte Seamus Moira lächelnd einen Finger auf die Lippen und fuhr dann langsam abwärts über ihren Hals und ihr Schlüsselbein. Als sie sich noch hin- und hergerissen fragte, wo der Finger wohl landen mochte, sah sie, dass Ryan sich an der Tür des Geräteschuppens zu schaffen machte. Seine Bewegungen wirkten fahrig. Moira schlug Seamus auf die vorwitzige Hand, murmelte *Wir sehen uns später* und bewegte sich lautlos auf Ryan zu. Der fummelte immer noch an der Tür herum und als sie sah, was der Grund dafür war, wurden ihre Knie weich und sie schnappte entsetzt nach Luft. Ryan schoss herum und streckte seine Hände abwehrend nach ihr aus. Blutbesudelte Hände. Mit Blut, das ursprünglich mal durch die Venen einer geschmeidigen Katze geflossen war, die nun mit verzerrter Todesfratze an Maisies Schuppentür hing. Warum hing das Tier dort? *Wie* hing es? Moira konnte nicht anders und trat näher. Ryan versuchte nicht länger, sie davon abzuhalten. Die Katze war mit den

Ohren an die Holztür genagelt worden und als wäre das nicht schon grauenvoll genug gewesen, erkannte Moira, dass man den Kopf des Tieres auf groteske Weise nach hinten auf den Rücken verdreht hatte.

»Als wäre auch sie vom Teufel besessen«, flüsterte Moira.

»Ich habe ja gesagt, eine fehlt.« Das war Maisies Stimme, kalt wie Glas. Niemand hatte sie kommen hören. Stimmt, dachte Moira, das hatte Maisie gestern gesagt, als sich die Katzen an Ryan vorbei ins Haus gedrängt hatten.

»Bitte geh wieder ins Haus«, sagte Ryan leise zu Maisie, die jetzt weinte. Und zu Moira: »Bring sie rein, damit ich das Tier endlich abnehmen kann.«

Als er zehn Minuten später zu den fassungslosen Frauen in die Küche kam und sich ausgiebig die Hände in der Spüle wusch, erzählte er ihnen behutsam, dass die Katze bereits tot gewesen war, bevor sie an die Tür genagelt wurde. Er hatte eindeutige Spuren gefunden, die für das Überfahren mit einem Auto sprachen. Maisie nickte nur schweigend vor sich hin und zerknüllte ein Papiertaschentuch zwischen ihren Fingern.

»Maisie, willst du immer noch hier bleiben oder sollen wir jetzt packen?« Moira hob das Kinn ihrer Schwester an und sah ihr in die tränennassen Augen. Maisie räusperte sich und sagte klar und deutlich: »Ich bleibe.«

»Okay«, rief Moira und sprang auf die Füße. »Dann wird die *Wiedergutmacherin* jetzt ihre Arbeit wieder aufnehmen!«

»Alle Frauen, mit denen ich zu tun habe, sind irre«, beschwerte Ryan sich und stellte nun seinerseits den Single Malt mit drei Gläsern auf den Tisch. »Also her mit deinem Plan.«

Und dann erzählte die seit eh und je trinkfeste Moira, wie sie in der Nacht zuvor, bei unzähligen Kaltgetränken, die Dorfbewohner erst ausgehorcht und dann manipuliert hatte. Zumindest hoffte sie, dass ihr letzteres gelungen war.

»Es war der alte Finley, der schließlich die Mär von der *Wiedergutmacherin* zum Besten gab. Das ganze Pub hing an seinen Lippen, als er schilderte, wie arme Sünder früher in Vollmondnächten zu den *Magischen Steinen* am Pinienwäldchen gepilgert waren und dort ihre Bittbriefe für die *Wiedergutmacherin* abgelegt hatten. Dabei durften sie nicht miteinander reden und sich nicht länger als unbedingt notwendig bei den Steinen aufhalten. Wer gar versuchte, der *Wiedergutmacherin* aufzulauern, um ihre Identität zu entlarven, den ereilte ein grausames Schicksal. Natürlich war es der *Wiedergutmacherin* vorbehalten, wem sie Sühne gewährte und wem nicht. Finley erzählte dann eine langatmige Geschichte, wie er selbst eine eigentlich unverzeihliche Dummheit angestellt hatte und von der legendären Frau errettet worden war.«

»Und was hat das alles jetzt mit Maisie zu tun?«, fragte Ryan ungeduldig und goss eine neue Runde Whisky in die Gläser.

»Nun warte doch. Irgendwann, so Finley, sei die *Wiedergutmacherin* einfach verschwunden und nie wieder aufgetaucht. Noch heute verrotten Tonnen von Altpapier unter den magischen Steinen, so heißt es. Und hier kam ich mit meiner Genialität ins Spiel und dieses Mal hingen alle an *meinen* Lippen.«

Das taten nun auch Maisie und Ryan. Moira fuhr fort:

»Ich habe denen weisgemacht, dass die *Wiedergutmacherin* nur deshalb abgehauen ist, weil das Böse in Gestalt des Teufels Einzug ins Dorf gehalten hatte. Und nun, wo der Spuk vorbei sei, würde sie wiederkehren. Vorausgesetzt …« Moira machte eine dramatische Pause. »Vorausgesetzt – der wahre Mörder von Lindsay bekenne sich per Brief zu seiner Tat. Natürlich seien auch alle anderen, die etwas verbrochen hätten, der *Wiedergutmacherin* willkommen, bla bla.« Moira holte tief Luft und trank einen Schluck aus ihrem Glas.

»Und das soll funktionieren?«, fragte Maisie zweifelnd.

»Hast du eine bessere Idee?« Maisie schüttelte den Kopf.

»Du?« Moira sah Ryan an.

»Nein. Wann soll die Party steigen?«

»Heute Nacht«, sagte Moira. »Wir haben Vollmond.«

Der Wind trieb die dunklen Wolken über den nachtschwarzen Himmel. Hin und wieder wollte der Vollmond durchbrechen, aber es gelang ihm noch nicht. Alles war in tiefe Dunkelheit getaucht, nur das zwei Kilometer entfernt liegende Dorf Dramstone umgab ein diffuser Lichtschimmer. Irgendwo in der Ferne jaulte ein Hund. Wolfsgleich. Ein Nachtvogel flog von einer Baumkrone zur nächsten und das leise Rauschen seiner Schwingen verschmolz mit einer Böe. Ein wenig bereute Moira nun, dass sie Ryan verboten hatte, mitzukommen. Als sie der Biegung des Feldweges folgte, rissen die Wolken für einen kurzen Moment vor dem Mond auf und gaben den Blick auf die *Magischen Steine* frei – so, als würde der Vorhang einer Theaterbühne entfernt. Fehlten nur noch die Akteure. Fasziniert blieb sie stehen und zog den breiten schwarzen Schal enger um ihre Schultern. Die Steine trugen den Beinamen *magisch* zu Recht: Ein riesiger Hinkelstein, der sich nach oben hin verjüngte, trug auf seiner Spitze ein quer liegendes Gegenstück, das nur geringfügig kleiner war. Wie konnte das halten? Und doch wusste Moira von ihrem Abend im Pub, dass die Steinformation bereits seit Jahrhunderten genau so Wind und Wetter trotzte. Da bis Mitternacht noch Zeit war, riskierte sie eine Umrundung der Steine, legte ihre Hand auf die kühle, glatte Oberfläche und spürte, wie der Vollmond gepaart mit körperlicher Anspannung durch ihre Adern brannte. Parallel dazu stieg das Mantra *Die Wiedergutmacherin wird es richten!* so glasklar in ihrem Innern auf, dass sie die Hand vom Stein zog und sich in den Schutz des kleinen Pinienwäldchens begab, von wo aus sie die Steine gut im Blick hatte. So gut wie man nachts etwas im Blick haben konnte, dachte sie und strengte ihre Augen noch mehr an. Nichts tat sich und Moira nahm ihren Rucksack ab, um sich eine Stärkung aus der Thermosflasche zu gönnen. Natürlich fiel ihr der Deckel aus der Hand und verschwand im Dunkeln. Sie fluchte leise vor sich hin und tastete mit einer Hand auf dem erdigen Boden umher. Da war etwas. Moira griff danach, aber es ließ sich nicht aufheben. Immer noch fluchend ging sie in die Hocke und sah, dass es sich bei dem vermeintlichen Kannendeckel um eine schwarz polierte Schuhspitze handelte. Da wurde ihr auch schon eine Hand fest auf den Mund gelegt, während eine zweite sie am Arm packte. Moira geriet in Panik und spürte einen Schrei in ihrer Kehle aufsteigen.

»Du machst mehr Lärm als eine Herde Galloway Rinder!«, zischte eine Stimme und verstärkte den Griff um ihren Arm.

»Ryan, du blöder Idiot!«, fauchte Moira erleichtert. »Was machst du hier?«

»Schscht, ich habe so eine Ahnung und möchte wissen, ob sie stimmt.«

Moira wand sich in seinem Griff, woraufhin er sie endlich wieder losließ. Der Mond schimmerte milchig durch die Wolkendecke. Die Glocke der Dorfkirche schlug Mitternacht.

»Achtung, Blick nach vorne. Es geht los.«

Ryan hatte recht: Ein paar vereinzelte Punkte bewegten sich in großem Abstand zueinander auf das Steinmonument zu, bis sich eine zufällige Reihenfolge ergab, die niemand in Frage stellte. So erreichte schon bald die erste schemenhafte Gestalt die Steinformation, verweilte kurz und verschwand wieder, wobei sie dicht an Moiras und Ryans Baumversteck vorbei schlich. Ein zweiter, dritter und vierter Schatten folgte. Dann verschloss der Himmel sein Lichtfenster, der Wind schwoll weiter an, sonst geschah nichts. Die beiden harrten noch eine halbe Stunde in vollkommener Stille aus und wollten sich gerade auf den Weg zu den Steinen machen, als Moira Ryan zurückhielt und nach links auf das freie Feld deutete: Der Vollmond beherrschte plötzlich den Nachthimmel und beleuchtete einen Nachzügler, der eilends die *Magischen Steine* ansteuerte. Ein Jammern und Wehklagen umgab die dunkle Gestalt. Es hörte sich fast wie das Wimmern eines verwundeten Tieres an. Die Gestalt krümmte sich unter der seelischen Last, die sie zu tragen hatte. Moira und Ryan hielten ergriffen den Atem an – da erfüllte ein mächtiges Knirschen die Stille. Der obere der *Magischen Steine* geriet wie von Geisterhand ins Wanken, der Wind tobte übers Feld, das Knirschen verstärkte sich. Im Mondlicht richtete sich die Gestalt zu voller Höhe auf und streckte beide Arme nach oben. Das Weinen schwoll an, kurz und heftig, bis der waagerechte Stein seinen Jahrhunderte alten Platz verließ und die schreiende Gestalt unter sich begrub. Ein letztes Knirschen – von Knochen? – dann Stille. Der Wind seufzte nur noch, als Moira und Ryan zu den – nun:

tragischen – Steinen eilten. Ryan erreichte sie als erster. Sein Schrei erzählte von verpassten Gelegenheiten und gegenseitigen Verletzungen. Nur ein selbst im Tode noch ausgestreckter Arm schaute unter dem großen Stein hervor. Ein Frauenarm, mit einem Stück Papier in der verkrampften Hand. Ryan griff nach dem Papier.

»Das ist ein Tatort«, mahnte Moira leise.

»Das ist meine Frau«, sagte Ryan und löste das Blatt aus der leblosen Hand.

»Fergie hat ihre eigene Schwester ermordet?«, fragte Maisie ungläubig.

Moira nickte und drückte ihr den Brief in die Hand. »Alle *t*s sehen aus wie kleine Kreuze … Ryan hat das gleich erkannt, schon draußen an der Mauer. Lies! Sie hat Lindsay mit einem Kopfkissen erstickt, damit die Schande endlich ein Ende hat.« Draußen wurde es bereits hell, aber sie saßen immer noch in der Küche. Ryan seufzte.

»Im Grunde hat sie verzweifelt versucht, die eigene Angst vor dem Wahnsinn zu ersticken. Ihre Mutter und ihre Großmutter sind beide in der Irrenanstalt gestorben. Fergie wusste, dass Lindsay nicht vom Teufel besessen war, aber euer Onkel ließ sie nicht mehr aus seinen Klauen.« Ryan war immer noch blass, die nächtlichen Drinks hatten seine Wangen nicht röten können.

Maisie starrte auf den Brief. »Bis zu dem Abend, als Alasdair zur Andacht gegangen war und wie üblich die Hintertür offen gelassen hatte. Fergie hat sich reingeschlichen und versucht, auf Lindsay einzureden, aber die war wie üblich weggetreten und dann verlor Fergie die Nerven … Und die Katze an der Schuppentür … Sie war tatsächlich schon tot, als Fergie sie am Straßenrand fand.« Sie sah auf und schaute zu Ryan hinüber. »Auf mich war sie auch deshalb so sauer, weil du mich immer in Schutz genommen hast, obwohl du mich gar nicht kanntest.« Ryan hielt ihrem Blick stand. Maisie faltete den Brief langsam zusammen und ging zum Herd, um Wasser für Tee aufzusetzen.

»Ich muss den Katzen Futter machen«, murmelte sie nach einem Blick auf die Uhr. Und zu Moira: »Du hilfst mir dabei.«

»Oh nein, nicht das schon wieder!«

»Du wirst doch wohl noch ein paar Dosen Thunfisch aufmachen können, oder?« Moira atmete auf und ging zur Vorratskammer. Es schellte.

»Wieso gibst du den Viechern eigentlich keinen Schlüssel?«, wollte Ryan wissen. Ihr gemeinsames Lachen war wie eine kleine Befreiung. Eine Minute später sausten vier Katzen in die Küche und rannten fast in Moira hinein, die ihnen zwei randvolle Teller auf den Boden stellte. Als sie sich wieder aufrichtete, stand Seamus mit einer Werkzeugkiste und einem Farbeimer direkt vor ihr.

»Die *Wiedergutmacherin* ist sauer«, rief er und formte einen Kussmund.

Moira stoppte ihn kurz vor ihren Lippen.

»Wie kommst du darauf?«

»Sergeant William sagt, sie hat vor Wut den oberen Stein runtergeschmissen, weil sie unsere Scheißbriefe nicht mehr lesen will.«

»Nein, nein«, sagte Moira und schlang ihre Arme fest um Seamus, »sie wollte nicht, dass sie wegfliegen und hat einen Briefbeschwerer drauf gelegt.«

(symbol) Dramstone Dinner für Katzen

Maisie liebt die Katzen, die sie von Onkel Alasdair zusammen mit dem guest house geerbt hat und möchte auch ihnen eine gute Herbergsmutter sein. Deshalb verwöhnt sie ihre Miezen hin und wieder mit Selbstgekochtem.

Rezept für einen kleinen Vorrat an Katzen-Gourmet-Portionen:

- 200 g marmoriertes Rindfleisch oder Schlachtabfälle vom Rind
- 100 g Rinderhack
- 1 Rinderherz
- 100 g Geflügelleber
- 150 g Lachsfilet
- 2 Markknochen
- 1 Esslöffel Gänseschmalz (Schaffett ist nicht überall erhältlich.)
- 1 Bund Suppengemüse
- 2 Pellkartoffeln
- 2 hart gekochte Eier
- 4 Bierhefe-Tabletten, zermörsert
- Ein Hauch Meersalz

Zubereitung:

Die Markknochen etwa 20 Minuten in Wasser köcheln. Dann das Wasser abschütten und die Knochen auskühlen lassen. Gänseschmalz in der Pfanne auslassen, das klein geschnittene Suppengemüse zusammen mit Pellkartoffelstückchen darin dünsten und alle ebenfalls zerkleinerten Fleischbestandteile hinzufügen. Höchstens 5 Minuten unter Rühren dünsten. Die Pfanne vom Herd nehmen, das ausgelöste Rindermark unterrühren und eventuell ein paar feine Markknochenspäne mit der Käsereibe zur Fleisch-Gemüse-Masse hobeln. Die beiden hart gekochten Eier samt Schale zerkleinern und gemeinsam mit den zermörserten Bierhefetabletten, einem winzigen Hauch Meersalz und den rohen Lachsfiletstückchen dazugeben. Alles noch einmal zusammen mit einer Tasse Wasser kräftig verrühren, auskühlen lassen und servieren. Reste können gut einen Tag im Kühlschrank aufgehoben oder portioniert eingefroren werden.

Gitta Edelmann

To a Haggis

Ich bin schottischer als die Schotten. Behauptet zumindest meine Schwiegermutter. Aber das ist das dominante Blut meiner Großmutter Mairi Schmitz, geborene MacAllan, die ich heiß und innig liebte und der ich keine größere Freude bereiten konnte, als am 25. Januar geboren zu werden.

Sie erhielt den freudigen Anruf in Edinburgh, als sie gerade ihre silberne Brosche an die seidene Tartan-Schärpe stecken wollte, die sie zu Ehren der *Burns Night* anlegte. So kam es, dass meine Ankunft mit einem zünftigen Dinner aus *haggis, neeps and tatties* gefeiert und mit mehr als nur einem *dram* – genauer gesagt Grannys Lieblings-Single-Pure-Malt-Whisky *The Macallan* – begossen wurde. So was prägt.

Granny Mairi und Opa Schmitz feierten also gebührend meine Ankunft, dann ging Opa wieder seinen wissenschaftlichen Forschungen an der University of Edinburgh nach und vergaß mich. Allerdings nur bis zur nächsten *Burns Night*. Wenn Granny ihm dann den Kilt hinlegte, rannte er zum Telefon, um mir zu gratulieren. Einmal war es allerdings der 27. Juli und Anlass für den Kilt war die Hochzeit einer Nichte, doch Opa war so geprägt, dass ihm nicht auffiel, dass statt der üblichen scharfen Winterwinde nur eine sanfte Sommerbrise durch Edinburghs Straßen zog.

Mein Vater war von ganz anderem Schlag als meine liebevollen Großeltern. Er hatte wohl das wissenschaftliche Denken von Opa geerbt, nicht aber dessen freundliche und tolerante Art, die er als Schwäche interpretierte. Heute würde ich sagen, er litt wahrscheinlich unter dem Asperger-Syndrom, aber als Kind war ich einfach nur unglücklich, dass wir so selten nach Schottland fuhren (naja, es war sehr weit, das sah ich ein), weil er nichts anzufangen wusste mit mir, mit seiner Verwandtschaft oder mit dieser windigen, dunklen Stadt voll alter Gemäuer und idiotischer Geschichten.

Hm, warum erzähle ich Ihnen das eigentlich? Ach ja, meine Schwiegermutter. Die hätte sich mit meinem Vater wahrscheinlich gut verstanden, so negativ gepolt wie sie war! Eigentlich schade, dass er schon nicht mehr lebte, als ich Mattis kennenlernte.

Elfriede war aus ihrem Dorf nie herausgekommen und sah auch nicht ein, wozu das gut sein sollte. Glücklicherweise hatte nach der Flucht ihres Gatten in die Arme einer südländischen Schönheit ihr einziger Sohn eine leitende Stelle in einem Nachbarort gefunden, so dass er in ihrer Nähe geblieben war. Ihre Tochter dagegen war nach Köln gezogen – in diese riesige, sündige Stadt, deren einzige Entschuldigung es war, recht gut katholisch zu sein. Aber Steffi war ja nur ein Mädchen und dazu auch noch …

Steffi war meine Freundin. Eine Studienfreundin, nicht das, was Elfriede zuerst mit verkniffenen Lippen dachte, als Steffi mich das erste Mal an einem Wochenende mit nach Hause brachte. Naja, als ich nach unserem gemeinsamen feucht-fröhlichen Ausgang morgens nicht auf dem Sofa, sondern in Mattis' Bett zu finden war, hat ihr das auch nicht gefallen.

Immerhin heirateten Mattis und ich sofort nach Beendigung meines Studiums und Elfriede machte sich daran, auf Enkel zu warten. Während unserer Hochzeitsreise nach Schottland, die nur dadurch getrübt war, dass Granny Mairi und Opa Schmitz nicht mehr lebten, bemühten wir uns redlich, allerdings ohne Erfolg, was vor allem meiner regelmäßigen Pilleneinnahme zu verdanken war. Ich wollte keine Kinder. Warum? Keine Ahnung, ich wollte einfach keine Kinder. Punkt.

Ja, meine Ehe wurde eigentlich ganz glücklich. Mattis ist ein ganz Lieber und erinnert mich oft an meinen Opa. Manchmal kann seine häufige geistige Abwesenheit zwar lästig sein, aber meist ist es ganz praktisch, dass er mir alle Entscheidungen überlässt. Natürlich habe ich das nie missbraucht und mich auch oft zurückgehalten, wenn es um sein Dorf oder seine Mutter ging.

In diesem Jahr treffe ich die Entscheidung, meinen vierzigsten Geburtstag mit einem richtigen *Burns Supper* zu feiern. Anders als in meiner Kindheit gibt es heute Internet und man kann den Haggis direkt in Schottland bestellen. Fertig und vakuumverpackt. Das macht die Sache sehr einfach. Viel einfacher, als ein Schaf oder Lamm zu schlachten, den Magen auszuwaschen und sauberzuschaben, Herz, Leber und Lunge garzukochen und in kleine Stücke zu schneiden, diese mit Salz, Pfeffer und Muskat, Zwiebeln, Nierenfett und Hafermehl zu vermischen, das Ganze in den umgedrehten Magen zu füllen und diesen zuzunähen. Stundenlanges Garen in kochendem Wasser ist weniger das Problem, in der Zeit kann man ja locker die *neeps*, also die Steckrüben, schneiden, kochen und pürieren und die *tatties,* den Kartoffelbrei, zubereiten.

Bester Laune teile ich meinen Entschluss mit. Mattis nickt abwesend – er isst, was auf den Tisch kommt. Ist auch nicht immer einfach, weil er auf die Frage »Was soll ich kochen?« nie eine Antwort weiß.

»Um Gottes Willen, Kind!«, schreit Elfriede auf. »So was kann man doch nicht essen – Schafsinnereien! Und Steckrüben – das ist doch Viehfutter. Weißt du was, ich mach dir einen schönen Rinderbraten mit Spätzle.«

Ich schüttle freundlich den Kopf und bestehe auf meinem Haggis. Schließlich ist es *mein* Geburtstag.

»Mattis, nun sag doch auch mal was!«, drängt Elfriede.

»Gleich – ich muss nur schnell telefonieren.« Mit diesen Worten verlässt Mattis den sonntäglichen mütterlichen Kaffeetisch. Ich weiß aus Erfahrung, dass für ihn damit die Sache erledigt ist. Ach, wenn er doch nur ein einziges Mal für mich und meine Wünsche eintreten würde! Aber so einer ist Mattis eben nicht.

Steffi dagegen ist Feuer und Flamme, als ich sie einlade. Ihre langjährige Beziehung mit Ellen ist gerade in die Brüche gegangen und sie ist froh, wenn sie etwas ablenkt.

»Ich kenne da einen Dudelsackspieler«, erklärt sie begeistert, »den können wir ja engagieren, das passt doch sicher.«

Das passt nicht nur, das gehört sogar dazu. Wer soll denn sonst das feierliche Hereintragen des Haggis' begleiten? Hm, da bleibt noch das Problem des *Address to a Haggis*. Mattis werde ich wohl kaum dazu bekommen, das traditionelle Gedicht von Robert Burns vorzutragen. Außerdem ist sein Akzent grauenhaft. Ich beschließe, die Tradition zu brechen. Selbst ist die Frau.

»Du bist ja schottischer als die Schotten«, beklagt sich meine Schwiegermutter.

Ich zucke zusammen. Ich habe nicht gehört, dass sie ins Haus gekommen ist. Und was will sie eigentlich hier in unserem Schlafzimmer? Ich schließe meine Hand um Grannys Silberbrosche, als wollte ich sie vor dem bösen Blick beschützen.

»Willst du dir jetzt auch noch einen Schottenrock nähen?«

»Nein, Elfriede, ich werde ein helles Kleid tragen und darüber eine Schärpe. Der Tartan ist für diese Schärpe.« Ich deute auf den blau-grün-roten Tartan der MacAllans, der auf dem Bett liegt. »Aber ich schaue, dass wir einen Kilt für Mattis leihen können.«

Elfriede schreit auf. »Mein Sohn im Rock – niemals!«

Empört stapft sie davon.

Nun ist Krieg angesagt. Der Haggis-Krieg, sozusagen. Ich glaube allerdings, in Wirklichkeit geht es um ganz andere Dinge. Ums Rechthaben. Und um Mattis. Der hat von seiner Firma das Angebot bekommen, eine Filiale in Nordengland zu übernehmen. Wenn er zusagt, bleibt Elfriede allein zurück. Ich dagegen bin dann nur noch ein kleines Stück von Edinburgh entfernt, das ich mit zunehmendem Alter als meine eigentliche Heimat ansehe. Auch wenn sie nicht mehr da ist – Granny Mairi hat mir so viel Geborgenheit vermittelt, dass ich sie bis heute spüre.

Wenn Frauen vierzig werden, werden sie wunderlich. Pflegte meine Mutter abfällig zu äußern, wenn eine Frau ihres Bekanntenkreises dieses magische Alter erreichte und noch einmal auf neue Ideen kam. Nun, dann werde ich jetzt eben wunderlich. Meine Mutter wurde depressiv und endete mit einer Überdosis Schlaftabletten. Ich werde rebellisch und ende hoffentlich in Schottland.

Allerdings fährt Elfriede nun die harten Geschütze auf. Zu Weihnachten jammert sie uns vor, wie einsam sie sich oft fühlt und wie wunderbar es ist, dass sie sich auf Mattis verlassen kann. Ach ja, und wie segensreich, dass wir so nah wohnen. Ein einziges Mal setzt Mattis an:»Aber Steffi …«, doch seine Worte werden mit einer überlegenen Geste zur Seite gewischt. Steffi zählt nicht.

Mattis wird von Tag zu Tag schweigsamer und scheint ständig in Gedanken verloren. Ich fühle, wie er schwankt. Als ich zu Silvester um Mitternacht mit ihm anstoße und er auf mein »Auf ein gutes neues Jahr an einem guten neuen Ort« nur unglücklich schaut, weiß ich, dass die Weichen gestellt sind. Und bis die Kinder zum Dreikönigssingen herumgehen, sagt er es auch:»Ach, weißt du, solange Mama noch lebt, sollte ich doch …«

Er hat sich zum ersten Mal, seit wir verheiratet sind, entschieden. Leider nicht für mich, was Elfriede in Begeisterung versetzt und ihr eine rosige Gesichtsfarbe beschert. Mein Versuch über gewisse, bei Mattis besonders beliebte erotische Spielchen die Waage wieder in die andere Richtung zu bewegen, scheitert.

Im Überschwang ihres Sieges steht auch mein Geburtstagsessen wieder auf Elfriedes Index.

»Also ich koche dann einen leckeren Rinderbraten mit selbstgemachten Spätzle – das ist sowieso Mattis' Lieblingsessen«, erklärt sie.

»Aber es ist *mein* Geburtstag!«

»Ja, Mama, das kannst du nicht machen«, mischt sich Steffi ein, die nach langer Zeit wieder einmal zu Besuch ist. Über die Feiertage war sie zwei Wochen in Österreich zum Skifahren und zur Vermeidung von Familienstress.

»Natürlich kann ich meine Schwiegertochter zum Essen einladen!«, keift Elfriede los.»Und du hast da gar nichts mitzureden, du …, du …«

Steffi und ich sehen uns an. Mattis steht auf und verlässt das Zimmer. Wahrscheinlich muss er wieder telefonieren. Er scheint aber mit sich selbst durchaus im Reinen, was mich innerlich auf die Palme bringt. Doch ich versuche es noch einmal in Ruhe.

»Ich habe schon den Haggis bestellt, alles arrangiert und unsere Freunde eingeladen«, sage ich. »Wir können ja das Essen mit dir an einem anderen Tag machen, wenn es dir so unangenehm ist.«

»Du lädst mich also aus? Dann esst doch euren Schweinkram allein! Aber du wirst schon sehen, was du davon hast! Du wirst schon sehen! Ich hab noch andere Möglichkeiten! Da wirst du dich noch umgucken! Ich hab schon immer gewusst, dass du nichts taugst und der arme Mattis …«

Ich bin geschockt. Denkt sie das wirklich? Ist das ihr wahres Ich?

Es ist mitten in der Nacht, als es bei uns klingelt. Ich tappse zur Tür und bin überrascht, eine völlig verheulte Steffi mit ihrem Koffer vorzufinden. Ich nehme sie kurz in den Arm und führe sie dann in die Küche, wo ich uns einen heißen, starken Tee koche. Mit Milch und Zucker. Grannys Allheilmittel.

»Sie ist durchgedreht!«, sagt Steffi schließlich. »Ich habe abgelehnt, dass sie mir einen netten Mann sucht, und da hat sie mich rausgeschmissen! Und gedroht hat sie, dass ich von ihr nichts erben werde. Als ob ich ihren alten Kram will!«

Ich lege meine Hand tröstend auf Steffis.

»Und dann hat sie was gefaselt von Engelstrompeten, die ich bald hören würde, und du auch, weil du sowieso an allem schuld bist.«

Ich schüttle den Kopf. Welchem religiösen Wahn ist Elfriede jetzt verfallen? Engelstrompeten! Glaubt sie etwa, dass auf ihr Gebet hin Engel herabsteigen werden, um alle zu strafen, die sich nicht so verhalten wie sie sich das vorstellt?

Moment – Engelstrompeten?

Kennen Sie diese baumartigen Sträucher, die man im Sommer in manchen Parks oder Gärten sieht? Die mit den weißen oder gelblichen, hängenden, trichterförmigen, großen Blüten? Das sind Engelstrompeten. Elfriede hat auch welche, sie züchtet sie selbst aus Samen und verkauft die Pflänzchen seit Jahren auf dem Kirchenbasar.

Mir läuft ein Schauer den Rücken hinunter. Nicht wegen des Kirchenbasars, sondern weil mir plötzlich einfällt, dass Engelstrompeten hochgiftig sind und Elfriede zu Hause die Samen hortet. Was hat sie vor?

Ein paar Tage später lädt Elfriede Mattis und mich zum Essen ein. Zum vieldiskutierten Rinderbraten mit selbstgemachten Spätzle und Salat. Ein Friedensangebot. Aber ich traue dem Frieden nicht. Vorsichtig beobachte ich, wie sie uns allen aus der großen Salatschüssel auffüllt. Der Salat scheint in Ordnung zu sein. Ich esse langsam. »Den Braten schneide ich schnell in der Küche auf«, zwitschert sie, »ich bin gleich wieder da.«

Als sie wiederkommt, liegen die Bratenscheiben hübsch dekoriert an den beiden Enden der Platte, dazwischen ein appetitlicher Haufen goldgelber Spätzle.

»Darf ich dir auftun?«, fragt sie bemüht.

Ich nicke und halte ihr den Teller hin. Vorsichtig legt sie eine Scheibe Braten darauf und fügt einen Haufen Spätzle hinzu. Auch Mattis füllt sie das Essen auf. Allerdings nimmt sie das Fleisch von der anderen Seite der Platte. So dekorativ denkt sie doch sonst nicht! Mein Misstrauen wächst, als sie auch ihr Stück von Mattis' Seite wählt, obwohl ihr die andere viel näher ist. Skeptisch schaue ich mein Fleisch an.

»Das ist frischer Pfeffer, den ich da drüber gerieben habe«, erklärt sie.

Ich nicke und bitte um etwas Salz. Elfriede springt auf und läuft erneut in die Küche. Ich bediene mich unterdes an der Bratensoße und gieße sie über mein Fleisch. Höflicherweise fülle ich auf die Teller von Mattis und Elfriede ebenfalls Soße.

»Was ist mit dem Wein?«, frage ich.

Mattis dreht sich um, um die Flasche Wein, die hinter ihm auf der Anrichte steht, zu öffnen. Das ist meine Chance. Bevor er sich umdreht und Elfriede mit dem Salz zurück ist, habe ich die Teller getauscht.

Ich sitze am weiß gedeckten Tisch, Kerzen spiegeln sich im Kristall-lüster. Neben mir Steffi mit glänzenden Augen, auf meiner anderen Seite ein gutaussehender Mann im Kilt, dessen Aussie-Akzent ver-rät, dass die MacGregors auch *down under* nicht vergessen haben, woher sie kommen. Schottischer als die Schotten? Ach was! Das do-minante Blut unserer Vorfahren …

Der Dudelsackspieler begleitet das Hereintragen des Haggis' mit wunderbar gänsehauterzeugenden Tönen. Der *Master of Ceremonies* beginnt seine *Address to a Haggis*.

Solch ein *Burns Supper* hätte ich zu Hause nicht hingekriegt, das gebe ich neidlos zu. Es war die richtige Entscheidung, gleich nach Elfriedes Beerdigung nach Edinburgh zu fliegen, um meinen vier-zigsten Geburtstag hier zu feiern. Ich freue mich, dass Steffi bei mir ist. Mattis wird den Ort nie verlassen, an dem seine Mutter begra-ben liegt. Elfriede hat gewonnen, auch wenn sie den Sieg mit ihrem Leben bezahlt hat. Sie hatte keinen schönen Tod und mich wun-dert, dass auf dem Totenschein nur Herzversagen steht. Naja, Bos-haftigkeit ist keine medizinische Diagnose.

Ah, die dritte Strophe.

»Cut ye up wi ready slicht«, tönt der Zeremonienmeister und schneidet den kochend heißen Haggis mit seinem Dolch auf, so dass der Inhalt herausläuft und sich appetitanregend über die Ser-vierplatte verteilt. Kurz darauf erklingt die letzte Zeile: *»Gie her a haggis*!«, und wir heben unsere Whiskygläser. Ich proste den Robert-sons auf der anderen Seite des Tisches zu, den früheren Nachbarn von Granny Mairi, die uns die Karten für den heutigen Abend noch so kurzfristig besorgt haben.

The Macallan rinnt samtig und warm meine Kehle hinunter. Ich denke kurz an Elfriede, der ich letzlich diesen wunderbaren Abend verdanke, obwohl das sicher das letzte war, was sie wollte!

Ich nehme einen zweiten Schluck. Ob ich den Mädchennamen meiner Großmutter annehmen kann? MacAllan, wie dieser *Malt*.

Anyway, ich bin zu Hause – *I'm hame.*

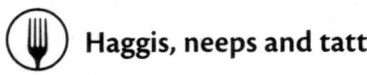 **Haggis, neeps and tatties**

Haggis

Ein ganz einfaches Gericht, denn den Haggis kann man auch in Deutschland vakuumverpackt oder gefroren über verschiedene schottische Internetportale bestellen. Es gibt ihn in verschiedenen Größen passend zur Gästezahl (kleinere Portionen im Schafsdarm statt im -magen) und sogar in Dosen (was ich nicht so recht empfehlen kann, aber da bin ich vielleicht schottischer als die Schotten).
Der Haggis ist fertig gegart und muss nur noch in siedendem Wasser langsam erhitzt werden. Die Zeit richtet sich nach der Größe des Haggis' und steht normalerweise auf der Packung.

Neeps

(vom Wort turnips, wie swedes in Schottland auch genannt werden)
Hierbei handelt es sich um Steckrübenbrei. Also auch ganz einfach: Steckrübenwürfel in Salzwasser sehr weich kochen, das Wasser abgießen und die Steckrüben mit etwas Butter pürieren.

Tatties *(potatoes)*
Und noch einfacher – dies ist Kartoffelbrei!

A wee dram

Das gehört einfach dazu: Schottischer Whisky, bevorzugt Single Pure Malt. *Wee* ist übrigens das schottische Wort für klein und *dram* eine Maßeinheit, die eigentlich 1/8 einer flüssigen Unze entspricht, also ungefähr 3,5 ml. Allerdings kann in Schottland dieses *dram* traditionell bei Whisky durchaus 10 ml betragen und trotzdem *wee* heißen. Von wegen Geiz!

Frau Callahans besondere Form der Gnade

»Mein Rad hat einen Platten und ich konnte die Pumpe nicht finden.« Maureen ließ die Haustür zuschnappen. Sie zog ihren Anorak aus und blickte sich unschlüssig um. Der Garderobenständer war bereits mit nassen Mänteln behängt.

»Schon wieder?« Deirdra Callahan nahm ihr das Kleidungsstück aus der Hand, hängte es kurzerhand über den Schirmständer und schubste Maureen in Richtung Küche.

»Na, endlich!« Kathleen warf der verspäteten Mitköchin giftige Blicke zu und band dabei auf ihrem Rücken die Schürzenbänder zur Schleife.

Clare schob die Holzbretter auf dem großen Küchentisch in Position. Ordentlich drapierte sie jeweils ein scharfes Messer obenauf. »Dafür konnten wir in der Zeit in Ruhe unseren Tee trinken.«

»Lasst uns anfangen, wir haben viel zu tun. Es sollen vierzig bis fünfzig Portionen *Lamb Broth* werden.«

Ungläubig sahen die Frauen Deirdra an und hielten in ihren Vorbereitungen inne.

»Ist neben den Masern eine zweite Seuche ausgebrochen?«, fragte Maureen und hielt sich gleich darauf die Hand vor den Mund. »Ich meine ja nur«, nuschelte sie.

»Es ist schlimmer. Viel schlimmer.« Deirdra lehnte ihren runden Hintern an die Spüle. »Ich bin schon gestern zu Dunbars gefahren und habe das Fleisch und alle anderen Zutaten gekauft. Wie immer kommt die Kirche für die Kosten auf.«

»Mach's kurz«, unterbrach Kathleen ihre Freundin. »Woher kommen von einem Tag zum anderen die vielen Bedürftigen, für die wir kochen sollen?«

»Wenn du mich ausreden ließest, hättest du erfahren, dass mich Reverend Donnelly beauftragt hat, speziell für die Tinker zu sorgen, deren Kinder mit den Masern gebeutelt sind und auch etliche Erwachsene angesteckt haben. Der Reverend meinte, wir Christen seien verpflichtet, ihnen in dieser Notsitutation jedenfalls einmal mit Essenkochen zu helfen.«

»Sehr vernünftig!« Kathleen nickte heftig. Sie bückte sich, um unter dem Tisch die vorbereiteten Körbe hervorzuziehen. »Arbeitsteilung wie immer? Wir schnippeln das Gemüse und dir bleibt das Fleisch, Deirdra. Wozu bist du schließlich unsere Metzgersfrau im Dorf?« Mit Schwung knallte sie den ersten Korb auf den Tisch, eine Zwiebel hüpfte heraus und kullerte auf Clare zu.

Diese stoppte den Zwiebellauf, indem sie ihr Messer mit Wucht mittig durch den Gemüsebauch hieb und die Messerspitze in den Holztisch bohrte. »Nichts werde ich kochen, gar nichts.« Die Worte knatterten aus ihrem Mund.

»Aber Clare …« Derart aufgebracht hatte Kathleen ihre Kollegin selten gesehen und sie arbeiteten bereits viele Jahre gemeinsam als Arzthelferinnen bei Dr. Doran.

»Das Fahrende Volk bekoche ich nicht. Die leben doch sowieso von unseren Steuergeldern und zu allem Überfluss beklauen sie uns. Seitdem die Wohnwagen auf den Klippen stehen, wurden im Schuhladen fünf Paar Schuhe gestohlen, die Kaninchen aus Wellers Garten sind verschwunden und im Supermarkt fehlen etliche Flaschen Schnaps. Das weiß ich alles aus zuverlässiger Quelle.« Clare zog das Messer aus der Tischplatte und warf die durchlöcherte Zwiebel in den Korb zurück.

»Hast du sie noch alle?« Kathleen wurde laut und stemmte ihre Fäuste in die Hüften. »Wie oft soll ich es dir noch einbläuen? Die Menschen heißen weder Tinker noch Fahrendes Volk. Traveller werden sie korrekt genannt, oder Pavee, wie sie selbst sagen. Sie sind Iren wie wir und möchten auch als solche behandelt werden.«

»Die nehmen nicht nur von überall etwas mit, sie bringen uns auch etwas. Und zwar Krankheiten. Diesmal sind es die Masern«, setzte Clare unbeirrt ihre Litanei fort. »Der Kindergarten wurde bereits vor einer Woche geschlossen und Dr. Doran hat erzählt, dass vor ein paar Tagen ein Kind mit Verdacht auf Meningitis ins Krankenhaus eingeliefert wurde. Verhungern sollen die Tinker, allesamt, dann hätten wir Ruhe in unserem Land.«

Kathleen zog die Brauen zusammen. »Als Arzthelferin solltest du nicht so dämlich daherreden. Du weißt so gut wie ich, dass die Masern vom Kontinent durch die Touristen eingeschleppt wurden. Und dass sie sich so rasant ausbreiten konnten, liegt daran, dass manche Eltern unbelehrbar sind und eine Impfung ablehnen. Die Traveller können nichts dafür. Gar nichts.«

»Oh doch, das können sie«, fauchte Clare. »Bei ihnen wurden die Masern zuerst entdeckt und haben sich rasend schnell bei den Kindern ausgebreitet.«

»Hey Ladies! Ganz ruhig.« Maureen rang ihre Hände. »Sie können sich eine Impfung nicht leisten, weil sie kein Geld haben.«

Die beiden Arbeitskolleginnen sahen sich über den Tisch hinweg stur an.

»Das Kind, das ins Krankenhaus kam, ist die Enkelin meiner Schwester. Gott gebe der Kleinen Kraft, damit sie gesund werden kann«, sagte Deirdra mit zittriger Stimme.

»Es tut mir leid, das habe ich nicht gewusst«, flüsterte Clare und knibbelte an den Lippen.

Deirdra winkte mit der Hand ab, griff danach in ihre Schürzentasche und wischte sich mit dem Taschentuch eine Träne aus dem Auge. »Wir müssen uns beeilen. Der Reverend kommt gegen ein Uhr mit dem Auto vorbei und will das Essen abholen. Wirst du nun mithelfen oder möchtest du nach Hause gehen, Clare?«

In Clares Gesicht bildeten sich rote Flecken. »Wenn der Reverend gesagt hat, wir sollen kochen, dann müssen wir es wohl auch machen.« Eilig zog sie den Korb Zwiebeln auf ihre Tischseite und schälte hektisch drauflos.

Schweigend widmeten sich die drei Frauen am Tisch ihren Aufgaben. Nur Deirdra hatte sich abgewandt und blickte, ihre Arme auf den Spültisch gestemmt, aus dem Fenster, bis sie eine Hand auf ihrer Schulter spürte.

»Meine Liebe«, wurde sie von Maureen angesprochen, »du musst das Fleisch holen, ansonsten werden wir nicht rechtzeitig fertig. Ich setze das Wasser schon auf.«

Deirdra nickte. Sie verließ die Küche durch den Hinterausgang zum Hof, überquerte diesen und betrat einen gefliesten Raum. Sie zog ihre Schuhe aus, stellte sie ordentlich neben einen Stuhl und schlüpfte in die bereitstehenden Gummistiefel. Aus der Hosentasche zog sie einen Schlüsselbund, warf ihren weißen Kittel über und öffnete das Schloss der Kühlkammer.

Jedes Mal, wenn sie den Kühlraum betrat, dachte sie an ihren verstorbenen Mann und die guten Jahre, die sie gemeinsam verbracht hatten. Er war zu früh gestorben. Sie selbst hatte ihn morgens auf dem Hof gefunden. Die Blutlache, die sich rund um seinen Kopf gebildet hatte, war bereits eingetrocknet. Die Tür zum Kühlraum hatte offen gestanden, das Lager war zum größten Teil geplündert. Aus dem Dorf kamen die Täter nicht, stand in der Zeitung. Wer hatte denn auch so viel Platz im Haus, dass er ganze Schweinehälften verstecken konnte?

Natürlich war klar, auf wen da angespielt wurde. So wie Clare dachten viele, selbst die Journalisten.

Aber Deirdra war keine Frau von vorschnellen Urteilen und Handlungen. Sie hatte die Angelegenheit gründlich durchdacht und dies lenkte sie in der ersten Zeit ein wenig von der tiefen Trauer ab. Schließlich kam sie zu dem Schluss, dass der Herrgott die Tat sühnen werde. Vielleicht würde er sich dabei sogar eines Menschen bedienen, sodass es nicht bis zum Jüngsten Gericht dauern müsse.

Sie seufzte und nahm mit einem Schnaufen, das weiße Wölkchen in die Kammer blies, die schwere Schüssel mit dem Fleisch aus einem Regal.

Zurück in der Küche ließ sie die Last auf den Tisch plumpsen und zog das bedeckende Tuch herunter.

»Kocht es schon?«, fragte sie und näherte sich den beiden großen

Töpfen, neben denen auf dem Gitterrost des Gasherdes kaum noch Platz blieb.

»Was hast du denn da gekauft?« Kathleen starrte mit hochgezogenen Augenbrauen in die Schüssel.

»Lammkeulen habe ich nicht mehr bekommen.« Mit den Händen teilte Deirdra die Fleischbrocken in zwei Fraktionen und schaufelte sie Hand für Hand in die Töpfe.

»Aber warum? Und jetzt willst du *Lamb Broth* ohne Lammkeulen machen?« Kathleen sprach nun noch mehr durch die Nase als gewöhnlich.

»Dafür war es gestern schon zu spät. Reverend Donnelly rief mich vormittags deswegen an. Aber ich konnte erst abends nochmal nach Kilrush auf den Großmarkt fahren. Da musste ich natürlich nehmen, was noch da war. Schließlich konnte ich nicht einfach den Laden schließen.«

»Ich wusste gar nicht, dass der Großmarkt noch so spät offen hat«, sagte Maureen und sah von ihrem Porreeberg auf.

Deirdras fleischgefüllte Hand hielt über dem Topf inne. »Wieso?«

»Es war sicher schon elf. Ich weiß das, weil ich auf Braden gewartet habe. Er wollte nur für ein Pint ins Pub und ich dachte, wenn er bis elf nicht zurück ist, gehe ich ihn holen. Wenn ich nicht aufpasse, betrinkt er sich jeden Abend. Als ich gerade in die O'Connell Road einbog, bist du vorbeigezischt. Erst an der Aufschrift auf dem Van habe ich dich erkannt.«

»Wollt ihr reden oder kochen? Macht weiter«, sagte Deirdra, warf die restlichen Fleischbrocken ins Wasser und knallte mit viel Schwung die Deckel darauf. »Ich war abends noch bei meiner Schwester. Sie hat doch an den Atlantic Heights neu gebaut und ich wollte mir mal anschauen, wie sie da wohnt.«

Maureen hatte gerade das Messer neu angesetzt, nun aber stoppte sie wieder.

»War das so dringend? Geht es Alannah schlechter? Ich dachte, ihre Enkelin wäre auf dem Weg der Besserung.«

»Wie kommst du darauf?« Deirdra wandte ihr den Rücken zu, weil sie das Fett von ihren Händen schrubbte.

»Du bist die O'Connell Road nach Nordwesten rausgefahren. Ich meine, hast du sie wirklich erst nach 11 besucht?«

»Herrjeh, Maureen, du bist vielleicht neugierig. Alannah geht es den Umständen entsprechend. Ich hatte meinen Schlüssel vergessen und musste noch mal zurück. Du müsstest doch verstehen, wie leicht man etwas vergessen kann. Bei der Gelegenheit, erinnere mich daran, dass ich dir nachher deine beiden Schirme mitgebe.«

Maureen kicherte ausgefranst.

»Die Zwiebeln sind fertig«, sagte Clare unter Geschniefe. Mit einem Zipfel ihrer Schürze tupfte sie an ihren Augen herum. »Und, wie wohnt es sich auf den Atlantic Heights?«, fragte sie, nachdem sie sich gründlich geschnäuzt hatte. »Mir wäre das viel zu dicht an den Klippen.«

Deirdra warf Kathleen einen Seitenblick zu. Aber Clares Kollegin war anscheinend mit etwas anderem beschäftigt, das sie verträumt ins Leere blicken ließ.

»Weil diese Menschen immer dort oben lagern, das meinst du, nicht wahr? Nun ja, dafür waren die Bauplätze billig. Und das Camp ist noch ein ganzes Stück unterhalb.«

»Hat Finola keine Angst? Wo Ryan doch die ganze Woche auf Montage ist und sie alleine mit den Kindern bleibt.«

»Meine Schwester hat nur Angst, jemand könnte ihr die Sonderangebote bei Marks&Spencer wegschnappen.«

»Ich verstehe nicht, wie du so sorglos sein kannst.« Clare holte tief Luft und senkte ihre Stimme. »Wo doch die Polizei herausgefunden hat, dass die Tinker ...« Sie stockte und warf einen Seitenblick zu Kathleen herüber, die jedoch völlig abwesend wirkte. »... ich meine die Traveller, dass die es waren, die Seamus ...«

»Überhaupt nichts haben die herausgefunden«, erwiderte Deirdra heftig. »Die Zeitung schrieb so etwas, aber die Polizei behauptete, sie könnten niemanden ermitteln. Mein Mann war ihnen sicher nicht so wichtig. Die schreiben lieber Strafzettel, wenn die Touristen falsch parken.«

Tränen stiegen ihr in die Augen und ihre Unbekümmertheit war mit einem Schlag dahin.

»Tut mir leid«, nuschelte Clare lippenkauend.

Maureen streichelte über Deirdras Rücken. »Clare, deine Zunge arbeitet schneller als dein Verstand. Das wäre nicht so schlimm, wenn du wenigstens Taktgefühl hättest.« Sie drückte Deirdra einen Kuss auf die Wange.

»Danke, Liebes«, sagte Deirdra. »Wenn mich jemand mit dem Messer in der Hand streichelt und küsst, bringt mich das sofort auf andere Gedanken.« Maureen zuckte von ihr weg, lächelte dann aber zaghaft und erwiderte: »Ich dachte, wenn es dein eigenes Messer ist, macht dir das nichts aus.«

Deirdra wandte sich zum Herd und regulierte die Kochflammen. »Genug geschwatzt. Los jetzt, das Gemüse muss rein, oder wollen wir Rohkost servieren? Kathleen, bist du mit den Möhren fertig?«

»Und was hast du nun statt der Lammkeulen besorgt?« Kathleens Blick, aus dem Traum erwacht, suchte Deirdras Augen.

»Es ist Lammrücken und ich habe alles schon heute früh gewürfelt.«

»Lammrücken?« Kathleens Oberlippe kräuselte sich wie ein Wurm.

»Und Hammel ist auch dabei. Eben was ich bekommen konnte.«

Deirdra klapperte wieder laut mit den Deckeln. »Wenn du nichts mehr zu tun hast, Kathleen, könntest du Teewasser aufsetzen. Ich muss nach vorne in den Laden, ich glaube, es ist gerade Kundschaft gekommen.«

Deirdra wischte sich die Hände am Handtuch neben der Spüle trocken, drückte sich vor dem kleinen Wandspiegel die Frisur zurecht und huschte hinaus.

»Ich habe gar nicht gehört, dass die Türglocke angeschlagen hat«, sagte Maureen.

»Hammel.« Immer noch stand Kathleen am Tisch und starrte auf die Töpfe.

»Nun hab dich nicht so«, schnappte Clare. »Für die … die Traveller ist das immer noch lecker genug. Die können dankbar sein. Und du musst schließlich nichts davon essen.« Langsam hob Kathleen die Schultern, ließ sie wieder sinken und griff nach dem Wasserkocher.

Deirdra kam zurück, als der Tee fertig war. Ihre Mitköchinnen hatten inzwischen die restlichen Zutaten, die Graupen, die Petersilie und den Knoblauch, zugegeben und räumten auf. Das Gericht musste nun nur noch gut eineinhalb Stunden garköcheln. Maureen lief hin und her und roch dabei immer wieder an ihren Händen.

»Setz dich und nimm dir eine Tasse Tee, Maureen«, sagte Deirdra und zog einen Stuhl unter dem Tisch hervor.

»Ich kann den Deckel der Graupendose nicht finden. Eben war er aber noch da.«

Deirdra hob die Topflappen von der Arbeitsfläche hoch. Darunter kam ein grüner Dosendeckel zum Vorschein.

»Wir können froh sein, dass du nicht mit Captain Cook durch die Südsee gesegelt bist. Dann würden wir Australien heute noch suchen.«

Wieder kicherte Maureen. »Kann eine von euch ihn auf die Dose setzen? Ich mag ihn nicht anfassen, sonst riecht der auch noch nach Knoblauch. Am besten, ich spüle erst mal ab. Wo ist das Spülmittel?«

»Auf dem Bord über dem Spülbecken. Das Becken findest du wohl selbst.«

»Schön, dass du deinen Humor wiedergefunden hast.« Mit der Teetasse in der Hand sah Clare zu Deirdra hinüber. »Ich hatte schon Angst, dass du mir sehr böse bist. Ich rede manchmal zu unbedacht.«

»Du bist zu bescheiden, Clare«, erwiderte Deirdra, »du musst das zeitlich nicht einschränken. Und du, Kathleen, warum starrst du mich dauernd an?«

Bevor Clare etwas antworten konnte, sagte Kathleen: »*Lamb Broth* war mein Leibgericht ...«

»Mein Gott, warum stellst du dich so an?« Clare war offenbar froh über den Themenwechsel. »Das ist für die anderen, nicht für uns!«

»Der Reverend sagte, wir können ihnen helfen und zeigen, dass Güte auch Missetätern zuteil wird. Dass viele von ihnen etwas auf dem Kerbholz haben, mag wohl so sein. Um so mehr wird sich ihr Gewissen regen.« Deirdra füllte ihren Becher mit Tee und einem

Schuss Milch. »Wir helfen ihnen, sich selbst zu helfen«, sagte sie nach einer kurzen Pause, in der sie an der Tasse nippte.

»Ja, ja, ich weiß. Man soll seine Feinde lieben und die andere Wange hinhalten. Hat der Reverend dich so herumgekriegt?«, erwiderte Clare.

»Seamus' Tod liegt jetzt ziemlich genau drei Jahre zurück. Es war genau dieselbe Sippe, die damals bei uns campte. Deshalb habe ich mit Reverend Donnelly darüber gesprochen. Mir ist das alles nicht leicht gefallen, glaubt mir. Aber ich denke, er hat recht. Durch unsere besondere Form der Güte öffnen wir ihnen die Augen.«

»Und das machen wir mit diesem verunglückten *Lamb Broth*?«

Kathleen schnaufte.

»Ja, das tun wir. Wenn es dich beruhigt, Kathy, demnächst lade ich euch zu einem *Lamb Broth* ein und das wird mit Lammkeule gemacht.« Deirdra dachte an das frische Lamm in der Kammer, das sie gestern Nacht noch zerteilt hatte. Das sollte der Festtagsschmaus werden. Sie blickte zu den beiden Töpfen hinüber, vernahm das leise Blubbern des Eintopfes und lächelte. Von wegen auch noch die andere Backe hinhalten. Bedächtig führte sie die Teetasse zum Mund und ließ die Flüssigkeit über die Zunge gleiten.

»Jim ist im Anmarsch«, sagte Maureen, die von ihrem Abwasch aufgeblickt hatte und durch das Fenster die Straße hinabsah.

Kathleen spähte ihr über die Schulter. »Ah, das wandelnde Klatschblatt von Trá Baíle! In einer Minute sind alle unsere Wissenslücken über die neuesten Skandale im Dorf gefüllt.«

Maureen beugte sich über das Spülbecken und schob mit ausgestrecktem Arm das Fenster hoch.

»Hi, Jim!«, begrüßte Maureen den alten Mann, der auf einen Stock gestützt auf das geöffnete Fenster zugehumpelt kam.

»Ich soll euch was vom Reverend ausrichten.« Beide Hände umklammerten nun den Griff für einen festen Stand und er zog zum Atemholen die Luft durch die fehlenden Schneidezähne.

Deirdra, die sich zwischen ihre beiden Freundinnen gedrängt hatte, zog die Augenbrauen hoch. »Kann gar nicht sein. In einer guten Stunde kommt er selbst hierher.«

Jim schüttelte heftig den Kopf. »Nein, nein.«

»Oh doch, mein Lieber!« Deirdra fuhr sich mit der Hand über die Lippen. »Schließlich will er unseren Eintopf höchstpersönlich zu den Travellern fahren.«

»Eben nicht«, zischte Jim durch die Zahnlücken. Ein Windstoß blies ihm die Haare in die Stirn.

Clare hatte ihre Tasse beiseite gestellt und reihte sich vor der Spüle in das Damengespann ein. »Zuerst einmal guten Tag, Jim. Und nun noch mal ganz langsam. Was sollst du uns von dem Reverend sagen?«

»Na, dass er gleich kommt!«

»Hat er dir auch gesagt, warum er früher eintrifft?« Kathleens Stimme schnellte eine Oktave höher.

»Weiber! Immer nur meckern und ja nicht zuhören wollen.« Jim umklammerte den Griff des Stocks so fest, dass die Adern hervortraten. »Ihr steht hier am Herd und wisst anscheinend von nichts.«

»Dann kläre uns einfach mal auf.« Deirdra strich rhythmisch mit beiden Händen die Schürze vor ihrem Bauch glatt.

Jims Hände entspannten sich. »Der Reverend hat heute Morgen auf seinem Weg zu den Travellern am Rand der Dünen eine Blutlache gesichtet. Gleich daneben im Gebüsch fand er ein paar Kleidungsstücke und etwas, das so aussah wie Fellfetzen vom Lamm. Er hat sich ziemlich gewundert, ist aber doch weitergegangen zu den Tinkern auf die Klippen. Als er ankam, waren die in heller Aufregung.« Jims Pupillen blickten durch zusammengekniffene Augenlider auf die Frauenriege.

»Was war los bei den Travellern?« Kathleens Lippen bildeten eine gerade Linie.

»Der Familienchef ist abends vom Fischen nicht zurückgekommen. Die haben die ganze Nacht nach ihm gesucht, aber er ist weg. Für eine Sauftour hätte er nicht genug Geld, sagten die. Bestimmt hat er die Schnauze von der ganzen ungewaschenen Bande voll gehabt und Geld für das Pub gaunert sich so einer schon zusammen. Da hat der Reverend die Polizei gerufen und ihnen den Blutfleck gezeigt. Ganz schön clever, unser Reverend, findet ihr nicht?« Jim straffte seinen Rücken und blickte sich um. »Oh, da hinten biegt er um die Ecke. Ich bin dann mal weg.« Jim hob kurz zum Abschied den Stock und verschwand humpelnd um die Hausecke.

»Das ist ja ein Ding! Was soll das bedeuten?« Clare ließ sich mit weit geöffneten Augen auf den nächstbesten Küchenstuhl plumpsen.

Deirdra hob die Schultern. »Die Traveller haben ein Lamm geklaut und geschlachtet, was sonst?«

Kathleen griff sich mit einer Hand an den Hals und japste nach Luft. »Lieber Gott, bitte nicht.«

Clare unterdrückte mühevoll ein Grinsen. »So machen die das, aber ich darf nichts dagegen …«

Die Türglocke unterbrach ihr Gemurmel. Deirdra eilte hinaus und kam mit dem Reverend zurück. Seine jugendlich geschnittenen grauen Haare waren windzerzaust.

»Ich bin sicher zu spät«, sagte er, nachdem er alle begrüßt hatte. »Ihr seid schon beim Kochen, wie ich sehe.«

»Zu früh, Reverend«, erwiderte Deirdra. Sie hob einen Deckel zum Umrühren an. »Eine Dreiviertelstunde braucht es noch. Das himmlische Gericht ist kein Schnellgericht.«

Das quittierte der Reverend mit einem Mundwinkelzucken. »Die Traveller sind weg.« Er hob seufzend die Schultern. »Frank Keenan, das Familienoberhaupt, ist offenbar verschwunden und ich habe eine Blutlache und Lammfell gefunden. Frank Keenan ist ein sehr verlässlicher, verantwortungsbewusster Mann und da muss man leider an ein Unglück denken und für ihn beten. Ich habe die Polizei verständigt, aber jetzt sind sie alle weg. Ken Maloney erzählte mir, er habe sie wegfahren sehen. Vorhin bin ich noch mal rausgefahren und der Trailerplatz ist tatsächlich leer.«

Deirdra öffnete den Mund, sagte aber nichts. Sie ließ sich auf einen Stuhl sinken und seufzte.

»Es tut mir leid«, sagte der Reverend leise, »aber das konnte niemand ahnen. Diese armen Menschen machen oft schlechte Erfahrungen mit der Polizei. Aber sei nicht traurig, Deirdra. Wo das Essen schon so gut wie fertig ist, werden wir es einfach heute Abend auf der Gemeindeversammlung servieren, nicht wahr? Dann bekommen die Köchinnen auch was davon ab. Was gibt es eigentlich? Es riecht so gut.«

Deirdra verschluckte sich am Tee. Sie keuchte und japste. Ihr Kopf verwandelte sich in einen rotfleckigen Ballon.

»*Lamb Broth*.« Die Antwort kam von Kathleen, der eine wächserne Blässe ins Gesicht gesprungen war. »Ein feines Abendmahl. Es muss nur noch abgeschmeckt werden. Möchten Sie das vielleicht übernehmen, Reverend Donnelly?«

 **Lamb Broth**

Zutaten *(für 6 – 8 Personen)*:

- *1 kg Lammkeule ohne Knochen*
- *2,5 l Wasser*
- *3 mittelgroße Porreestangen*
- *3 Möhren*
- *2 Zwiebeln*
- *1 Tasse Graupen*
- *2 Knoblauchzehen*
- *½ Tasse geschnittene Petersilie*
- *einige Petersilienstängel zum Dekorieren*

Zubereitung:

Porree, Zwiebeln, Knoblauch, Möhren waschen, putzen, schälen und in kleine Stücke/Ringe schneiden.

Lamm vom Fett befreien und würfeln. In einen tiefen Topf legen, Gemüse und Graupen hinzugeben. Wasser einfüllen und aufkochen. Bei reduzierter Hitze und mit geschlossenem Deckel 1 Stunde köcheln lassen.

Knoblauch, Pfeffer und Petersilie hinzufügen. Mit nicht ganz geschlossenem Deckel eine weitere Stunde köcheln lassen.

Vor dem Servieren mit Pfeffer und Salz abschmecken. Mit Petersilie dekorieren.

Schreibblockade

Ava O'Flaherty stürmte in das voll besetzte Restaurant *Winding Stair*, holte eine Pistole aus ihrer Handtasche und schoss dem Dubliner Stadtrat Ryan Padraig ein Loch in den Kopf. Er fiel mit dem Gesicht auf den Teller, auf dem noch die Hälfte seines Rindfleischs lag. Das war tragisch, denn das Fleisch vom irischen Weiderind in köstlicher Guinness-Soße war immerhin drei Wochen gereift, bevor es auf diesem Teller landete. Ava drehte sich auf dem Absatz um und ging mit zügigen Schritten hinaus, bevor auch nur ein Drittel der speisenden Gäste überhaupt realisiert hatte, was geschehen war. Natürlich waren viele bei dem Knall zusammengezuckt, aber sie hatten nichts wirklich gesehen. Am Tisch des Stadtrats saßen zwei spezielle Freunde, die völlig konsterniert auf den Teller mit dem Kopf Padraigs starrten. Die delikate Guinness-Soße war nach allen Seiten auf das weiße Tischtuch gespritzt. Ein Kellner kam gelaufen und fragte: »Alles in Ordnung bei Ihnen?«, schlug dann aber entsetzt die Hand vor den Mund. Einer der beiden Freunde, Liam O'Sullivan, erwachte aus seiner Erstarrung, zückte das Handy und rief die Polizei. Nun kam langsam Bewegung in die Sache, da war Ava schon den Lower Ormond Quay hinunter bis zur nächsten Brücke gelaufen und in den erstbesten Bus eingestiegen.

Die Gäste, das waren nicht wenige, wurden vernommen. Die meisten Aussagen erwiesen sich als nicht sehr hilfreich und widersprüchlich. Selbst die beiden Freunde am Tisch des Stadtrats konnten wenig zu dem Vorfall sagen. O'Sullivan meinte zu dem Ermittler: »Ich sah plötzlich eine Pistolenmündung und hörte einen

Schuss. Dann fiel Ryans Kopf so heftig auf den Teller, dass Soße aufs Tischtuch spritzte.« Der andere, Conor Mahony, sagte aus:»Es war eine Frau.« Der Polizist stöhnte und verdrehte die Augen. Ein Paar, das in der Nähe der Tür gesessen hatte, konnte immerhin eine vage Beschreibung liefern: Eine Frau mit lockigem roten Haar, zwischen 40 und 50, schlank. Die beiden wurden dann auch ins Polizeipräsidium gebeten, um ein Phantombild zu erstellen.

Die Zeitungen, die am nächsten Tag erschienen, sprachen von einem Attentat und brachten das Phantombild auf der ersten Seite. Ava hatte schlecht geschlafen, obwohl ihr Coup eigentlich gut gelungen war. Sie kochte Kaffee, setzte sich an den Schreibtisch und drehte sich eine Zigarette. Sie war Kriminalschriftstellerin von Beruf und bekannt dafür, dass ihre Bücher akribisch recherchiert waren. Lustlos hackte Ava einige Sätze in den Computer und löschte sie wieder. Es war nicht schade um den Stadtrat, fand sie, er gehörte zu denen, die ihr Amt dazu benutzen, um sich zu bereichern. Die Zeitungen sprachen von»Vorteilsnahme im Amt« und griffen ihn massiv an, aber man konnte ihm nichts nachweisen. Er war als Dublins unbeliebtester Politiker ohne Konkurrenz. Trotzdem empfand Ava keine persönlichen Hassgefühle dem Stadtrat gegenüber.

Das Ermittlerteam sichtete die Zeugenaussagen und versuchte sich einen Reim auf dieses»Attentat« zu machen. War der Mord wirklich politisch motiviert? Sie hatten sich inzwischen auch ein Bild von der Frau des Ermordeten gemacht, die auf die Todesnachricht erstaunlich gelassen reagiert hatte. Die Beschreibung der beiden Zeugen passte auf sie jedoch nicht – und sie hatte ein Alibi. Sie war auf einer Benefizveranstaltung gewesen. Sie hatten das noch nicht im Einzelnen überprüft, aber man konnte sie wohl als mögliche Täterin ausschließen. Fieberhaft suchten sie im Bekannten- und Freundeskreis des Opfers nach einer Frau, auf die die Beschreibung zutraf. Eine Zeugin, die im»Winding Stair« gewesen war, hatte ausgesagt, dass die Mörderin flammend rotes Haar gehabt und wie ein Racheengel ausgesehen habe.»Wie sieht ein Racheengel aus?«, hatte der Ermittler gefragt und als Antwort erhalten:»Sie ist mit drohend erhobenen Armen hereingeschwebt.« Auch das Ehepaar beim

Eingang hatte von rotem Haar und einer wilden Mähne gesprochen. Aber rotes Haar war in Irland weiß Gott nicht selten. Wo sollten sie da anfangen?

Inspektor Luffey eröffnete die Teambesprechung mit folgenden Worten: »Es ist unglaublich! In dem Lokal saßen etwa 30 Leute, die Täterin ist hineinmarschiert und hat einfach einen Mann erschossen, ohne dass jemand irgendetwas gesehen hat, was uns weiterbringt. Gerade noch die Aussage, dass es eine Frau war, scheint unbestritten zu sein. Wobei einer der Gäste süffisant meinte, es könne natürlich auch ein als Frau verkleideter Mann gewesen sein. Leute, viel mehr haben wir nicht!«

McClary warf kleinlaut ein: »Es gab einige Anrufe von Leuten, die auf dem Phantombild jemanden erkannt haben wollen. Die Aussagen müssen aber noch ausgewertet werden.«

»Gut«, sagte Luffey, »angesichts dieser dünnen Ergebnisse habe ich eine Psychologin zurate gezogen. Bitte, Mrs. Darrell, was meinen Sie zu dem Fall?«

Die Psychologin nickte kurz in die Runde und begann: »Bitte sehen Sie es mir nach, wenn ich etwas weiter aushole. Und zwar möchte ich Sie mit einem Gebiet der Hirnforschung bekannt machen.«

Sie legte eine Folie auf den Tageslichtprojektor, auf der schwarze und weiße Flecken zu sehen waren.

»Sagen Sie mir, was Sie sehen.«

Die Anwesenden reagierten mit Schulterzucken und irritierten Blicken.

Mrs. Darrell wartete irgendwelche Äußerungen nicht ab und fuhr fort: »Sie sehen etwas, aber Ihr Gehirn kann es nicht deuten. Doch wenn ich Ihnen eine Hilfestellung gebe, was Sie sehen sollen, dann sehen Sie es.« Sie fuhr mit dem Laserpointer über einige Flecken und sagte: »Hier sind die Augenhöhlen, hier die Nase, hier der Bart. Sieht aus wie Jesus, nicht?« Die Polizisten nickten und lachten.

»So funktioniert das. Die Augen sehen gar nichts. Wir sehen nicht, was wir vor Augen haben, sondern was unser Gehirn uns sagt. Wir interpretieren die elektrochemischen Signale, die durch den

Sehnerv ins Gehirn gelangen. Sehen hat wenig mit den Augen zu tun.«

Die Psychologin zeigte ihnen noch einige Beispiele optischer Täuschungen und erklärte ihnen in groben Zügen, wie äußere Sinneswahrnehmungen im Gehirn verarbeitet werden.

»Optische Täuschungen machen deutlich, dass wir unsere Welt nicht so sehen, wie sie wirklich ist. Alle optischen Eindrücke sind mehrdeutig. Das Gehirn muss die ankommenden Informationen deuten. Sehen ist ein Konstrukt. Vieles, was direkt vor unseren Augen ist, nehmen wir nicht zur Kenntnis. Denken Sie nur an eine Autofahrt, Sie nehmen nicht wahr, was rechts und links an Ihnen vorbeirauscht, es sei denn, Sie lenken Ihre Aufmerksamkeit gezielt darauf. So können Sie es sich vielleicht erklären, dass 30 Personen in einem Restaurant nicht wissen, was vor ihren Augen passiert ist. Es war für alle unvorhersehbar, unvorstellbar, niemand richtete seine Aufmerksamkeit auf die Frau – und als ihnen bewusst wurde, was geschehen war, war der Spuk auch schon vorbei. Im Nachhinein wird sich vielleicht manch einer etwas zusammenreimen, um dem Ganzen eine Deutung zu geben. Allerdings werden unbewusst viele Details im Gehirn gespeichert. Es wäre möglich, dass, wenn man die Aufmerksamkeit eines Zeugen lenkt, vielleicht doch noch interessante Beobachtungen zutage kämen. Denken Sie an die schwarzweißen Flecken, die sich bei gezielter Lenkung als ein Gesicht deuten lassen.«

»Das hieße aber, dem Zeugen etwas zu suggerieren«, wandte jemand ein.

»Es ist eine Gratwanderung zwischen Hilfestellung zu einer eigenen Deutung und einer möglichen Suggestion, das muss ich zugeben. Da kommt es nun auf Ihr Geschick an.«

Inspektor Luffey und sein Partner McClary nahmen sich die beiden Freunde, die mit am Tisch gesessen hatten, noch einmal vor. Sie baten die Psychologin, bei den Befragungen dabei zu sein, um möglicherweise Tipps geben zu können.

Luffey bat als erstes Conor Mahony in sein Büro und forderte diesen auf, ihm den Verlauf des Abends zu schildern, an dem Padraig ermordet worden war.

»Erzählen Sie einfach alles, was Ihnen einfällt, auch scheinbar Nebensächliches.«

Mahony begann unsicher: »Es mag Ihnen merkwürdig vorkommen, aber wir unterhielten uns über Newgrange, als es passierte.« Da er bereits wieder stockte, hakte McClary nach: »Sie haben über dieses alte Steinzeitgrab gesprochen. Was genau?«

»Also Ryan machte sich ein wenig lustig über den irischen Nationalstolz. Allerdings aß er ein irisches Nationalgericht. Liam und ich nannten Beispiele aus der Geschichte, auf die Irland mit Recht stolz sein könne. Irgendwie sind wir dann bei Newgrange gelandet. Ryan sagte, er sei noch nie dort gewesen. Schrecklich, was dann passiert ist.« Mahony hielt sich schaudernd eine Hand vors Gesicht.

»Erzählen Sie weiter. Was haben Sie gesehen?«, forderte Luffey ihn auf.

»Plötzlich stand die Frau da und schoss. Einfach so, ohne etwas zu sagen.«

»Ist Ihnen an der Frau etwas aufgefallen? Wie alt war sie, wie sah sie aus, welche Haarfarbe hatte sie?«

»Die Hand, die die Pistole hielt, war sehr zierlich. Und sie hatte einen Ring am Finger, fällt mir jetzt ein. Sie trug eine blaue Bluse, das konnte ich sehen, weil ihr Mantel nicht zugeknöpft war.«

»Haben Sie auch ihr Gesicht gesehen?«

Mahony schüttelte den Kopf. »Ich habe nur auf die Hand mit der Pistole gestarrt und auf die blaue Bluse dahinter.«

»Was war das für ein Ring? Können Sie sich daran genauer erinnern?«

Mahony schloss die Augen, um sich besser auf seine Erinnerung konzentrieren zu können: »Er war silbern und hatte so ein verschlungenes Muster, wissen Sie, so wie im Book of Kells.«

Als Mahony gegangen war, meinte McClary: »Der Ring ist vielleicht ein interessantes Indiz.«

Luffey schüttelte den Kopf und seufzte: »So was kriegst du in jedem Touristenshop. Ich glaube nicht, dass uns das weiterbringt.«

Liam O'Sullivan sagte aus, dass er mit dem Rücken zur Mörderin gesessen habe. »Ich hörte hinter meinem rechten Ohr einen Knall, sodass ich für einen Moment auf dem Ohr völlig taub war. Ich sah, wie der Kopf Ryans auf den Teller fiel, und drehte mich um, als die Mörderin den Revolver wieder in ihre Tasche steckte.«

»Haben Sie die Frau angesehen?«

»Nein, meine Augen hingen wie hypnotisiert an dem Revolver.«

»Ist Ihnen irgendein Detail aufgefallen, zum Beispiel an der Handtasche?«

»Ähm – da war so ein Button dran, rot und schwarz, mit einer Schrift, irgendwas mit *sisters* oder so.«

Ava saß im Pub auf einem Barhocker und trank Guinness. Im Grogans war das Rauchen erlaubt, folglich waberten Rauchschwaden durch die Kneipe wie Nebel über dem Liffey. Dennoch sah Ava, wie eine Bekannte, die sie schon länger nicht gesehen hatte, durch die schwere Eichentür hereinkam.

»Hey Emily«, rief sie ihr entgegen.

»Hallo Ava, schön dich zu sehen. Was macht der nächste Bestseller?«

Emily setzte sich neben Ava und bestellte ebenfalls Guinness. »Nun sag schon, schreibst du an einem neuen Krimi?«

Ava schüttelte den Kopf: »Ich hab eine Schreibblockade. Mir fällt nichts mehr ein.«

»O, das ist aber blöd. Soll ich dich ein bisschen therapieren?«

Ava zog gierig an ihrer Zigarette und meinte: »Wie willst du das anstellen?« In diesem Moment fiel Emily der Ring an der Hand Avas auf und sie sagte: »Einen schönen Ring hast du da. Zeig doch mal.« Ava hielt ihr die Hand mit dem Ring vors Gesicht und bemerkte: »Nichts Besonderes, aber ganz hübsch.« Emily musterte den Ring eingehend und murmelte: »*Book of Kells.*«

»Ja genau, ich mag diese verschlungenen Muster, erinnert mich an eine gute Krimihandlung. Die sollte auch so verschlungen sein.«

Emily wurde nachdenklich und schielte nach Avas Tasche, ob daran nicht ein Button festgemacht war.

McClary bat die Dame ins Büro, die sich gemeldet hatte, weil sie die Frau auf dem Phantombild erkannt haben wollte. Sie sagte: »Das könnte die Krimiautorin Ava O'Flaherty sein.« Sie zog einen ihrer Krimis aus der Handtasche und zeigte auf das Foto auf der Rückseite. »Hier, sehen Sie!« Sie hatte das Phantombild aus der Zeitung ausgeschnitten und legte es demonstrativ daneben. »Hm«, meinte McClary.

»Ich liebe ihre Krimis«, fuhr die Zeugin fort, »ich war auch schon ein paar Mal bei ihren Lesungen. Also, das Phantombild ist zwar nicht so gut, aber ich habe gleich gedacht, das könnte sie sein.«

Während McClary die Aussage der Leserin aufnahm, hatte Luffey ein Gespräch mit Emily Darrell. Danach tauschten die Ermittler ihre Ergebnisse aus, berieten sich kurz und fuhren dann zu Avas Wohnung. Inzwischen kümmerte sich ein Kollege um Haftbefehl und Durchsuchungsbeschluss.

Ava saß am Computer und hackte eifrig die ersten Seiten ihres neuen Krimis in die Tasten. Sie frohlockte. Ihre Schreibhemmung war verflogen. Es hatte sich doch gelohnt, den Mord zu begehen! Ein Menschenleben für ein gutes Buch, das war wirklich nicht die Rede wert. Sie zuckte heftig zusammen, als es an ihrer Tür klingelte. Ärgerlich wegen der Störung erhob sie sich und öffnete. Da standen nun die beiden Inspektoren und stellten sich vor. »Mordkommission!«, rief Ava aus und Luffey erklärte: »Wir verdächtigen Sie, den Stadtrat Ryan Padraig im Restaurant *Winding Stair* erschossen zu haben.«

Ava starrte Luffey an und begann hysterisch zu lachen. »Das trauen Sie mir zu, nur weil ich Kriminalschriftstellerin bin! Also nein, Detective, ich morde nur auf dem Papier.«

»Mrs. O'Flaherty, wir haben ein Phantombild und einige Indizien. Wir bitten Sie, mit aufs Präsidium zu kommen.«

»Welche Indizien?«

»Zum Beispiel dieser Ring, den Sie am Finger tragen. Den hat ein Zeuge genau beschrieben«, antwortete McClary.

Ava schnaubte: »Solche Ringe gibt es praktisch überall.«

»Würden Sie uns mal Ihre Handtasche zeigen?«

»Nein, ich denke nicht daran!«, rief Ava empört.

Luffey schaute sich im Flur um, entdeckte die Handtasche an der Garderobe und hielt sie Ava unter diese Nase. »Auch dieser Button ist von einem Zeugen beschrieben worden.«

»Ja, der Button der *Sisters of Crime*, eine Vereinigung von Kriminalschriftstellerinnen. Wissen Sie, wie viele Mitglieder wir haben – und wie viele von diesen Buttons im Umlauf sind? Das sollen Indizien sein, die mich überführen sollen? Meine Güte, wenn ich so schreiben würde, wie Sie ermitteln, könnte ich einpacken. Kein Verlag würde das drucken.«

»Wir wollen auch nicht gedruckt werden, Mrs. O'Flaherty, unsere Aufgabe ist es, Morde aufzuklären.«

Wenig später rückte ein Trupp Kriminaltechniker mit dem Durchsuchungsbeschluss an und Ava kam nach nochmaligem Verhör in U-Haft. Doch am nächsten Tag schon kam sie frei. Sie hatte einen guten Anwalt und was noch entscheidender war, die Mordwaffe war in ihrer Wohnung nicht gefunden worden.

Bereits ein halbes Jahr später erschien Avas neuer Krimi, der damit begann, dass ein Politiker in einem voll besetzten Restaurant erschossen wird.

Luffey, der sich ärgerte, dass sie Ava nichts hatten nachweisen können, behielt die Krimiautorin die ganze Zeit im Visier. Und so erwarb er gleich nach dem Erscheinen ihr Buch. Erstaunt bemerkte er beim Lesen, dass Einzelheiten beschrieben wurden, die nur die Polizei, eventuell noch die beiden Freunde, die mit am Tisch saßen, wissen konnten: Pistolengattung und Kaliber, Hemd, Krawatte und Sakko des Stadtrats, die Gerichte, die auf dem Tisch standen. Der Kommissar erwirkte erneut einen Haftbefehl.

Nachdem Luffey Ava mit seiner Entdeckung konfrontiert hatte, konterte sie gelassen: »Sie überraschen mich, Detective! Ich hätte nicht gedacht, dass Sie zu meinen ersten Lesern gehören. Aber Sie glauben doch nicht wirklich, dass ich so dumm wäre, diese Einzelheiten zu beschreiben, wenn ich wirklich die Mörderin wäre. Es gab jemanden bei der Polizei, der mir Zugang zu den Protokollen verschafft hat. Sie verstehen hoffentlich, dass ich meine Quelle nicht preisgeben will.«

Luffey sprang im Dreieck, aber der Haftrichter entschied aufgrund der zweifelhaften Beweislage, Ava auf freien Fuß zu setzen. Als die Zeitungen über den Fall berichteten, waren nicht wenige Leser insgeheim davon überzeugt, dass Ava die Mörderin von Padraig gewesen war. Auch die Psychologin Emily Darrell zog den Schluss, dass Ava ihre Schreibblockade auf eine äußerst bizarre und radikale Art gelöst hatte. Doch gerade wegen dieses Verdachtes rissen sich die Leute um ihren Krimi. Das war einfach eine Sensation! Die Mörderin beschreibt haarklein den Mord, den sie begangen hat, und die Polizei kann ihr nichts nachweisen. Er wurde bald zu einem internationalen Bestseller. Und das irische Nationalgericht »Rindfleisch in Guinness« wurde so beliebt, dass die Restaurantbesitzer Mühe hatten, so viel Schlachtvieh aufzutreiben.

Hinter vorgehaltener Hand sagten einige Dubliner, dass man Politiker wie Padraig generell zum Abschuss freigeben sollte.

 **Beef in Guinness**
(Rindfleisch in Guinness)

Zutaten *(für 4 Portionen)*:
- *1 kg Haxe vom Rind*
- *2 große Zwiebeln*
- *6 mittelgroße Möhren*
- *2 EL Mehl, mit Salz und Pfeffer gewürzt*
- *etwas Fett*
- *250 ml Guinness*
- *etwas Petersilie*

Zubereitung:
Rindfleisch in Stücke schneiden, Zwiebeln und Möhren schälen und klein schneiden. Rindfleisch im Mehl wenden und rasch in heißem Fett anbräunen. Nehmen Sie das Rindfleisch heraus und braten Sie die Zwiebeln, bis sie glasig sind. Geben Sie das Rindfleisch, zusammen mit den Möhren und dem Guinness, wieder dazu. Kurz aufkochen, zudecken und bei niedriger Hitze eineinhalb bis zwei Stunden köcheln lassen. Achten Sie darauf, dass stets genügend Flüssigkeit vorhanden ist, und füllen Sie, wenn nötig, ausreichend nach.
Mit gehackter Petersilie bestreuen und als Beilage gekochte Kartoffeln servieren.

Simone Jöst

Queen mit Spleen

Noch eine Stunde bis zu meiner Verabredung am Ende der Welt. Ich hatte keine Ahnung, was mich hier auf Raasay erwartete. Bis vor einer Woche wusste ich noch nicht einmal von der Existenz dieser kleinen Insel, die zwischen der Isle of Skye und dem schottischen Festland liegt, doch das änderte sich, als mir der Postbote einen Brief in die Hände drückte. Er war an meine Großmutter adressiert und ich hatte ihn geöffnet:

»Werte Melinda,

nach all den Jahren ist dir mein Schweigen noch immer gewiss, allerdings sind Veränderungen eingetreten, die besprochen werden müssen. Zudem vermisse ich unsere monatliche Vereinbarung. Du wirst nach Raasay kommen! Ich erwarte dich am 17. dieses Monats um 17 Uhr an dem Aussichtspunkt oberhalb von Brochel Castle. Du erinnerst dich?

Hochachtungsvoll

Mary«

Die wenigen Zeilen kannte ich bald auswendig. Trotzdem verstand ich nicht, was sie bedeuteten, und genau das wollte ich herausfinden. Vielleicht konnte ich Großmutters Geheimnis lüften, das sie seit Jahren vor der ganzen Familie hütete.

Brochel Castle ist eine Ruine an der Ostküste der Insel Raasay, die ich mit einem Fußmarsch vom Hotel aus durch unberührte Natur, abseits jeglicher Zivilisation, ansteuerte. Ich war nervös und fragte mich, was mich dort erwartete.

Der Blick auf das Meer mit den im Dunst verschwimmenden

Landzungen am Horizont beruhigte meine Gedanken, die immer wieder um diesen Brief und meine Großmutter kreisten. Ich wanderte auf der einzigen Straße der Insel in Richtung Norden. Der Asphalt war nur eine Wagenspur breit und mit Gegenverkehr musste man sich arrangieren. Gelegentlich begegnete ich grasenden Schafen oder sah Rehe über die Hügel huschen. Was verband meine Großmutter mit dieser Insel?

Vor sieben Jahren, nach dem Tod meines Großvaters, reiste sie für ein halbes Jahr nach England und blieb wie vom Erdboden verschwunden. Nach ihrer Rückkehr hatte sie keine Silbe über ihre Abwesenheit verloren, was die Familie neugierig machte und mich im Besonderen, weil wir sonst über alles miteinander sprachen.

Der Aussichtspunkt oberhalb des Castles war das schönste Fleckchen Erde, das ich je gesehen hatte. Ich blickte von der Anhöhe hinab auf die Ruine und das Meer. Farnpflanzen überzogen die sanften Hügel um mich herum mit einem saftigen Grün. Von der Straße führte ein Schotterweg zum Castle hinab. Im Hintergrund verschwammen die Konturen des schottischen Festlands in zartblauem Dunst. Es war, als ob ich mitten in einem Gemälde stünde, das nur die Natur in dieser Schönheit hatte schaffen können. Und doch war die Idylle nicht perfekt. Diese geheimnisvolle Verabredung machte mir zu schaffen. Noch zwanzig Minuten. Ich drehte mich in alle Richtungen und hielt Ausschau nach etwas, das mir einen Hinweis geben konnte, was mich erwarten mochte.

Plötzlich galoppierte ein Hirsch ganz in meiner Nähe vorbei und blieb auf einer Anhöhe hinter mir stehen. Er reckte den Kopf mit seinem riesigen Geweih stolz in die Höhe, röhrte einige Male, stieß dabei eine Atemwolke aus seinem Rachen und schritt majestätisch weiter. Vielleicht war das ein Zeichen, dass ich verschwinden sollte, solange ich noch Gelegenheit dazu hatte. Mir lief eine Gänsehaut über den Rücken, meine Nackenhaare stellten sich und ich bereute, dass ich alleine gekommen war. Sollte das Treffen eine Falle sein und ich in Gefahr geraten, würde es eine Ewigkeit dauern, ehe mich jemand hier draußen in dieser Einsamkeit fand – wenn mich überhaupt jemand fand.

Einen Moment lang spielte ich mit dem Gedanken davonzulaufen, doch andererseits hatte ich nichts zu verlieren. Diese Mary erwartete meine Großmutter und würde mich wahrscheinlich für eine Urlauberin halten, die zufällig hier spazieren ging. Zehn vor fünf. Ein altes englisches Taxi holperte aus der Ferne über die Straße und kam näher. Das Gefährt war auf Hochglanz poliert und wirkte hier draußen mitten in der Natur fehl am Platz. Ich rieb meine feuchten Hände und wartete. Der Wagen stoppte keine fünf Meter neben mir. Die Fahrertür öffnete sich und ein Butler mit gestreifter Weste und weißen Handschuhen stieg aus. Er lief zum Kofferraum, holte einen kleinen runden Tisch und zwei Klappstühle daraus hervor und stellte sie am Wegrand auf. Er breitete eine weiße Tischdecke aus, strich sie glatt, zauberte aus einem Korb Teegeschirr und einen Kuchen hervor, den er auf den Tisch stellte und aufschnitt. Die ganze Situation war so skurril und erinnerte mich an die Sketche von Monty Python.

Der Mann hastete um das Auto herum, öffnete die Beifahrertür und wartete, bis sein Fahrgast ausstieg. Zuerst kam ein mintgrüner Pumps zum Vorschein gefolgt von einem krampfadrigen Bein mit Ödemen. Ich beobachtete eine kleine alte Dame, wie sie sich aus dem Auto schälte. Ihr Kostüm, Hut und Handtasche waren ebenfalls mintgrün und die Handschuhe waren weiß. Der Butler schloss die Tür hinter ihr und machte eine steife Verbeugung. Ich traute meinen Augen nicht. Vor mir stand die englische Königin!

Was hatte meine Großmutter mit der Queen zu schaffen? Ich strich meine vom Wind zerzausten Haare hinters Ohr. Mein Puls schnellte in die Höhe. Auf diese majestätische Begegnung war ich nicht vorbereitet. Verlegen strich ich meine Windjacke glatt, straffte meine Schultern und überlegte, wie ich die Frau anreden sollte. Mein Gott, die Queen stand vor mir und ich hatte keine Kamera dabei.

Ich trat einen Schritt nach vorne, wollte etwas sagen, aber ich brachte keinen Ton hervor. Die Queen hob ihren Kopf, schaute mich kurz an und erst da bemerkte ich meinen Irrtum. Diese Person war nicht Queen Elizabeth, aber die Ähnlichkeit war verblüffend.

Der Butler trat hinter einen der Stühle, zog ihn ein wenig vom Tisch fort und wartete. Die Dame nahm Platz und stellte ihre Handtasche neben sich auf dem Boden ab. Unsere Blicke kreuzten sich ein zweites Mal. Sie hatte mich gesehen, zweifelsohne, aber sie ignorierte mich. Der Butler trat hinter sie und erstarrte zur Salzsäule. Für einen Augenblick gab es keine Bewegung in dieser Szenerie und der Anblick wirkte wie ein Ölgemälde, das irgendwo auf einem englischen Landsitz über dem Kamin hängen könnte. War das die Verabredung, für die ich extra aus Deutschland angereist war?

Der Butler zog eine goldene Taschenuhr aus seiner Weste, öffnete sie und klappte sie wieder zu. Dann goss er Tee in die Tasse der Dame.

»It's teatime, Mylady.«

Seine Worte rissen mich aus meiner Lethargie.

»Haben Sie mich hierher bestellt?«, fragte ich.

»Wo ist Melinda Brecht?«

»Meine Großmutter?« Ich wusste nicht, was ich von dieser Person halten sollte. Sie starrte mich mit ihren grünen Augen forschend an und wartete auf die Antwort ihrer Frage. »Sie konnte leider nicht reisen und bat mich, an ihrer Stelle zu diesem Treffen zu kommen«, log ich.

Die Alte zog eine Braue in die Höhe und bot mir mit einem Handzeichen den Stuhl ihr gegenüber an.

»Das Alter, ich verstehe. Nun gut, wenn Sie als Unterhändlerin eingewiesen sind, soll mir das recht sein. Hauptsache wir bringen diese Angelegenheit schnell über die Bühne. Tee?«

Ich nickte und hatte keine Ahnung, was sie meinte.

»James.«

Der Butler kam um den Tisch und schenkte mir ein.

»Kuchen?«

»Danke.«

James legte ein Stück Kuchen auf meinen Teller und positionierte sich mit übereinandergeschlagenen Händen wieder hinter Mary und wartete auf neue Befehle. Die Dame erhob ihre Tasse, spreizte den kleinen Finger, führte den Unterteller mit der anderen Hand nach, und nippte an dem goldbraunen Getränk. Aus Höflichkeit folgte ich ihrem Beispiel, obwohl ich vor Neugier platzte.

»Ich nehme an, Ihre Großmutter hat Ihnen von mir erzählt?«

»Natürlich, Sie kennen sich von früher«, antwortete ich dreist und hoffte, dass sie mir keine weiteren Fragen stellte, sonst würde meine Ahnungslosigkeit schnell auffliegen.

»Wir trafen uns vor sieben Jahren hier auf Raasay. Jede von uns suchte damals aus einem anderen Grund Schutz am Ende der Welt.« Sie lächelte versonnen.

Alles, was ich von Großmutter wusste, war, dass sie nach dem plötzlichen Tod ihres Mannes, von der Trauer überwältigt, nach England geflohen war. Sie blieb für ein paar Monate verschwunden, ehe sie eines Tages kommentarlos wieder heimkehrte. Sie konnte ihre Villa finanziell nicht mehr halten und ich bot ihr an, bei mir zu wohnen.

»Seit ihrer Rückkehr umgab sie etwas Melancholisches«, sagte ich. »Wir alle führten das auf ihre Trauer um Großvater zurück.«

Queen Mary, wie ich sie in Gedanken nannte, lachte.

»Sie trauerte nicht um ihren Mann, ganz im Gegenteil. Sie ist ein durchtriebenes Miststück.«

»Wie reden Sie über meine Großmutter?«, protestierte ich. »Was maßen Sie sich an, über sie zu urteilen? Sie kannten sie doch nur flüchtig.« Ich sprang von meinem Stuhl in die Höhe. Das ging zu weit.

»Ich kenne sie gut genug, meine Liebe, gut genug.« Die Queen befahl mir, mich zu setzen. »Diese Person, die Sie auf einen goldenen Sockel erheben, hat ihren eigenen Mann ermordet und war aus Angst, dass man ihr etwas nachweisen könnte, hierher geflohen.«

Ich schnappte nach Luft.

»Meine Oma soll eine Mörderin sein? Wie können Sie nur so etwas Infames behaupten?«

»Weil sie es mir erzählt hat. Glauben Sie mir, ich war schockiert, als sie mir genau hier bei einem unserer gemeinsamen Spaziergänge das Herz ausschüttete und davon berichtete. Mit der Zeit begriff ich, wie schrecklich ihre Ehe für sie gewesen sein musste.« Die Queen trank wieder einen Schluck Tee.

»Schrecklich?« Meine Illusion von zwei Bilderbuchgroßeltern platzte endgültig, als Mary mir von den außerehelichen Eskapaden meines Großvaters erzählte. Zuerst wollte ich ihr nicht glauben. Wer war diese Person, die solche Lügen verbreitete? Sie kannte meinen Großvater noch nicht einmal. Leider hörte ich aus ihrer Erzählung die Worte meiner Großmutter heraus und begriff, dass diese sehr verzweifelt gewesen sein musste.

»Ich schloss Melinda sofort in mein Herz und bot ihr an mit mir auf unseren Landsitz nach Schottland zu kommen. Sie konnte sich nicht ewig auf dieser kleinen Insel verstecken und nach Hause wollte sie erst gehen, wenn etwas Gras über die Sache gewachsen war. James?«

Die Dame schnippte mit den Fingern und ließ sich von ihrem Butler ein zweites Stück Kuchen auf den geblümten Porzellanteller schaufeln.

»Meine Gutmütigkeit musste ich nach einem halben Jahr allerdings teuer bezahlen.«

Ich begriff nicht.

»In meiner Ehe kriselte es damals schon lange und ich hegte die Hoffnung, dass meine neue Gesellschafterin mich auf andere Gedanken brachte, doch was tat diese dumme Pute? Sie verliebte sich in meinen Mann.«

Oma hatte eine Affäre mit einem schottischen Lord, während wir uns alle Sorgen um sie machten?

»Natürlich jagte ich Melinda aus dem Haus, als ich ihr auf die Schliche kam. Sie hat ihre Bestrafung erhalten und damit war die Angelegenheit für mich erledigt.« Queen Mary fuhr mit dem behandschuhten Zeigefinger unter ihrer Nasenspitze entlang.

»Moment, was meinen Sie damit ›sie hat ihre Bestrafung bekommen‹?« Das wollte ich genauer wissen.

Mary lächelte verlegen und rückte unruhig auf ihrem Stuhl hin und her.

»Das muss Sie nicht interessieren, Kindchen.«

»Oh doch, das muss!« Wenn diese Frau meiner Großmutter etwas zuleide getan hatte, dann sollte sie dafür zur Rechenschaft gezogen werden. »Was haben Sie mit Melinda getan?«

»Das ist eine Angelegenheit zwischen Ihrer Großmutter und mir.« Sichtlich nervös nahm sie einen weiteren Schluck Tee.

Mir fielen plötzlich die Zeilen aus Marys Brief ein.

»... *nach all den Jahren ist dir mein Schweigen noch immer gewiss ... zudem vermisse ich unsere monatliche Vereinbarung*«, murmelte ich.

Marys Augenlider flatterten und ich verstand.

»Sie haben sie erpresst und monatlich Geld für Ihr Schweigen verlangt. Stimmt's?« Ich war sprachlos. Als Großmutter ihre Villa nach Opas Tod verkaufte und ich sie einlud bei mir zu wohnen, dachten wir alle, dass ihre Rente nicht mehr für den Unterhalt ausreichte. Dabei musste sie Marys Schweigen erkaufen. Ich war wütend auf diese kleine blasierte Person in ihrem mintgrünen Kostüm und dem lächerlichen Hut, der an ein zerrupftes Vogelnest erinnerte.

»Das geschah im gegenseitigen Einvernehmen. Das wird Melinda Ihnen bestätigen.«

Diese Schlange! Sie log mir ins Gesicht, doch so sehr ich auch den Wunsch hegte aufzubrausen und etwas gegen sie zu unternehmen, wollte ich zuerst erfahren, warum sie um dieses Treffen gebeten hatte. In ihrem Brief stand etwas von Veränderungen, die eingetreten waren und besprochen werden mussten. James goss Tee nach und servierte ein weiteres Stück Kuchen.

»Mein Mann ist kürzlich verstorben«, Mary machte eine kleine Kunstpause, tupfte sich mit einem Spitzentaschentuch die feuchten Augen und wartete scheinbar auf mein Mitgefühl, doch da konnte sie lange warten. »Er hat ein Testament hinterlassen, in dem Melinda äußerst großzügig bedacht wird. Sie soll eine stattliche Summe Geld erben.«

»Und das ärgert Sie.« Ich lächelte.

»Melinda wird zu meinen Gunsten ablehnen.«

»Wird sie?«

»Gewiss! Sonst könnte ich mich an ihr Geständnis erinnern und mein Wissen der Polizei mitteilen.«

Sie schnippte mit dem Finger. Der Butler zog ein Handy aus seiner Hosentasche und telefonierte. Noch ehe ich richtig begriff, was hier vor sich ging, tauchte auf der Straße hinter der nächsten Kurve ein Gentleman mit Schirm, Aktentasche und Melone auf. Sollte das alles doch nur ein Sketch von Monty Python sein und ich der ahnungslose Statist, auf dessen Kosten später alle lachten? Unweigerlich schaute ich mich nach einer versteckten Kamera um.

Der Mann trat britisch steif an den Tisch, schlug seine Hacken aneinander, lupfte seinen Hut und deutete eine Verbeugung an. Er zog aus seiner Tasche einen Briefbogen und reichte ihn Mary.

»Mein Notar hat ein Schreiben aufgesetzt, das Melinda unterschreiben wird. Sie verzichtet auf das Erbe und mein Schweigen ist ihr weiterhin gewiss. Sie wird das in ihrem eigenen Interesse unterschreiben – umgehend!«

»Wird sie?« Diese Schnepfe würde sich gleich böse wundern. Ich nahm den Vertrag entgegen und zog einen Kuli aus meiner Jackentasche. Ich schrieb meine Bankverbindung quer über das Papier und reichte es an Queen Mary zurück.

»Wenn ich das alles richtig verstehe«, sage ich, »handelt es sich hier um eine handfeste Erpressung, mit der sie meine Großmutter seit Jahren ausgenommen haben. Damit ist jetzt Schluss!«

Der Hirsch war zurückgekehrt, stand wieder auf der Anhöhe und röhrte, als ob er meinen Worten Gewicht verleihen wollte.

»Sie, Mylady, werden das Geld in monatlichen Raten auf mein Konto zurück überweisen, sonst wird die Polizei von Ihren ›not very britischen‹ Aktionen erfahren.«

Ich schob mir einen großen Bissen Kuchen in den Mund.

»Sie nehmen den Mund ganz schön voll, junge Dame.« Meinte sie den Kuchen oder meine Drohung? Sie lächelte überheblich.

»Vergessen Sie nicht, ich sitze am längeren Hebel. Ich kann Ihre Großmutter jederzeit ins Gefängnis wandern lassen. Mord ist kein Pappenstiel.«

»Tut mir leid, wenn ich Ihren wohldurchdachten Plan wie eine Seifenblase platzen lasse, aber meine Großmutter ist vor drei Monaten gestorben.«

Die Queen wurde blass. Sie stellte ihre Tasse auf den Tisch und richtete nervös den Sitz ihres Hutes.

»Und die Hinterlassenschaft Ihres Mannes können Sie auch gleich auf mein Konto überweisen lassen, denn nach dem Tod meiner Mutter bin ich nun Melindas Alleinerbin.«

Es war mir ein Vergnügen in Marys kreidebleiches Gesicht zu blicken, wie es zuckte und tiefe Enttäuschung spiegelte. The Queen was absolutely not amused, aber meine Großmutter wäre es in diesem Moment bestimmt gewesen.

 **Queen Mary Kuchen**

Zutaten:

- *250 g Blätterteig*
- *2 EL Aprikosenmarmelade*
- *90 g Butter*
- *85 g Zucker*
- *4 Eier*
- *90 g Orangeat und Zitronat*
- *45 g Sultaninen*
- *3 TL Mehl*
- *1 Msp. Backpulver*

Zubereitung:

Backofen auf 240° C vorheizen. Eine Backform (22 cm Durchmesser) mit zerlassener Butter ausstreichen und den Blätterteig darin auslegen (Boden und Rand). 20 Minuten kühl stellen. Den Boden mit der Gabel mehrmals einstechen und danach 10 Minuten backen. Backform aus dem Ofen nehmen und den Teig mit Aprikosenmarmelade bestreichen.

Butter und Zucker in einer Rührschüssel schaumig schlagen und die Eier nach und nach unterrühren. Die Mischung wird flockig. Die Trockenfrüchte und das Mehl zugeben und verrühren. Die Mischung auf den erkalteten Teig geben und 10 Minuten backen. Dann die Temperatur auf 210° C zurückdrehen und den Kuchen 25 weitere Minuten backen lassen.

Warm oder kalt servieren. Dazu passt auch Vanillesoße mit einem Schuss Brandy oder Schlagsahne.

Wolfgang Kemmer

Sherlock Holmes und die Bockmorde von Dartmoor

Als altgedienter Veteran unserer glorreichen Armee, als Arzt und natürlich vor allem als Freund und Begleiter eines der klügsten Köpfe unserer Zeit, des beratenden Detektivs Sherlock Holmes, kann ich mit Fug und Recht behaupten, allerlei Absonderliches, ja manchmal auch Scheußliches gesehen und erfahren zu haben. Es gibt daher nicht viel, was mich wahrhaft schrecken kann. Dennoch habe ich lange mit mir gerungen, ob ich die Ereignisse, von denen ich nun berichten werde, tatsächlich zu Papier bringen soll, sträubt sich mir doch sogar heute noch die Feder, wenn ich mir die Bilder der Unglücklichen ins Gedächtnis rufe, die Opfer jener schaurigen Taten wurden, welche im Volksmund nur die »Bockmorde von Dartmoor« hießen und unter diesem Namen auch Eingang in die britische Kriminalgeschichte fanden.

Es war Anno 1896, zwei Jahre nachdem Holmes so wundersam aus dem Reich der Toten zurückgekehrt und ich meine Praxis verkauft hatte und wieder zu ihm in die Baker Street gezogen war. Wir saßen bei der morgendlichen Lektüre der Times, als Mrs. Hudson einen Besuch meldete, der ihr, ohne unsere Erlaubnis abzuwarten, schon auf dem Fuße folgte.

»Entschuldigen Sie das ungebührliche Eindringen«, schnaufte der Mann, während sich unsere Wirtin auf ein begütigendes Zeichen von Holmes mit missbilligendem Kopfschütteln entfernte. »Wenn ich Ihnen mein Anliegen vorgetragen habe, werden Sie verstehen, dass es keinen Aufschub duldet.«

Holmes nickte und bat ihn Platz zu nehmen. Der Mann kam dem ein wenig widerstrebend nach, wobei er sich angesichts seiner enormen Körperfülle recht schwer tat. Als er es endlich vollbracht hatte, musste er erst einmal umständlich ein Schnupftuch aus der Tasche ziehen und sich den Schweiß abtupfen, was mir Zeit ließ, ihn eingehender zu mustern.

Der Mann mochte etwa sechzig Jahre alt sein und machte den Eindruck eines Landbewohners, eines gut gestellten Bauern oder Handwerkers. Holmes hatte wohl ähnliche Schlüsse gezogen. »Ich hoffe, Ihre Reise war nicht allzu beschwerlich«, sagte er. Aber wie es seine Art war, ließ er es dabei nicht bewenden, sondern legte es darauf an, unseren Besucher und mich mit seinem Scharfsinn zu verblüffen. »Gewiss machen Sie sich Sorgen um Ihre Wirtschaft, Mr. Howley, aber ich denke, ich kann Sie beruhigen: Ein Überfall wie der vor drei Jahren wird sich bestimmt nicht wiederholen.«

Der Mann sperrte vor Erstaunen den Mund auf und für einen Moment fürchtete ich schon, er würde auch noch das Atmen vergessen, zumal er immer noch ziemlich außer Puste war. Dann nickte er aber befriedigt und sagte: »Es stimmt also, was man sich von Ihnen erzählt. Ich habe meinen Weg nicht umsonst gemacht. Sie werden mir helfen, nicht wahr?«

»Sofern es in meiner Macht steht«, sagte Holmes. »Allerdings muss ich Sie gleich zu Beginn unserer Bekanntschaft darauf hinweisen, dass ich kein Hellseher bin. An Ihrer Tracht erkenne ich, dass Sie aus Dartmoor kommen, und die Stickerei auf Ihrem Schnupftuch weist Sie als Wirt des *Schwarzen Ebers* aus.« Er deutete auf die Zeitung, die er vor sich auf den Tisch gelegt hatte. »Zudem habe ich gerade erst der Times entnommen, dass einer der Schurken, der damals an dem Überfall auf Ihren Gasthof beteiligt war, vergangene Woche aus dem Zuchthaus in Princetown entwichen ist. Meine Gedanken kreisten somit schon um Ihren Fall, bevor Sie hier aufkreuzten.«

Der Mann nickte erneut. »Ich muss also nicht so weit ausholen mit meinem Bericht.« Dann schien ihm etwas einzufallen und er runzelte die Stirn. »Wenn Sie aber doch schon wissen, dass Couples ausgebrochen ist, wieso können Sie behaupten, dass sich ein Überfall wie damals nicht wiederholen wird? Immerhin hat der Schuft mir bei seiner Verurteilung Rache geschworen und seine Kumpane sind nie geschnappt worden.«

Holmes schüttelte den Kopf. »Ganz ausschließen kann ich einen Überfall natürlich nicht. Schließlich habe ich diesen Couples nie gesehen und weiß daher auch nicht, wes Geistes Kind er ist. Aber selbst der größte Dummkopf sollte wissen, dass die Polizei Ihr Haus unter besondere Beobachtung gestellt haben dürfte.«

»In der Tat«, sagte Howley, »das hat sie. Umso mehr beunruhigt mich der Vorfall, der mich zu Ihnen treibt.«

»So lassen Sie hören, Mr. Howley!«

»Eigentlich ist es rasch erzählt.« Entgegen dieser Behauptung wand sich der Dicke dabei allerdings auf dem Stuhl, als säße er auf einem Nadelkissen. Dann fasste er sich endlich ein Herz und stieß unvermittelt heraus: »Vorletzte Nacht lag auf der Schwelle meiner Gastwirtschaft ein Toter.« Er seufzte, als wäre damit schon alles gesagt.

Holmes schenkte ihm ein verständnisvolles Lächeln. »Nun«, sagte er nach einer Minute des Schweigens, »ich denke, ein wenig mehr sollten Sie uns schon über die Umstände dieses Fundes verraten, der Sie so in Angst versetzt hat.«

»Es war der junge Jeff Milner«, sagte Howley, »der Sohn des Müllers aus Chagford.«

Holmes wartete. Als nichts kam, sagte er: »Ich vermute einmal, er ist keines natürlichen Todes gestorben.«

»Ganz und gar nicht! Er war …«, Howley stockte, sah ihn entsetzt an, »… er war … entmannt.«

»Aha«, sagte Holmes trocken. Und da der Dicke erneut schwieg, fragte er weiter: »Der Mann war also nackt?«

Howley nickte. »Vom Gürtel abwärts. Und er hatte seine … also seinen …« Er suchte nach Worten. »… also jemand hatte ihm seine männlichen Teile in den Mund gestopft.«

»Aha«, sagte Holmes wieder und verzog keine Miene. Howley wischte sich mit dem Schnupftuch über die Stirn.

»Aus dem Umstand, dass Sie hierher zu mir gekommen sind, schließe ich, dass unsere Freunde von der Polizei Ihnen in dieser Sache nicht weiterhelfen konnten.«

»So ist es«, schnaufte Howley. »Obwohl zwei Constables wegen des Ausbrechers in selbiger Nacht in meinem Hause zugegen waren, haben sie nichts bemerkt. Constable O'Roscoe hat lediglich auf seiner Runde den Toten entdeckt.«

»Und Sie haben keine Idee, Mr. Howley, warum Sie dieser Milner mitten in der Nacht aufsuchen wollte?«

Der Dicke schüttelte den Kopf. »Nicht die geringste.«

Holmes schien nichts anderes erwartet zu haben. Er überlegte. »Wenn ein Mörder zu so rüden Mitteln greift, will er damit in der Regel etwas mitteilen. Was meinen Sie, Mr. Howley, für wen könnte seine Botschaft bestimmt gewesen sein?«

Der Dicke war von der Frage nicht allzu überrascht. Offenbar hatte er sie sich selbst schon gestellt, denn seine Antwort kam schnell und bestimmt: »Das Schwein will mich ruinieren.«

»Welches Schwein?«, schaltete ich mich ein.

»Ich weiß es nicht. Wahrscheinlich Couples.« Er räusperte sich. »Sie müssen wissen: Meine Lammhoden sind in ganz Devon berühmt. Um sie zu kosten, kommen Earls und Minister nach Dartmoor. Aber seien Sie ehrlich, Dr. Watson, hätten Sie nach diesem Vorfall noch Appetit auf Hoden?«

*

So reisten wir also wieder in jene schaurig-schöne Gegend, die sicher vielen meiner Leser für immer als der Ort in Erinnerung bleiben wird, an dem Holmes das Rätsel um den Hund der Baskervilles löste. Mr. Howley, den es keine Sekunde länger als nötig in London gehalten hatte, war schon vorausgeeilt. Sein Gasthof lag nah des Dörfchens Chagford, das nur über recht unwegsame Straßen zu erreichen war. Wir nahmen die nächste uns mögliche Bahn nach Exeter, wo Howleys Kutsche schon wartete, sodass wir die beschwerliche Fahrt schnell hinter uns bringen konnten.

Der »Schwarze Eber« thronte etwas außerhalb auf einem Hügel über dem Dorf und war ein im georgianischen Stil aus Stein erbauter, weiß getünchter Kasten mit einer über die ganze Vorderfront gezogenen Loggia, zu deren klassisch anmutenden, bei näherem Hinsehen aber doch nur hölzernen Säulen das reetgedeckte Dach nicht ganz passen wollte.

Wir wurden kühl empfangen von der Frau des Hauses, einer mageren Endvierzigerin, die im Gegensatz zu ihrem wohlgenährten Gatten kein gutes Aushängeschild für die Gastfreundschaft und das Essen im »Schwarzen Eber« abgab. Sie entschuldigte ihren Mann damit, dass er in der Küche beschäftigt sei, und ließ unser Gepäck von dem gleichen Burschen ins Haus schaffen, der uns kutschiert hatte. Ich nahm daher an, dass die Wirtschaft mit Personal nicht allzu reich gesegnet war, was sich auch als richtig herausstellte. Neben besagtem Burschen gab es nur noch eine Magd, die mit im Haus wohnte, sowie eine weitere aus dem Dorf, die an Feiertagen in der Gaststube aushalf.

Im Augenblick hantierte dort allerdings gerade Edwina, die Tochter des Hauses, ein hübsches, rehäugiges Wesen, das längst im heiratsfähigen Alter war, uns aber mit einer Stimme nicht lauter der eines Mäuschens begrüßte und so verhuscht wirkte, dass man den Eindruck gewann, sie befände sich wohler in jedem Mauseloch als unter all den rauchenden, trinkenden, schwadronierenden Männern.

Die Frau führte uns in einen kleinen, ruhigen Nebenraum, wo wir an einem gedeckten Tisch Platz nehmen mussten, was mich nichts Gutes ahnen ließ. Es dauerte auch nicht lange, bis der Wirt selbst uns seine Aufwartung machte und dabei sogleich die Spezialität des Hauses auftischte. Obwohl ich als Arzt schon von Berufs wegen keinerlei Vorbehalte gegenüber irgendwelchen Körperteilen hege und mir Lammhoden bereits häufiger als Delikatesse angepriesen wurden, muss ich doch gestehen, dass mein Appetit auf selbige noch nie groß war. Und die jüngsten Ereignisse im »Schwarzen Eber« hatten – wie Mr. Howley sehr richtig bemerkt hatte – tatsächlich nicht dazu beigetragen, ihn zu steigern. Dennoch war mir klar, dass ich nicht um den zweifelhaften Genuss herumkommen würde, wollte ich den werten Mr. Howley nicht tödlich beleidigen. Der setzte sich nämlich zu uns und wartete gespannt auf unser Urteil. Holmes schien das nicht zu stören. Er aß mit wahrem Heißhunger und lobte den sichtlich erfreuten Wirt mehrfach für seine Kochkunst. Ich dagegen mühte mich, nicht daran zu denken, was ich zu mir nahm, und schloss mich seinem Lob jeweils nur mit einem zustimmenden Nicken an.

Nach dem Essen gesellte sich Constable O'Roscoe zu uns, der wegen des Ausbrechers mit seinem Kollegen Nichols Posten im »Schwarzen Eber« bezogen hatte. Er erzählte, wie er auf einer seiner Runden nachts um halb vier die Leiche Milners vor dem Haupteingang entdeckt habe, und überzeugte uns davon, dass es wenig Sinn habe, den Toten noch einmal zu untersuchen, da er schon im Elternhaus aufgebahrt und für die Beisetzung zurechtgemacht sei. Die »abscheuliche Verschandelung« sei daher nicht mehr zu erkennen. Er versuchte sie uns aber, so gut es ihm möglich war, zu schildern: Der Mann sei durch einen Hieb auf den Hinterkopf getötet worden. Anschließend habe man ihm die Hosen ausgezogen, mit einem Messer das Geschlechtsteil quasi an der Wurzel abgetrennt und in den Mund gestopft, wobei das Scrotum vollständig verborgen gewesen sei, der Penis aber zwischen den Lippen herausgehangen habe. Hier muss ich einräumen, dass ich mich aus Rücksicht auf meine Leser gezwungen sah, an dieser Stelle der Erzählung O'Roscoes ungehobeltes Vokabular ein wenig zu korrigieren.

Holmes stellte dann noch eine Reihe Fragen bezüglich der Mordwaffe, eventueller Blutspuren, der genauen Lage des Leichnams und ähnlicher Routineangelegenheiten, förderte damit aber keine neuen Erkenntnisse zutage. Der Constable war ebenso wie Howley fest überzeugt, dass es sich bei dem Täter nur um den vor knapp einer Woche aus dem Zuchthaus in Princetown ausgebrochenen Sträfling Sam Couples handeln konnte, der vor drei Jahren nach dem Raubüberfall auf den »Schwarzen Eber« verhaftet worden war. Couples war Anstifter und Rädelsführer der drei Schurken gewesen, die bei Nacht und Nebel den Wirt aus dem Bett gezerrt und mit Waffengewalt zur Herausgabe des vorhandenen Bargeldes gezwungen hatten. Da er zu dieser Zeit als Schäfer bei Howley angestellt gewesen war, hatte er gewusst, dass sich durch den Verkauf eines Teils der Herde gerade eine größere Summe im Hause befunden hatte.

»Und Sie hatten nie einen Verdacht, wer seine Komplizen gewesen sein könnten, Mr. Howley?«, fragte Holmes, der offenbar auch einen Zusammenhang zwischen dem Überfall und dem Mord witterte.

Howley schüttelte den Kopf. »Die drei waren maskiert und trugen Kleidung, die sie wohl von irgendeiner Wäscheleine gestohlen hatten. Als Couples drei Tage nach dem Überfall zu mir kam und seinen Lohn forderte, weil er weiterziehen wollte, habe ich ihn nur an seinen genagelten Stiefeln erkannt. Emma und ich lagen nämlich gefesselt auf dem Boden, während einer der Schufte unser Bett auseinandernahm, um darin nach dem Geld zu suchen. Dabei konnte ich sehen, dass an seinem rechten Absatz zwei Nägel fehlten.«

»Was war mit dem Knecht und den Mägden? Haben sie denn nichts von dem Überfall mitbekommen?«, fragte Holmes.

»Für Tom lege ich meine Hand ins Feuer, wenn Sie das meinen«, sagte Howley. »Er ist seit über zwanzig Jahren bei uns und hatte gewiss nichts mit dem Überfall zu tun. Die Schufte hatten ihn in seiner Kammer an den Stuhl gebunden.«

»Und die Mägde?«

»Lisa hat wie immer unten im Dorf geschlafen. Und Mary hatte ich zwei Tage frei gegeben, damit sie sich um ihre kranke Mutter kümmern konnte.«

»Befanden sich zur Zeit des Überfalls sonst noch Personen im Haus? Gäste vielleicht? Und wo war Ihre Tochter?«

»Nein, Gäste waren keine da. Mr. Perkins, an den ich die Schafe verkauft hatte, war schon wieder abgereist. Und Edwina lag in ihrem Bett und wagte sich nicht zu rühren. Die Schurken hatten ihr eine solche Angst eingejagt, dass sie sich erst am nächsten Tag nach langem Zureden meiner Frau wieder heraustraute.«

Holmes nickte. »Kommen wir noch einmal auf den Mord zu sprechen. Was glauben Sie, warum Couples ausgerechnet diesen Milner so zugerichtet hat? Kannte er ihn? Oder sollte er vielleicht nur zufällig in der Nacht hier herumspaziert sein und das Pech gehabt haben, dabei Couples in die Quere gekommen zu sein? Was wissen Sie über den jungen Mann?«

»Nicht viel. Natürlich kenne ich ihn, so wie alle Leute im Dorf. Und sein Vater liefert uns Mehl. Aber warum er sich mitten in der Nacht hier herumgetrieben haben soll?« Howley zuckte die Achseln. »Ich fürchte, da kann ich Ihnen nicht weiterhelfen.«

»Und Couples?«, fragte Holmes. »Wie lange hatte er für Sie gearbeitet, als der Überfall stattfand?«

»Ein knappes Jahr.« Howley brauchte nicht zu überlegen. Er hatte all diese Fragen schon öfter beantwortet. »Couples kam damals und suchte Arbeit. Angeblich hatte er vorher als Schäfer in den Highlands gearbeitet. Sagte, da sei es ihm zu rau hergegangen bei den elenden Kilt-Trägern. Mir war es recht. Ich hab nicht viel gefragt, weil ich gerade einen neuen Mann für die Herde brauchte. Beim Prozess hat sich dann herausgestellt, dass er ein ziemlicher Herumtreiber war, der schon allerhand auf dem Kerbholz hatte.«

»Wissen Sie, ob er Kontakt zu Milner hatte?«, fragte Holmes.

Howley sah ihn nachdenklich an. »Ich weiß, was Sie denken. Aber die Milners sind höchst respektable Leute.«

Holmes zuckte die Achseln. »Ich denke nur, dass Couples hier in der Gegend keine große Auswahl hatte, um seine Mittäter zu rekrutieren. Mit wem trieb er sich herum?«

»Wissen Sie, Mr. Holmes, das haben mich damals alles schon die Polizisten bei der Untersuchung gefragt. Ich kann Ihnen dazu wirklich nicht viel sagen. Wenn die Schafe sicher im Pferch waren und er mal hier in der Wirtschaft saß, hielt er sich meistens allein für sich.«

»Na schön«, sagte Holmes. »Es ist schon spät. Wir werden heute nicht mehr viel ausrichten. Morgen sprechen wir mit den Milners und werden uns ein wenig im Dorf umhören.«

Nachdem O'Roscoe uns über den Wachdienst, den er mit Nichols in der kommenden Nacht wieder übernehmen wollte, ins Bild gesetzt hatte, machten wir noch einen Rundgang um das Anwesen. Holmes schien nicht damit zu rechnen, dass Couples es wagen würde, sich erneut dem »Schwarzen Eber« zu nähern, und wirkte daher recht entspannt, als wir unsere Zimmer aufsuchten. Mich selbst hatten die frische Landluft und die Reise mehr ermüdet als gedacht, sodass ich sofort einschlummerte. Ich schlief wie ein Stein, als mitten in der Nacht jemand heftig gegen meine Tür pochte. Es war Holmes. Er war vollständig angekleidet und als ich nicht sofort öffnete, stürmte er herein und rüttelte mich. »Watson«, schrie er, »für Schlaf ist keine Zeit. Der Mörder hat erneut zugeschlagen.«

Ich zog mich an, so schnell es ging, steckte meinen Revolver ein und eilte hinter ihm her nach unten, wo schon alles hell erleuchtet war. Die Hausbewohner waren in der Gaststube versammelt. Mr. Howley saß mit Frau und Tochter, bleich und im Morgengewand, an einem der Tische. Gleich daneben Tom, der Knecht, und Mary, das Mädchen, das am ganzen Leib zitterte und heulte wie ein Schlosshund.

O'Roscoe und Holmes erwarteten mich an der Eingangstür, während Nichols ins Dorf geeilt war, um die erwachsenen Männer zu alarmieren, die sich so gut es ging bewaffnen und mit ihm die Gegend absuchen sollten.

Der Tote lag genau so da, wie O'Roscoe es uns am Vorabend vom jungen Milner geschildert hatte. Er lag quer vor der Tür auf dem Rücken und es war allein schon aus der geringen Menge Blutes ersichtlich, dass er nicht dort getötet, sondern erst im Nachhinein hingeschafft worden war. Über dem linken Ohr klaffte eine Wunde, die vom Schlag mit einem kantigen Gegenstand herrührte und vermutlich die Todesursache gewesen war. Schlimmer aus sah allerdings, was man mit seiner Männlichkeit angestellt hatte, die ihm sauber abgeschnitten und in der schon beschriebenen Weise in den Mund gesteckt worden war – ein Anblick, der selbst mir altgedientem Mediziner die Eingeweide zusammenzog und um ein Haar die am Vorabend genossenen Lammtestikel wieder ans Tageslicht getrieben hätte.

»Erinnert an eine Katze«, brummte Holmes, der auch sichtlich erschüttert war, allerdings weniger aufgrund des Anblicks als aufgrund dessen, dass es jemand wagte, während seiner Anwesenheit eine solch ungeheuerliche Tat auszuführen.

»Wieso Katze?«, fragte ich, als ich mich etwas erholte hatte.

»Nun, mein lieber Watson, Ihnen ist doch sicherlich bekannt, dass Katzen von Zeit zu Zeit ihrem Herrn ein Stück ihrer Beute, gleichsam als Zeichen der Wertschätzung, vor die Tür legen.«

»Sie meinen …« Ich starrte ihn an.

»Ich meine gar nichts«, sagte er ungewohnt scharf. »Ich habe lediglich gesagt, dass dieser Anblick mich an die Tat einer Katze erinnert hat. Sonst nichts.«

»Wer ist der Tote?«, fragte ich. »Und wer hat ihn diesmal gefunden?«

»Ich«, meldete sich Nichols zu Wort. »Es ist wieder ein Junge aus dem Dorf. Arnold Williams, der Sohn des Bürgermeisters.«

»Und Sie haben alle wieder keine Ahnung, weshalb es ausgerechnet ihn erwischt hat oder was ihn mitten in der Nacht hier heraufgetrieben haben könnte«, nahm Holmes meine nächste Frage vorweg.

Er bat Howley um eine Laterne und da ich ihm nun damit zur Hand gehen konnte, ließ er es sich trotz der Dunkelheit nicht nehmen, die Umgebung des Gasthofs einer genauen Untersuchung zu unterziehen, bevor die heranrückenden Männer aus dem Dorf etwaige Spuren zerstören konnten.

Was wir entdeckten, war überraschend eindeutig und ließ die beiden Constables, die nach der Ermordung Milners so gut wie nichts gefunden hatten, vor Verlegenheit erröten.

An einigen Stellen, wo der weiche Boden es zuließ, fanden wir Stiefelspuren, frisch und tief ausgetreten, als hätte jemand eine schwere Last getragen. Sie liefen zur Loggia hin und wieder zurück. Holmes wies mich anhand eines besonders deutlichen Abdrucks darauf hin, dass am rechten Stiefel zwei Nägel fehlten.

»Seltsam, dass er immer noch dieselben Stiefel trägt«, wunderte ich mich. »Und dass man sie ihm im Zuchthaus nicht abgenommen hat.« Holmes zuckte nur die Achseln.

Wir folgten den Spuren, so gut es ging. Sie führten uns zu einer Stelle, wo ein Leiterwagen oder eine Karre gestanden haben musste, auf der offenbar die Leiche transportiert worden war. Nun konnten wir den Fahrspuren folgen, was die Sache wesentlich erleichterte. Wir fanden den Wagen in einem Unterstand, den Howleys Schäfer für die Herde nutzte, der aber momentan nicht gebraucht wurde, da die Tiere weiter entfernt weideten. Couples kannte den Unterstand natürlich. Alles wies darauf hin, dass er die Morde und anschließenden Verstümmelungen hier verübt hatte. Es gab eine Menge Blut und eine alte Schäferschippe, die vermutlich die Mordwaffe gewesen war. Der Täter hatte sich keine Mühe gegeben, die Spuren zu beseitigen.

»Sieht fast so aus, als wäre er nun, da er seine Komplizen getötet hat, fertig mit seiner blutigen Arbeit«, sagte ich.

Holmes schüttelte den Kopf, sagte aber nichts, sondern suchte verbissen weiter nach Spuren. Von dem Unterstand wegführende Abdrücke, die uns die weitere Verfolgung des Täters ermöglicht hätten, fanden wir jedoch nicht, lediglich solche, die aus Richtung des Dorfes zu ihm hinführten und daher wohl den Opfern zuzuschreiben waren, die Couples offenbar zu einem geheimen Treffen in den Unterstand bestellt hatte.

Holmes war sichtlich zerknirscht. Er machte sich Vorwürfe, dass er nicht sorgfältig genug recherchiert, sondern geschlafen hatte, als es galt den zweiten Mord zu verhindern.

»Ich werde unverzüglich nach Princetown fahren und mit den Verantwortlichen des Zuchthauses sprechen«, sagte er in einem Ton, der keine Widerrede duldete. »Sie bleiben hier, Watson, und sehen nach dem Rechten, damit in meiner Abwesenheit nicht noch mehr Unheil geschieht.«

*

Ich muss gestehen, dass ich mit dieser Anweisung ganz und gar nicht einverstanden war. Ich sah nicht ein, warum Holmes nach Princetown fuhr, während der Ausbrecher hier immer noch herumgeisterte. Auch wenn er die Mordwaffe, mit der er seine vermutlichen Komplizen getötet hatte, im Unterstand zurückgelassen hatte, war damit noch lange nicht sicher, dass er sich nun nicht mehr an Howley rächen wollte. Andererseits schmeichelte es mir natürlich, dass Holmes mir eine so verantwortungsvolle Rolle zuwies, und ich gedachte sie mit aller mir verliehenen Kraft auszufüllen.

Der Tag verlief zunächst recht ereignislos. Die von Constable Nichols geleitete Suchaktion der Dorfbewohner hatte fast erwartungsgemäß nichts ergeben. Vor seiner Abreise hatte Holmes mich noch damit beauftragt, die Angehörigen der Mordopfer nach deren etwaigen früheren Verbindungen zu Sam Couples zu befragen. Sowohl die Eltern und Geschwister des jungen Jeff Milner als auch die des zweiten Toten, Arnold Williams, wussten nichts darüber zu sagen. Lediglich Mary, die Magd aus dem »Schwarzen Eber«, meinte sich schließlich auf meine Fragen hin daran zu erinnern, sowohl Milner als auch Williams öfter mit Couples gesehen zu haben.

Als Holmes nach dem Nachtmahl, das sehr zu meiner Erleichterung nicht wieder aus Genitalien bestand, immer noch nicht zurück war, ging ich davon aus, dass er in Princetown übernachten würde. Ich beschloss daher, die Wache nicht allein den beiden Polizisten zu überlassen, sondern selbst dafür zu sorgen, dass die Nacht friedlich verlief. Zu jeder halben Stunde schickte ich einen der beiden Constables auf einen Rundgang ums Haus, zu jeder vollen Stunde übernahm ich die Aufgabe selbst.

Gegen drei Uhr, also etwa zu der Zeit, als der Täter die beiden Leichen jeweils vor der Eingangstür deponiert haben musste, hörte ich dabei leise Schritte aus Richtung des Unterstandes kommen. Ich entsicherte meine Pistole und verbarg mich hinter einer Säule der Loggia. Kein Zweifel, da versuchte sich jemand unbemerkt ans Haus heranzuschleichen! Ich kann es nicht leugnen: Beim Gedanken an die beiden Verstümmelten verspürte ich unwillkürlich ein höchst unangenehmes Ziehen in der Lendengegend. Und als plötzlich wie aus dem Nichts ein Schatten vor mir auftauchte, feuerte ich. Und brüllte! Und der Schatten brüllte auch: »Verdammt, Watson! Hat man Ihnen in der Armee nicht beigebracht zuerst zu rufen und dann erst zu schießen?«

Es war Holmes. Um ein Haar hätte ich meinen Freund über den Haufen geschossen. Er hatte den Knecht mit der Kutsche beim Unterstand zurückgelassen. »Wollte ausprobieren, ob es tatsächlich so leicht ist, sich unbemerkt hier anzuschleichen«, brummte er, während im Haus hinter uns die Lichter angingen und die Constables mit gezückten Waffen herausstürmten.

»Wie Sie sehen, ist es bei mir nicht so leicht«, sagte ich, nicht ohne Stolz.

»In der Tat.« Er nickte versöhnlich. »Zum Glück treffen Sie im Dunkeln nicht mal ein Scheunentor.«

Wir beruhigten die Polizisten und gingen nach drinnen, wo sich die übrigen Bewohner mittlerweile schon wieder in der Gaststube versammelt hatten. »Mr. Holmes, Gott sei Dank, Sie sind es!«, empfing uns Howley erleichtert, während seine Frau meinen Freund immer noch misstrauisch beäugte, ganz so als wäre sie noch nicht recht überzeugt, dass er nicht doch der Mörder war.

»Ja, Mr. Howley, ich bin es nur«, sagte Holmes. »Und ich kann Sie auch nun endgültig beruhigen. Es wird keine weiteren Morde mehr geben.« Dabei sprach er mehr zu Mrs. Howley als zu ihm. Seine Worte schienen die Frau jedoch keineswegs zu beruhigen. Sie runzelte die Stirn und umfasste die Schultern ihrer Tochter, die sie schon die ganze Zeit im Arm gehalten hatte, noch fester.

»Mrs. Howley«, sprach Holmes sie direkt an, »wir sind bisher noch nicht dazu gekommen, uns mit Ihnen zu unterhalten. Mit der Ruhe dürfte es ohnehin vorbei sein. Wenn Sie nichts dagegen haben, seien Sie doch so gut und folgen uns dort in den Nebenraum.«

Auch wenn seine Worte etwas anderes ausdrückten, sprach er sie doch in einem Ton, der keine Widerrede duldete. Die Wirtin nickte stumm, streichelte ihre Tochter, flüsterte ihr noch etwas ins Ohr und ging uns dann unter den irritierten Blicken ihres Mannes und der beiden Polizisten voraus in das kleine Eckzimmer, in dem mir meine Nase vorgaukelte, immer noch den Geruch der Lammhoden zu erschnüffeln.

»Kennen Sie einen Mann namens Lester Benton?«, fragte Holmes ohne weitere Umschweife, als ich die Tür hinter uns zugezogen hatte.

Mrs. Howley starrte ihn an, als wüsste sie noch nicht recht, ob sie antworten sollte oder nicht.

»Ich habe mich in Princetown länger mit Dr. Rogers, dem Direktor des Zuchthauses, über Benton unterhalten«, fuhr Holmes fort.

»Er sagte mir, Benton sei einer seiner besten Schließer gewesen und habe in dem Zellentrakt gearbeitet, aus dem Couples ausgebrochen ist.« Er hielt inne.

Mrs. Howley schien nun zum Schweigen entschlossen.

»Dr. Rogers erzählte mir auch, Benton sei in der letzten Zeit an seinen freien Tagen häufig nach Chagford gefahren, um seine Verlobte zu besuchen.«

Jetzt seufzte die Frau, machte aber keine Anstalten zu sprechen.

»Couples' Ausbruch wurde vor allem dadurch ermöglicht, dass es ihm gelang, Benton in seiner Zelle niederzuschlagen und in dessen Uniform zu fliehen. Benton hat danach um Urlaub gebeten, den Dr. Rogers ihm auch gewährt hat. Sie wissen nicht zufällig, wo Benton sich zur Zeit aufhält, Mrs. Howley?«

Sie schüttelte resigniert den Kopf, sagte aber immer noch nichts.

»Oder wo er die Leiche von Couples versteckt hat?«

Jetzt war es mit ihrer Zurückhaltung vorbei. »Diese dreckigen Schweine«, fuhr sie auf, »sie haben Edwina Gewalt angetan, damals bei dem Überfall! Couples, Milner und Williams!« Sie würgte die Namen förmlich heraus. Ekel malte sich auf ihrem Gesicht ab. Ihre Stimme wurde bitter, anklagend: »Und dieser alte Trottel Howley? Selbst wenn er etwas geahnt hätte …« Sie machte eine wegwerfende Geste. »Er könnte noch so viel von seinen ekelhaften Hoden zusammenbrutzeln und fressen, er hätte doch nie genug Mumm, etwas gegen Milner und erst recht nicht gegen diesen Williams-Taugenichts zu unternehmen. Nur Couples, dieser streunende Hund …«

»Wollen Sie damit etwa behaupten, dass Ihr Mann wusste, wer Couples' Komplizen bei dem Überfall waren?«, unterbrach ich.

Sie sah mich erstaunt an. Holmes gab mir ein Zeichen zu schweigen.

»Sie haben doch auch sofort bemerkt, wie es um das arme Kind bestellt ist, nicht wahr, Mr. Holmes!«, sagte sie.

Holmes nickte. Ich weiß nicht, ob er es tat, weil er tatsächlich etwas bemerkt hatte oder nur, weil er wollte, dass sie weiter sprach. Sie schien auch Zweifel zu haben und tat ihm den Gefallen nicht.

»Weiß Edwina überhaupt von der Verlobung mit Benton?«, fragte er daher nach einer Weile.

»Natürlich nicht.« Sie sah ihn böse an. »Der Kerl ist ein ausgemachter Dummkopf. Er hat sie ein paar Mal hier in der Gaststube gesehen und sich hoffnungslos in sie vergafft.«

»Und das hat gereicht, damit Sie ihn für Ihren Rachefeldzug einspannen konnten?«

»Er hat geholfen, Couples herauszuholen, die Namen seiner Komplizen aus ihm herauszuprügeln und die beiden in den Unterstand zu locken.«

»Und dann hat er sie brav vor Edwinas Haustür abgeliefert, wie ein Kater bei seinem Frauchen«, fügte Holmes hinzu.

Mrs. Howley nickte. »Nur töten und kastrieren wollte er diese Böcke nicht«, sagte sie grimmig. »Das musste ich selbst erledigen.«

Dabei machte sie ein Gesicht, dass mir selbst jetzt noch, da ich diese Zeilen niederschreibe und daran zurückdenke, ein kalter Schauder den Rücken hinunterläuft. Über den Rest der Geschichte möchte ich daher möglichst schnell hinweggehen.

Nur so viel sei gesagt: Lester Benton wurde am nächsten Tag in der Nähe Chagfords am Kes Tor, einer der burgartigen Felsformationen, die diesem Landstrich so eigentümlich sind, verhaftet. Er hatte dort auf das Zeichen von Mrs. Howley, dass für ihn nichts mehr zu befürchten sei, gewartet. Couples' Leiche hatte er vergraben. Sie war ebenso verstümmelt wie die seiner beiden Komplizen Milner und Williams.

Lammhoden habe ich seitdem nie wieder gegessen.

Gebackene Lammhoden mit Feldsalat

Zutaten:

- 4 Lammhoden
- 100 g Mehl
- 2 Eier
- 100 g Semmelbrösel
- 200 g Butter
- Salz, Pfeffer
- etwas Zitronensaft

Zubereitung:

Zunächst die Hoden waschen und die Enden abschneiden. Dann das äußere Häutchen abziehen, die Lammhoden in kaltes Wasser einlegen und über Nacht kühl stellen.

Gut abtropfen lassen, in etwa zwei Zentimeter dicke Scheiben schneiden und in Mehl, Ei und Semmelbröseln panieren. Anschließend in der Butter goldbraun herausbacken.

Mit dem Zitronensaft beträufeln. Dazu Tomatensalat oder einen leckeren Feldsalat reichen.

http://www.stern.de/tv/sterntv/exotische-rezepte-zum-ausprobieren-kochen-mit-insekten-und-innereien-1644539.html

Ralf Kramp

Das Rätsel des verschwundenen Pies
Ein klassisches Whodunnit

Ich versichere Ihnen, dass es nachgerade töricht wäre, meinen Freund Lord Reginald Merridew aufgrund seines Äußeren zu unterschätzen. In seinem bulligen Schädel arbeitet ein brillanter Verstand, und hinter seiner breiten Stirn und den hervorquellenden Augen verbirgt sich ein deduktives Genie, wie man es zunächst nicht vermuten würde.

Die große, ausgedehnte Gestalt meines Freundes empfing mich vor dem kleinen Cottage direkt am Dorfanger, mit weit ausholenden, winkenden Gesten. Seine fast plump zu nennende Gestalt steckte in einem makellosen, ihm auf den Leib geschneiderten, dreiteiligen Leinenanzug, in glänzenden italienischen Schuhen, aus seinem Hemdkragen quoll ein Halstuch mit dezentem Muster, und seinen weißen Panamahut schwenkte er, als wolle er ein Flugzeug auf dem Rollfeld dirigieren.

Wir hatten uns seit einem guten halben Jahr nicht mehr gesehen. Zuletzt hatte uns der rätselhafte Fall des gekreuzigten Vikars von Doncaster zusammen ins winterlich verschneite Yorkshire geführt. Als ich meinen weinroten Nash-Healey am Straßenrand zum Stehen gebracht hatte, riss Merridew die Seitentür auf, streckte den Kopf herein und schmetterte mir ein dröhnendes »Hallo, alter Knabe. Wurde verdammt noch mal Zeit!« entgegen, noch ehe ich aussteigen konnte.

Die beachtliche äußere Verwerfung von Merridews Riechorgan, die er einem schwungvoll fehlgeleiteten Kricketschläger in Collegezeiten zu verdanken hatte, trog, denn er besaß mit uneinnehmbarem Abstand die beste Spürnase unseres Landes, von deren untrüglichem Feinsinn nicht zuletzt Scotland Yard bereits unzählige Male profitiert hatte.

Ein paar Augenblicke später schlug er mir auf die Schulter, so dass ich es krachen zu hören glaubte. »Konnte es kaum erwarten, Ihre kleine, schielende Keksdose um die Ecke kriechen zu sehen.« Bei keiner unserer Begegnungen konnte er es unterlassen, sich über mein Auto und dessen typische, eng zusammenliegende Scheinwerfer lustig zu machen.

»Rose Cottage«, trompetete er und wies mit großer Geste auf das kleine Häuschen, an dessen Fassade üppige Rosenstöcke wucherten.

Merridews Anruf hatte mich in Oxford erreicht, wo wir uns eigentlich für ein Wochenende im Randolph Hotel verabredet hatten. Ich hatte mich auf herrliche Stunden im Ashmolean Museum und der Bodleian Library gefreut, auf Spaziergänge im Botanischen Garten und auf eine Bootstour auf dem Kanal, aber ich hatte mich gerade zum Lunch gesetzt, als Merridews Stimme durch das Telefon das Kommando gegeben hatte: »Sparen Sie sich das Dessert, alter Knabe und rollen Sie zwölf Meilen nordwärts. Ich erwarte Sie in einem kleinen Nest namens Kirtlington. Wir haben keine Zeit zu verlieren. Eine Frau ist verschwunden. Und ein ganzes Dinner dazu!« Mir war augenblicklich klar, dass die Sache keinen Aufschub duldete, denn wenn mein Freund dieser Frau, über die ich nicht mehr wusste, als dass sie nicht an dem Platz war, an dem man sie vermuten sollte, so viel Bedeutung beimaß, lohnte es der Nachforschung. Unverzüglich hatte ich mich in das Dorf am Fuße der Cotswolds aufgemacht und unterwegs ohne Unterlass über die rätselhafte Bemerkung über das abgängige Dinner nachgesonnen.

Kirtlington war ein hübscher kleiner Ort mit kleinen Häuschen, mannshohen Stockrosen und üppigen Hortensienbüschen. Welches Rätsel würde mich hier erwarten?

Aus der Haustür von Rose Cottage trat ein blasser, dunkelhaariger Mann von etwa dreißig Jahren, im olive farbenen Tweed, der mir mit zusammengezogenen Augenbrauen und einem gezwungenen Lächeln zunickte.

Merridew stellte uns einander in launigem Tonfall vor, als seien wir Gäste einer Gartenparty:»Dr. Finch, dies ist mein Freund Nigel Davison aus London, ein Rechtsanwalt mit beachtlichen Qualitäten, Nigel, dies ist Dr. Finch, der persönliche Leibarzt des Zeitungsverlegers Christopher Addison, dessen Name Ihnen gewiss geläufig sein dürfte.« Damit hatte er zweifelsohne recht. Addison gehörten zwei der auflagenstärksten Tageszeitungen Großbritanniens und mehrere Magazine, und mit zahllosen anderen Unternehmungen hatte er ein nicht unbeträchtliches Vermögen angehäuft und lebte scheu und zurückgezogen auf einem Landsitz in Cornwall.

»Addison ist ein Schulfreund meines alten Onkels Graham, und deshalb hat er mich mit der Lösung dieses Rätsels betraut. Die lästige Polizei möchte man zu diesem Zeitpunkt möglichst aus der Sache raushalten. Dr. Finch war so freundlich, mich hier in Empfang zu nehmen und ins Bild zu setzen«, erläuterte Merridew, während wir ins Haus traten.»Es handelt sich um eine überaus reizende junge Dame namens Eve Channing, die seit vorgestern vermisst wird.« Er zog eine Fotografie aus der Innentasche seines Jacketts und reichte sie mir. Zu sehen war eine hinreißende Schönheit mit kirschroten Lippen und strahlend blauen Augen, die einen atemberaubenden Kontrast zu ihrem langen, schwarzen Haar bildeten.»Zauberhaft, nicht wahr, Nigel? Sie arbeitet als Model für eine Modezeitschrift, die Addison herausgibt. Da verwundert es einen kaum, dass es zwischen diesen beiden gefunkt hat. Es heißt, dass eine Heirat ins Haus steht, ist es nicht so, Dr. Finch?«

Der Arzt nickte kurz.»Diese Information haben Sie vermutlich von ihrem Onkel. Ja, es stimmt, Mr. Addison ist im Begriff, sich mit Miss Channing zu vermählen.« Er hatte einen unverkennbaren Akzent.

»Schottland?«, fragte ich lächelnd.

»Glasgow«, bestätigte er knapp.

Merridew bemerkte meinen skeptischen Gesichtsausdruck und lachte aus voller Brust.»Nigel, Sie Miesepeter, auch wenn zwischen den beiden ein halbes Jahrhundert liegt, ist das kein Grund, die

Nase zu rümpfen. Wir leben immerhin in den Swinging Sixties, da sollten solcherlei Rechenexempel keine Rolle mehr spielen, oder?« Er wandte sich zu Dr. Finch um. »War Mister Addison schon einmal verheiratet?«

»Ich bin erst seit zwei Jahren in seinen Diensten, Sir, bedaure. Von einer früheren Ehe weiß ich nichts. Mister Addison erfreut sich bester Gesundheit.«

»Spekuliert auf einen Erben, was?« Merridew zwinkerte ihm listig zu.

»Möglicherweise, Sir.«

Das Cottage war ein gemütliches kleines Wohnhaus mit niedrigen Decken. Merridew war gezwungen, den Kopf einzuziehen, während wir die Räume des Erdgeschosses durchmaßen. Alles wirkte reinlich und aufgeräumt. Keinerlei Gegenstände lagen herum, in der kleinen Küche war alles blank poliert und an seinem Platz.

»Hier hat sie gewohnt?«, fragte ich vorsichtig. »Ich meine, es sieht so … unbenutzt aus.«

»Dies ist eines der zahlreichen Besitztümer von Mr. Addison. Es wird möbliert angeboten, und zurzeit gibt es gerade keinen neuen Mieter«, erklärte Dr. Finch matt. »Die junge Dame gab an, dass ihr ein paar Tage der Abgeschiedenheit behilflich sein würden, sich auf die bevorstehende Verbindung vorzubereiten. Sie war seit einer knappen Woche hier und wird am kommenden Montag in Cornwall erwartet. Seit vorgestern Abend versuchte Mr. Addison vergeblich, sie telefonisch zu erreichen. Es gab wohl eine Art regelmäßiger telefonischer Verabredungen. Da ich in London war, bat er mich gestern Abend, einmal vorbeizuschauen und mich nach ihrem Wohlbefinden zu erkundigen. Ich kam also heute in aller Früh hier an, traf aber nur die Zugehfrau, Mrs. Ramsbottom an, die nichts über den Verbleib der jungen Dame zu sagen wusste.«

»Wann hat sie sie zuletzt gesehen?«

»Offenbar vorgestern Morgen, als Miss Channing unterwegs zum Lebensmittelgeschäft war. Der Weg führt an Mrs. Ramsbottoms Haus vorbei.«

»Und seither ist Miss Channing unauffindbar?«

»So macht es den Anschein, Sir.«

Merridew nahm in gebückter Haltung Aufstellung vor dem Esstisch, auf dem zwei Teller, Besteck und zwei Weingläser standen. Außerdem ein Sträußchen von Wildblumen in einer kleinen perlmuttfarbenen Vase.

»Dies, mein guter Nigel, ist das, was mich wirklich stutzig macht. Schauen Sie hier. Zwei jungfräuliche Gedecke, bereit für ein Dinner zu zweit.«

Ich zuckte mit den Schultern. »Daran kann ich noch nichts Ungewöhnliches entdecken.«

»Nun, es ist ja auch vielmehr die Tatsache der Abwesenheit irgendeiner essbaren Mahlzeit, die das Wesen dieser Kopfnuss ausmacht.« Er öffnete einige Schränke in der angrenzenden Küche und blickte hinein. Sie waren mit Geschirr, Töpfen und Pfannen gefüllt und sahen ebenso aufgeräumt aus wie der Rest des Hauses. Dann schritt er zur Spüle und nahm mit spitzen Fingern ein paar Gegenstände aus dem Becken. »Ein Holzlöffel, ein Hackbrett, eine Porzellanschüssel, ein Nudelholz und noch allerlei Küchenkrimskrams, alles benutzt und verkrustet … «

»Aber wo ist das Essen?«, fragte Dr. Finch.

»Aufgegessen«, schlug ich vor. »Und der Tisch ist in weiser Voraussicht schon für das nächste Dinner eingedeckt worden.«

»Mumpitz«, brummte Merridew. »Wer macht denn so was? Nein …« Er richtete sich auf, wobei er mit dem Schädel nur um Fingerbreite einen Deckenbalken verfehlte, und schob die Daumen in die Ärmellöcher seiner Leinenweste. »Dr. Finch, reisen Sie getrost zurück nach London und überlassen Sie uns das Weitere. Berichten Sie Mr. Addison, dass dieses Mysterium bereits im Begriff ist, gelöst zu werden.«

»Sie haben schon eine Spur?« Dr. Finchs Augenbrauen tanzten in die Höhe.

»Noch nicht«, sagte mein Freund mit einem maliziösen Lächeln. »Aber ich versichere Ihnen, dass dies für mich ein Ein-Tages-Rätsel ist.«

Auf dem Weg zum Lebensmittelladen machten wir Halt bei der Adresse der Zugehfrau. Es war ein kleines, wenig gepflegtes Bruchsteingebäude mit blauen Fensterrahmen nahe der Bushaltestelle. Die rotviolett blühenden Spornblumen wucherten am Sockel des Hauses über den Gehweg. Ein mürrisch dreinblickender Mann mit blutunterlaufenen Augen von etwa sechzig Jahren öffnete auf unser Klopfen hin die Tür und saugte, während er mit uns sprach, fortwährend irgendwelche Essensreste zwischen den Zähnen hervor.

»Habe ich wohl die Ehre mit Mr. Ramsbottom?«, fragte Merridew.

Der Mann grunzte zustimmend. Als wir nach seiner Frau fragten, brüllte er über die Schulter ins Haus hinein: »Edna! Hier sin zwei für dich, die was woll'n.« Er machte weder Anstalten, uns hereinzulassen, noch räumte er das Feld, als seine Frau auf der Bildfläche erschien. Sie schob sich mühsam an ihm vorbei und wischte sich die Hände an ihrer Schürze ab. Ihre Züge waren ihr hart ins Gesicht geschnitzt, das Haar trug sie in einer schlampigen Wasserwelle, und sie roch nach Kohl. Das Gesicht ihres Mannes blieb hinter ihrer rechten Schulter im Halbdunkel des Flurs hängen.

»Ja? Was is'?«

»Lord Reginald Merridew, meine Teuerste«, sagte mein Freund und lüpfte den Panamahut. »Wir machen uns Gedanken über den Verbleib der Bewohnerin von Rose Cottage, Miss Channing, und wir dachten, Sie könnten uns vielleicht …«

»Da war doch schon einer da«, sagte sie lauernd. »Dieser Doktor. Dem hab ich schon gesagt, dasse weg is', un dass ich se zuletzt geseh'n hab, wie se vorgestern Morgen zum Laden runter stolziert is. Danach nich' mehr.«

»Waren sie seither im Cottage?«

»Ja, klar, dieser Doktor hat ja gestern Abend bei uns angerufen, ich soll mal gucken gehen. Hab ich auch gemacht, klar. Bin ja hilfsbereit.«

»Und Miss Channing war zu diesem Zeitpunkt nicht …«

»War weg. Ich bin ja auch kein Wachhund. Die war immer unterwegs, seit sie hier war. Mit'm Rad, weil sie ja kein Auto nich' hatte.

Am Wochenende war sie auf dem Dorffest in Weston-on-the-Green. Aber sonst weiß ich nix.«

»Wenn sie mir noch eine Frage gestatten würden …«

Ihr Mann schob sich in den Vordergrund. »Da brennt dir was an, Edna. Solltest mal besser guck'n gehen. Kanns dich ja nich ewig hier von der Arbeit abhalten lass'n.«

»Das Rad!«, rief Merridew der entschwindenden Mrs. Ramsbottom nach. »Das Fahrrad?«

»Auch weg«, raunzte der Ehemann und verschloss die Tür vor unserer Nase.

Mr. Jeffries, der Besitzer des Ladens hingegen entpuppte sich als überaus gesprächiger Zeitgenosse mit dem wonnigen Antlitz eines gut gelaunten Ferkelchens. »Eine reizende Person ist das, diese Miss Channing! Gescheit und geistreich. Und sie duftet so wunderbar.« Seine Hände griffen fast zärtlich um den Stiel des Besens, mit dem er bei unserem Eintreffen fröhlich pfeifend durch den Laden gefegt hatte. Bei Mr. Jeffries schien es sich um eine Frohnatur zu handeln. »Dieses pechschwarze Haar … Sie hat etwas Iberisches, finden Sie nicht? Man hört direkt die Kastagnetten klingen.«

»Wenn ich Ihre Schwärmerei für einen Moment unterbrechen und Ihre Aufmerksamkeit auf eine wichtige Frage lenken dürfte«, sagte Merridew sanft. »Könnten Sie uns wohl Auskunft darüber geben, was Miss Channing vorgestern bei Ihnen gekauft hat?«

Der Verkäufer stutzte. »Was für eine sonderbare Frage. Welchem Zweck dienen denn Ihre Erkundigungen?« Das Lächeln war jetzt aus seinem rosigen Gesicht gewichen.

»Miss Channing wird vermisst«, schob ich ein. Ein alter Trick von Merridew und mir. Es ist zumeist von einigem Nutzen, wenn unser Gegenüber sich gleich zwei Fragestellern auf einmal ausgeliefert sieht. Wir hatten mit dieser Verhörtaktik seit unserem ersten gemeinsamen Fall, dem Geheimnis um den geräucherten Lachsangler, jedes Mal beste Erfolge erzielt. Auch hier verfehlte sie nicht ihre Wirkung. Die kleinen Äugelchen von Mr. Jeffries wanderten unsicher zwischen uns hin und her. Als hinter ihm der baumlange, verpickelte rothaarige Ladengehilfe auftauchte, drückte Mr. Jeffries ihm den Besen in die Hand und sagte barsch:»Simon, mach mal weiter!« Dann schob er uns in den Nebenraum, eine Art Büro.

»Verschwunden? Miss Channing? Wie mysteriös. Sie ist für ein paar Tage hier in Rose Cottage, um auszuspannen. Ich hatte die ganze Zeit über das Gefühl, dass es da ein Geheimnis gibt. Eine Frau wie sie, in einem Dorf wie unserem …« Er bot uns einen Tee an, und wir nahmen an einem Tisch Platz, auf dem allerlei Waren, Papiere und sonstiges Zeug gestapelt lagen.»Hier ist irgendwo dieses Magazin«, murmelte er und begann zu kramen.»Da ist ein Foto von ihr drin. Ich habe sie gleich wiedererkannt. Eine Modefotografie, hoch künstlerisch, kann ich Ihnen sagen. Wo ist denn nur … verflixt und zugenäht, es kann doch nicht weg …« Er hielt kurz inne, und seine Augen leuchteten uns entgegen.»Miss Channing arbeitet offenbar als Modell!« Dann wühlte er weiter, wurde aber offenbar nicht fündig.

»Dieser Umstand ist uns geläufig«, sagte Merridew, unter dessen gewaltigem Körper der kleine Holzstuhl bedenklich schwankte. Ich trank von meinem Tee, der gallebitter war.

»Und wie kann ich Ihnen helfen?« Jeffries lehnte sich an seinen unaufgeräumten Schreibtisch und verschränkte die Arme.

»Wie ich bereits sagte: Es wäre enorm förderlich, wenn Sie sich daran erinnern könnten, was Miss Channing vorgestern Morgen bei Ihnen eingekauft hat.«

Das Schweinchengesicht strahlte wieder, und die braunen Löckchen auf seinem Kopf schienen sich vor Stolz noch mehr zu kräuseln.

»Oho, das kann ich sehr wohl. Ich habe ein ausgezeichnetes Gedächtnis für diese Dinge. Viele meiner Kunden lassen anschreiben, und da kann man sich keine Nachlässigkeiten leisten, man würde ja sonst so leicht übers Ohr gehauen. Ich könnte zweifellos bei einem Radio-Quiz mitmachen, mein Gedächtnis funktioniert wie eine Registriermaschine«, plapperte er und suchte jetzt wieder nach dem Magazin.»Miss Channing war zuvor bei dem Metzger gewesen und hatte ein schönes Stück Roastbeef gekauft, wie sie mir erzählte.

Und bei mir kaufte sie dann Zwiebeln, Karotten, Champignons, Petersilie, ein Päckchen Brühwürfel, eine Flasche Ale, Butter, Mehl und Eier. Ach, und ein Päckchen Kaugummis mit frischem Minzgeschmack!« Er strahlte uns an, als erwarte er Applaus.

Wir verabschiedeten uns, ohne dass er das Magazin hatte aufspüren können. Als er die Tür zum Laden schwungvoll aufriss, taumelte Simon, der schlaksige Ladengehilfe, der ganz offensichtlich gelauscht hatte, ein paar Schritte zurück. Seine Ohren erglühten augenblicklich wie zwei Eierbriketts, und er machte sich eilends daran, ein paar Büchsen zu sortieren, die ohnehin schon in Reih und Glied im Regal standen.

Der Metzger konnte uns nicht weiterhelfen. Seine Frau hatte die Fremde bedient, und ausgerechnet die war heute unterwegs nach Aylesbury, um an einem Begräbnis teilzunehmen. In der Zwischenzeit hatte das Oxford Arms geöffnet, wie wir erfreut feststellten.

»Ein Bier, alter Knabe, das würde uns mit an Sicherheit grenzender Wahrscheinlichkeit gut tun und außerdem dazu beitragen, das bisher Gehörte in eine sinnvolle Reihenfolge zu bringen.«

Dies war eine Auffassung, die ich uneingeschränkt teilte. Nur wenige Minuten später betraten wir unter dem hölzernen Vordach hindurch das Pub und fanden uns in einem gemütlichen Schankraum wieder. Augenblicklich umfing uns die unverwechselbare Atmosphäre einer unserer typischen Wirtshäuser, deren Patina von den vergangenen Jahrhunderten zentimeterdick in jede Ritze und jede Fuge gespachtelt worden ist. Der Geruch erkalteter Kaminasche vermengte sich mit dem säuerlichen Odeur der ausgeschenkten Biere. Wir bestellten zwei Pints Bitter und nahmen an einem kleinen, runden, schwarz lackierten Tischlein Platz. Da es erst Nachmittag war, gab es kaum Gäste im Lokal. Ein ölverschmierter Bursche mit einer fadenscheinigen Wollmütze kippte gerade den Rest seines Lagers herunter und warf dem Wirt ein paar Münzen hin, bevor er sich mit einem Rülpsen verabschiedete und hinausging.

Merridew trank mit kräftigen Zügen an seinem Glas, so wie er nahezu ausnahmslos alles kraftvoll und mit gewaltigem Gestus zu tun pflegte. Dann betrachtete er mit einem nur halbwegs verhohlenen Lächeln seinen Panamahut, den er auf dem Finger kreisen ließ.

»Nun machen Sie schon, Merridew«, forderte ich ihn auf, mit der Sprache herauszurücken. »Was sagt Ihnen die Einkaufsliste?«

»Roastbeef, Zwiebeln, Karotten, Champignons … nun, ich müsste mich schon sehr irren …«

»Was natürlich ausgeschlossen ist«, seufzte ich. Mein Freund verfügte nicht nur über die Gabe messerscharfer Deduktion, er war auch ein Meister darin, seine Mitmenschen durch kryptische Andeutungen über die Ergebnisse seiner Grübeleien solange im Ungewissen zu lassen, bis es beinah schmerzte.

»Haben Sie eine Pie-Form in den Schränken gesehen?«, fragte er nun unschuldig.

»Ich glaube, nicht. Allerdings habe ich nur oberflächliche Blicke hineinge…«

»Jajaja, schonen Sie Ihre Gehirnwindungen, ich habe alles genau betrachtet. Es war keine da.« Er fügte mit dramatisch geweiteten Augen hinzu: »Höchst ungewöhnlich!«, und trank sein Bier aus. Ich hatte mein Glas gerade einmal zur Hälfte geleert.

»Ein Pie also?«

Er nickte. »Ein Steak-Pie. Das verraten mir die Zutaten, kein Zweifel. Aber wo ist er hin? Sie kauft ein und deckt den Tisch. Für wen? Der Pie ist weg, aber das Geschirr ist unbenutzt. Warum?«

»Sie hatte also eine Verabredung«, sagte ich. »Einen Pie bereitet eine junge Frau nicht für sich alleine zu. Jedenfalls kein Fotomodell. Und da ist ja auch das zweite Gedeck.«

Von der Theke her kam ein vernehmliches Räuspern. Der Wirt, ein schlanker Mann mit hellblondem Backenbart, beugte sich zu uns herüber und ließ keinen Zweifel daran, dass er unser Gespräch belauscht hatte. »Fotomodell, was?«

Wir mussten ihn einigermaßen irritiert angesehen haben, denn er hängte erklärend hintendran: »Die Frau. Die mit den schwarzen Haaren und dem griffigen Chassis, die in Rose Cottage abgestiegen ist. Fotomodell. Hab ich mir gleich gedacht!«

Merridew witterte sogleich einen munter sprudelnden Quell der

Auskunftsfreude, sprang auf, lehnte sich lässig an die Theke und ließ übermütig die flache Hand auf das zerkerbte Holz niedersausen. »Perfekt gezapft, vorbildlich serviert. Davon könnte ich noch eins vertragen.« Auf seinen fragenden Blick hin winkte ich ab. Ich würde zuerst etwas essen müssen, damit sich für den Rest der Ermittlung nicht der Nebel des Alkoholrauschs über mein Gemüt legte. Merridew hingegen, so wusste ich, konnte kolossale Mengen von Alkohol konsumieren, ohne dass dies seine Sinne getrübt hätte. Er nahm beiläufig die Fotografie hervor, die ihm der Arzt überlassen hatte, und legte sie dem Wirt hin. Der lächelte nur hintergründig, pumpte Bier in das große Glas und servierte es ihm mit den Worten: »Aber 'ne feine Lady wie die da tut eigentlich nicht das, was die getan hat.«

»Famos!«, trompete Merridew. »Ein ethischer Diskurs über die Regeln sinnvollen Handelns! Was hat die Lady denn getan, was Ladies Ihrer Meinung nicht tun sollten?«

»Na, mit so einem mitgeh'n.« Der Wirt deutete mit dem Finger in Richtung Ausgang.

»Mit so einem?«, schaltete ich mich ein und gesellte mich zu den beiden. »Sie meinen diese ungewaschene Type, die gerade Ihr Etablissement verlassen hat?«

Der Wirt kratzte sich an seinen Koteletten. »Zwei Bier, und zack, zack, ab ist sie mit ihm. Vor fünf Tagen.«

»Zu ihm nach Hause?«, fragte ich ungläubig. Ich hatte die Gestalt nur am Rande wahrgenommen, aber ein grober Eindruck von Schmutz und Verkommenheit hatte sich mir dennoch vermittelt.

»Der ölige Horace, so heißt der bei uns. Sie ist mit dem mit, so als wär' er'n feiner Kerl, einer ihresgleichen. Dass sie nicht Arm in Arm mit dem gegangen ist, war auch schon alles.«

»Wo wohnt denn dieser geölte Blitz?«, fragte Merridew, in höchstem Maße interessiert. Sein Glas hatte er bereits wieder geleert.

Der Wirt grinste breit. »Raten Sie mal, Sir.«

Wir sahen uns verunsichert an.

»Hier im Dorf?«, vermutete ich.

Der Wirt machte eine vage Bewegung mit der flachen Hand. Vermutlich liebte er es, seinen Kunden den Aufenthalt an der Bar mit kleinen Ratespielchen aufzulockern. Sicherlich beherrschte er auch Taschenspielertricks und kleine Zauberkunststückchen.

»Am Rand vom Dorf?«, vermutete ich.

Er nickte.

»Na, sollen wir etwa auch den Straßennamen raten? Wir kennen uns hier doch gar nicht aus, mein Guter«, sagte Merridew jovial. »Die große Sightseeingtour haben wir erst für den morgigen Tag gebucht.«

»Keine Straße«, feixte der Wirt. »Also Straße irgendwie schon, aber irgendwie auch wieder nicht.«

»Im Wald? Im Feld?« Ich wurde ungeduldig und erntete erneutes Kopfschütteln.

Merridew murmelte: »Eine Straße und doch keine ... Es ist ... eine Wasserstraße!« Er schlug erneut jubelnd auf die Theke und rief: »Das kostet Sie ein Bier, mein Bester. Der Knabe wohnt auf dem Kanal?«

Säuerlich lächelnd stellte der Wirt ihm ein neues Bier hin und gab kleinlaut zu: »Er hat ein Narrowboat auf dem Oxford Canal. Alle paar Wochen legt er mal für ein paar Tage in Kirtlington an, und dann ist er wieder unterwegs. Die Dame ist mit ihm auf's Boot gegangen, heißt es. Ein fieser, rostiger Kahn. Kaum zu glauben, oder?«

Wir entschieden, dass sich uns hier eine aussichtsreiche Spur offerierte, und gingen, nachdem der Wirt uns Horaces Anlegeplatz beschrieben hatte, los, um meinen Wagen zu holen.

Vor dem mittlerweile geschlossenen Lebensmittelladen hielt mein Freund plötzlich inne, schob seinen Hut in den Nacken und hob mit spitzen Fingern den Deckel der vor dem Gebäude stehenden Mülltonne hoch. Er fischte ein Taschentuch aus seiner Jackettasche und legte es schützend über seine Finger, während er mit ihnen neugierig im Inneren der Tonne herumstocherte. Und dann förderte er das Modemagazin zutage, das der Ladenbesitzer vorhin so verzweifelt gesucht hatte. Es war nahezu unbeschadet, und doch hatte jemand etwas ungelenk mit einer Schere herausgeschnitten. Inmitten eines Artikels klaffte ein rechteckiges Loch. »Selbst wenn ich kein gewiefter Detektiv wäre, bräuchte ich nicht lange nachzudenken, um zu wissen, wessen Portrait an dieser Stelle abgedruckt war, oder was meinen Sie, Nigel?«

Tatsächlich wurde die »Pride of Coventry«, die unweit der Pigeon's Bridge vor Anker lag, augenscheinlich nur noch von Rost zusammengehalten. Mit glänzendem schwarzem Lack hatte man wohl vor nicht allzu langer Zeit versucht, diesen Seelenverkäufer optisch wieder ein wenig aufzumöbeln, aber es blätterte und bröckelte bereits wieder an allen Ecken und Enden. Einige verblasste Seidenblumensträuße und ein paar windzerfetzte Wimpel, die an der Kajüte festgebunden waren, mussten noch aus der Vorkriegszeit stammen.

Bei dem öligen Horace handelte es sich nicht nur optisch um ein Pendant zu seinem Schiffswrack. Er roch nach Brackwasser, bevor er den Mund öffnete. Als seine wenigen noch verbliebenen Zähne sichtbar wurden, drängte sich ein elender Alkoholatem in den Vordergrund. Wir drängelten uns auf dem Deck des schmalen Boots, das sich unter Merridews gewaltigem Gewicht ungemütlich hin und her wand, und die Abendsonne warf ein rötliches Licht auf die havarierte Gestalt des Bootsmanns.

»Naja, Meister, was soll ich groß drum herum reden?«, sagte der ölige Horace freimütig und breitete die Arme aus. »Der hab ich's besorgt.«

Merridew legte nachdenklich den Kopf auf die Brust, sodass sich ein enormes Doppelkinn formte. »Darf ich Sie wohl freundlichst darauf aufmerksam machen, dass solcherlei Renommiergehabe bei uns gänzlich unangebracht sein dürfte, und dass wir auch keinerlei Interesse an Seemannsgarn hegen, und sei es auch von einem der erlauchtesten Binnenschiffer dieses Landes gesponnen.«

»Aber doch, Gentlemen. Doch, doch. Ich will jetzt mal nicht sag'n, dass das 'ne lange Nummer mit allem Drum und Dran war, die wir da unten drin geschoben …«

»Bitte, Horace«, ereiferte ich mich. »Details sind hier wirklich nicht angebracht.«

»Ich weiß schon, die Herren, der Gentleman genießt und hält den Rand, so sagt man ja immer, nich' wahr, aber glaubense mir, so was passiert 'nem alten Fahrensmann wie mir nich' alle Tage.« Er schob seine Wollmütze zur Seite und kratzte sich an seinen drahtigen, rötlichen Haaren. »Plaudert mit mir an der Theke, wir gehen raus, dann fängt sie an zu fummeln. Wenn ich's euch sage, die hätte mich am liebsten gleich in irgendeinem Gebüsch auf'm Weg hierhin vernascht, aber das wollt ich dann doch nich'. Bin auch so'n bisschen genant, wissense.«

»Haben Sie denn mit ihr zusammen gegessen?«, fragte mein Freund. »Hat sie Sie zum Essen eingeladen? Ein Pie? Ein Steak-Pie?«

»Ich ess' nix von Tieren. Manchmal'n Fisch, der mir vor'n Bug gerät, aber sonst keine Tiere. Niemals.«

Ich starrte ihn ungläubig an.

»Jaja, so hat die auch geguckt, als das irgendwann zur Sprache kam.«

Trotz all unserer Ermahnungen, bei der Wahrheit zu bleiben, blieb der ölige Horace bei seiner Version des Geschehenen, und als wir unablässig nachhakten, wurde er irgendwann verstockt, kletterte dann schließlich trotzig vor sich hinfluchend hinunter in den Bauch seines Kahns und schloss die Luke hinter sich.

Wir stiegen einigermaßen verstört in meinen Wagen, und wenn Merridew auf der Hinfahrt über die holprige Mill Lane noch allerlei herabwürdigende Späße über die Dimensionen meines fahrbaren Untersatzes gemacht hatte, so schwieg er jetzt doch und hatte nur den Kopf tief zwischen die Schultern eingezogen, um nicht ans Wagendach zu stoßen.

Plötzlich schrie er: »Halt!«, und als ich erschrocken das Bremspedal durchtrat, stoben um uns herum dichte Staubwolken von dem unbefestigten Weg auf.

Merridews Finger war auf einen Punkt zu unserer Linken gerichtet. Er hatte irgendetwas auf seiner Seite des Weges im Gestrüpp entdeckt, das ich in der hereinbrechenden Abenddämmerung nicht gleich erkennen konnte.

»Ein Fahrrad«, sagte er mit einer für ihn ungewöhnlich leisen Stimme. »Ich fürchte, unsere Suche endet hier.«

Die Leiche lag in einem nur mühsam zugänglichen Teil des stillgelegten alten Steinbruchs, des Kirtlington Quarrys, in dem früher Kalk für die Zementindustrie abgebaut worden war. Hier, wo Knochen des Cetiosaurus und Zähne des Megalosaurus gefunden worden waren, lag nun der leblose Körper einer jungen Frau mit langem, schwarzem Haar. Ich brachte nicht den Mumm auf, mir die Leiche genau anzusehen. Ich sah nur große Mengen geronnenen und verkrusteten Bluts, das das einstmals so schöne Antlitz beinahe unkenntlich machte. Jemand musste sie mit großer Brutalität erschlagen haben. Was das Szenario noch bizarrer machte, war die Tatsache, dass der Körper völlig unbekleidet war. Ich schickte meinen Blick in die Ferne und ließ ihn durch die urwüchsige Umgebung streifen, die die Natur sich in den letzten Jahrzehnten zurückerobert hatte. Merridew hingegen unterzog die nackte Tote einer intensiven Betrachtung, von der ich wusste, dass sie ausschließlich kriminologischem Interesse diente. Er zitierte murmelnd Shakespeare und hielt den Hut flach vor seine Brust. »Wir sind aus jenem Stoff, aus dem die Träume sind, und unser kurzes Sein umfängt ein Schlaf.«

Um den Leichnam herum fanden wir nicht nur ihre Kleidungsstücke, sondern auch mehrere Hinweise auf die Anwesenheit einer weiteren Person. Einen Herrenschuh Größe dreiundvierzig, ein Jackett, Strümpfe ... keinen Hinweis auf ein Picknick oder einen Steak-Pie.

Merridews Laune hatte sich verfinstert, da nun unweigerlich der Zeitpunkt gekommen war, den er hasste wie keinen anderen im Ablauf seiner detektivischen Tätigkeit: Er konnte jetzt nicht mehr umhin, die Polizei auf den Plan zu rufen.

Nachdem die ermittelnden Beamten, ein gewisser Chief Inspector Plodder und sein Constable Freshface, uns mit unerfreulich vielen Fragen gequält hatten, war es stockfinster geworden, und wir suchten, nachdem man uns vom Tatort weggescheucht hatte, Zuflucht in Rose Cottage.

Ich erlaubte mir, einen starken Tee zuzubereiten, wohl wissend, dass bereits in Kürze vermutlich die Polizeibeamten vor der Tür stehen würden, um den Wohnort der Ermordeten unter die Lupe zu nehmen. Wir hatten in aller Eile die oberen Räume in Augenschein genommen, damit uns nichts entging, was uns der Lösung des Falls näher bringen konnte. Zwei der drei Räume hatten wir gänzlich unbenutzt vorgefunden. Lediglich ein Schlafzimmer hatte Eve Channing offenbar benutzt. Und dies augenscheinlich ganz allein.

Merridew schlürfte geräuschvoll seinen Tee, in den er nicht weniger als fünf Zuckerwürfel hineingerührt hatte, und blätterte in der leicht ramponierten Modezeitschrift herum. Er stieß im hinteren Teil der Ausgabe wie durch einen Zufall auf einen bebilderten Artikel, der sich ausgerechnet mit dem Zeitungsmagnaten Christopher Addison beschäftigte. Es gab zwei Fotografien des Verlegers. Die eine schien aktueller Natur zu sein und zeigte einen kleinen Mann mit wirrem weißem Haar und listigen Äugelchen, der vor einer bizarren Küstenkulisse, offenbar Cornwall, abgelichtet worden war. Bei dem anderen handelte es sich um die Reproduktion eines expressionistischen Ölgemäldes, das denselben Mann, hier deutlich jünger, mit kupferfarbenem Haar an einem Schreibtisch in einer Zeitungsredaktion sitzend, darstellte. Es handelte sich beide Male um Christopher Addison, der im Text mit den Worten zitiert wurde: »Ich habe im Leben immer alles weitergeben wollen. Mein Können und mein Wissen sind aufgegangen in zahllosen Journalistenkarrieren. Meine Güter werde ich bis zuletzt behalten. Hier muss sich noch jemand finden.«

Es klopfte an der Tür. »Aha, die Kavallerie«, knurrte Merridew verächtlich und fischte seine Taschenuhr an der goldenen Kette aus seiner Westentasche. »Haben sich allerdings nicht lange Zeit gelassen, um uns schon wieder lästig zu fallen.«

Aber als ich die Tür öffnete, stand draußen nicht der erwartete Polizeiwagen, es begehrten keine breitschultrigen Kriminalbeamten Einlass, sondern ein spargeldünner junger Mann, der die Hände rang und vor Aufregung zitterte. Es war der Ladengehilfe, der nicht viel mehr als ein schwaches »Ich bitte vielmals um Verzeihung, Sir, aber ich muss Ihnen ganz dringend etwas mitteilen« herausbrachte.

Augenblicklich hatten die Lebensgeister wieder bei meinem

Freund Merridew Einzug gehalten. »Herein, herein, Sie Springins-feld«, rief er fröhlich. »Ich hätte Sie ohnehin gerne zu Ihrer Neigung befragt, fremder Leute Zeitungen zu zerschnipseln.«

Die Tatsache, dass die junge Frau tot im Steinbruch gefunden wor-den war, hatte im Ort schneller die Runde gemacht, als ein Ketten-karussell sich um die eigene Achse dreht. Und dieser Umstand hatte dem jungen Simon Angst gemacht. Große Angst davor, dass ihn wider Erwarten doch jemand mit der geheimnisvollen Fremden be-obachtet hatte und dass die Polizei ihn auf seiner Arbeitsstelle heim-suchen könnte.

Er saß vor uns am Tisch, heulte Rotz und Wasser und wendete die bereits arg zerknitterte Zeitungsfotografie der toten Schönen un-ablässig in seinen Händen.

»Wenn ich's Ihnen doch sage, sie hat es darauf angelegt. Hat mir schöne Augen gemacht. Und angefasst hat sie mich auch, so dass Mr. Jeffries es nicht sehen konnte.«

»Angefasst? Wo?«, fragte Merridew geduldig.

»Bei den Baked-Beans-Büchsen.« Wieder schüttelte ein heftiger Weinkrampf seinen mageren Körper.

Er hatte uns gerade berichtet, dass Eve Channing ihm, dem un-bedarften Jüngling, bei einem ihrer Besuche im Lebensmittelladen deutliche Avancen gemacht und ihn vor ein paar Tagen sogar im Warenlager neben der Garage aufgesucht und nach allen Regeln der Kunst verführt hatte. »Es ging so unglaublich schnell«, jammerte der Knabe, und seine Ohren leuchteten wieder purpurn. »Sie hat gesagt, beim ersten Mal geht das immer so schnell.«

Aber dann ließen seine Tränenschübe mit einem Mal nach, und er sammelte sich. »Ich wollte sie besuchen. Hier, in Rose Cottage. Drei Tage später. Wenn das was mit uns werden sollte, dann hätten wir ja auch hier noch einmal alles mit Ruhe angehen können«, sagte er zerknirscht. »Aber da war ihr Interesse schon erloschen.« Er hob den Kopf und sah uns mit von Tränen verschleiertem Blick an. »Sie sagt, sie hätte sich in der Zwischenzeit verliebt. Richtig verliebt. Sie hat auch seinen Namen gesagt, aber ich komm nicht mehr drauf. Muss irgendwie auf dem Dorffest in Weston-on-the-Green passiert sein. Da wär' ich so gerne mit ihr hingegangen, aber Mister Jeffries hat mich noch blödsinnig viele Kisten umstapeln lassen. Das ist doch nicht fair, oder?«

»Haben Sie jemals einen Steak-Pie mit ihr gegessen?«, fragte ich und wusste doch schon, dass er den Kopf schütteln würde, bevor er es tatsächlich tat.

In diesem Augenblick läutete das Telefon. Merridews und mein Blick begegneten einander, und nachdem ich mit den Schultern gezuckt hatte, hob er den Hörer ans Ohr. »Rose Cottage, Kirtlington ... Das *Radcliff Hospital Oxford?* ... Diese Nummer haben Sie von ... Wie heißt der Mann? Maurice Cane?«

»Maurice!«, schrie der junge Mann am Wohnzimmertisch nun fast. »Maurice! Das ist der Name, den sie nannte.«

»Was zum Teufel ist es nur, Merridew?«, fragte ich wütend, während wir die Straße nach Oxford entlang brausten. »Was bringt eine hübsche junge Frau, die im Begriff ist, sich mit einem steinalten Millionär zu liieren, dazu, sich in der dörflichen Abgeschiedenheit von Oxfordshire einem Kerl nach dem anderen an den Hals zu werfen? Will sie sich die Hörner abstoßen, wie man das bei den männlichen Artgenossen so hübsch zu bezeichnen pflegt? Wohl kaum. Nicht auf diese Art. Zuerst ist es ein adoleszenter, verpickelter Ladenschwengel, den sie verführt, dann ist da ein zahnloser, stinkender Süßwassermatrose, dem sie zu Willen ist, und schließlich verliert sie offenbar beim Kokosnusswerfen auf dem Dorffest in Weston-on-the-Green endgültig ihr Herz an einen gewissen Maurice Cane, der jetzt mit eingeschlagenem Schädel im Hospital liegt. Was hat diese Frau nur umgetrieben? Stand in dem Artikel über sie vielleicht etwas über eine Geisteskrankheit in ihrer Familie geschrieben?«

»Alles normal, fürchte ich, alter Knabe. 1933 in Glasgow geboren, Einzelkind, Schultheatergruppe, Ausbildung als Friseurin, schließlich Entdeckung durch einen Fotografen der Addison-Presse. Sie wurde als der kommende Star gehandelt. Die schwarzen Haare waren gefärbt. Modefarbe. Ein Umstand, dessen ich mich übrigens bei der Betrachtung ihrer unbekleideten Leiche versichern konnte.« Merridew trommelte einen Militärmarsch auf dem Handschuhfach. »Sagen Sie, könnte dieses Gefährt wohl auch eine Schildkröte überholen, wenn Sie es unbedingt darauf anlegen würden?«, fragte er grimmig. »Ich würde nur ungern riskieren, dass dieser mysteriöse Maurice Cane am Ende doch noch das Zeitliche segnet. Immerhin hat er offenbar den Anschlag im Steinbruch überlebt. Wenn uns ein Mensch auf dieser Welt erzählen kann, was dort passiert ist, dann nur er.«

Ich schwieg, erhöhte die Geschwindigkeit, und hing meinen eigenen Gedanken nach, die sich um einen verschwundenen Steak-Pie drehten.

Ein mächtiger Verband hüllte beinahe den ganzen Kopf des Mannes ein. Sein Gesicht konnte man nur erahnen. Die Nase war fein und gerade gewachsen, die Augen von einem klaren, offenen Blau, sein Mund hatte einen sinnlichen Schwung.

»Ich weiß nicht, wie es kam, warum ich abgehauen bin«, flüsterte er jetzt. »Wie ich hierher gekommen bin … Alles wie im Nebel … Das Auto, das mich mitgenommen hat … nur ein Schuh … man muss mich für einen üblen Landstreicher gehalten haben … all das Blut.«

Der Mann war nach eigenen Angaben einer der Gärtner von Blenheim Palace in Woodstock und wohnte in Weston-on-the-Green. Mein Freund Merridew und ich mussten ein kurioses Bild abgeben, wie wir zu beiden Seiten seines Krankenhausbetts saßen, vornüber gebeugt, um nah bei seinen Lippen zu sein, denen wir des Rätsels Lösung zu entlocken hofften. »Jemand hat zugeschlagen. Jemand, den wir nicht haben kommen sehen. Ich sehe immer wieder Eves entsetztes Gesicht, als mich etwas von hinten trifft. Als ich wieder zu mir kam, war sie tot. Ein Wunder, dass ich noch lebe.«

Die Krankenschwester hatte uns berichtet, dass er am Vortag halbtot vor dem Eingang des Hospitals zusammengebrochen war. Offenbar hatte er es per Anhalter bis zur Klinik geschafft. Seine üble Verletzung, sein traumatisches Erlebnis im Steinbruch, das Erwachen neben der Leiche seiner Geliebten, das alles musste ihn zu dieser völlig irrationalen Flucht verleitet haben. Man hatte schleunigst seine Schädelfraktur behandelt und eine Wunde imperialen Ausmaßes genäht, und dann war er in einen andauernden, tiefen Schlaf gefallen, aus dem er erst vor zwei Stunden erwacht war. Dann hatte er sogleich auf einen Zettel in seiner Hosentasche verwiesen und gebeten, die dort notierte Nummer anzurufen.

»Erzählen Sie uns von Miss Channing, von Eve«, sagte ich behutsam. Seine Lider flackerten nervös und seine Augen rollten in den Höhlen. Es machte den Anschein, als wolle er weinen, könne es aber nicht.

»Glauben Sie an Liebe auf den ersten Blick?«, fragte er krächzend und wartete keine Antwort ab. »Auf unserem Dorffest sind wir uns begegnet. Wir wussten sofort, dass wir füreinander bestimmt waren. Seither haben wir Stunde um Stunde, ja, ganze Tage miteinander verbracht. Aber stets in aller Heimlichkeit.«

»Weil Miss Channing jemand anderem versprochen war, nehme ich an.« Mein Freund Merridew warf mir über die Wölbung der Bettdecke einen Blick unter gerunzelter Stirn zu.

»Sie wollte nicht darüber reden. Sagte etwas von Geduld und Zeit und Liebe, die eine Weile im Geheimen blühen muss.«

Unsere Fragen zielten betrüblicherweise fast ausnahmslos ins Leere. Wenn man dem Patienten Glauben schenken durfte, hatte er so gut wie nichts über seine frischgebackene große Liebe Eve Channing gewusst. Nichts über ihre Herkunft, nichts über ihre Profession, nichts über ihre derzeitige Lebenssituation. Die beiden jungen Menschen waren offenbar in den wenigen Tagen, die ihnen geschenkt wurden, einander genug gewesen.

Irgendwann betrat die Krankenschwester das Zimmer und bedeutete uns mit wildem Augenrollen, dass die Zeit der Befragung nun überschritten sei, und wir wollten uns gerade erheben, als Cane doch noch etwas einfiel: »Ein Telefonat. Ein Anruf, der noch spät abends kam. Ich war durch den Kücheneingang hereingekommen, und wir hatten die Vorhänge zugezogen, damit niemand aus Kirtlington mich durch die Fenster sehen konnte. Ich habe gehört, dass sie sehr ärgerlich wurde. Sie hat sich mit jemandem gestritten und gesagt, dass sie alleine weiter macht. Was immer das bedeuten soll. Sie hat irgendetwas gesagt wie …«

»Wörtlich«, sagte Merridew nach der Auffassung der Schwester etwas zu scharf, denn sie öffnete in stummer Empörung den schmallippigen Mund. »Versuchen Sie, die Worte so genau wie möglich wiederzugeben, Mr. Cane!«

Der Verletzte sammelte sich, sein Mund zuckte. Dann sagte er mit einiger Anstrengung: »Ich mache das jetzt ohne dich weiter. Ich will dich nicht mehr sehen!‹ So sagte sie. Und ›Dann sag's ihm doch. Dann sag's ihm doch!‹ Es klang beinahe kindisch. Als dürfe jemand bei einem Spiel nicht mehr mitspielen. Und dann war da noch ein Wort. Inf… Inf…«

»Inferno«, half Merridew.

Der Mann deutete ein Kopfschütteln an und stammelte unentwegt weiter: »Inf… Inf…«

»Infinitiv … Infarkt … Information …«, versuchte ich halbherzig mein Glück.

Schließlich stieß er hervor: »Infertilität!«

Die Krankenschwester kniff skeptisch die Augen zusammen. »Zeugungsunfähigkeit?«

»Das ist es!«, rief Merridew und sprang auf, so dass sein Stuhl polternd zu Boden fiel. »Gott mit Heinrich, England und St. Georg!«, brüllte mein Freund. »Ein Ein-Tages-Rätsel. Ich wusste es, ich wusste es!« Euphorisch vor sich hinbrabbelnd stürzte er sich auf die blutbefleckten Kleidungsstücke von Maurice Cane, die über einen Stuhl gelegt worden waren, und fischte eine kleine Lupe aus seiner eigenen Innentasche, mit der er nun intensiv den Kragen des karierten Hemdes betrachtete.

»Meine Herren, jetzt ist aber Schluss«, zeterte die Krankenschwester. Aber Merridew jubilierte jetzt lautstark, ließ das Hemd fallen, schwenkte mit spitzen Fingern einen für uns anderen unsichtbaren Gegenstand durch die Luft, stürmte auf die Schwester zu und fasste sie überaus vertraulich bei den Schultern. »Er ist rothaarig, nicht war? Unter seinem Verband würden wir rotes Haar finden, wenn wir ihn abnehmen würden, richtig?«

Sie nickte atemlos. »Das ist korrekt, Sir, aber unterstehen Sie sich und …«

Er warf sich in die Brust, steckte die Daumen in die Armlöcher seiner Weste und machte ein Gesicht, als brande tosender Applaus um ihn herum auf. Ich kannte das. Merridew war ein enthusiastischer Gewinner. Ich hatte ihn bislang noch nie beim Verlieren beobachten dürfen. Wenn die Lösung eines vertrackten Falles endlich entblättert vor ihm lag, dann würde er am liebsten den Big Ben persönlich mit einem Glockenseil läuten. Er strahlte mich an wie ein prächtiger Vollmond aus Cheddarkäse, holte mit großer Geste seine Taschenuhr hervor und trompetete: »Nun werde ich ein kurzes Telefonat führen, um jemanden davon in Kenntnis zu setzen, dass hier im Krankenhaus ein wichtiger Zeuge mit dem Leben ringt, und dann werde ich Sie umfänglich in mein reichhaltiges Wissen diesen Fall betreffend einweihen, mein treuer Freund.«

Wir lauschten in die Stille hinein. Bekanntlich lässt das völlige Ruhen einiger Sinne die anderen dafür umso intensiver arbeiten. Um uns war nichts als Schwärze, und aus weiter Ferne drangen gedämpfte Geräusche vom Nachtbetrieb des Krankenhauses an unser Ohr.

»Das ist etwas anderes als Ihre trübe Tätigkeit in der Kanzlei, nicht wahr, alter Knabe?«, flüsterte Merridew neben mir in der Finsternis. In der Tat, meine Nerven waren zum Zerreißen gespannt. Abenteuer dieser Art waren mir in meinem beruflichen Alltag fremd.

»Na, ich weiß wirklich nicht«, kam die mürrische Stimme von Chief Inspector Plodder aus einer anderen Ecke des Raumes. »Ich könnte jetzt zu Hause sitzen und mir ein freundliches Bierchen …«

»Gemach, gemach. Dies wäre das allererste Mal, dass ich mich irre«, unterbrach ihn Merridew barsch, was aus wieder einem anderen Winkel in der Dunkelheit von Constable Freshface mit den halblaut gemurmelten Worten »Gibt immer ein erstes Mal« quittiert wurde.

Ich machte einen zischenden Laut, um die drei zum Schweigen zu bringen. Da war jemand an der Tür!

Wir hörten das Geräusch der Klinke und beobachteten, wie sich ein Spalt auftat, sich weitete und mit trübem Licht füllte. Schemenhaft erkannten wir, wie jemand in das Zimmer glitt. Er tat dies beinahe geräuschlos und schob mit der Linken die Tür hinter sich wieder zu. Wir hörten vorsichtige Schritte, die sich dem Bett näherten ...

In diesem Moment flammte, von Merridew eingeschaltet, die Deckenbeleuchtung auf und tauchte die Gestalt in grelles Licht, die am Rande des Bettes stand und mit dem Hammer weit ausgeholt hatte. Die beiden Polizisten sprangen auf Dr. Finch zu, entrangen ihm die Mordwaffe und legten ihm Handschellen an. Der Mann war viel zu verwirrt von dem Umstand, dass das Krankenhausbett leer war und dass er sich völlig unerwartet vier Männern gegenüber sah, die seinen Plan durchschaut hatten, die jetzt wussten, was sich in den letzten Tagen zugetragen hatte.

»Ich habe es immer noch nicht ganz begriffen«, sagte der Inspektor mit deutlicher Verwirrung in der Stimme.

»Es war ein nachgerade genialer Plan«, sagte Merridew, und sein rotwangiges Gesicht glühte vor boshaftem Vergnügen. Er genoss das Gefühl, der Polizei um eine Nasenlänge voraus zu sein. Während der Constable den Doktor, den man im falschen Krankenzimmer in eine verhängnisvolle Falle gelockt hatte, abführte, erläuterte Merridew noch einmal seine Erkenntnisse: »Dr. Finch und Miss Channing kannten einander aus Glasgow. Vermutlich schon aus ihrer Jugendzeit, denn sie sind gleich alt. Aber das ist Spekulation. Meine einzige, wie ich betonen möchte. Alles andere werden Sie durch Tatsachen belegt finden. Mr. Addison sucht einen Erben, der dereinst nach seinem Ableben, das bei einem Mann seines Alters in nicht unerreichbare Entfernung gerückt ist, über ein enormes Vermögen verfügen wird. In Eve Channing, einem überaus ansehnlichen Fotomodell, glaubt er, eine Frau gefunden zu haben, die ihm einen solchen Thronfolger schenken kann.

Sie wäre auch durchaus dazu imstande. Nur Christopher Addison ist inzwischen nicht mehr zeugungsfähig. Ein Umstand, der bei einem betagten Herrn nicht verwunderlich ist, den aber sein

Arzt Dr. Finch vor ihm verheimlicht, denn die Erbschaftspläne von Mr. Addison sollen nicht durchkreuzt werden. Miss Channings Auftritt verläuft ganz nach dem Gusto des Arztes. Die Heirat ist beschlossene Sache, wenn ein Erbe in Sicht ist. Aber woher soll er kommen?

Nun, eine gute Woche in Kirtlington, einem verträumten Nest im ländlichen Idyll, sollte genügen, um ausreichend schwanger zu werden. Aber eines musste dabei unbedingt beachtet werden!« Merridew ließ sich schwer auf das Krankenbett plumpsen und zupfte mit manirierten Gesten an seinem Leinanzug herum. »Unser sicher Freund drei Zimmer weiter hat welche Haarfarbe, Nigel?«

»Rot«, gab ich bereitwillig das Stichwort.

»Ganz recht. Verborgen unter einem dicken Verband zwar, aber rot. Der verkommene Fregattenkapitän, den eine Frau für gewöhnlich nicht mit der Kneifzange anfassen würde? Haarfarbe?«

»Rot«, sagte ich erneut.

»Das gerade einmal geschlechtsreife Jüngelchen aus dem Dorfladen? Nigel?«

»Rot.«

»Aber warum?«, fragte der Inspektor. »Warum müssen es Rothaarige sein? Warum nicht ein gut gebauter Brünetter oder ein Frauenschwarm mit modischer schwarzer Föhnwelle?« Er strich sich unsicher durch sein struppiges graues Haar.

Merridew seufzte gepeinigt auf. »Herr im Himmel, Christopher Addison ist rothaarig. Sie erinnern sich des Zeitungsausschnitts, Nigel. Weiße Haare heute, hellrotes Haar in seiner Jugend! Miss Channing hat ihr Haar dunkel gefärbt. Ein Blick auf den unverhüllten Rest ihres Körpers offenbarte mir, dass sie in Wirklichkeit rothaarig war. Das Ginger-Gen, Inspector. Es wird von Rothaarigen vererbt. Eine Laune der menschlichen Chromosome. Das angebliche Kind von Addison und seiner Zukünftigen musste zwangsläufig rothaarig sein und konnte dementsprechend nur von Rothaarigen gezeugt werden. Eine andere Haarfarbe hätte den Mendelschen Vererbungsgesetzen nach möglicherweise zu einer fatalen Fehlproduktion geführt! Das Risiko wäre viel zu groß gewesen, dass bei dem künftigen

Erben kein roter Flaum auf dem Schädelchen spross, sondern eine verräterische andere Farbe.«

»Und so wurden es also die Rothaarigen, ganz ohne Ansehen des übrigen Erscheinungsbilds«, fügte ich hinzu. »Und auf zwei potente Männer, die leider über ihre Haarfarbe hinaus keinerlei Attraktion boten, folgte der ansehnlich Gärtner aus dem Nachbardorf. Und plötzlich war die große Liebe mit im Spiel, und der Strippenzieher Dr. Finch wurde von einem Tag auf den anderen zum Auslaufmodell. Das hat er nicht verkraftet.«

Der Inspektor seufzte und murmelte. »Ich glaub's Ihnen mal, aber verstehen tu ich's immer noch nicht so recht.« Ich hörte, wie mein Freund mit den Zähnen knirschte, und konnte ihm deutlich ansehen, dass er sich in diesem Moment die Tatwaffe von Dr. Finch herbeiwünschte.

Wir kehrten nur noch einmal kurz nach Kirtlington zurück, um eine letzte Lücke zu schließen. Es war ein strahlend schöner Sommertag, der offenbar mit aller Kraft zu verbergen versuchte, dass erst vor Kurzem ein grauenhafter Mord am Rande dieses beschaulichen Dorfes verübt worden war. Über den Feldern zogen Rotmilane majestätisch ihre Kreise, und an den Straßenecken tanzten die Schmetterlinge in Scharen um die violetten Blütendolden des Sommerflieders herum.

Als ich an der Hauptstraße anhielt, ächzte Merridew theatralisch, während er sich aus der Seitentür herausrollte. »Kaum zu glauben. Miss Channing und ich, wir beide völlig unerwartet in einem Zinksarg«, nörgelte er und schlug die Tür zu.

Als Mr. Ramsbottom auf mein Klingeln hin die Tür öffnete, war er wieder damit beschäftigt, seine Zahnzwischenräume zu reinigen.

»Ich hätte da noch eine letzte Frage an Ihre Frau«, sagte ich mit ausgesuchter Freundlichkeit.

»Edna!«, brüllte er wieder hinter sich in den Hausflur, und es wiederholte sich exakt die Szene vom Vortag.

»Was'n los?«, fragte die mürrische Zugehfrau.

»Ich wollte fragen, ob denn der Steak-Pie gemundet hat, den Miss Channing zubereitet hat.«

Für einen Moment herrschte Stille, und die beiden Ramsbottoms blickten einander unsicher an.

»Na, die war ja weg, und das gute Ding stand da fertig im Ofen. Noch warm. Kann man doch nicht verkommen lassen, so was!«, krähte sie trotzig.

»Bei feine Leute geht man so vielleicht mit Essenssachen um«, raunzte uns Ramsbottom über die Schulter seiner Frau an. »Aber wir lassen nix verkomm'n.« Und er fügte hinzu: »Edna, ich glaub, da brennt dir wieder was an«, und warf uns die Tür vor der Nase zu.

Merridew ließ anerkennend die Hand auf meine Schulter niedersausen. »Darauf zwei Pint Bitter, alter Knabe!«, sagte er laut lachend. »Und Sie sollten auch was trinken!«

 **Steak Pie**

Zutaten:

- *Mehl*
- *Salz und Pfeffer*
- *1000 g Rindergulasch*
- *etwas Butter*
- *2 Knoblauchzehen, fein gewürfelt*
- *2-3 Möhren, fein gewürfelt*
- *2 große Zwiebeln, gewürfelt*
- *200 g Champignons, halbiert*
- *2 El Tomatenmark*
- *150 ml Ale (Alternativ Schwarzbier)*
- *1 Lorbeerblatt*
- *½ TL gehackter Thymian*
- *1 EL Worcester Sauce*
- *175 g Mehl*
- *75 g Buttermilch, zum Bestreichen*

Zubereitung:

Fleisch würzen, anbraten, dann mit Mehl bestäuben. Zwiebeln, Möhren, Knoblauch und Pilze hinzugeben. Das Ganze etwa fünf Minuten köcheln lassen, bis es sämig wird. Dann Bier, Lorbeerblatt, Thymian, Worcester Sauce und Tomatenmark zugeben. Zugedeckt etwa 60 Min. leicht kochen lassen.

Währenddessen Mehl und eine Prise Salz in eine Schüssel geben. Butter mit den Fingerspitzen einarbeiten. 4 EL kaltes Wasser zugeben und zu einem glatten Teig verarbeiten. Ausrollen, halbieren, die Auflaufform mit der einen Hälfte des Teigs auslegen. Dann die Fleischmasse hineingeben. Aus der anderen Teighälfte einen Deckel formen, daraufflegen, an den Rändern gut andrücken. Einige Löcher hineinstechen, ringsum den überstehenden Teig abschneiden und Verzierungen (z. B. in Pistolenform) auf dem Deckel anbringen. Bei 200°C etwa 30-40 Minuten backen, nach etwa 20 Minuten mit Milch bestreichen. Der Pie ist fertig, wenn die Oberfläche leicht gebräunt ist.

Tatjana Kruse

Fünf-Uhr-Tee um vier

Den Charakter eines Menschen erkennt man daran, welchen Tee er zum High Tea wählt. Hatte ihr Vater selig immer gesagt. Ihr Gegenüber wählte Kräutertee. Kräutertee! Miss Waring schürzte die Lippen. Sie war 92 Jahre alt und das, was man gemeinhin eine Grande Dame zu nennen pflegte. Zum pastellfarbenen Twinset trug sie – natürlich – eine zweireihige Perlenkette und einen Tweedrock, dazu vernünftige Schuhe. Sie wusste, dass sie ein Überbleibsel aus einer anderen Zeit war. Ein Dinosaurier. Sie hielt sich aufrecht, das ließ sie jünger erscheinen. Das und die vielen Lachfältchen um die Augen. Wiewohl, zu lachen hatte es in ihrem Leben nicht mehr viel gegeben. Nicht, seit ihr Sohn gestorben war. Weniger gestorben, mehr ermordet.

Der livrierte Kellner des Fünf-Sterne-Hotels stellte eine Etagère auf den Tisch. »Die Dame, der Herr, hier bitte – Scones, Clotted Cream, Johannisbeergelee, Zitronenmarmelade, Gurken- und Roastbeefsandwiches, Früchtebrot, Obst, Petit Fours, Pfefferminzplätzchen.« Er zeigte mit einem behandschuhten Finger auf die jeweils genannten Köstlichkeiten des britischen High Tea.

Die Tradition des High Tea ging auf die siebte Herzogin von Bedford zurück, eine entzückend dralle Brünette, die zu Beginn des 19. Jahrhunderts zu der Erkenntnis gelangte, dass die Zeit zwischen Mittagessen und abendlichem Dinner zu lang sei, um ohne Nahrungsaufnahme das Leben genießen zu können. Sie wies daher ihre Dienerschaft an, ihr am späteren Nachmittag Tee mit einem leichten Imbiss zu servieren. Rasch setzte sich dieses tägliche Ritual in ihren Kreisen durch und verbreitete sich im ganzen Land. Etwas Englischeres als den High Tea gab es nicht. Höchstens noch die *stiff upper lip*, die angeborene Fähigkeit, den Wechselfällen des Lebens mit ungerührter Contenance zu begegnen.

Miss Waring lächelte dem Kellner wohlwollend zu. Der junge Mann gab sich solche Mühe. »Für Sie, gnädige Frau, Darjeeling.« Wie es sich gehörte, gab er zuerst etwas warme Milch in die feine Porzellantasse mit dem klassischen Rosenmuster, dann wollte er den Tee eingießen.

»Zweite Pflückung?«, erkundigte sich Miss Waring rasch. Nur kein Risiko eingehen.

»Selbstverständlich, gnädige Frau.«

Sie ließ ihn einschenken.

»Und die Kräuterteemischung für den Herrn«, sagte der Kellner, und es sprach für seine gute Ausbildung, dass er das Schaudern, das er ob dieses Regelbruchs empfand, nicht in seiner Stimme durchklingen ließ.

Ihr Gegenüber brummte nur.

Der Kellner zog sich diskret zurück.

Miss Waring breitete die Damastserviette auf ihrem Schoß aus. »Ich weiß, dass Sie meinen Sohn ermordet haben«, sagte sie mit ihrer aristokratischen Stimme, hob mit einer altersfleckigen Hand die Tasse, führte sie zum Mund, nahm einen Schluck und setzte die Tasse wieder ab.

Ihr Gegenüber fasste mit den Fingern – den Fingern! – in die Zuckerdose und pulte drei Stück Würfelzucker heraus, die er von so weit oben in seine Teetasse fallen ließ, dass der Tee auf die Tischdecke spritzte. Das tat er absichtlich, wie man an seinem gehässigen Grinsen erkennen konnte. »Ach ja? Beweisen Sie es.« Er schob sich ein Roastbeefsandwich in den Mund, so wie es war, am Stück.

Miss Waring verkehrte regelmäßig in der Lounge des Grand Hotels, ebenso wie viele hochrangige Politiker und bekannte Gesichter aus Film und Fernsehen. Sie nahm nicht immer den High Tea ein, manchmal genügte ihr eine Tasse Earl Grey, aber für dieses Gespräch brauchte sie Stärkung.

Es berührte sie nicht, dass man eine Dame wie sie in Begleitung eines solchen Kretins sah. Seit zwei Jahren, seit dem Tag, als ihr eine bekümmert dreinschauende Polizistin die Nachricht vom Tod ihres Sohnes mitgeteilt hatte, war es ihr egal, was die Welt dachte. Es gab nur noch ihre Trauer. Und ihre Wut.

»Mein Sohn hat sich nicht umgebracht. Dazu war er gar nicht der Typ.«

Rupert Meyer zuckte mit den Schultern. »Das weiß man vorher nie«, sagte er mit vollem Mund und spuckte Roastbeefkrümel. »Er war alt, verbraucht, am Ende. Womöglich war alles zu viel für ihn.«

Miss Warings Sohn Ted war mit sechzig Jahren auf dem Zenit seines Erfolges gewesen. Vorstandsvorsitzender eines internationalen Unternehmens, eine Koryphäe auf seinem Gebiet, längst noch nicht am Ende.

»Ted hat mir immer gesagt, dass er mit Mitte sechzig alle Ämter niederlegen und nur noch als freier Berater in Schwellenländern tätig sein wollte. Er freute sich darauf. Aber Sie konnten nicht so lange warten, nicht wahr? Sie wollten seinen Posten unbedingt sofort.«

Meyer hatte Teds Job übernommen und war nun der jüngste Vorstandsvorsitzende aller Zeiten im Konzern. »Hirngespinste einer greisen Frau. Haben Sie sich in letzter Zeit mal untersuchen lassen? Alterssenilität? Alzheimer?« Er grinste breit.

Miss Waring wusste natürlich, dass sie recht hatte. Und sie wusste auch, warum sich ein so vielbeschäftigter Mann wie Meyer bereit erklärt hatte, sich hier mit ihr zu treffen. Er wollte aus ihr herauskitzeln, wie viel genau sie wusste. Zugeben würde er selbstverständlich nichts. Er musste ja davon ausgehen, dass sie verwanzt war. Was für ein dummer Mann. Ein dummer, durch und durch böser Mann.

»Man fand meinen Sohn in seinem Penthouse, mit abgebundenem Arm, die Nadel noch im Fleisch steckend. An einer Überdosis Heroin gestorben.«

Meyer nickte und schnitt ein Scone in der Mitte durch, unkultivierter Kerl, der er war. Hätte er zu den besseren Kreisen gehört oder sich auch nur jemals die Mühe gemacht, ein Etikettebuch zu lesen, dann wüsste er, dass man sich immer nur mit der Hand ein Stück abbrach, das man dann mit Clotted Cream und Marmelade bestrich und sich in den Mund schob.

»Ober! Butter!«, brüllte Meyer.

Alle Gäste sahen herüber.

Meyer grinste. »Das habe ich absichtlich getan. Ich bin nicht der Klotz, für den Sie mich halten. Aber jetzt sind alle auf uns aufmerksam geworden und werden uns aus den Augenwinkeln beobachten. Nur für den Fall, dass sie aus Ihrer hässlichen, bestickten Handtasche gleich eine Beretta ziehen und mich erschießen wollen.«

Miss Waring war natürlich nicht bewaffnet. Sie seufzte nur und nahm noch einen Schluck Tee.

»Mein Sohn war nicht drogenabhängig. Das Leben war seine Droge«, fuhr sie fort und sah Meyer fest an. »Sie haben ihn betäubt, ihm das Heroin gespritzt und es so aussehen lassen, als sei es ein Selbstmord gewesen.«

Ihr stockte die Stimme. Das war doch alles etwas schwerer, als sie gedacht hatte.

Meyer sagte nichts, kaute nur. Mit offenem Mund.

»Ich habe einen Privatdetektiv engagiert, ein sehr feiner Mensch.« Miss Waring legte den Kopf schräg. Dürr, wie sie war, erinnerte sie mit ihrer spitzen Nase ein wenig an einen Kanarienvogel. »Er klapperte alle Dealer der Stadt ab und fand keinen, der Sie auf einem Foto wiedererkannte.«

»Na also«, sagte Meyer.

»Aber mein Privatdetektiv gab nicht auf. Selbst, als ich schon keine Hoffnung mehr sah. Er hat sich wie ein Pitbull in die Sache verbissen.«

»Der wollte nur mehr Geld aus Ihnen herausholen«, konstatierte Meyer.

Der junge Kellner kam mit der Butter.

Miss Waring wartete, bis er wieder gegangen war. »Der Detektiv besorgte sich in Ihrem Sekretariat Ihre Reisepläne aus der Zeit kurz vor der Ermordung meines Sohnes. Flugreisen kamen nicht in Frage, die Kontrollen sind zu scharf, das Risiko konnten Sie nicht eingehen. Aber einmal waren Sie mit dem Wagen in der Hauptstadt.

Also machte sich mein Detektiv dort auf die Suche nach einem Dealer. Und tatsächlich, einer erkannte Sie vom Foto wieder. So sind Sie an das Heroin gekommen.«

»Einer?« Meyer grinste anzüglich.

Sie wusste, worauf er anspielte. Der Dealer hatte ihn zwar wiedererkannt, aber die Menge an Heroin, die Meyer bei ihm gekauft hatte, reichte nicht, um einen Menschen umzubringen. Meyer musste noch bei anderen Dealern gewesen sein. Aber die hatte ihr Detektiv nicht finden können. Vor Gericht wäre das nur ein Indiz, unzureichend für eine Verurteilung.

»Ich werde es nicht offen zugeben, aber es wäre denkbar, dass ich bisweilen zur Entspannung einen Joint rauche. Der Dealer mag mich erkannt haben, aber was die Droge angeht, hat er mich verwechselt.« Meyer klang sehr sicher. Wenn man ihn nicht näher kannte, so wie sie, wirkte er absolut kompetent und vertrauenswürdig, in seinem Maßanzug und mit der Designerbrille. »Sie haben nichts Greifbares gegen mich in der Hand, geben Sie's zu.«

Sie konnte ihm nicht widersprechen. Nach der Fassungslosigkeit über Teds Tod war das Misstrauen gekommen. Anlässlich der Beerdigung. Als sie Meyer zum ersten Mal sah und sich an die Worte ihres Sohnes erinnerte: »Der ist scharf auf meinen Job, dieser kleine Ehrgeizling. Na, der soll sich noch ein paar Jahre gedulden, dann kann er ihn meinetwegen haben.« Aber Meyer hatte sich nicht gedulden wollen. Das hatte sie auf der Beerdigung in seinen Augen gelesen. Und jetzt las sie den Spott und die Häme in seinen Augen.

»Wenn Sie mich dann entschuldigen würden? Ich muss weiter.« Er winkte dem Kellner und drückte ihm den Zettel mit der Parknummer seines hellblauen Bentley in die Hand. »Lassen Sie den Wagen vorfahren. Die Dame hier zahlt.«

Er stand auf.

»Mr. Meyer, Sie wissen, dass ich Ihnen das nicht durchgehen lassen kann. Ich mag nicht genug Beweise für das Gericht haben, aber ich habe doch genügend Beweise für die Gerechtigkeit.«

Meyer ließ sich wieder in den breiten, schwarzen Lederfauteuil sinken. »Köstlich! Sie wollen mir drohen? Sie?« Das Lächeln, mit dem er sie bedachte, war echt. »Das amüsiert mich jetzt wirklich. Was haben Sie vor? Wollen Sie meinen Tee vergiften? Mich mit ihrer Stricknadel erstechen?« Er gluckste vor Vergnügen.

Ihr war aber aufgefallen, wie er mit scharfem Adlerblick darüber gewacht hatte, dass sie nicht in die Nähe der Etagère kam. Was dachte er sich nur? Dass man Zyankali wie Puderzucker über die Scones rieseln lassen konnte?

Miss Waring nahm ihr Strickzeug aus der Handtasche. Ihr Sohn war früh verwitwet, hatte nie wieder geheiratet. Sie hatte keine Enkel. Aber schon seit vielen Jahren strickte sie Babysöckchen für eine Wohltätigkeitsorganisation.

»Sie sollten mich nicht unterschätzen«, sagte sie zu Meyer.

Der stand wieder auf. »Hören Sie mal, Sie lächerliche, alte Schachtel, wenn ich kräftig ausatme, klatschen Sie platt wie eine Flunder gegen die Wand. Sie machen mir keine Angst. Aber wenn Sie jemals öffentlich verbreiten sollten, was Sie mir hier eben gesagt haben, dann ...« Er sprach es nicht aus, hob nur bezeichnend eine Augenbraue.

Miss Waring vollendete den Satz: »... dann wird man auch mich tot auffinden als vermeintliches Selbstmordopfer?«

Durch die großen Panoramafenster sah man, wie draußen ein hellblauer Bentley vorgefahren wurde.

»Das haben Sie gesagt, nicht ich. Schönen Tag noch!« Er nahm sich noch ein Gurkensandwich von der Etagère, schob es sich in den Mund und marschierte davon.

Miss Waring seufzte.

Sie betrachtete das Schlachtfeld, das Meyer auf dem Tisch hinterlassen hatte. Überall Krümel und Kräuterteeflecke. Wie man im Kleinen ist, so ist man im Großen, dachte sie und schüttelte den Kopf.

Sie hatte Meyer vorhin ein paar Minuten warten lassen, was er sehr ungnädig aufgenommen hatte. Er hatte es auf ihre Schusseligkeit geschoben.

War man erst einmal richtig alt, also steinalt wie sie, dann wurde man von jedermann unterschätzt. Und zugegeben, ihr Kurzzeitgedächtnis war in letzter Zeit nicht mehr so gut wie früher. Sie konnte sich beispielsweise nicht mehr erinnern, welcher der drei schmucken, livrierten Buben an der Theke ihr Kellner war. Aber sie konnte sich noch ausgesprochen gut an ihre Zeit im Untergrund während des Zweiten Weltkriegs erinnern. Achtzehn Jahre alt war sie damals gewesen, hatte sich in Rado, einen Zigeuner, verliebt, hatte immer die Gulaschkanone für ihre ganze Kämpfertruppe bestückt, hatte gelernt, wie man …

Aus den Augenwinkeln sah sie hinaus zur Auffahrt. Meyer stieg in seinen Bentley. Hätte sie wirklich einen handfesten Beweis gehabt, vermutlich hätte er sie in den Kofferraum geworfen und sie dann irgendwo unauffindbar verschwinden lassen. Aber so war es ihm egal, ob sie lebte oder nicht.

Ihr war es aber nicht egal, ob er lebte oder nicht.

Er hatte ihren einzigen Sohn ermordet. Nicht nur ermordet, auch noch sein Andenken beschmutzt, ihn als Heroinsüchtigen diffamiert, seinen Nachruhm geraubt. Das konnte sie ihm nun wirklich nicht durchgehen lassen.

Woran hatte sie doch gleich gedacht?

Miss Waring schob sich das letzte Pfefferminzblättchen in den Mund. Köstlich!

Ach ja, an Rado. Und an die Dinge, die er ihr beigebracht hatte, dieser hübsche, wilde, unzähmbare Kerl. Nicht nur Dinge im Bett. Auch Dinge wie Bomben basteln, und per Fernbedienung zünden.

Miss Waring betätigte eine Handytaste und duckte sich. Es tat einen unglaublichen Knall. Die Panoramafenster zerbarsten, Rauchmelder gingen schrillend los, Menschen schrien und liefen in Panik herum.

Nur Miss Waring … Miss Waring lächelte fein.

High Tea Tee
oder: Wie man Tee auf die englische Art zubereitet

Man benötigt Wasser, Vollmilch und losen Tee (Assam oder Ceylon)

Die Teekanne wärmen, während das Wasser kocht. Der Tee wird mit ca. 10 Gramm je Liter in ein Tee-Ei dosiert und mit dem kochendem Wasser aufgegossen, jedoch kann auch hier das Wasser gerne 1-2 Minuten abkühlen, um den Tee anschließend etwas milder zu bekommen (es werden etwas weniger Bitterstoffe abgegeben). Drei bis fünf Minuten ziehen lassen, damit sich das volle Aroma entfaltet, dann das Tee-Ei entfernen. Nebenher die Vollmilch erwärmen. In die Tasse kommt immer zuerst die Milch, dann der Tee!

Chin-Chin!

Heidi Moor-Blank

Bubble and Squeak

Eine Tauchbasis auf der Insel Anglesey ist unser Ziel. Meine Laune sackt mit jeder Minute weiter ab – heftiger Wind, raue See und düstere Regenwolken am Himmel sind wenig einladend.

Wer will bei solchem Wetter nach einem Tauchgang zurück auf das Tauchboot? Bis Handschuhe, Flossen, Flaschen, Bleigurt und Jacket ausgezogen sind, ist die Kälte kaum noch auszuhalten und die Finger sind steifgefroren.

Wie hatte ich mich nur zu diesem Abenteuer überreden lassen können?

»Immer nach Ägypten. Wie öde!«, hatte Jürgen gemault und da unsere Partner- und Wohngemeinschaft zurzeit keine weiteren Auseinandersetzungen mehr brauchen konnte, hatte ich ihm freie Hand gegeben.

»Such was Nettes, aber bitte keine zwanzig Stunden im Flieger!«, war meine Bedingung gewesen.

Und er hatte sich daran gehalten.

»Sunken Love« hieß die Tauchbasis, die er gebucht hatte – wie passend. Unsere Liebe war tatsächlich abgesackt, versunken, irgendwo zwischen Alltag, Dienstreisen und Streit um Kleinigkeiten. Keiner von uns wollte diese wunderbare Altbauwohnung mit Dachterrasse aufgeben, daher hielt uns nur noch die Wohnung zusammen. Und das Tauchen.

Jetzt hatte er bei »Sunken Love« gebucht. Lächerlich.

Jürgen hatte mir das nicht erzählt, aber ich hatte aus Versehen die Mahnung für die Vorauszahlung geöffnet und da Jürgen auf

Geschäftsreise war, von meinem Konto bezahlt. Auch diese Aktion war für ihn mal wieder ein Auslöser, zu maulen, mir Vorträge über Privatsphäre zu halten und zwei Tage am Stück um die Häuser zu ziehen. Meine Vorfreude war merklich gedämpft, aber ich hoffte auf die positive Wirkung der gemeinsamen Tauchgänge und hatte meine Sachen gepackt.

Nicht mal zwei Stunden dauert der Flug, weitere zwei sitzen wir im Zug. Schweigend – von Urlaubsstimmung keine Spur.

Die Fahrt an der Nordküste von Wales entlang ist nett, aber ich beobachte kritisch die dunklen Wolkenberge, die von Westen ständig nachrücken. Nicht sehr einladend.

Wir überqueren die Meerenge zwischen Wales und der Insel und ich lese im Reiseführer. »Hey! Wir kommen direkt an diesem kleinen Bahnhof mit dem irrelangen Ortsnamen vorbei!«

Ich springe auf und suche meine Kamera. Mir fällt ein, dass ich sie – zusammen mit der Unterwasserkamera – in meinen Tauchtrolley gepackt hab.

Ich zerre am Griff, aber kann ihn kaum bewegen. »Hilf mir doch mal!«, schnauze ich Jürgen an.

In diesem Moment sehe ich draußen das Schild vorbeisausen: *Llanfairpwllgwyngyllgogerychwyrndrobwllllantysiliogogogoch*

Enttäuscht sinke ich wieder auf meinen Sitz. »Och Mennooo …«

Jürgen winkt nur ab. »Im Internet kannst du das Schild tausendfach runterladen. Warum musst du dein eigenes Foto machen? Das guckst du dir NIE wieder an!« Er grinst.

Als der Zug in Holyhead einfährt, scheint sogar die Sonne. Meine Laune hebt sich spürbar, erst recht, als ich sehe, wer uns mit einem kleinen Pickup abholt. Geschätzte 73 Zoll Testosteron in Muskelform, rot-blond gelockt, braungebrannt, mit dem breitesten Grinsen der Welt.

»I'm Jim«, knödelt er. Der walisische Akzent klingt etwas dumpf, aber sehr gemütlich. Jim wuchtet meine beiden Trolleys auf die Ladefläche, hält mir die Beifahrertür auf und merkt erst dann, dass da auch noch ein Jürgen steht. Der versucht gerade, mit gleich elegantem Schwung sein Gepäck zu verladen, und knallt sein Tauchgepäck mit voller Wucht gegen die Bordwand. Jim bringt das wortlos in Ordnung und verstaut Jürgens Gepäck.

Ich kann Jürgens Wut über sein Missgeschick deutlich fühlen. Die Tauchbasis ist einfach, aber nett eingerichtet. Jim erledigt die Formalitäten und hakt unsere Namen auf der Liste ab. Als er seinen Kopf hebt und mich ansieht, überrascht mich die totale Verwirrung in seinem Gesicht.

»Ihr gehört zusammen? Wer von euch ist der Auftraggeber?«

Ich verstehe nicht ganz, wieso das so wichtig ist. Dann hat er verstanden, dass Jürgen gebucht und ich bezahlt habe, und nickt.

»Oookaaayy …« Es ist ihm anzusehen, dass er grübelt und eine Lösung sucht für ein Problem, das ich nicht erkennen kann.

Ich muss grinsen, als ich das Doppelzimmer mit den getrennten Betten betrete. Jürgen wirft seinen Rucksack auf das linke Bett und knurrt: »Ich geh an die Bar.«

Später sitzen wir uns wortlos gegenüber und warten auf das Abendessen. Ich bin gespannt, aber habe keine großen Erwartungen. Schließlich geht es um's Tauchen. Als sich die Tür zur Küche öffnet und ein älterer Herr mit weißen Haaren und Schnauzbart erscheint, bin ich verblüfft. Er trägt nicht nur zwei Speisekarten, sondern auch einen Frack.

Und eine schwarze Fliege.

Und weiße Handschuhe.

Er verbeugt sich leicht vor mir, reicht mir eine Speisekarte und säuselt: »Please, Mylady!«

Ich schaffe es irgendwann, meinen Mund wieder zuzuklappen und ihn nicht mehr anzustarren. Ich richte meinen Blick auf die Speisekarte.

Pies. Pies mit verschiedensten Namen und Konstellationen. Ein Gericht fällt mir auf und ich hebe kurz meinen Kopf und wende meinen Blick hilfesuchend zu dem Ober – schon steht er hinter mir und fragt nach meinen Wünschen.

Sein Englisch ist perfekt. Oxford. Er klingt so, wie mein Englischlehrer im Gymnasium immer hatte klingen wollen.

»Bubble and Squeak is a simple meal made of potatoes and vegetables.«

Aha. Ich lächele und überlege, wie man aus Kartoffeln und Gemüse ein Gericht hinkriegt, das den Namen »Blubbern und Quietschen« rechtfertigt. Neugierig bestelle ich eine Portion und dazu ein Bier. Jürgen braucht Fleisch und entscheidet sich für Haggis. Und ein Bier.

Ich trinke nie so viel Bier wie im Tauchurlaub. Der Stickstoff trocknet die Schleimhäute stark aus und Bier kriegt das am Besten wieder hin. Nach dem letzten Tauchgang des Tages ein Dekompressions-Bier ist Wohltat pur. Schon beim Einpacken des Atemreglers bekam ich Lust drauf. Und jetzt, am Vorabend unseres ersten Tauchganges vor der Nord-West-Küste von Wales, brauche ich auch eines.

Gegen das Schweigen.

Jim kommt an unseren Tisch und fragt, ob er sich dazu setzen darf.

»Nein!«

»Ja, gerne!«

Jürgen und ich blitzen uns an.

Jim steht am Tisch, die Arme verschränkt, und schaut grinsend von einem zum anderen. »Und ihr seid sicher, dass ihr als Buddy funktioniert? Ich weiß nicht, ob ich bei solcher Stimmung dem anderen mein Leben anvertrauen würde.«

Jürgen gibt dem leeren Stuhl unter dem Tisch einen Stoß mit dem Fuß, schiebt ihn dadurch etwas in Jims Richtung und nickt kurz in Richtung Stuhllehne.

»Thank you very much!« Jims Dank klingt überschwänglich und amüsiert gleichzeitig.

Er packt die Lehne, schwingt den Stuhl herum und setzt sich rittlings darauf. Die Arme verschränkt er auf der Stuhllehne und wieder schweift sein Blick nach rechts und links.

»Nach dieser freundlichen Einladung nur so viel: Wir machen morgen früh einen leichten Tauchgang vor der Küste. Ich will sehen, ob ihr alles drauf habt. Maskenverlust, Flasche leer, Notaufstieg. Wenn ihr zickt, war das auch gleich unser letzter Tauchgang. Verstanden?«

»Klar, Jim, mach dir keine Sorgen.« Besänftigend lege ich meine Hand auf seinen Arm und denke in diesem Moment ›Mist! Das hat jetzt gerade noch gefehlt!‹ Ich zucke zurück. Jürgens Ader an der Schläfe pocht und er hebt die Hand. Sein Daumen und Zeigefinger bilden einen Kreis. »Alles okay« unter Wasser, »Arschloch« auf dem Trockenen.

Ich hebe mein Glas und proste ihm zu.

Der Ober serviert das Essen. Weiße Serviette über dem Arm, reicht er mir meinen Teller von rechts, verbeugt sich leicht, wünscht guten Appetit. Das Gleiche gegenüber. Dann verschwindet er fast lautlos.

»Was zum Teufel ist das?« Ich sehe Jim ratlos an und hebe meine Schultern. »Wo hast du den ausgegraben?« Jim holt sich ein Bier und beginnt zu erzählen. »Er ist Butler. Ein ausgebildeter, perfekter Butler aus der edelsten Schule Londons. Ihr wisst doch sicher, dass Charles hier mehrere Cottages hat?«

»Charles …?«

»Charles Prince of Wales, Sohn der Queen, ewiger Warteschleifendreher auf dem Ziel zum englischen Thron! Kennt man den nicht in Deutschland?«

»DER Charles?« Ich mache ganz große Augen. »Der wohnt hier?«

»Nee. Jetzt nicht mehr. Camilla ist es zu ungemütlich hier. Jetzt wohnen William und Kate hier. William ist als Rettungsflieger hier auf der Insel stationiert. Wenn ihr also Stress macht beim Tauchen, lernt ihr ihn vielleicht persönlich kennen. Mich dann aber auch!« Er nimmt einen tiefen Schluck.

Jürgen kaut schweigend und unbeeindruckt. Irgendwelche Royals sind ihm völlig wurscht. Dass der Butler ohne Wartezeit sein zweites Bier bringt, das gefällt ihm allerdings.

Ich sehe Jim kritisch an. »Das ist ein Witz, oder? Und wenn, was hat Charles' Butler hier verloren?«

»Frag ihn selbst! Er wartet auf seinen Einsatz. Kate möchte keine Bediensteten und er wartet darauf, dass sie es leid ist, selbst einzukaufen, zu kochen und zu putzen. Ich kenne ihn schon ewig und habe ihm angeboten, dass er für meine Gäste kochen kann. Fand er gut. Aber er besteht darauf, im Frack zu servieren. Das konnte ich ihm nicht ausreden.« Er zuckt die Schultern. »Inzwischen finde ich es cool. Und den Gästen gefällt's.« Er trinkt sein Glas leer und steht auf. »Morgen früh um acht Treffpunkt am Boot. Vor eurer Zimmertür findet ihr für jeden eine Kiste. Packt euren Tauchkram da rein, dann steht das morgen früh auf dem Boot schon parat. Flaschen und Blei kriegt ihr von mir. Schlaft gut und mehr als zwei Bier gibt's nicht.« Er sieht Jürgen an.

Jürgen murmelt: »Sowieso. Bin doch kein Idiot.«

»Gut!« Jim nickt ihm zu, geht zur Tür, wendet sich noch mal um und sagt: »Bis morgen, ich freu mich!«

Das Frühstück verläuft schweigend. Jürgens miese Stimmung am Vorabend hatte ich mit Hilfe von Brasset, dem Butler, in den Griff gekriegt. Ich hatte ihm zugeflüstert, er solle doch bitte die Betten in unserem Zimmer zusammenschieben. Ohne jede Regung, ganz Butler, hatte er meinen Wunsch entgegengenommen und sofort ausgeführt.

Der Versöhnungsfick schwemmte das Zuviel an Testosteron aus Jürgens Körper und die Stimmung stieg.

Jetzt überlege ich, wie viel Kaffee nötig ist, um zum Schiff zu finden, und wie viel möglich ist, um den ersten Tauchgang ohne Pinkelnot zu überstehen.

Pünktlich sind wir am Schiff. Jim grinst, als er uns sieht.

»Na, gut geschlafen? Kann es losgehen? Hier könnt ihr euch umziehen, dort gibt es später den Lunch, dann Mittags- und Dekopause und danach den zweiten Tauchgang. WENN ihr euch beim ersten gut anstellt!« Er haut Jürgen freundschaftlich auf die Schulter und Jürgen hebt den Mittelfinger, als Jim sich umdreht. Jim kann es nicht sehen, aber Brasset lugt durch das Fenster in der Kombüsentür. »Ist der Butler mit an Bord?«, frage ich entgeistert. Jim nickt. »Klar, er kocht das Mittagessen. Und serviert. Im Frack!«

Jürgen prustet los. »Die spinnen, die Briten!«

Der erste Tag verläuft ohne größere Zusammenstöße. Wir sind ein eingespieltes Team und spulen alle Aufgaben ohne Probleme ab. Wir vergessen auch nicht die ausführliche gegenseitige Buddykontrolle vor dem Sprung ins Wasser und ich bin froh, dem Rat von Jim gefolgt zu sein, und Haube, Handschuhe und meinen Shorty zusätzlich zu tragen. Ich bin gut austariert und tauche entspannt, aber enttäuscht.

Es gibt nichts zu sehen.

Sand, kaum Pflanzen, kaum Fische. Ich verliere Maske und dann den Atemregler, zeige meine Restluft an, ganz perfekt, wie unser Guide Jim es durch Handzeichen befiehlt. Auch der Notaufstieg mit ihm läuft super.

Warm eingepackt sitze ich beim Lunch und beobachte Jürgen. Jim beobachtet mich und Brasset beobachtet uns alle.

»Ab morgen tauchen wir ohne Guide«, kommt es plötzlich von Jürgen. »Das Boot kann ich steuern und der Butler kommt mit. Zum Kochen und Position Halten, wenn wir unten sind.«

Jim lehnt sich zurück. »Okay – kein Problem.« Er sieht mich eine ganze Weile schweigend an und wiederholt dann noch einmal: »Kein Problem! Brasset weiß genau, was zu tun ist.«

Ich habe schon viele Tauchgänge alleine mit Jürgen absolviert, aber ich merke, dass es mir nicht recht ist. Jürgen wirkt so angespannt. Nicht so souverän wie sonst. Ich vertraue ihm so nicht gerne mein Leben an. Ich starre wortlos auf meinen Teller.

Brasset serviert.

»Was ist das?«, schnauzt Jürgen ihn an.

»Bubble and Squeak«, antwortet der Butler ganz ruhig und entschuldigt sich bei mir, dass ich das heute schon wieder essen muss.

»Kein Problem, war lecker!«

Jürgen stochert lustlos in seinem Teller. »Kein Fleisch…«, murmelt er.

»Verdaut sich leichter – heute Abend gibt's ein Steak. Extra groß für dich und deinen Eiweißhaushalt.« Jim grinst in die Runde. Jürgen sieht ihn an. »Halt dich raus. Der Deal ist klar, der Rest geht dich nichts an.«

Schnell frage ich: »Woher kommt denn der lustige Name?« Und Brasset erklärt. Dass Kartoffeln und Gemüse vorgekocht, zerstampft und vermischt und dann in einer Pfanne gebacken werden. Die Luft von der heißen Unterseite kann nicht nach oben steigen und es entstehen Blubberblasen und Zischen und Quietschen am Pfannenrand.

»Kein Wunder, dass sich die Prinzessin nicht von ihm bekochen lässt. Das ist doch ein Arme-Leute-Essen!« Jürgen lehnt sich zurück, trommelt mit der Gabel auf seinen Oberschenkel und sieht Brasset abschätzend an.

»Aber lecker!«, erwidere ich leise.

»Kartoffeln und Möhren und ein Spiegelei. Phhh... das ist NICHT majestätisch. Daran ändern auch die weißen Handschuhe nichts!« Er wirft die Gabel auf den Tisch, schiebt den Stuhl zurück und geht in die Kajüte.

»So ein Lackaffe!«, höre ich ihn noch murmeln.

Ich starre Brasset an. Sein Blick ist unverändert ausdruckslos. Ich kann nicht erkennen, ob er das Letzte noch gehört hat. Ich könnte vor Peinlichkeit in den Boden versinken und der Appetit ist mir vergangen. Brasset steht noch am Tisch, deshalb greife ich zum Besteck und schneide durch den leicht flüssigen Eidotter. Und denke in diesem Moment:

›Ich werde mich von Jürgen trennen. Und mir eine eigene Wohnung suchen. Scheiß auf die Dachterrasse!‹

Ich stecke mir ein großes Stück kross gebackene Kartoffel-Gemüse-Masse samt Ei in den Mund und es schmeckt köstlich!

Die nächsten Tage sind fast so, wie ich sie mag. Früh aufstehen, raus mit dem Boot, tauchen, essen, relaxen, tauchen, zurück an Land eine heiße Dusche, ein Abendessen und dann kaputt ins Bett fallen.

Richtig toll wäre es mit angenehmeren Wassertemperaturen, warmer Sonne für die Relaxpause, bunteren Fischen und besserer Stimmung. Wir haben inzwischen einige interessante Tauchgebiete erforscht, aber so ganz spannend war das nicht.

Aber morgen, an unserem letzten Tag, steht ein Wrack auf dem

Programm. Jim hat uns das vorgeschlagen. Er beobachtet uns abends beim Dinner sehr genau, aber Jürgen kaut meist ziemlich entspannt und wortlos sein Steak, spült die zwei Deko-Biere hinterher und hebt dann die Tafel mit einem »Kommst du, Schatz?« auf.

Heute sage ich: »Nein, ich bleib noch ein bisschen.«

Es ist unser letzter Abend. Morgen Vormittag fahren wir mit Brasset raus zum Wrack der S.S. Liverpool vor Middle Mouse zu unserem letzten Tauchgang. Nachmittags sitzen wir dann schon im Zug nach Manchester.

Jim fliegt morgen schon recht früh für zwei Tage nach London. Und ich würde gerne wenigstens noch ein paar Sätze mit ihm wechseln.

Jürgen wirft seine Serviette auf den Teller und steht auf.

Wortlos.

Und geht.

Wortlos.

Jim sieht ihm nach und murmelt: »Auf Wiedersehen und schönes Leben noch.« Dann sieht er mich an und fragt: »Na, war es trotzdem 'ne gute Zeit für dich?« Ich erzähle von den Tauchgängen, zeige ihm die Einträge in meinem Logbuch, er beschreibt das Wrack, das uns morgen erwartet: »1863 ist das Dampfschiff gesunken. War mit der Laplata zusammengestoßen. Zwischen der Küste von Anglesey und Middle Mouse. Das wird schön, sie ist mit Seeanemonen und Seescheiden bewachsen und auch innen gut zu betauchen.« Er nippt an seinem Bier. »Und wenn du wieder in Deutschland bist, vergiss Jürgen, hast du verstanden?«

Ich nicke. »Hab ich vor. Sowieso.« Ich grinse ihn an und hebe meine Flasche. »Prost!« Nach einem tiefen, letzten Schluck stehe ich auf. Jim erhebt sich, die Arme weit ausgebreitet und sagt: »Na komm noch mal an meine breite Taucherbrust. Es wird alles gut.« Ich umarme ihn lange. Wir flüstern beide noch ein »Mach's gut«, dann gehe ich zum Gästetrakt.

Jürgen schläft schon. Im Dunkeln suche ich mein Bett, ziehe die Decke über den Kopf und überlege, ob der letzte Tauchgang morgen so eine gute Idee ist.

Jürgen ist bestens gelaunt, als er am nächsten Morgen seine Sachen packt. Ich beobachte misstrauisch, wie er sich an den Frühstückstisch setzt und sich einen ersten Kaffee einschenkt. Brasset serviert Eier mit Speck, Toast und Marmelade, diese unsäglichen Laver Cakes aus Algen und Hafermehl und bewegt sich wie immer lautlos und dezent.

»Unser Pinguin könnte doch eigentlich mit zum Wrack-Tauchen – er ist ja schon perfekt dazu angezogen, oder?« Jürgen haut sich vor Vergnügen auf die Schenkel. »... zum Frack-Tauchen!« Er gluckst und kichert und kriegt sich gar nicht mehr ein.

»Brasset kann Deutsch!«, zische ich Jürgen zu.

»Ja, und? Diese Witzfigur mit seinem ganzen Königshausgetue und den weißen Handschuhen kann von mir denken, was sie will!« Jürgen lehnt sich zurück und grinst mich an. »Na, Schatzi, freust du dich schon? Allerletzter Tauchgang ...«

Mich fröstelt plötzlich. Wie das klingt!

Auf dem Schiff erzählt mir Brasset von der Insel Middle Mouse, oder auch Yniys Badrig, wie sie auf walisisch heißt – Insel des Patrick:

»Die Legende besagt, dass St. Patrick um 440 n. Chr. beauftragt wurde, das irische Volk zum Christentum zu bekehren. Er zog los nach Irland, aber sein Schiff geriet vor Anglesey in einen Sturm und strandete an der Küste von Middle Mouse. So war Patrick gezwungen, den Weg bis nach Anglesey zu schwimmen. Immerhin 750 Meter. Dankbar für seine Rettung aus Seenot errichtete er eine Kapelle in der Nähe von Llanbadrig. Diese Kapelle ist eine der frühesten christlichen Stätten in Wales.«

Er deutet hoch auf die Klippen zur Kapelle. Dann geht sein Blick nach Norden, zur Insel. Er sucht nach der Boje, die das Wrack der S.S. Liverpool anzeigt. Zufrieden nickt er plötzlich und steuert eine scharfe Linkskurve.

»Mylady, es kann losgehen. Sie können sich umziehen. Und seien Sie versichert, dass Herr Jim und ich alles zu Ihrer Zufriedenheit regeln werden.«

Warum betont der das »Ihrer« so sehr? Mir ist ein bisschen schlecht. Eigentlich sollte man dann nicht tauchen gehen, oder? Aber Jürgen kann nicht alleine. Er braucht einen Buddy und Jim ist nicht da. Ich atme tief durch und beginne, mich in meinen Taucheranzug zu zwängen. Akribisch prüfe ich meine Ausrüstung. Jacket, Regler, Oktopus, obwohl das eigentlich Jürgens Aufgabe als mein Buddy ist.

»Hey, Brasset, kannst du mir helfen, die Flossen anzuziehen?« Jürgen ruft ins Steuerhaus. Brasset kommt nach draußen, obwohl das nicht zu seinen Aufgaben gehört. Der alte Mann kniet vor Jürgen nieder und stülpt den Fersenriemen der Flossen über die Füßlinge. Jürgen rutscht mit einer Flosse ein wenig nach vorne und Brassets weiße Handschuhe sind mit schwarzen Striemen übersät.

Wortlos steht Brasset auf und verbeugt sich knapp. Jürgen hat noch nicht genug. »Herzlichen Dank, und nicht wegfahren, während wir unten sind, auch wenn die königliche Kate persönlich anruft, ja?« Er weiß genau, dass es ein Herzenswunsch von Brasset ist, endlich wieder für die königliche Familie zu arbeiten – warum sagt er das? Ich springe ins Wasser, tauche wieder auf, hebe die Hand auf meine Haube für »alles okay«.

Wir tauchen ab. Routiniert sinken wir langsam dem Wrack entgegen, bald schon ist der große Schornstein zu sehen. Die Begeisterung lässt mich alles vergessen. Als ich auf dem leicht geneigten Deck ankomme, zeigt mein Tiefenmesser 38 Meter an.

Jürgen übernimmt die Führung. Das geschieht automatisch, ich bin es schon gewohnt, hinter seinen blauen Flossen herzutauchen. Wir erkunden die Brücke, finden den Niedergang und betreten die ersten Kajüten. Das Schiff ist nur 35 Meter lang, wir haben Zeit, uns alles in Ruhe anzusehen. Ich bleibe etwas zurück, weil mich die Kapitänskajüte so fasziniert – dann ist Jürgen verschwunden.

Ich sehe in die nächsten Räume, weiter in Richtung Bug, so wie bisher. Er muss ja irgendwo sein. Ich war ihm wohl einfach zu langsam.

Die tief in mir rumorende Panik lasse ich nicht aufkommen. Wir sind als Buddy-Team superroutiniert. Ich werde bis zwanzig zählen und dann den Shaker nehmen, um mich bemerkbar zu machen. Ich biege um Ecken, luge in Kajüten, zähle dabei und atme gleichmäßig.

Zwanzig.

Mein Shaker ist nicht da.

Das Metallrohr, groß wie eine Zigarre, gefüllt mit Steinchen, erzeugt beim Schütteln ein Geräusch, das man ziemlich weit hören kann. In Notfällen, oder wenn man was ganz Besonderes entdeckt hat. Da man nicht rufen kann, wird geklappert, um den Buddy auf sich aufmerksam zu machen.

Weg. Alle beide. Buddy und Shaker.

»Sunken Love« – der Name der Tauchbasis hämmert sich plötzlich in mein Hirn. Ich hatte ihn romantisch verstanden – die versunkene Liebe, die es wieder zu entdecken gilt.

Was, wenn es als Programm gedacht ist?

»Sunken Love – wir versenken Ihre Liebe! Diskret und zuverlässig – getarnt als Tauchunfall!«

Ich wische über meine Stirn, als wolle ich diese bescheuerten Gedanken verscheuchen. Zu viel Stickstoff die letzten Tage. Mein Hirn schlägt Purzelbäume.

Ich beschließe, mich auf den Rückweg zu machen. Aufs Deck, um einen besseren Überblick zu haben. Ich muss meine Gedanken sortieren.

»Wer ist der Auftraggeber?« Für Jim war das nach unserer Ankunft so wichtig gewesen!

»… zu *Ihrer* Zufriedenheit, Mylady! …« Alles passt zusammen!

»Allerletzter Tauchgang.«

In diesem Augenblick höre ich ein Geräusch. Keinen Shaker, eher ein leises Schaben. Es wird immer lauter, wird zum Quietschen und kommt wohl von der Brücke.

Ich kann meine Panik fast nicht mehr unterdrücken. Ich will hier raus, will weg, hoch auf's Boot.

Da steht Jürgen. Mit dem Rücken zu mir, am Steuerrad, starrt durch die Scheibe nach draußen in die dunkle See. Von draußen starrt jemand zurück. Ich sehe nur Maske, Atemregler, Haube, zwei behandschuhte Hände, die an der Scheibe liegen. Dann dreht er sich um und entfernt sich langsam vom Schiff. Ich sehe schwarze Flossen, darüber gleiten zwei Frackschöße durch das Wasser. Wie Fischflossen bewegen sie sich sanft und in zarten Wellen.

Das Quietschen beginnt wieder. Ich sehe, wie sich Jürgens Schultern und Arme bewegen – genau im Takt des Geräusches. Das entsteht, als er mit der Kette der Handschellen, die er trägt, über die Welle des Steuerrades reibt.

Jürgen ist an das Wrack gefesselt.

Meine Gedanken rasen panisch. Ich atme zu schnell, bin mit der Situation völlig überfordert. Ich bin sein Buddy. Ich muss ihm helfen. Immer.

Aber wir haben keine Chance. Meine Luftanzeige zeigt noch knapp 55 Bar an. Mindestens 100 brauche ich für den Aufstieg mit Dekopausen. Nicht nur Jürgen wird hier unten sterben, ich auch.

Ich hatte doch noch so viele Träume. Wollte noch so vieles erleben. Und jetzt werde ich in diesem verdammten Wrack jämmerlich verrecken, weil Jürgen … weil Jürgen den Auftrag gab, mich hier unten zu entsorgen?!

Meine Verzweiflung wandelt sich in kalte Wut.

Und ich werde ruhig.

Überlege.

Wenn ich an Jürgens Stelle an das Wrack gefesselt wäre, was würde er tun? Ich sehe mich um. Direkt an der Tür steht die Reserveflasche. Für den Auftraggeber.

Ich hatte also Recht! »Sunken Love«!

Tränen sammeln sich in meinen Augenwinkeln. Ich war wohl von Jim und Brasset als Auftraggeber auserkoren worden. Welches Recht hatten die beiden verdammt noch mal dazu?

Ich werde diese Flasche nicht anfassen. Damit würde ich den Vertrag quasi im Nachhinein akzeptieren. Ich kann das nicht!

Das Quietschen der Handschellen wird lauter und schneller. Ich sehe auf Jürgens Schultern und plötzlich sind meine Gedanken glasklar.

Jürgen und ich brauchten immer ziemlich gleich viel Luft. Auch er hat noch mindestens 50 Bar in seiner Flasche.

Entschlossen nestele ich am Verschluss und löse die Pressluftflasche von der Rückseite seines Jackets. Er kann sich nicht wehren, kann sich nicht umdrehen.

Er hat nur noch knapp eine halbe Stunde zu leben.

Ich habe noch ein ganzes Leben vor mir.

Wenn ich das jetzt durchziehe.

Ich drehe das Ventil seiner Flasche zu und reiße ihm mit einem heftigen Ruck den Atemregler aus dem Mund. Er war darauf nicht vorbereitet, kann nicht rechtzeitig zubeißen. Ich halte seine Flasche mit beiden Armen fest umklammert und stoße mich ab. Zurück, weg von ihm. Ich werde jetzt seine Flasche aufdrehen, aus ihr atmen, mein Jacket voll aufblasen, um das Gewicht der zweiten Flasche auszugleichen und bei den Dekopausen gut austarieren zu können.

Die leere Flasche werde ich dann auf den Meeresboden sinken lassen.

Meine eigene Luft würde reichen für das letzte Stück nach oben und, um mein Jacket dann wieder aufzublasen. Den Aufstieg werde ich schräg beginnen. Ich will Brasset auf keinen Fall begegnen. Diesem durchgeknallten Butler, der mit gleicher stoischer Freundlichkeit alle Bestellungen ausführt – egal, ob es sich um ein zweites Bier oder um einen Mordauftrag handelt. Und Frackschöße sogar an seinem Tauchanzug trägt.

Ich werde, wie der gute alte St. Patrick, die wenigen hundert Meter bis zum Strand schwimmen. Mit gefülltem Jacket ist das kein Problem. Ich werde bei der Kapelle landen und mich dort für meine Rettung bedanken.

Ich nehme Jürgens Atemregler in den Mund. Er schmeckt nach ihm.

Es ist wie ein letzter Kuss.

Außen vor der Scheibe drehe ich mich noch einmal um. Sehe in Jürgens weit aufgerissene Augen. Die letzte Luft aus seinen Lungen blubbert nach oben, die Bewegungen seiner Arme werden langsamer, das Quietschen unrhythmisch.

Bubble and squeak.

Bubble and Squeak

Zutaten:

- 6 mittlere Kartoffeln, ca. 400g, mehlig kochend
- 300g Gemüse (Wirsing, Karotten, Pastinaken)
- 1 mittlere Zwiebel
- 1 Knoblauchzehe
- etwas Milch
- etwas Butter
- etwas Kümmel oder Schwarzkümmel
- etwas Salz, Pfeffer, Muskat
- 4 kleine Eier

Zubereitung:

Die Kartoffeln schälen und in Scheiben schneiden, in etwas Salzwasser gar kochen, Wasser abschütten und mit etwas Butter und etwas Milch mit dem Kartoffelstampfer zu Brei stampfen. Mit Muskat würzen.

Das Gemüse putzen, waschen und in grobe Würfel schneiden. In etwas Salzwasser oder Gemüsebrühe mit dem Kümmel ca 15 Minuten kochen und ebenfalls zerstampfen. Mit Pfeffer würzen.

Mit dem Kartoffelbrei vermischen.

Die Zwiebel und den Knoblauch hacken und in etwas Butter oder Öl in der Pfanne anbraten. Die Kartoffel-Gemüse-Mischung in die Pfanne geben und glatt streichen. Bei mittlerer Hitze »blubbern und quietschen« lassen (daher der Name), bis sich etwas Kruste gebildet hat. Mit Hilfe eines Tellers die Masse vorsichtig wenden und wieder glatt streichen und die 2. Seite knusprig braten.

Spiegeleier braten.

Die Masse vierteln und mit je einem Spiegelei garnieren.

Nicole Neubauer

The Old Peculier

Der Alte saß an seinem Fensterplatz und schaute hinaus auf die Themse, wie jeden Abend, bis es dunkel wurde. Hier, unterhalb von Greenwich, konnte er den Millennium Dome sehen und erahnen, dass nach der Biegung des Flusses die gigantischen Flutschleusen der Thames Barrier warteten, zu denen die hell erleuchteten Touristenboote tuckerten. Aber den alten Zausel interessierten kein Millennium Dome und keine Dampfschiffe, er sah aus, als wäre er noch nie weiter gekommen als zu seinem Fensterplatz im Pub *River Bend*. Jeden zweiten Tag war seine Strickweste falsch geknöpft, heute war sein Glückstag. Noch immer roch seine Jacke nach Teer und Ruß und seine Finger waren dunkel verfärbt, vielleicht war er ein Dockarbeiter gewesen, bis die Spekulanten über das East End herfielen und es dem Erdboden gleichmachten, nur weil sie es konnten. Vielleicht hatte er noch am Ausbau der Docklands Light Railway mithelfen dürfen, bevor die Werkstore vor ihm ins Schloss fielen. Wie er an seinem Tischchen saß, die Schultern unter der zu großen Jacke gebeugt, das abgezählte Geld vor sich auf dem Tisch, war er nur noch eins: übrig.

Dora nahm eine Flasche Theakston Old Peculier aus der Kühlung und köpfte sie, es duftete würzig. Sie brachte ihm das Bier an den Tisch, damit er mit seinen dürren Beinen nicht zur Bar humpeln musste. Er stand auf und nahm seine Mütze ab, ganz Gentleman, ein weißer Haarkranz kam zum Vorschein. Sie roch noch etwas anderes als Teer, als sie sich über die Pennies beugte. Eine winzige Arbeiterwohnung ohne Bad, in der ein Greis vor einem Waschbecken stand und hoffte, mit dem Waschlappen wenigstens ungefähr die richtigen Stellen zu treffen. Verlegen lächelte sie ihm zu. Seine Augen lagen tief in den Höhlen und waren rund und blau wie die eines Babys

»Warum schmeißt du den nicht raus?«, fragte Mo an der Bar.

»Er zahlt.« Dora warf die Münzen in die Kasse. »Genauso gut könnte ich euch rausschmeißen.«

»Hey, *love*, wir zahlen auch.«

»Ja, einmal im Monat, wenn du und Freddy eure Stütze kriegt.« Sie verdrehte die Augen und polierte demonstrativ die Bar vor seiner Nase, so dass er sein Bier hochheben musste. Sie hatte den Zausel vom alten Pächter geerbt, genau wie die Möbel, die Brauereiverträge und Mo und Freddy, die gerade wie zwei Möwen um die Reste aus einer Packung *salt and vinegar crisps* stritten. Ein Wunder, dass Freddy mit seinen zwei verbleibenden Zähnen noch *crisps* essen konnte. Die Stammgäste waren schwerer loszukriegen als Brauereiverträge.

Heute war wenig los, außer ihren drei Jungs saßen nur noch Touristen im Pub, ein deutsches Pärchen, das händchenhaltend auf die Themse hinausschaute, vier Spanierinnen, die ihre Rucksäcke zwischen den Knien geklemmt hatten und Fahrpläne studierten, und ein Tisch voller Witwen aus Dorset, die lautstark über ihre Männer herzogen. Soweit sie gehört hatte, waren sogar Mehrfachwitwen darunter. »Der ganze Schmutz, die Haare, und dann dieser Geruch und die ständige Pinkelei«, sagte eine, und Dora spitzte die Ohren, um mitzukriegen, ob es wirklich um Hunde ging.

Die Schwingtür flog auf und drei Typen kamen herein, mit rotweißen Schals um den Hals. Doras Schultern wurden hart, ihre Sinne scharf. Die drei ließen sich auf den Barhockern direkt vor Dora nieder und Mo und Freddy verzogen sich zwei Plätze weiter.

»Drei Pints Lager«, sagte der Anführer. Seine Kameraden waren kahl rasierte Hools mit Stiernacken, er aber war zierlich, drahtig, seine Augen ständig in Bewegung. Wenn jemand nach Ärger roch, dann er.

»Könnt ihr nicht lesen?« Dora deutete auf das Schild über der Bar. *No Colours.* »Keine Fanschals in meinem Pub.«

Die beiden Kahlköpfe nestelten an ihren Schals, doch der Blick ihres Kumpels ließ sie gefrieren. Er wandte sich wieder Dora zu.

»Warum läuft hier kein Fußball?«

»Hier gibt's kein Fußball. Das ist nicht die Art von Pub. Wollt ihr trotzdem euer Bier oder wollt ihr weiterziehen?«

»Bist du taub, Mann? Drei Pints Lager hab ich gesagt.«

Stumm zapfte Dora die Biere. Den Fernseher würde sie nicht anschalten. Sie hatte nicht so viel Geld und Mühe in die Einrichtung gesteckt, um sie von Hooligans demolieren zu lassen. Die Vertäfelung schimmerte in Tropenholzimitat und die Wände waren verziert mit Steuerrädern, Navigationsgeräten und Buddelschiffen. Wochenlang hatte sie den Camden Market durchkämmt, um Teekisten, Waagen, Petroleumlampen zusammenzutragen, bis es aussah wie im Bauch der *Cutty Sark*. Sogar eine Gallionsfigur hing von der Wand. Nein, hier lief kein Fußball.

»Ey, jetzt mach die Kiste an. Heute ist Pokalspiel.«

»Bestimmt nicht, wenn so viele Leute da sind. Ihr könnt euer Bier trinken und zum nächsten Pub fahren, das schafft ihr noch, *lads*.«

Sie knallte die Biere auf das Handtuch und wandte sich ab.

Die Spanierinnen trippelten zur Tür und hauchten »*byebye*«, mit scheelen Seitenblicken auf die Neuankömmlinge, Dora konnte es ihnen nicht verübeln.

Einer der Stiernacken ging zum Flipperautomaten und traktierte ihn mit Schubsern und Fußtritten, der andere murmelte: »Ich muss pissen«, und ging nach hinten. Klo putzen würde heute eine helle Freude werden. Der Anführer blieb sitzen, nippte an seinem Lager und verfolgte Doras Bewegungen mit seinen tanzenden Augen.

Auch die Witwen brachen auf. Ihr helles Gezwitscher war von den neuen Gästen getrübt worden und nun ganz verstummt. Ihre Stimmen verhallten auf dem Parkplatz und die Stille, die sie hinterließen, ließ ihr Schweiß auf den Armen ausbrechen. Sie legte eine CD ein. Die Stimme von Robbie Williams erklang und sie wiegte ihre Hüften im Takt, summte mit: »*I'm loving angels instead.*«

»Was soll denn die Weiberkacke?« Der Anführer ließ sein Glas auf den Tisch sausen, dass das Bier überschwappte. Die deutsche Touristin flüsterte ihrem Begleiter etwas ins Ohr und die beiden schlüpften hastig in ihre roten Sportjacken. »*Thank you very much and good bye*«, rezitierte der Mann in bemüht akzentfreiem Englisch, bevor die beiden so schnell das Pub verließen, wie es gerade noch höflich war.

Der erfolglose Flipperkönig setzte sich wieder an die Bar. »Gott sei Dank, die Nazis sind weg. Dann können wir endlich Fußball schauen.«

»Der Fernseher bleibt aus. Verzieht euch.«

Mo räusperte sich. »Wenn heute Pokalspiel ist …«

»… dann sollten wir wohl ganz schnell nach Hause gehen und es anschauen«, ergänzte ihn Freddy. Wie die Kakerlaken bei Licht wuselten sie zur Tür.

»Ihr hasst doch Fußball«, rief sie ihnen hinterher, aber sie stellten sich taub. Feige Arschlöcher. Diesen Monat würde sie ihnen nichts mehr anschreiben, kein *half pint*, nicht mal eine Erdnuss. Sollten sie in der Wüste verschmoren.

Der Dritte kam vom Klo zurück und schälte sich aus seiner Jacke, ein rot-weißes Trikot kam zum Vorschein. Dora beugte sich zum Anführer. »Hört mal zu, *guys*. Vergesst es. Auch wenn ihr die letzten Menschen auf der Welt seid, hier ist keine Sportsbar. Wenn ihr euch beeilt, kriegt ihr den Anpfiff noch mit.«

»Ich lass mir doch von dir nicht vorschreiben, wo ich mein Spiel schaue, Miss …«

»Ms.«, korrigierte sie ihn automatisch.

»Was?«

»Ms. Die neutrale Form heißt Ms.«

»Eine Emanze!« Sie brüllten vor Lachen und klopften sich auf die Schenkel. »Süß. Gibt's bei dir auch Frauenfußball?«

»Nein.« Sie spülte Gläser mit heftigen Bewegungen, ohne die Männer anzuschauen. »Bei mir gibt's Feierabend. Das waren die *last orders*, ich mache zu.«

Der Typ im Trikot zog seine Jacke wieder an. »Jetzt kommt, Jungs. Fahren wir zur South Bank rein, da ist um die Zeit noch was los.«

»Soll die doch versauern in ihrer Scheiß-Touristenbude«, sagte der Zweite und trank sein Bier in einem Zug aus. »Was ist, Dave?«

Der Anführer schüttelte den Kopf.»Ich fahr heute nirgendwo mehr hin. Haut doch ab.«

»Mach keinen Mist, Dave.«

»Verzieht euch. Ich trink noch ein Bier.«

Die beiden schauten sich an und zögerten, ein Blick von Dave brachte sie fast zum Hüpfen. Gewohnt zu gehorchen, gingen sie raus. Nun war Dora mit Dave allein an der Bar. Sie schaute ihm in die Augen und die Ratschläge aus dem Kurs »Existenzgründung für Powerfrauen« kamen ihr in den Sinn.

Keine Angst zeigen.

Immer daran denken, dass du eine Krone auf dem Kopf hast.

Wie sollte man keine Angst zeigen, wenn einem die Krone um die Knie schlotterte?

Dave hob den Deckel von der Glasglocke mit den Snacks, nahm sich ein Cornish Pasty und biss hinein.

»Macht eins fünfzig«, sagte sie und hielt ihm die Hand hin.

»Ta.« Er grinste ihr nur ins Gesicht. Reste von Pastete hingen zwischen seinen Zähnen. Wut wallte in ihr hoch.

»Du bist wohl auch einer von denen, die sich alles nehmen, was sie wollen. Nur weil sie es können.«

Er musste ein paar Sekunden überlegen, was der lange Satz bedeutete. Sein Blick wurde finster. »Werd nicht frech, Miss.«

Ihr Herz klopfte wild gegen ihre Rippen, sie hoffte, dass er es nicht an ihrer Halsschlagader sah. Sie musste aus der Schusslinie gehen. Nach hinten, in die Küche oder ins Lager. Ob sie die Bobbys rufen sollte? Nicht von dem Telefon aus, das in seiner Sichtweite lag, im Durchgang zu den Toiletten hing ein Münztelefon. Vielleicht schaffte sie es ins Büro, da konnte sie zusperren.

»Ich mach die Küche dicht, wenn ich wiederkomme, bist du weg.«

Mit einem Knall ließ sie die Absperrung hochklappen und ging nach draußen, musste dicht an Dave vorbei. Sie ging schnell. Zu schnell. Sie hatte vergessen, an die Krone zu denken.

Seine Arme schlangen sich von hinten um ihren Oberkörper und pressten ihr die Luft aus der Lunge. Sie versuchte zu schreien, aber brachte nur ein heiseres Quieken heraus. Ohne Mühe hob er sie hoch, obwohl sie Größe 18 hatte, sie spürte seinen dürren Körper durch seine Kleidung, nur Muskeln.

»Hör mal zu, Miss, ich wollte heute Spaß haben. Wenn Dave Spaß haben will, dann kriegt er den auch. Verstanden?«

Krachend landete sie vornüber auf dem Flipperautomaten. Sie trat nach hinten aus, erwischte etwas mit ihren schweren Kellnerschuhen, es konnte sein Schienbein gewesen sein, denn er sog scharf die Luft ein und lockerte den Griff. Sie holte zu einem neuen Tritt aus, doch er packte sie an den Haaren und schlug ihren Kopf auf die Plastikabdeckung des Flippers. Der Schmerz machte sie benommen, eine Melodie begann zu dudeln, die bunten Lichter des Automaten verschwammen vor ihren Augen. Mit der freien Hand schob er ihren Rock hoch, sie trat heftig nach hinten, ihre Füße strampelten ins Leere.

Es klirrte. Ein hohles Geräusch, als ob etwas zerplatzte. Sein Griff lockerte sich und er taumelte zurück. Auf einmal bekam sie wieder Luft. Sie rutschte vom Flipper und klammerte sich mit ihren Fingern daran fest, um nicht umzukippen. Im Zeitlupentempo drehte sie sich um, das Pub drehte sich mit. Dave stand vor ihr und glotzte sie an, eine Mischung aus Blut und Bierschaum floss über seinen Hals. Er schwankte hin und her und gab den Blick frei auf zwei riesige wasserblaue Augen. Hinter ihm stand der alte Zausel, der eine zerbrochene Flasche Old Peculier in der Hand hielt. Sie hatte ihn vergessen. Wie alle Menschen in seinem Leben, hatte sie ihn vergessen.

»*What the bloody fucking hell* ...«, bekam Dave noch heraus, bevor sein Sprachzentrum von Old Peculier und Glassplittern geflutet wurde und er mit leerem Blick zu Boden stürzte.

Der Alte legte den Finger auf den Mund. Dora verstand und holte zwei große Müllsäcke aus dem Lager. Dave wog mindestens eine Tonne, verdammte Fitnessstudios. Bis er verpackt war, lief ihr der Schweiß die Wirbelsäule hinunter, immer wieder musste sie innehalten, weil in ihrem Kopf Presslufthämmer tobten. Mit viel Ächzen wuchteten sie das raschelnde Paket auf den Handkarren, den Dora benutzte, um die Fässer vom Laster zu holen.

Flussabwärts war es zu gefährlich, da war der Parkplatz, hell erleuchtet und die Gefahr von Spaziergängern zu groß. Sie schoben ihre Ladung flussaufwärts in die Dunkelheit. Neben ihnen schmatzte die Themse träge ans Ufer. Der alte Zausel wackelte auf seinen dürren Beinen neben ihr her, sie hatte nicht geahnt, dass er so schnell sein konnte, aber unter den Klamotten steckte ein drahtiger Arbeiterkörper. An einer niedrigen Betonbrüstung ließen sie den Sack ins Wasser gleiten.

»Öök.«

Sie fuhren zusammen, aber es war nur eine Ente, die sich über die neue Insel freute und auf ihr vom Ufer wegtrieb.

Zurück ins *River Bend* rannten sie, als würden sie von den leibhaftigen Immobilienspekulanten verfolgt.

»Oh *dear*, du hast dein Bier noch gar nicht ausgetrunken!«, rief Dora und holte ihm eine neue Flasche Old Peculier.

Der Alte nestelte an seiner Geldbörse.

»Nein, lass stecken, das geht aufs Haus. *Cheers, mate.*«

Er schüttelte den Kopf, drückte ihr zwei Münzen in die Hand und schloss ihre Finger darum. Seine Haut fühlte sich an wie Papier. Mit der anderen Hand zeigte er zur Vitrine mit den Cornish Pasties. Sie öffnete ihre Hand. Ein Pfund und fünfzig Pence. Das Metall war warm, sie schloss die Augen, um nicht zu heulen.

I'm loving angels instead.

Schulter an Schulter standen sie am Fenster und schauten auf die Biegung des Flusses, bis ein dunkler Schatten an ihnen vorbeizog. Die Flut ging zurück, der Körper würde hinaustreiben zu den geöffneten Schleusen der Thames Barrier. Auf ihm stand eine Ente und wandte ihren Blick zu den erleuchteten Fenstern.

»Öök!«

Warmes Licht fiel auf das Gesicht des Alten. Zum ersten Mal hatte sich sein Mund zu einem Grinsen verzogen, in seinen Babyaugen stand die pure Glückseligkeit.

Der alte Zausel kam nie mehr ins *River Bend*. Dora hielt ihm seinen Stammplatz frei. Jeden Abend wartete dort eine geöffnete Flasche Theakston Old Peculier.

 **Old Peculier Beef Casserole**

Zutaten *(für 4 Personen)*:
- *1 ½ Pfund Rinderschulter*
- *2 Karotten*
- *1 Stange Sellerie*
- *4 Gemüsezwiebeln*
- *1 EL Rotwein*
- *2 Lorbeerblätter*
- *4 Stängel Thymian*
- *1 TL Worcestersauce*
- *1 TL Paprika*
- *Salz, Pfeffer, Olivenöl*
- *und natürlich nicht zu vergessen: 1 Flasche Theakston Old Peculier Ale!*

Zubereitung:
Das Rindfleisch in mundgerechte Stücke schneiden und im Rotwein und den Kräutern 1 Tag marinieren. Zusammen mit dem Gemüse und den Kräutern anbraten. Schluck für Schluck das Old Peculier hinzufügen und die Gewürze hineingeben. Für 4 Stunden auf niedriger Temperatur kochen.

Dazu passen Weißbrot, Kartoffeln und ein kühles Old Peculier.

Enjoy your meal!

Andreas Pittler

Die goldene Himbeere

I.

Charles Crichton-Smith, der achte Earl of Graignalure, befand sich in einer Lage, die ihn sämtlicher irdischen Anfechtungen enthob. Er lag mit dem Gesicht nach unten in der Bibliothek von Graignalure-House, und auf den ersten Blick mochte man ihn für schlafend halten. Ein Eindruck übrigens, der durch die Tatsache bestärkt wurde, dass der Earl lediglich in einen Pyjama gekleidet war. Und doch befand sich Crichton-Smith nicht in Morpheus' Armen, vielmehr war er mausetot, was auch als Erklärung dafür hinreichen sollte, dass sich der Earl niemals einen derart exponierten Platz für ein Nickerchen ausgesucht hätte, ganz zu schweigen von der wenig passenden Adjustierung. Und schon überhaupt nicht wäre es ihm eingefallen, sich just unter dem abscheulichen Ölschinken seines Großvaters niederzulassen, hatte der Earl doch zeitlebens die künstlerischen Stümpereien des Ahnen gehasst, insbesondere die geschmacklose Darstellung eines Lamas, die umgehend abzuhängen sich der Earl geschworen hatte, sobald sein Vater, der Marquess, endlich das Zeitliche gesegnet haben würde.

Nun aber hatte das Schicksal den Earl und nicht den Marquess von dieser Erde abberufen, was der Earl, wäre er dazu noch in der Lage gewesen, fraglos als Drama empfunden hätte. Weniger wegen des Zustands der unfreiwilligen Immobilität, in die er durch diesen Umstand versetzt worden war, als vielmehr ob der Tatsache, dass die altehrwürdige Familie nun endgültig ungebremst auf den Bankrott zusteuern würde, den allein er, der Earl, verhindern hätte können, wenn er nur in die Lage dazu versetzt worden wäre. Doch wie gesagt, derlei focht ihn nun nicht mehr an.

Umso mehr irritierte sein plötzliches und unerwartetes Ableben Mary Maceachran. Der gute Geist des Hauses, der Tag für Tag darüber wachte, dass sich Graignalure-House in tadellosem Zustand präsentierte, war gar nicht amüsiert darüber, den Hausputz in der Bibliothek nun anderen Erfordernissen unterordnen zu müssen.

»Sapperlot«, dachte sie, »kann der alte Miesepeter nicht im Garten abkacken, dann hätt' ich jetzt keine Scherereien.«

Natürlich wusste Maceachran, wozu sie ihre Stellung an dieser Stelle verpflichtete, und so verscheuchte sie hurtig die inadäquaten Gedanken und schlug stattdessen die Hände zusammen, atmete tief ein, um dann standesgemäß einen spitzen Schrei auszustoßen.

Der wiederum rief Reginald Ansom auf den Plan, der den Graignalures schon diente, seit tief im Süden noch die eiserne Lady das Zepter geschwungen hatte. Ein kurzer Blick auf die Szene überzeugte ihn davon, dass es keinesfalls schadete, wenn man die Polizei rief. Daher ging er schnurstracks zum Servierwagen, schenkte zwei Gläser mit Highland Park voll und reichte eines der blassen Mary, während er sich selbst am anderen gütlich tat.

»Wir sollten die Polizei rufen«, sagte er dann.

Mary nickte.

Reginald entkam, ob dieser umgehenden Zustimmung ein Lächeln.

»Noch ein Gläschen?«, fragte er.

»Aber sicher doch«, entgegnete sie, »er hat ja doch nichts mehr davon.«

»Genau. Wäre ja schade, den guten Whisky verkommen zu lassen.«

Wenige Augenblicke später brachte Reginald, während er in beinahe wissenschaftlicher Manier die Schlieren betrachtete, welche der Whisky auf dem Glas hinterließ, das Gespräch wieder in Gang.

»Wer den alten Geizkragen wohl auf dem Gewissen hat?«

Mary grinste: »Na, der ganz Alte jedenfalls nicht.«

Dem vermochte Reginald nicht zu widersprechen. Der Marquess lag seit Jahren in seinem Bett und war nicht in der Lage, auch nur einen einzigen Schritt zu tun.

Eigentlich war ein solcher Mord am ehesten dem jungen Lord zuzutrauen, denn dessen Versuche, seinen Missmut über die Tatsache zu camouflieren, in der Rangfolge nur auf Platz drei zu stehen, waren selten von Erfolg gekennzeichnet gewesen. Der Lord musste aber auf Platz eins vorstoßen, wollte er endlich Zugriff auf das vermeintliche Vermögen der Familie haben, womit er allein die schier unüberschaubare Schar an Gläubigern wenigstens kurzfristig zu beruhigen vermocht hätte.

»Ich weiß«, sagte daher Mary, »du denkst an den jungen Lord. Aber vergiss seinen Onkel nicht.«

In der Tat gab es im gesamten Clan der Graignalures keine finsterere Gestalt als den alten Angus, der jederzeit eine Rolle in einem Horrorfilm hätte übernehmen können. Und Reginald traute dem hageren Schweiger so manche Bösartigkeit zu. Doch ein Mord war dann selbst für einen Vikar zu starker Tobak. Noch dazu, wo der Geistliche in keinem Fall zum Erben aufstiege, es sei denn, der Lord folgte umgehend dem Vater, und der Großvater tat es beiden gleich.

Reginald antwortete daher nicht und stieß sich stattdessen von der Paneele ab, an der er bisher gelehnt war. Er trat vor die Leiche des Earl, ging in die Knie und warf einen untersuchenden Blick auf den Toten.

»Woran der wohl gestorben ist?«

»Na ja, so wie's aussieht, kann er eigentlich nur vergiftet worden sein«, warf Mary ein.

»Aber womit? Und wann? Und wie?«

Mary überlegte, äußerte sich aber nicht.

»Am besten«, meinte da Reginald, »wir rekapitulieren einfach den gesamten Zeitraum, seit wir den Earl zuletzt lebend gesehen haben.«

Vor Marys geistigem Auge erstand noch einmal das Familiendinner am Vorabend. Natürlich hatte der alte Marquess nicht daran teilgenommen, sein Zustand verunmöglichte es ihm, sich in den Speisesalon zu begeben. Neben dem Earl, dem Lord und dem Vikar waren daher nur Lady Debenham, die aktuelle Gefährtin des Lords, Dame Aurelia Northington, von der es hieß, sie sei dem Vikar spirituell in besonderer Weise zugetan, und Mister Martins, der örtliche Notar, anwesend gewesen. Also, nachdem es gelungen war, Mister Renfrew, dem örtlichen Gerichtsvollzieher, noch ein letztes Mal die Tür zu weisen. Er hätte sonst womöglich das Tafelgeschirr nach dem Mahl gleich mitgenommen.

Von Mister Martins wusste man nur, dass ihn der Earl eingeladen hatte, um nach dem Dinner bei einem Gläschen Single Malt ein paar geschäftliche Dinge zu besprechen. Doch auch ein Notar würde nur wenig Gründe haben, den Earl ins Jenseits befördern zu wollen, immerhin lebte er ganz gut davon, die zahlreichen Verfügungen der Graignalures in die Juristensprache überzuführen.

Lady Debenham wiederum gebrach es erst recht an einem Motiv. Die Dame zählte kaum 18 Lenze, war stinkreich und hatte den Earl beim Dinner zum ersten Mal zu Gesicht bekommen, da sie erst seit einer knappen Woche Tisch, Sessel und Kreditkarte mit dem jungen Lord zu teilen beliebte. Und wenn auch eine erste Begegnung mit dem Earl unzweifelhaft abstoßende Wirkung haben musste, so trachtete eine Person wie Lady Debenham wohl weit eher danach, standesgemäß das Weite zu suchen als sich in die Niederungen eines Giftmordes zu begeben.

Dame Northington schied erst recht als Verdächtige aus, denn die betagte Frau war so sehr auf ihr Seelenheil bedacht, dass sie selbst beim Einnehmen des Abendmahls die Bibel nicht beiseitezulegen vermochte. Und auch wenn in eben dieser so manche rohe Mordtat ausführlich geschildert war, so musste eine ausgezeichnete Kennerin der Schrift wohl wissen, dass derlei Taten unweigerlich ewige Verdammnis nach sich zogen, was sich mit seligen Zeiten im Paradiese nur schwerlich in Einklang bringen ließ.

Noch dazu hatten die beiden Damen in Begleitung des Notars das Haus gegen 22 Uhr verlassen, und da war der Earl noch quietschlebendig in die Bibliothek gegangen, um mit seinem Bruder eine Zigarre zu rauchen und ein Gläschen Whisky zu trinken. Das war auch der Zeitpunkt gewesen, zu welchem er, Reginald Ansom, in seine kleine Dachmansarde retiriert war, während sich Mary noch um die Zubereitung des Essens für den folgenden Tag hatte kümmern wollen.

Jetzt fiel es Reginald wieder ein! Eigentlich sollte zu Mittag eine große Gesellschaft gegeben werden, da der junge Lord offenbar ganz zuversichtlich war, seine Verlobung mit Lady Debenham einem größeren Publikum bekannt geben zu können. Aus diesem Grunde hatte Mary ja noch angekündigt, Cranachan machen zu wollen, eine alte gälische Spezialität, mit der sich ein nicht minder alter Brauch verband. Man steckte einfach in eines der Dessertgläser einen Ring, und wer selbigen in seiner Portion fand, würde als nächster nach dem gerade aktuellen Paar den Weg zum Traualtar einschlagen können.

Reginald vermochte freilich nicht zu sagen, ob Lady Debenham schon von ihrem Glück wusste, doch es deutete einiges darauf hin, gebot doch die Etikette, dass man als Fräulein von Stand solange außerhalb der Mauern des zukünftig Angetrauten nächtigte, bis der gemeinsame Bund ganz offiziell besiegelt war.

Aus diesem Grunde war Lady Debenham ebenso wenig im Hause anwesend gewesen, wie irgendeiner der anderen erwarteten Gäste. Wie es Reginald auch drehte und wendete, eigentlich konnte der alte Earl nur von einem Familienmitglied vom Leben zum Tode befördert worden sein.

Dass der Tote seinen Pyjama trug, deutete darauf hin, dass er sich eigentlich bereits zur Ruhe begeben hatte, ehe ihn irgendein Anlass dazu getrieben hatte, noch einmal sein Schlafzimmer zu verlassen. Reginald rekapitulierte die Wege durch das Schloss und kam dabei zu dem Schluss, dass der Earl, hungrig oder durstig, direkt über die Dienstbotenstiege in die Küche gegangen sein musste. Dort hatte er dann mutmaßlich sein Bedürfnis gestillt und war anschließend in die Bibliothek gegangen, wohl, um sich noch einen Schlummertrunk zu genehmigen oder eine weitere Zigarre zu rauchen.

Und genau hier musste es dann geschehen sein. Relativ rasch, wie es den Anschein hatte, denn der Earl war sichtlich nicht mehr dazugekommen, sich ein Glas einzuschenken. Auch Rauchwerk fand sich keines, was die Vermutung nahelegte, dass der Earl, noch ehe er zu einer Tat schreiten konnte, von den Folgen des Giftanschlags überwältigt worden war. Das schien plausibel zu sein, denn die meisten Gifte wirkten binnen Minuten, und so lange brauchte man wohl auch, um von der Küche durch den Salon in die Bibliothek zu gelangen. Möglicherweise hatte er die Anzeichen seines baldigen Endes auch gespürt und sich deshalb in die Bibliothek begeben, dort Linderung für sein plötzliches Unwohlsein zu finden. Die Lösung des Geheimnisses, dachte Reginald, würde wohl also in der Küche zu finden sein. Er sah sich noch einmal genau in der Bibliothek um und kam dabei zu dem Schluss, dass es keinerlei Anzeichen dafür gab, dass eine zweite Person zum Zeitpunkt des Ablebens von Mister Crichton-Smith dem Mittleren in diesem Raum zugegen gewesen wäre. Er gab sich einen Ruck und lenkte seine Schritte Richtung Korridor.

»Wohin gehst du?«, fragte Mary, die ihn bislang stumm beobachtet hatte.

»In die Küche.«

»Was willst du denn dort?«

»Ach, nur etwas kontrollieren.«

Wie er es erwartet hatte, fand sich in der Küche die gewohnte penible Ordnung. Die Zutaten für die diversen Gänge lagen fein säuberlich aufgeschichtet an dem für sie vorgesehenen Platz, und auf der Anrichte schwammen die Haferflocken, wie vorgesehen, eine Nacht lang in ihrem Whiskybad. Mary war eigens nach dem Dinner noch in die Küche gegangen, um die Haferflocken in der Pfanne über großer Hitze zu toasten, ehe sie, wie vorgesehen, in den Whisky kamen. Üblicherweise würde Mary heute also nur noch Sahne schlagen müssen, die mit Whisky vollgesaugten Haferflocken in die Schlagsahne mengen, diese Masse auf das Himbeerbett platzieren und das Ganze mit ein wenig Heidehonig süßen. Und wie es sich gehörte, würde sie eine einzelne Himbeere als farblichen Kontrast obenauf setzen.

Himbeere!

Reginald erspähte eine einzelne Himbeere, die mutterseelenallein auf dem Fußboden lag. Mary hätte so etwas nie toleriert! Jemand musste also an den Himbeeren gewesen sein, und Reginald konnte sich sehr gut vorstellen, wer dieser Jemand gewesen war. Der alte Earl war also, wie vermutet, in die Küche gekommen, um hier irgendetwas zu sich zu nehmen. Dabei waren ihm die Himbeeren aufgefallen, und er hatte kurzerhand beschlossen, davon zu naschen. Wahrscheinlich, so dachte Reginald, hatte der Earl einfach ein paar Früchte aus der Schüssel in die hohle Hand genommen, um sie sich auf dem Weg zurück einzuverleiben. Und dabei musste dann das Unglück seinen Lauf genommen haben.

Reginald sah sich nach der Schüssel um. Er fand sie, wie er es erwartet hatte, gleich neben dem Seitenausgang zur Speisekammer. Neugierig trat er näher und schnupperte an den roten Beeren. Es war ihm, als nähme er eine Ahnung von Bittermandelgeruch wahr.

»Mary, du rufst jetzt die Polizei an. Sag ihnen aber nicht, dass wir den Earl tot aufgefunden haben. Sag ihnen nur, wir hegen die Vermutung, es sei ein Verbrechen geschehen. Und wenn du das erledigt hast, dann weckst du den Lord und den Vikar. Sie sollen sich im Billardraum bereithalten.« Mary, die deutliche Anzeichen eines Schocks zeigte, brauchte eine Weile, bis sie durch ein Nicken signalisierte, Reginalds Anweisungen verstanden zu haben.

»Du wartest dann an der Pforte auf die Polizei und führst sie auch ins Billardzimmer. Ich werde übrigens auch dich dort brauchen, also halte dich bitte bereit.«

Mary nickte abermals, machte vorerst aber keine Anstalten, den Raum zu verlassen. Erst als Reginald sie mit einem deutlich zu vernehmenden »Husch, husch« förmlich verscheuchte, machte sie sich auf den Weg zum Telefon. Reginald aber sperrte die Küchentür hinter sich zu und begann sorgsam und akribisch nach einem kleinen Behältnis zu suchen.

II.

Senior Superintendent of Police Christopher Bell wartete mit zwei uniformierten Kollegen nervös auf das Erscheinen des Butlers. Dieser kam auch umgehend ins Billardzimmer, wo sich schon der junge Lord und der Vikar eingefunden hatten.

»Ich möchte wirklich wissen, was das soll«, ließ sich letzterer vernehmen. »Uns mitten in der Nacht zu wecken. Eine Unverfrorenheit!«

»Das sehe ich allerdings genauso«, ergänzte der Lord. »Ansom, ich erwarte eine Erklärung!«

»Die erwarten wir wohl alle«, fasste Bell die Stimmung in dem Raum zusammen.

Reginald räusperte sich. »Ich bitte die Herrschaften die ungewöhnlichen Umstände dieser nächtlichen Zusammenkunft entschuldigen zu wollen. Aber Sie werden sogleich verstehen, warum diese Vorgehensweise unabdingbar war. Ferner ersuche ich Sie, mir zu vergeben, dass ich Sie warten ließ, aber ich musste zuerst noch einmal in die Bibliothek, ehe ich mich hierher begeben konnte.«

»Nun machen Sie es nicht so spannend, Mann. Sagen Sie uns endlich, ob hier nun ein Verbrechen geschehen ist oder nicht«, belferte Bell.

»Es ist, so leid es mir tut, ein Verbrechen geschehen. Der verehrte Earl liegt tot in der Bibliothek. Ich habe ihn mir gerade noch einmal angesehen. Die Leiche hat sehr charakteristische leuchtend rote Leichenflecke. Sie wissen, meine Herrschaften, worauf dies hindeutet.«

Ansom ließ eine kleine Weile verstreichen, um die Wirkung seiner Worte zur vollen Entfaltung kommen zu lassen.

»Charles ist vergiftet worden«, platzte es aus dem Vikar heraus.

»Mit Blausäure«, ergänzte Bell.

»Richtig, meine Herren«, ergriff wieder Ansom das Wort. »Und zwar mittels einer Himbeere.«

»Mit einer Himbeere?« Die Anwesenden reagierten nun erst fassungslos, als sei der Giftmord an dem Earl weit weniger absurd als die dazu gewählte Frucht.

»Ja, mit einer Himbeere«, bestätigte Ansom und berichtete von dem geplanten Cranachan und von der Schüssel Himbeeren, die zu diesem Zwecke in der Küche gestanden war. Er habe die Früchte genau untersucht und sei zu dem Schluss gekommen, dass nur eine einzige Himbeere wirklich mit Blausäure versetzt worden sei, worauf auch der Umstand deute, dass er unter der Spüle bei den

Reinigungsmitteln ein Gefäß mit eben diesem Gift gefunden habe, in dem kaum ein Gran der tödlichen Substanz fehlte.

»Aber das ist doch völlig aberwitzig«, mengte sich nun der Vikar wieder ein, »das hätte ja jeden treffen können. Spätestens morgen, wenn wir zum Dessert gegriffen hätten.«

»Jeden von uns?«, fuhr der Lord auf. »Jeden unserer Gäste ...«

»Aurelia«, flüsterte der Vikar entsetzt.

»Ja, meine Herrschaften. Jeden von ihnen. Und genau das war auch der teuflische Plan, der hinter diesem heimtückischen Anschlag stand.« Dabei zeigte Reginald ein schmales Lächeln des Triumphs.

»Wie kommen Sie denn auf diese abwegige Idee?«, entfuhr es Bell.

»Der alte Hochzeitsbrauch mit dem einen Ring in einem der Dessertbecher ließ mich auf diesen Gedanken kommen. Da ist es auch egal, wer ihn findet. Und so war es auch hier. Der Mörder hasst die gesamte adelige Gesellschaftsschicht gleichermaßen. Stimmt es nicht«, und dabei wandte sich Reginald mit einer dramatischen Drehung nach links: »Mary?«

»Ich?« Der Hausgeist kicherte gekünstelt. »Was sollte ich damit zu tun haben?«

»Mary Maceachran, mir war schnell klar, dass für einen solchen Mord nur du in Frage kommen kannst. Erstens warst du die einzige in diesem Haus, die garantiert nicht vom Cranachan essen würde ...«

»Abgesehen von Ihnen«, fiel ihm Bell ins Wort, »als Butler werden Sie ja wohl kaum an der Tafel sitzen und mit dinieren.«

Ansom ließ seine Zähne sehen. »Jeder im Haus hier weiß um meine Liebe zu Himbeeren. Cranachan lasse ich mir nie entgehen. Der Herr Vikar und ihre Lordschaft werden bestätigen, dass es eine Art Privileg von mir ist, dass Mary stets eine Extraportion für mich macht.«

Die angesprochenen Personen bestätigten diese Behauptung durch ein Nicken, während Mary nur hilflos um sich sah.

»Zweitens weiß niemand von den Herrschaften, wo du das Obst aufbewahrst. Drittens gingen die Herrschaften gestern nach dem Dinner auf ihre Zimmer, während du allein noch in der Küche warst. Und viertens«, und an dieser Stelle bemühte sich Ansom um die Pose eines erfolgreichen Staatsanwalts, der eben sein Plädoyer gehalten hatte, »hast du das Gefäß mit der Blausäure fein säuberlich wieder an seinen Platz zurückgestellt, weil du mit deiner pedantischen Ordnungsliebe nicht anders konntest. Jeder andere hätte es einfach verschwinden lassen. Also konntest nur du die Täterin sein. Quod erat demonstrandum.«

Das Gesicht der Haushälterin hatte eine dunkelrote Farbe angenommen. »Genau«, fauchte sie, »es war mir scheißegal, wen es von diesen reichen Pinkeln erwischt. Jeder einzelne von ihnen verdient den Tod!«

»Aber Mary«, stammelte der Vikar.

»Ja, Sie genauso, Sie scheinheiliger Patron. Ihr lebt in euren goldenen Palästen, während wir uns für euch abrackern. Und wenn ich euch schon nicht den goldenen Schuss geben konnte, so sollte es wenigstens die goldene Himbeere sein. Vor allem, weil während des Lunchs niemand auf mich gekommen wäre. Jeder hätte ein Familienmitglied in Verdacht gehabt, egal, wen es erwischt hätte. Ich konnte ja nicht ahnen, dass der alte Gierlappen nachts noch Appetit bekommt.«

Senior Superintendent Bell zog seinen Uniformrock straff und packte dann Mary unsanft am Oberarm. »Dafür wird es keinen Palast geben, sondern einen Käfig. Und der wird nicht golden sein.« Die Haushälterin ließ sich willenlos abführen, und bald danach kehrte Ruhe im Billardzimmer ein. Der Vikar hatte sich eilig zum Gebet in die Kapelle zurückgezogen, sodass nur der junge Lord und der Butler im Raume blieben.

»Sie haben dem Hause einen großen Dienst erwiesen, Ansom«, sagte der Lord endlich.

»Vergessen Sie es nicht, Eure Lordschaft, wenn Sie ihr Erbe antreten«, erwiderte Reginald.

»Es war ja auch zu perfid, ausgerechnet ihre geliebten Himbeeren für diesen Anschlag zu missbrauchen.«

Reginald nickte.

»Wie sind Sie eigentlich wirklich drauf gekommen?«, fragte der Lord nach einer kleinen Pause.

»Als ich das Geschirr aus dem Salon in die Spüle räumte, sah ich sie mit dem Fläschchen hantieren. Und dann roch ich auch schon diesen Mandelduft. Da wusste ich alles.«

»Gute Güte, sie hätte jeden von uns erwischen können«, seufzte der Lord, um nach einer kleinen Pause fortzufahren: »Und wie haben Sie es dann geschafft, Schicksal zu spielen?«

»Ganz einfach, ich habe den Earl geweckt und ihm gesagt, ich hätte vertrauliche Dokumente, Ihren Verrat betreffend, die ich in der Bibliothek versteckt hätte.«

Der Lord grinste: »Er war ja ganz versessen darauf, mich zu enterben, der alte Sack.«

»Genau«, nickte Ansom, »also biss er prompt an und folgte mir. Dabei bot ich ihm, wie nebenbei, ein paar Himbeeren in einem Glas an. Den Rest können Sie sich denken.«

»Sie sind genial, Ansom.« Der Lord klopfte dem Butler auf die Schulter. »Und was machen wir jetzt?«

»Jetzt? Jetzt werde ich dem Marquess die traurige Botschaft über das Hinscheiden seines Sohnes überbringen. Und sie ihm mit ein paar Himbeeren versüßen.«

»Oh weh, das wird wohl zu viel sein für seine angegriffene Gesundheit.«

»Ja, das fürchte ich auch.«

Lachend gingen die beiden auseinander.

 **Cranachan**

Cranachan (schottisches Gälisch: Crannachan) ist ein traditionelles schottisches Dessert. Es besteht aus einer Mixtur aus Schlagsahne, Whisky, Heidehonig, Haferflocken und frischen Himbeeren. Ursprünglich ein Sommergericht, zumeist zur Erntezeit kredenzt, war es auch als Nachspeise bei Hochzeiten beliebt, wobei man einen Ring in die Mixtur steckte – wer ihn in seinem Pokal fand, würde als nächster heiraten, hieß es.

Zutaten und Zubereitung:

Man braucht 85 Gramm Haferflocken, einen guten Viertelliter Schlagsahne, zwei Löffel Whisky, zwei Teelöffel Honig und Himbeeren. Die Haferflocken werden in der Pfanne bei großer Hitze getoastet und über Nacht in ein Whiskybad getaucht. Die Sahne wird geschlagen, dann werden die Haferflocken beigefügt. Sodann gibt man in einen Becher Himbeeren und übergießt diese mit der Sahne-Haferflocken-Mischung. Darüber kommt der Honig, obenauf vielleicht noch eine zusätzliche Himbeere. Auf Wunsch kann man auch noch einmal einen Schuss Whisky beifügen, doch sollte man sich dabei eher zurückhalten. Die Regel lautet auf Englisch: "It should be a subtle hint rather than a strong flavour."

Punkteabzug

»I must go to Wexford«, sagte Milena dem plötzlich breit grinsenden Taxifahrer am Dubliner Airport.

Kurz zögerte sie, ob es nicht zu weit für eine Taxifahrt sei, aber dann war ihr die Entfernung egal. Sie wollte einfach nur schnell ankommen.

Der Fahrer riss ihr das Gepäck aus der Hand und verstaute es im Kofferraum, während er im feinsten irischen Englisch zu ihr sprach.

»Sorry?«, fragte Milena.

Er kam mit seinem Oberkörper aus dem Kofferraum hervor und wiederholte: »Först ei wante too dreif *homm*, ites onn thä waiy. Is dis okay?«

Homm? So nannten sie hier bestimmt die Tankstellen. Milena stimmte mit einem Nicken zu.

Der Taxifahrer hielt ihr freudig die linke Tür auf.

Sie schüttelte den Kopf: »Nee, fahren Sie mal lieber. Ich kenne den Weg nicht.«

»What?«

Milena sah auf das Armaturenbrett. »It's okay.«

Nach zehn Minuten Fahrt machten sie einen Zwischenstopp.

Was hat er denn da in der Hand, dachte sie, als der Taxifahrer zurück aus seinem *Home* kam. Na, das nannte sie einen Bordservice. Er hielt eine Thermoskanne und ein großes Lunchpaket in den Händen.

Während der langen, langen, langen Fahrt, an der sommerlichen Küste der Irischen See entlang, vorbei an Dun Laoghaire und Greystones, schwiegen sie beide. Der Fahrer, weil er stets den Mund voll hatte und zwischendurch Tee schlürfte, und sie, weil sie mit den Tränen kämpfte, wenn sie an Tom dachte. Sie sollte sich an etwas Schönes erinnern. Am besten an ihren Triumph vor drei Wochen, durch den sie jetzt hier in Irland war, um endlich zur Ruhe zu kommen. Angefangen hatte es mit dieser Kochsendung:

So, ihr wisst Bescheid. Es ist gleich soweit. Auch heute senden wir wieder live. Also überlegt euch gut, was ihr sagt – oder besser nicht. So können wir die Einschaltquoten in die Höhe treiben. Wir beginnen mit der Szene am Tisch. Redet mal etwas Privates ... und ... Achtung ... los:

Sollten doch die anderen anfangen. Milena zupfte derweil an ihrem T-Shirt, das zwei Nummern zu eng war. Es machte zwar einen bombastischen Busen, ließ aber auch ihre Speckrollen hervorquellen. Sie musste dieses unsägliche Shirt mit der Potenzmittelwerbung tragen, weil es so im Vertrag stand. Ihr war es eigentlich egal, sie hatte sich den Dreh mit dem erst kürzlich gegründeten und ausschließlich durch Sponsoren finanzierten TV-Sender nicht entgehen lassen wollen. Schnellgerichte in Echtzeit kochen, war die Devise – was mit Geplauder überbrückt werden sollte. Heute war der vorletzte Drehtag der einwöchigen Kochsendung, in der fünf Personen reihum bei sich zu Hause ein Dinner zaubern mussten, das jeweils von den anderen bewertet wurde. Der mit den meisten Punkten landete auf dem ersten Platz und bekam das Preisgeld von 10 000 Euro. Dafür hätte sie sich sogar den Firmennamen des Sponsors mit Filzstift auf die Stirn schreiben lassen. Wenn sie gewann, wofür sie sorgen würde, wäre das ihr Startschuss für eine Reise nach Irland, ihr Land.

Heute waren sie bei Theo. Milena sah zum Weinglas. Es war schon wieder leer. Das hatte auch der Enge-Hosen-Träger Uwe, ihr Tischnachbar, bemerkt. Er strich sich erst über die schwarz gefärbten und mit Gel gebändigten Haare und zeigte dann mit seinem Nikotinfinger auf ihr Glas: »Gib Milena noch was zu trinken, Theo. Unsere Saufziege hat nichts mehr.«

Na warte, das wollte sie diesem Möchtegern-Elvis heimzahlen. Hatte der Schmalz in den Ohren? Das ist live ... Wie schnell und wie viel *er* trank, würde sie ab sofort beobachten und laut kundtun. Wenn sie dazu kam, denn nach jedem Glasabstellen schnulzte er ein *Love me tender* vor sich hin.

Milena war enttäuscht. In den vielen anderen Kochsendungen, zum Beispiel denen bei einem großen Privatsender, passten die am Dinner teilnehmenden Personen immer wunderbar zusammen und befreundeten sich sogar. Aber mit diesen Typen hier? Freundschaft? Nie im Leben. Abgesehen von Jamie, der Energische mit dem dunklen Kurzhaarschnitt und den Sommersprossen. Der Engländer, der sich später als Ire herausstellte, was ihn sofort sympathischer machte, auch wenn er keine roten Haare hatte, gefiel ihr sehr. Das war ein Wink des Schicksals, dass ausgerechnet ein Ire zu den Kandidaten zählte. Außerdem war er vernünftiger, jünger und attraktiver als die anderen drei alten Männer – und er war Single, wofür er insgeheim einen Bonuspunkt von ihr bekam. Es tröstete sie auch, dass sie die Jüngste am Tisch der Hobbyköche war, und das mit 43 Jahren. Überdies war sie mit Abstand die beste Köchin. Mit Abstand. Milena vergaß, dass ihr Glas leer war, setzte es an die Lippen und wieder ab.

»Theo, mach schnell! Milena dehydriert uns sonst noch«, spottete der Amateur-Elvis weiter.

Theo, der mit seiner Dauerwelle und der fülligen Statur etwas von Roberto Blanco hatte – nur in Weiß und im unsäglichen T-Shirt – stand erschrocken auf und bat ihn mit bebender Stimme darum, er möge selbst nachschenken, *er* müsse mal eben eine Katastrophe verhindern, und sauste ab in die Küche. Klarer Fall von »Nervenblank«, dachte Milena, während Elvis-Sänger Uwe die Flasche hochhielt und ihr mit einem hämischen Blick einschenkte. Das übergroße Weinglas, das sich durchaus als Aquarium für einen Goldfisch geeignet hätte, zitterte plötzlich in ihrer Hand. Zum einen, weil sie den Arm ausgestreckt hielt und es randgefüllt so schwer geworden war, zum anderen aus Wut, weil Schmalzlocke Uwe es extra so voll gemacht hatte. Oder warum hatte er nicht auf ihre vielen »Stop« gehört? Er hielt drauf und wusste ganz genau, dass Milena das Glas nicht einfach so wegziehen konnte, ohne gleich die weiße Deko und die ebensolche Damasttischdecke zu versauen.

»Oh, du zitterst ja. Hört sicher gleich auf, wenn du schnell trinkst«, tönte der feiste Dreiste vor laufender Kamera. Die anderen wippten vor Lachen.

»Trink schnell, damit es aufhört«, meinte Caspar, den sie insgeheim nur Kasperle nannte, weil er generell keine eigene Meinung hatte und ewig nur das wiederholte, was andere sagten.

»Sag mal Milena …«, drängte Jamie. Wenn der jetzt auch noch anfing, kündigte sie ihm die Freundschaft. »… als wir gestern bei dir waren, hast du so rumgedruckst und meine Frage nicht beantwortet, ob du glücklich verheiratet bist. Bist du es jetzt oder nicht?« Er spitzte die Lippen, so als würde er sie küssen wollen, wenn die richtige Antwort kam.

Milena verschluckte sich, hustete und lief rot an. Sie hielt sich die steifgestärkte Stoffserviette vor den Mund. Der Kameramann schwenkte zum lauernden Jamie – Totale – dann wieder zurück zu Milena.

Sie drückte die Steilfalten auf ihrer Stirn ein Stück steiler. »Glücklich verheiratet?«, fragte sie laut in sich hinein.

»Ich meine, könntest du dir ein Leben mit einem anderen Mann vorstellen?«, bohrte er weiter und traf direkt in ihr Herz.

Eine gemeine Frage nach dem Streit mit Tom. Als er abends, nach ihrer Kochvorstellung, nach Hause gekommen war und das Schlachtfeld in *seiner* Küche gesehen hatte, probte er den Aufstand. *Das* war der bisherige Höhepunkt in ihrem Ehedrama gewesen. *Das* hatte ihr gereicht.

Milena, die die Kamera schon längst vergessen hatte, setzte ihr bittersüßes Lächeln auf, als sie Jamie die Frage beantwortete: »Also, wenn mein Mann nicht mehr da wäre … könnte ich es mir vorstellen. Am liebsten würde ich dann weit weg wohnen. Mit einem Iren in Irland zu leben, wäre mein absoluter Traum.« Nein, das war nicht gelogen.

»Hört, hört.« Ausnahmsweise verstand das Kasperle sofort. »Mit einem Iren in Irland leben, soso.«

Milena folgte seinem Blick und schaute direkt in die Kamera. Auweia.

Ein Assistent hielt ein schnell gekritzeltes Schild hoch: *OK. Erzählt weiter. Nicht die T-Shirts verdecken.*

Die Runde setzte sich stocksteif hin, drückte die Brust raus und verstummte. Sie besahen sich die leeren Platzteller und die Deko, weil Theo noch immer in der Küche mit den Töpfen klapperte. Milena überfiel die Müdigkeit. Sie hatte letzte Nacht kaum schlafen können. Immer wieder kreisten ihre Gedanken um den morgigen Entscheidungstag und wie sie es am besten anstellen könnte, damit sie gewann. Das ging nur über die Punktezahl. *Die* gaben sie täglich, mit einem kurzen Statement, heimlich ab. Das Gesamtergebnis erfuhren sie erst am letzten Abend. Während ihr alle anderen, den Andeutungen nach, wohlwollende Punkte an ihrem Kochtag gegeben hatten, war sie taktisch vorgegangen und hatte bei den Männern die Gänge immer kritisiert und schlechter bewertet als sie in Wirklichkeit waren. Niemand außer ihr durfte den ersten Platz belegen. Hoffentlich ging die Rechnung auf.

Theo brachte endlich sein Hauptgericht. Rinderfilets an Whiskeyrahmsoße. Natürlich mit irischem Whiskey, betonte er beim Servieren – der alte Schleimer. Dazu gab es bleistiftdünne Böhnchen im Parmaschinkenmantel und *Blue Salad Potatoes*. Dass sie ursprünglich aus Schottland kamen, verschwieg er wohlweislich. Die gefräßige Stille sprach für sich. Da stimmte einfach alles. Aber nicht mehr lange. Um später ihre geringe Punktevergabe den Zuschauern gegenüber nachvollziehbar zu machen, musste sie nun einen Trick anwenden. Milena nutzte die günstige Gelegenheit während einer regen Diskussion, ob der Bushmills Single Malt besser sei als der Clontarf Single Malt. Sie fuhr sich mit der Hand, an deren Mittelfinger ihr Modeschmuckring mit dem gefassten Glasbaustein saß, durch die Haare, riss sich so ein paar aus und faltete die Hände wie zum Gebet. Unauffällig zupfte sie zwei Haare vom Ring und ließ sie in die dunkle Whiskeysoße fallen, nur um sie kurz darauf, wie zufällig und sehr kamerawirksam, herauszufischen. Zwar hatte

Theo halblange graue Haare und Milena dunkel gelockte, aber dafür waren sie raspelkurz. *Das* konnte leicht zu Verwechslungen des Herkunftsortes führen.

Aber Haare in einer Speise zu verstecken, war das eine, sie aus dem Essen wieder herauszuholen, das andere. So kam es, dass Milena beim Herausfischen und Hochhalten der gekräuselten dunklen Haare auf der Gabel an Theos Unterleib denken musste und die Phantasie mit ihr durchging. Sie hielt sich schnell die Hand vor den Mund und lief zur Toilette.

Ein Schild wurde hochgehalten: *OK. Geht los und erkundet die Zimmer.*

Milena hatte sich im Bad schnell erholt und glücklicherweise im Spiegelschrank eine noch verpackte Zahnbürste gefunden. Auf dem Weg zum Esszimmer kamen ihr Elvis und das Kasperle entgegen. Lautstark verkündeten sie, nacheinander, sich das Schlafzimmer ansehen zu wollen. Da folgten ihnen auch schon Kamera, Ton und Aufnahmeleiter. Milenas »Ach so« klang erleichtert.

Jamie nahm ihre Hand und zog sie in Richtung Keller, weil dort meistens eine Leiche versteckt sei, meinte er. Die vielen Räume, die miteinander verbunden waren, wirkten wie ein Tür-Auf-Tür-Zu-Theater.

Sie alberten herum, bis sie im letzten Kellerraum ganz hinten in der Ecke einen Schrank sahen, der notdürftig mit einer Plane abgedeckt war. Sie rückten die davorstehenden Gartenstühle und Polster zur Seite. Hatte Theo etwas zu verbergen? Tatsächlich. Sie entdeckten seine Schürzensammlung, aber nicht nur das, ganz unten im Schrank hob Milena ein Zofenkostüm in XXXL vom Latex-Stapel. Hätte sie nicht erst kürzlich das Buch *Schmerzlust* gelesen und danach ein wenig im Internet recherchiert, würde sie vermuten, die Latexbodys seien Tauceranzüge und Theo habe heimlich eine sehr stabile Haushaltshilfe mit Hang zur Kostümierung – was wiederum einen Punkteabzug rechtfertigte. Jamie hingegen tat völlig ahnungslos, was die Sachen anging. Milena klärte ihn auf. Er hing an ihren Lippen. Mit jedem weiteren Satz glühten seine Wangen mehr, bis er schließlich seine Arme um sie legte und ihr einen zunächst zaghaften, dann immer innigeren Kuss gab, den sie leidenschaftlich erwiderte. Dabei rieben sie ihre Körper aneinander und versanken im Kleiderschrank auf dem Fetisch. Sie merkten nicht, wie die Tür aufging: Der Aufnahmeleiter hob den Daumen und strahlte.

Milena und Jamie setzten sich ein paar Minuten später wieder an den Tisch, so als sei nichts geschehen. Alles ging seinen gewohnten Gang. Nach dem perfekten Dessert, das bei der Bewertung plötzlich leider viel zu salzig war, vergab sie später ihre Punkte. Erwartungsgemäß konnte sie, auch aufgrund der skandalösen Vorfälle mit der Soße, anstatt zehn leider leider nur gutgemeinte vier Punkte für das Dinner geben. Sie schrieb es auf den Zettel und gab ihn ab.

»Was macht ihr eigentlich mit dem Preisgeld, FALLS es einer von euch morgen bekommen sollte?«, fragte Jamie in die Runde.

»Ich kaufe mir eine neue Küche«, sagte Theo.

»Ich lasse mir einen neuen Elvis-Anzug schneidern«, meinte Elvis.

»Ich lasse mir einen neuen Anzug schneidern«, sagte Kasperle.

»Ich … ich reise nach Irland. Möchte mir deine Heimat anschauen, Jamie, und unbedingt mal Hochseeangeln«, sagte Milena.

»Ich fahre auch nach Irland, zum Hochseeangeln«, switchte Kasperle, der plötzlich völlig ratlos wirkte, »oder ich kaufe mir eine neue Küche … oder …«

Theo räusperte sich, wohl um Gehör zu bekommen: »Und was machst *du* damit, Jamie? Überhaupt, was heißt hier ›FALLS‹ wir gewinnen? Du meinst wohl, *du* hast das Preisgeld sicher, was?« Sie sahen sich wie die Kampfhähne an.

Milena grinste in sich hinein. Sie wusste, wer gewann – *sie*.

Jamie strahlte, er bewegte die Hände so, als fächere er imaginäre Geldscheine auf und wedelte damit: »*Ich* werde ein Bistro eröffnen. Bistro Paulpeasty soll es heißen.«

Bis weit nach Mitternacht saßen sie zusammen, tranken und stritten. Die Kamera war längst aus. Sie diskutierten über die Vorteile einer Live-Sendung, einer Kochsendung in Echtzeit. Theo gab mit seinem Dreh in der fast perfekten Küche an, sagte, wie authentisch gut er gewesen sei, ahnte aber nicht, wohin das Kamerateam als nächstes gegangen war – zu Milena und Jamie in den Keller. Milena konnte nicht länger still sein. Aus Gehässigkeit deutete sie an, was sie vor der Kamera entdeckt, nicht aber, was sie gemacht hatten. Jamie wandte sich ab und flüsterte Milena ins Ohr: »Lass gut sein. Kommst du gleich mit zu mir? Wir müssen reden.«

Natürlich war Milena mitgefahren, aber das Thema »Wie blamiert man sich am besten in einer Livesendung« war schnell abgehandelt, ihr Keller-Geknutsche war bereits ausgestrahlt worden. Außerdem hielten sie es nicht mehr aus, sich nur gegenüberzusitzen. Kurzum, Milena landete im Handumdrehen in seinem Bett und genoss ein irisches Dessert der allerfeinsten Sorte – mit Whiskey, ohne Kamera.

Mit einem genervten und müden »Hallo« begrüßte Milena morgens um vier ihren Mann, der im Halbdunkeln auf dem Ledersessel saß. Rundherum Totenstille.

»Ich habe mich tapfer geschlagen«, polterte ihr schlechtes Gewissen los. »Gut, dass morgen endlich die Entscheidung fällt und ich die Kerle nicht mehr wiedersehen muss. Du hast nichts verpasst, wenn du es nicht gesehen hast. Hast du doch nicht, oder?« Sie hoffte auch nicht, dass er es ihr ansah, wie tiefenentspannt sie war, oder womöglich noch die Duschgelfrische roch.

Tom blieb stumm und stierte. War er etwa …? Traurigkeit und Begeisterung hielten sich die Waage. Auf alle Fälle würde es ihre Probleme schlagartig beenden.

Sie legte ein Ohr auf seine Brust, kam aber nicht dazu, in ihn zu horchen. Er stieß sie beiseite.

»Lass das!«, schrie er sie an. »Wo kommst du her? Was ist das?« Er tippte auf das Ticket auf dem Tisch.

Milena beantwortete lieber die unverfänglichere der beiden Fragen: »Das ist ein Flugticket. Da schau …« Sie tippte auf den Ort: »Irrrrr…laaaaand.«

Tom schien sich zu Recht veräppelt zu fühlen. Das Ticketheft flog gegen ihre Brust. »Mit wem willst du fliegen?«

»Mit dir. Da steht dein Name. Thoooo…«, sie stoppte, wollte den Bogen nicht überspannen.

Flaute. So ganz ohne Wind in den Segeln. Fast bekam Tom einen versöhnlichen Gesichtsausdruck.

Milena hatte nicht gelogen. Sie hatte die Reise für Kurzentschlossene und für sie beide sehr günstig buchen können. Ihr war ja klar, dass sie das Rennen machte, warum hätte sie da zögern sollen? Zu dem Zeitpunkt hatte sie wirklich noch vorgehabt, Tom mitzunehmen. Es sollte seine Geburtstagsüberraschung werden. Sie wollte ihre Ehe neu beleben, ihn aus seiner Lethargie herausholen und sich selbst endlich mal wieder einen Urlaub gönnen ... das war allerdings vor ihrer Nacht in einem fremden Bett gewesen. *Jetzt* würde sie am liebsten keine Geburtstage mehr mit Tom feiern, sondern viel lieber mit einem anderen Mann nach Irland fliegen und erst kurz vor der völligen körperlichen Erschöpfung das Zimmer des Guesthouses verlassen, damit er ihr auch noch ein wenig vom Land zeigen konnte, von seinem Land – Jamies Land.

»Du hast doch noch Urlaub und nächste Woche Geburtstag«, sagte sie schnell, um glaubwürdiger zu klingen, was die Tickets anging.

»Also gut. Aber nur, wenn wir uns dort gründlich aussprechen.«

»Worauf du dich verlassen kannst«, sagte Milena. Da wusste sie schon, dass sich ihre Wege nach Irland ganz bestimmt trennen würden.

»Hm ... wir könnten uns schon ein wenig auf das Pensionszimmer einstimmen ...« Er strich mit seinem Finger sanft an ihrem Hals entlang, Richtung Blusen-Reißverschluss. »Oder willst du erst unter die Dusche gehen?«

»Nicht nötig. Ich ... ich meine, ich habe Kopfschmerzen. War ein anstrengender Tag heute.«

Am nächsten Mittag hatte Milena keinen Kater, sondern eine bengalische Raubkatze im Nacken sitzen. Das schlechte Gewissen gesellte sich dazu und versuchte ihr die Flausen mit Jamie aus dem Kopf zu hämmern. Ja, sie musste ihrer langjährigen Ehe eine Chance geben. Milena sah neben sich. Toms Betthälfte war unberührt. Er hatte gestern Abend wutentbrannt das Haus verlassen, nachdem er bei einem weiteren Liebesangriff schmerzhaft abgeblitzt war. Nie hätte sie gedacht, dass diese eine Woche ihr ganzes Leben durcheinander bringen könnte. Sie hatte jetzt einen Mann zu viel, nein, eigentlich einen zu wenig. Vergeblich suchte sie in der Wohnung, in der Garage, im Keller nach Tom. Kein Zettel, keine SMS, kein Anrufbeantworter-Gestammel. Das sah ihm absolut nicht ähnlich. Gerade in seiner größten Wut setzte er immer noch einen drauf. Milena brühte sich einen starken Kaffee auf und nahm die alte Filtertüte heraus. Als sie den Mülleimer aufklappte, sah sie obendrauf das zerrissene Ticket. Sie ging ins Wohnzimmer und entdeckte, dass der DVD-Player auf Pause stand. Sie spielte die DVD ab und sah ihre gestrige Kochsendung, die Tom wohl aufgezeichnet und sich nach ihrem Streit angesehen haben musste.

War das der endgültige Bruch? War sie jetzt frei für Jamie? Abwarten. Heute Abend musste sie erst einmal zu Jamie, zum letzten Drehtag für die Kochsendung. Preisverleihung. Mit dem Gewinngeld in der Tasche ließ es sich besser Entscheidungen treffen.

Jamie begrüßte die Kochgesinnten recht herzlich, küsste dabei nur Milena innig. Schräge Seitenblicke hinter dunklen Sonnenbrillen trafen sie. Anscheinend hatten alle einen Kater. Der Gastgeber servierte einen ausgezeichneten Aperitif auf der Couch, auf der sie es letzte Nacht noch heftig mit ihm getrieben hatte, bevor sie im Schlafzimmer gelandet waren. Aber das war gestern und heute war die Preisverleihung. Schon jetzt dachte sie an die Punktevergabe und dass er höchstwahrscheinlich ihr gefährlichster Konkurrent war. Sie sollte sich schnell entscheiden, was zu machen war, damit es nicht so blieb. Geschäft und Vergnügen musste sie da deutlich trennen.

Milena schlich sich zu ihm in die Küche.

»Tom ist weg«, flüsterte sie Jamie ins Ohr, während die Männer sich auf Erkundungstour in den anderen Räumen befanden.

»Du musst nicht flüstern, die haben hier schon gedreht.« Er schnappte sich das Filetmesser und schnitt der letzten Makrele den Kopf ab. Dabei grinste er spöttisch. Nun schlitzte er ihr lächelnd den Bauch auf, wühlte mit den Fingern nach *der* Stelle, an der er die Innereien auf einmal packen konnte, und flutschte mit blutigen Fingern wieder heraus. Das Gebröse schlug er über einer halbvollen Schüssel von den Händen und besah es sich – für Milenas ästhetisches Empfinden – viel zu lang.

»Soooo, Tom ist verschwunden? Ist eeeer?«, sagte Jamie langgezogen, wieder ganz bei sich. »Bist du nicht froh darüber?«, fragte er. Er bestrich auch diese Makrele von innen großzügig mit Senf, wobei das meiste davon auf dem bereits verschmierten Schnittbrett und der Arbeitsplatte landete. Das sah nicht mehr nach Senf aus.

Milena schluckte schwer. Schade, dass die anderen seine Matscherei nicht sehen konnten, das gäbe jede Menge Minuspunkte.

»Froh? Ich mache mir Sorgen. Er hat keine Nachricht hinterlassen. Macht er sonst aber …«

Beim ausgiebigen Wälzen der Fische in Mehl bekam Milena einen Erstickungsanfall, als hätte sie eine Staublunge. In ihrer Verkrampfung, mit nach vorne gebeugtem Oberkörper, stellte sie heimlich die Kochplatte unter der Fischpfanne höher und die Backofentemperatur kleiner. Bestenfalls würden die Fische verbrennen und die Schokoladentartes roh sein, wenn es ihm nicht auffiel.

»Ich wollte doch mit Tom nach Irland fliegen, zu dem Guesthouse fahren, das du mir empfohlen hattest«, lenkte sie weiter ab. »Er hatte sich so gefreut und dann fand ich auf einmal das zerrissene Ticket im Mülleimer und merkte, dass er sich die Aufzeichnung der Sendung angesehen hat.«

»Oh, dann war seine Freude bestimmt riesengroß.« Jamie probierte die Stachelbeersoße und verzog das Gesicht zu einer schadenfrohen Miene. Das lag sicher nicht nur an der gelungenen Soße.

Die Fische waren verbrannt, der Teig der Schokoladentörtchen matschig. Jamie musste wohl keine Zeit mehr gehabt haben, es in der Küche zu kontrollieren. Perfekt.

Alle Hobby-Starköche empfanden das Dinner als die reinste Zumutung, was sie beim Statement auch so sagten. Der Koch Tom war kurz in der Küche und bekam es nicht mit, dass man ihm die Fähigkeit absprach, ein Bistro führen zu können, und gerade das war ja sein nahes Ziel.

Preisverleihung. Die Stimmung in der Kochrunde war zum Zerreißen gespannt. Auf dem Tisch stand die Cloche, unter der das Preisgeld von 10 000 Euro lag. Jamie hatte die ehrenvolle Aufgabe, die Briefumschläge zu verteilen, in denen sich die Punkte-Ergebnisse befanden. Zuerst öffnete Caspar seinen und zog die Zahl 24 hervor. Jamie atmete erleichtert auf. Letzter wurde er schon mal nicht. Sie hatten es ihm verziehen. Jetzt war er an der Reihe. Er zog die 23 heraus. Elvis-Uwe grinste siegessicher, bevor er seine 22 aus dem Umschlag zog. Theo hielt es nicht mehr aus und zückte die 21 hervor. Milena war stolz auf sich. Sie hatte es geschafft, Theo war sogar Letzter geworden! Das gönnte sie ihm, denn er hatte mit falschen Karten gespielt. Er hätte nicht in einem stillen Moment damit bei ihr angeben dürfen, dass er ein pensionierter Profikoch ist. Vorbei seine Träume, diese Sendung als Sprungbrett für einen Wiedereinstieg zu nutzen, um es den jungen Wilden zu beweisen, dass er noch lange nicht zum alten Eisen gehörte. Damit hätte er in einem stillen Moment nicht bei ihr angeben dürfen. Und jetzt das. Diese Schmach muss für ihn besonders schlecht auszuhalten sein, genauso wie für Elvis-Uwe, dass er keinen neuen Anzug bekam und in seinem verschnittenen Billigstrampelanzug den Elvis-Double-Contest antreten musste, der *jetzt schon* verloren war. Nur das Kasperle hatte wohl damit gerechnet, bei dieser Sendung nichts reißen zu können. Er saß relativ gefasst am Tisch und lauerte darauf, dass mal wieder jemand etwas sagte, damit er es nachplappern konnte.

Nun öffnete Milena den Umschlag. Ein aufgeregtes Prickeln überzog ihren ganzen Körper, sie zögerte es hinaus, wollte es bis zur letzten Sekunde auskosten. In Zeitlupe zog sie den Zettel mit der Punktezahl heraus. 30! Nur Jamie fiel Milena überschwänglich um den Hals. Sie bekam kaum noch Luft.

»Du hast mich auf den letzten Platz gebracht, du Schlange. Das waren nicht meine Haare«, brüllte Theo, dem schlagartig klar geworden sein musste, dass hier etwas nicht mit rechten Dingen zuging. Ohne Rücksicht auf Gesichtsverlust stand er auf und nestelte am Reißverschluss seiner Hose. »Ich kann es dir beweisen. Ich bin grau.« Der Verschluss klemmte.

Der Kameramann hielt drauf.

Mit hochrotem Kopf und nicht mehr Herr seiner Sinne zerrte Theo an der Hose, bis er vom verstörten Elvis ins Nebenzimmer

gebracht wurde – zu seiner eigenen Sicherheit. Milena musste machen, dass sie weg kam. Sie schnappte sich das Preisgeld und die Cloche und winkte fröhlich in die Kamera mit einem:»Irland, ich komme.«
Und ... Ende. Aus. Fertig. Na, das hat ja wunderbar geklappt. Wir schicken euch die DVDs zu.

*

Der Taxifahrer fuhr rasant auf den kiesbestreuten Weg und musste vor dem Bistro stark abbremsen. Sie zückte ihre Geldbörse und kramte sämtliches Bargeld hervor, was bequem für eine Woche Leihwagen gereicht hätte. Drei Stunden waren sie unterwegs gewesen. Drei lange Stunden, die Milena wie ein ganzes Leben vorgekommen waren. Ein altes Leben, das sie nun hinter sich ließ. Tom war nicht wieder aufgetaucht, hatte ihr aber eine SMS geschrieben, dass es AUS sei. Von Elvis-Uwe hatte sie gehört, dass er in der Fußgängerzone sang. Kasperle war wieder in der Versenkung verschwunden, und Theo hatte ihr jeden Tag Drohbriefe geschickt, bis auf einmal keiner mehr kam. Da musste er wohl seinen Seelenfrieden gefunden haben. Die Bäckersfrau hatte getratscht, er sei ins Ausland gegangen, um einem Freund zu helfen. Und Jamie? Milena würde ihm gleich gegenüberstehen, in seinem Bistro. Er hatte einen Kredit aufnehmen müssen, um diesen Traum wahr werden zu lassen. Aber es lief schlecht, die Gäste blieben aus, weil man die Kochsendung im europäischen Kochkanal mit Untertiteln auch in Irland gesehen hatte. Er war blamiert bis auf die Schokotartes. Er hatte ihr all das am Telefon erzählt und verzweifelt geklungen, sie um Hilfe gebeten.
Milena wollte ihr Bestes geben – sich. Seit sie Tom verlassen hatte, stand er ihr auch nicht mehr im Weg, und gemeinsam mit ihrem Liebsten Jamie würde sie die Hütte schon rocken und glücklich bis ans Ende ihrer Tage sein.
Sie durchfuhr ein Schreck, als Jamie ihr die Tür aufmachte. Er sah so verändert aus, so verbissen und verbiestert. Die Haare klebten

lang und fettig am Kopf, der Bart stand mehr als drei Tage in seinem sonst so glatten Gesicht. Er begrüßte sie nur kurz und knapp und bat sie hinein. Milena würde ihn schon auf Vordermann und andere Gedanken bringen. Nicht unbedingt heute Nacht, aber vielleicht morgen früh.

Anderntags hatte sich sein Zustand nicht gebessert, im Gegenteil. Auch nicht, als sie ihm das restliche Preisgeld zeigte, mit dem sie sich ins Bistro einbringen wollte, sozusagen als Start für ihr zukünftiges gemeinsames Leben. Er brachte nur ein heiseres Lachen hervor und hatte ganz andere Sorgen. Jamie hielt sich den Bauch und bog sich vor Schmerzen, er habe wohl etwas Verdorbenes gegessen. Er klagte, mit dem Fischer zum Hochseeangeln verabredet zu sein, weil jetzt die beste Makrelenzeit sei, und dass er ihn nicht versetzen durfte, wenn er weitere Geschäfte mit ihm machen wollte.

Milena, die immer schon vom Hochseeangeln geträumt hatte, bot sich sofort an, statt seiner zum Fischer zu gehen. Sie freute sich auf das Abenteuer auf hoher See. Aber nicht mehr lange.

Der alte Fischer, mit dem von Wind und Wetter gegerbten Gesicht, wunderte sich nicht, dass statt Jamie Milena mit ihm rausfahren wollte. Er half ihr an Bord zu kommen: »Welcome« sagte er und in gebrochenem Deutsch: »Jamies Freu-nde, are mei-ne Freu-nde.«

Er warf den Motor seines alten Holzkutters an und sie tuckerten los.

Plötzlich ... mitten auf der See ... verschwand die Sonne hinter den Wolken. Es dauerte nicht lange, da wurde aus der leichten Brise ein starker Wind. Der Regen peitschte gegen das marode Fischerboot. Kein guter Tag zum Hochseeangeln.

Am Nachmittag kehrte die Sonne wieder – Milena nicht.

*

Jamie zerschnitt die DVDs mit den Kochsendungen und warf sie weg, denn darauf hatte er genauestens gesehen, dass Milena schuld an allem war. Danach legte er drei gleichhohe Stapel Euroscheine auf den Tisch, die er aus ihrer Handtasche genommen hatte, und stellte drei Gläser mit Whiskey daneben. Ein Glas war für ihn, eins für den willigen Fischer und eins für den ideenreichen Mann, der sein Bistro wieder auf Vordermann bringen würde: Theo.

Makrelen mit Stachelbeersoße

Zutaten:

- *4 küchenfertige Makrelen ohne Köpfe*
- *Essig*
- *Salz*
- *Pfeffer*
- *4 TL mittelscharfer Senf*
- *Mehl*
- *Butter zum Braten*
- *500 g große grüne Stachelbeeren (eventuell aus dem Glas)*
- *200 g süße Sahne*
- *Zucker.*

Zubereitung:

Die Makrelen unter fließend kaltem Wasser gründlich abspülen, trocken tupfen, salzen und von innen mit dem Senf bestreichen, dann in Mehl wenden.

Butter in einer Pfanne erhitzen und die Fische darin von jeder Seite 4 bis 5 Minuten braten.

Dann die Makrelen herausnehmen und warm stellen.

Stachelbeeren waschen und trocknen, die Hälfte in dem Bratfett braten, bis sie zerlaufen.

Die Sahne zugießen, aufkochen, mit etwas Zucker und Pfeffer abschmecken. Restliche Stachelbeeren noch 5 Minuten in der Sauce ziehen lassen.

Die Makrelen auf einer vorgewärmten Platte anrichten und mit der Stachelbeer-Sauce überziehen.

Bantry House Blues

Marlis Huyser schnitt den goldbraunen *Scone* auf und bestrich eine Hälfte des kleinen Rundgebäcks dünn mit Butter und dick Erdbeermarmelade. Köstlich. Die zwei Wochen in Irland waren ein voller Erfolg gewesen. Drei Reisende hatten bereits Plätze auf Marlis' nächster kulinarischer Gartenreise nach Irland reserviert. Die Slow Food-Bewegung hatte auf der Grünen Insel festen Fuß gefasst, so dass Marlis Mühe gehabt hatte, aus all den Möglichkeiten ihr Programm zusammenzustellen.

Die Bedienung glitt an den Nachbartisch. »Noch eine Tasse Tee, Madam?« »Aber gerne!« Frau Uhland war absolut entzückt von der stilvollen Teestunde im Bantry House. »Ich komme mir vor wie in *Downton Abbey*«, sagte sie zum zweiten Mal; diesmal ganz leise, vielleicht, damit Frau Duerr es nicht hören und wieder auftrumpfen würde, sie habe die Serie lange vor Frau Uhland gesehen und natürlich im Original, nur dann könne man die Feinheiten erfassen.

In *Downton Abbey*, dachte Marlis, hätte allerdings während einer vornehmen Teezeit kein so rustikaler Stockschirm wie der von Frau Uhland an einer Stuhllehne gehangen. Na, nicht so wichtig. Die Hauptsache war, ihren sieben Gästen gefiel es hier. Zum traditionellen *Afternoon Tea* gab es Sandwiches, *Scones* mit und ohne Rosinen, Räucherlachs auf Sodabrot sowie diverses Süßgebäck. Dazu wurde der starke irische Tee gereicht und handgebrühter Bohnenkaffee. Die letzte gemeinsame Mahlzeit im Bantry House einzunehmen, war eine hervorragende Idee gewesen, dachte Marlis. Die zauberhafte Lage des Herrenhauses über der Bucht von Bantry mit dem

Blick auf die Berge der Beara-Halbinsel, das elegante Ambiente waren unübertrefflich. Aber das Tüpfelchen auf dem i war natürlich der nostalgische Touch dieser *Teatime*. Eine Teestunde, wie sie vor über hundert Jahren auch Hausgäste des letzten *Earl of Bantry* auf dieser überdachten Veranda genossen haben dürften. Die ebenso herzliche wie zwanglose Begrüßung durch ein Mitglied der Familie, eine Nachfahrin des Grafen, hatte dem Ganzen schon zu Beginn das Krönchen aufgesetzt.

»Recht charmant, die junge Frau«, hatte Frau Duerr, Anfang sechzig, Kleidergröße 0, in der ihr eigenen überlegen-herablassenden Art geäußert. »Kaum zu glauben, dass sie das Haus, die Gärten und den Gästeflügel managt. Aber, na ja, wenn einem genügend Geld und Personal zur Verfügung steht …« Doch selbst Frau Duerr schien in der irischen Luft etwas weicher geworden. Oder war schlicht endlich mal satt. Jedenfalls hatte sie sich heute ihrer üblichen Ausführungen enthalten – über Reichtum und Privilegien und ihre eigene Abstammung aus der Arbeiterklasse des Ruhrgebiets, als es noch schwarz war und rot wählte. Zu Beginn der Rundfahrt hatte Marlis den bissigen Kommentaren der Stadtverordneten perplex gelauscht und nicht recht gewusst, wie sie darauf reagieren sollte.

»Purer Neid«, hatte die nette Frau Uhland Marlis am dritten Tag zugeflüstert. Frau Müller, die Schwester von Frau Uhland, hatte heftig genickt. Danach hatte Marlis auf solch spitze Bemerkungen Frau Duerrs mit einem neutralen Lächeln reagiert. Es lohnte nicht, sich mit Reisegästen anzulegen. Diese Reise war der erste Versuch, sowohl Gartenfreunde als auch Gourmets anzusprechen. Ein brillanter Einfall, so viel war schon klar. Marlis nickte Professor Heinsberg zu. Er hatte Marlis anvertraut, seine Gattin sei Börsenmaklerin und stehe kurz vorm Burn-out; in Irland solle sie ein wenig abschalten. Und tatsächlich schien sie deutlich weniger angespannt als zu Beginn der Fahrt. Sie tupfte ihre Mundwinkel ab und erhob sich nach einer kurzen Bemerkung zu ihrem Mann. Der nickte. »Geh nur, geh nur, Schatz«, sagte er. »Ich nehme derweil noch eins dieser köstlichen Lachsschnittchen.« Marlis tat es ihm gleich. Ihr liebster Teilnehmer der Tour war Herr Prinz. Der Kölner Architekt, zweimal geschieden – das hatte die Duerr schnell herausgefunden – war kürzlich vorzeitig in den Ruhestand getreten und hatte sich einen Lebenstraum erfüllt. Sein Bistro im Bergischen Land war klein und fein, wie man so sagte. »Mit französischen Käsesorten kenne ich mich bestens aus«, hatte er bei der Anmeldung gesagt, bei der Marlis jeden Gast nach der Motivation für die Reise gefragt und die damit verbundenen Erwartungen notiert hatte, »aber das ist kaum etwas Besonderes. Das wird erwartet.« Er plante seine Karte mit Produkten einiger der Käsemanufakturen zu bereichern, für die der Südwesten Irlands inzwischen berühmt war. Drei der kleinen Käsereien, alle landschaftlich schön gelegen, hatten sie besucht. Herr Prinz hatte erste geschäftliche Bande geknüpft.

Frau Duerr hatte sich wieder den Platz an seiner Seite gesichert. Sie brach ein winziges Stück von ihrer Scheibe Teekuchen und betrachtete sinnend den Bistro-Besitzer. Längst war Marlis klar geworden, dass Frau Duerr auf Männerfang war und die Reise nicht, wie bei der Buchung behauptet, einzig wegen der kulinarischen Verlockungen angetreten hatte. Marlis erhob sich. »Meine Damen und Herren, ich hoffe, Sie haben unsere letzte gemeinsame Teestunde auf der Grünen Insel genossen. Sie haben nun eine Dreiviertelstunde zur freien Verfügung. Vielleicht wollen Sie wie Frau Heinsberg noch einmal durch den Garten gehen oder – ich empfehle das sehr – Bantry House von innen besichtigen oder auch die Armada-Ausstellung drüben. Im Anschluss erwarte ich Sie alle in der Bibliothek. Dort wollen wir in stilvollem Rahmen bei einem Glas Sherry, Likör oder natürlich Whiskey noch einmal gesellig zusammenkommen, ehe wir den Bus besteigen und zum Flughafen aufbrechen. Ich würde mich bei der Gelegenheit über Ihr Feedback freuen. Was Sie als Höhepunkte unserer Tour empfunden haben, interessiert mich besonders. Ebenfalls willkommen sind mir Kritikpunkte, Anregungen, Wünsche. Es liegen außerdem Fragebögen bereit, die Sie dort ausfüllen oder mir später zusenden können. Ihre Meinung …«, ein bisschen Honig ums Maul konnte nicht schaden, außerdem war's nicht vollkommen gelogen, »… Ihre Meinung ist mir besonders wichtig. Als Teilnehmer und Teilnehmerinnen dieser ersten und besonders exklusiven kulinarischen Gartenreise, die noch nicht Teil des festen Programms von Guelder-Rose-Reisen ist, sind Sie in einer einmaligen Lage. Sie können aus dem reichen Schatz Ihrer vielfältigen Reiseerfahrungen ...« Frau Duerr reckte ihr Kinn und nahm diesen Tribut für sich in Anspruch. Marlis unterdrückte ein Grinsen und fuhr mit ihrer Bauchpinselei fort: »... und als Reisende mit gewissem Anspruch zweifellos wertvolle Anregungen geben, die ich gerne in die künftige Gestaltung des Reiseplans einfließen lassen werde.« Genug der Lobhudelei. Marlis lächelte ihren Gästen zu. Sie waren ihre Versuchskaninchen und hatten für das Privileg auch noch einen Preisaufschlag hingenommen. Ein Glücksfall für die Tour war auch Herr Jablonski. Obwohl er Journalist war und einen Bericht in einem Hochglanz-Reisemagazin unterbringen wollte, hatte er für sich nur einen kleinen Rabatt aushandeln können. Er schoss fleißig Fotos. Frau Uhland und ihre Schwester waren jederzeit willige Modelle. »Ich könnte mich beömmeln! Fotomodell mit fünfzig!«, rief Frau Müller dann gerne. Andere mieden Jablonskis Kamera. Frau Duerr ließ sich nur im Profil von rechts aufnehmen und immer in einer ähnlichen Haltung, dem gleichen eingeübten Gesichtsausdruck. Was sie nicht ahnte und Marlis ihr nicht verraten würde, um während der Reise Ärger zu vermeiden, war, dass Jablonski über sein Handy twitterte; und nicht nur das: Er fotografierte damit auch und illustrierte auf diese Weise manche seiner Tweets ganz witzig. Jablonski schien nicht zu realisieren, dass Marlis ihm auf Twitter folgte. Sie hatte ihn natürlich gründlichst gegoogelt, ehe sie ihn mitreisen ließ. Seine spröde, manchmal ruppige Art war ihr nicht sonderlich sympathisch, aber sie musste ja nicht warm mit ihm werden. Seine Reisereportagen waren erstklassig, und seine Tweets, vermutete Marlis, der Grund für einige Anfragen, die daheim in ihrem Büro eingegangen waren. Nun hegte Marlis höchste Hoffnungen für die Auswirkungen, die sein Artikel haben würde. Immerhin war er so schlau, möglicherweise kontroverse Fotos bald wieder von Twitter zu löschen. Beim Tweet ›Kühe auf der Weide #Irland #Gubbeen‹ hatte der Link zu einer Frontalaufnahme von Frau Duerr geführt, die sich unbeobachtet glaubte und mit dem rotlackierten Nagel eines kleinen Fingers zwischen ihren Schneidezähnen herumprokelte. Im Hintergrund die großen Köpfe und blanken Augen einiger schwarzer Kerry-Kühe. Ein gelungener Schnappschuss, wenn auch ziemlich gemein. Er war achtmal retweetet worden, mehrfach mit süffisanten Kommentaren. Frau Uhland und ihre Schwester sprangen auf. Sie wollten das Haus besichtigen. Der Professor begab sich in den Garten auf die Suche nach seiner Frau. Frau Duerr blieb sitzen, vorgeblich, um ihr Handy auf eingegangene SMS zu prüfen; in Wahrheit, vermutete Marlis, wollte die Duerr abwarten, was Herr Prinz vorhatte. »Ich geh mal für kleine Jungs«, sagte er.

Jablonski machte mehrere Aufnahmen, in denen die junge Servierkraft im Mittelpunkt stand. Die Duerr zerkrümelte den Rest ihres angeknabberten Teekuchens.

Betont munter fragte Marlis: »Frau Duerr, haben Sie nicht Lust sich das Haus anzusehen?«

»Ach, ich weiß nicht. Irgendwie ähneln diese Herrenhäuser und Schlösser einander nach einer Weile schon sehr, finden Sie nicht?«

»Wie wär's dann mit dem Stall?« Jablonski starrte Marlis an. Sie lächelte unschuldig zurück. »Absolut«, sagte er, »Sie sollten in den Stall, Frau Duerr, finde ich auch.«

Frau Duerr versteifte sich.

»Ja, wirklich«, rief Marlis. »Ich meine, wegen der Geschichte. Die Ausstellung in dem historischen Stallgebäude ist hochinteressant. Es geht um den Untergang der französischen Flotte in der Bucht, ich erwähnte es im Garten? Die Franzosen wollten 1796 den irischen Rebellen zuhilfe kommen.«

»Ach ja. Klingt nicht schlecht. Vielleicht tu ich das. Aber vorher werde ich noch einmal die Himmelstreppe hinaufsteigen. Die Kalorien abarbeiten.«

»Hervorragende Idee«, sagte Marlis herzlich. Jedem Tierchen sein Pläsierchen. »Aber, bitte, Frau Duerr, nicht wieder die Absperrung ignorieren. Ich kann sonst in Teufels Küche kommen.« Die vier obersten der hundert monumentalen Stufen wurden repariert und waren durch ein Flatterband abgesperrt. Als gälte das Verbot für gewöhnliche Sterbliche, nicht aber für Stadtverordnete, hatte Frau Duerr sich darüber hinweggesetzt und ihre Aufnahmen von ganz oben gemacht. Die Aussicht sei, versicherte sie ihren unter ihr stehenden Mitreisenden, noch einen Tick spektakulärer. Zum Glück war niemand so unvernünftig gewesen, ihr zu folgen. Vielleicht waren sie auch abgelenkt worden von den Blues-Klängen einer Posaune, die eine Brise zu ihnen hinauftrug. Da spiele der Hausherr, hatte Marlis erklären können. Sie hatte irgendwo gelesen, dass der alte Herr ein bekannter Amateurmusiker war und manchmal auch während der Öffnungszeiten seines Hauses probte. Marlis nahm sich zwei der hauchdünnen, von den Krusten befreiten Gurkensandwiches und verzog sich auf eine abgelegen an einem Seitenweg gelegene Bank, die sie während der Gartenbesichtigung ausgespäht hatte. Von der milden Nachmittagssonne beschienen, genoss sie das Alleinsein und sonnte sich in dem Bewusstsein, dass sie diese Reise als vollen Erfolg verbuchen konnte. Nicht den kleinsten Unfall hatte es diesmal gegeben. Kein einziger, den Terminplan durcheinander bringender Besuch in der Ambulanz eines Krankenhauses war nötig gewesen. Marlis ließ ihren Blick über die blaue Bucht von Bantry schweifen. Dass es bei einem Beinahe-Unfall geblieben war, verdankte sie Herrn Prinz. In Skibbereen hatte Frau Duerr beim Überqueren einer geschäftigen Straße nicht an den hier herrschenden Linksverkehr gedacht. Ein nahender Bus hätte sie niedergemäht, wenn Herr Prinz sie nicht am Schlafittchen erwischt und in letzter Sekunde zurück auf den Bürgersteig gezogen hätte. Dank seines Bemühens war auch die Szene im Keim erstickt worden, die Frau Duerr – hysterisch vor Schreck – gemacht hatte. »Jemand hat mich geschubst«, hatte sie gekreischt. »Ich bin gestoßen worden!«

Alle hatten sich einander, hinter Frau Duerrs Rücken, angeschaut. Konnte die Frau nicht ein einziges Mal zugeben, dass sie einem Irrtum erlegen war? Nicht aufgepasst hatte? Nicht perfekt war? Ehe Marlis die schluchzend Schreiende beschwichtigen konnte, hatte Herr Prinz einen starken Arm um Frau Duerrs bebende Schultern gelegt und beruhigende Worte gemurmelt. Den ganzen Weg zurück zum Reisebus. So viel männlicher Zuspruch hatte seine Wirkung gezeigt. Wieder an ihrem Fensterplatz in erster Reihe, gestärkt von einem kräftigen Schluck des Whiskeys, den der Reisebusfahrer aus dem Handschuhfach hervorgezaubert hatte, war Ruhe eingekehrt. Frau Duerr hatte schließlich der von Herrn Prinz immer wieder ausgesprochenen Vermutung zugestimmt, dass sie auf dem vollen Gehsteig versehentlich angestoßen worden sein könnte, beispielsweise von irgendeiner eiligen Irin.

Nein, alles war gut gegangen, dachte Marlis. Sogar der Wettergott hatte mitgespielt. Genug Regenschauer, die das unwahrscheinliche Grün von Weiden, Hängen und Wiesen vertieften und Gelegenheit boten, die für die Reise erworbene Regenkleidung auszuführen; zumeist zünftig englische von Burberry oder Barbour in dezenten Farben. Die beiden Schwestern hatten in ihren gelben Ostfriesennerzen im Regengrau geleuchtet. Nur der Schauer auf Garnish Island war so stark gewesen, dass Frau Uhland ihren bayerischen Bauernschirm über sich und ihre Schwester gespannt hatte. Zwei traumhafte Regenbögen hatte es gegeben, dramatische Wolkenbilder und immer wieder milden Septembersonnenschein wie jetzt. Marlis gähnte einmal und reckte sich. Zeit für die Zusammenkunft in der Bibliothek. Sie schlenderte den Weg entlang zur Rückseite des Hauses. Jablonski lag bäuchlings vor den gusseisernen Stufen, die zu der geöffneten Tür der Bibliothek hinaufführten. Er versuchte anscheinend, den Springbrunnen im nach italienischem Vorbild gestalteten Gartenteil einzufangen und zugleich, unter den Bögen der von Blauregen bewachsenen runden Pergola hindurch, die im Hintergrund steil aufsteigende Himmelstreppe.

»Noch fünf Minuten«, rief Marlis. Jablonski grunzte.

In der Bibliothek war alles vorbereitet. Marlis berührte eine der graugefleckten Säulen, die dem hohen Raum solche Eleganz verliehen. Auf dem antiken Schreibtisch standen Gläser und Karaffen aus Waterford-Kristall. Marlis kostete einen der *Cheese Straws*.

Die ersten Reisegäste trudelten ein. »Ah!«, fiepte Frau Uhland und zückte ihre Digitalkamera. »Dieser Raum war auch im Film. Hundert Pro. Als Büro, oder?«

Frau Müller sah sich um. »Ja, könnte sein.« Zu Marlis gewandt sagte sie mit einem entschuldigenden Lächeln: »Ich bin nicht solch ein großer Pilcher-Fan wie mein Schwesterherz.«

Frau Uhland ließ ihren Blick liebevoll durch den Raum gleiten. »Wenn ich noch mal heiraten sollte ...«

Frau Müller schnaubte.

»Doch«, sagte Frau Uhland. »Ich bin eben romantisch. Schon immer gewesen. Nur weil ich einmal Pech hatte ... Man weiß nie. Die nette Frau am Eingang erzählte, dass hier oft Hochzeitsempfänge stattfinden. Und seit den Pilcher-Filmen und diesem anderen, der neulich wieder im Fernsehen lief –, wie hieß er noch, irgendwas mit Regenbogen?«

Frau Müller schüttelte den Kopf. Marlis zuckte mit den Schultern. So was sollte sie natürlich wissen. Aus dem Ärmel schütteln können.

»Och, haben Sie nicht gesehen, Frau Huyser? Na, er wird sicher noch mal wiederholt. Ah! ›Zauber des Regenbogens‹ hieß er. Doch kein Alzheimer. Himmlische Landschaftsaufnahmen und eine schöne Liebesgeschichte. Na, jedenfalls, seit all diesen Filmen steigen die Anfragen aus Deutschland und Österreich von Leuten, die hier ihre Hochzeit feiern wollen. Von Schweizern hat sie nichts gesagt. Komisch.«

Marlis kramte in ihrem Gedächtnis. »Übrigens, Frau Uhland! Teile von ›Moll Flanders‹ wurden hier auch gedreht.«

»Kenn' ich nicht.« Frau Uhland nahm eine Käsestange und schob sie sich in den Mund.

»Ein Kinofilm«, sagte Marlis. »Morgan Freeman spielt mit. Eine Verfilmung des Romans von ... ähm ...«

»Von Daniel Defoe«, sagte der Professor von draußen her und trat ein. »Hat jemand meine Frau gesehen?«

»Hier bin ich, Liebling«, tönte es aus einer fernen Ecke. Eine blasse Hand winkte aus einem der tiefen Sessel, die am anderen Ende der Bibliothek zum Verweilen einluden.

Marlis klatschte leicht in ihre Hände. »Ich denke, wir fangen an. Wir bedienen uns diesmal selbst. Ganz zwanglos. Ich ...«

»Sherry, Schatz?«, rief der Professor quer durch den Raum.

»Auf dem Tisch hier«, fuhr Marlis fort, »liegen die Fragebögen, die …«

Eilige Schritte näherten sich durch den vor der Bibliothek liegenden Flur. Herr Prinz trat in den Raum. »Tut mir leid. Bin ich zu spät? Oh, das sieht ja hervorragend aus. Darf ich den Damen einschenken?«

»Ganz der Gentleman«, raunte Frau Uhland ihrer Schwester zu, die Herrn Prinz um ein Gläschen des Whiskey-Likörs gebeten hatte. Frau Uhland entschied sich nach kurzem Hin und Her für den Sahnelikör.

»Übrigens«, sagte Herr Prinz, als er Marlis das gewünschte Wasser reichte, »ich habe schon einen Vorschlag für Sie, Frau Huyser. Sollen wir auf die anderen warten oder …«

»I wo. Legen Sie ruhig los.« Marlis zückte ihren Stift. Durchaus erwägenswert, was Herr Prinz da vorschlug. Diese Tour um einige Wochen vorverlegen und das Musikfestival einbeziehen, das jährlich im Bantry House stattfand. Marlis nickte. Hätte sie auch selbst drauf kommen können.

Frau Heinsberg hatte sich zu ihnen gesellt und nippte an ihrem Sherry. »Ich fand die Gärten am lohnendsten«, sagte sie mit matter Stimme.

Für Frau Müller war die Kochklasse im Island Cottage auf der Insel Heir Island der eindeutige Höhepunkt der Reise gewesen. Gerne hätte sie woanders noch einen zweiten oder dritten mitgemacht. Marlis nickte und notierte.

Keinerlei Kritik gab es an den Restaurantbesuchen. Gut, die Restaurants konnten dann alle im Programm bleiben. Ebenso wie die Gärten.

Der Professor bewunderte die Farbe seines Whiskeys und hatte bezüglich des Reiseprogramms weder etwas zu bemängeln noch etwas vorzuschlagen. Na, wenn eins sicher war wie das Amen in der Kirche, dachte Marlis, dann, dass Frau Duerr mit einer ganzen Latte kritischer Anmerkungen rausrücken würde. Vielleicht wäre sogar was Brauchbares dabei. Wo blieb sie überhaupt? Wartete sie auf den großen Auftritt?

Jemand kam langsam die eisernen Stufen herauf, die vom Garten in die Bibliothek führten. Sehr langsam.

Marlis Augen weiteten sich. Es war Jablonski, der nun ins Blickfeld wankte. Er zog sich am Geländer hoch. Hatte sich wohl schon vorher kräftig bedient. »Whiskey …«, lallte er und stolperte in den Raum.

Total besoffen, dachte Marlis. Auch das noch.

Herr Prinz runzelte die Stirn, erreichte den Fotografen in wenigen Schritten und hielt ihm sein Glas an die Lippen. »Was ist passiert, Jablonski? Sind Sie gestürzt?«

Nicht besoffen, dachte Marlis erleichtert.

Jablonski leerte das Glas in einem Zug. »Noch eins.« Er wischte sich mit dem Jackettärmel über den Mund. »Stuhl?«

Die beiden Schwestern schoben ihm einen an der Wand stehenden Lehnstuhl hinter die Kniekehlen. Er ließ sich fallen.

»Dieses Weib!«, keuchte er. Widerwillige Bewunderung und Empörung mischten sich in seinem Tonfall. »Einer ihrer Kollegen hat sie auf meine Twitter-Fotos angesetzt. Sie war so was von wütend. Zischte, ich hätte sie lächerlich gemacht in ihren Politikerkreisen. Sie hat mir so was von in meine besten Weichteile getreten, dass ich nur noch Sterne gesehen hab' und zusammenbrach. Sie sind ja einfach an mir vorbeigelaufen, Frau Huyser, als ich hilflos am Boden lag. Auch nicht die feine Art.«

»Ich … ähm … tut mir leid«, stammelte Marlis. »Ich dachte, Sie fotografieren etwas.«

»Na, Sie haben ein sonniges Gemüt.«

Marlis lächelte nichtssagend. Hauptsache, er kam nicht auf die Idee, Guelder-Rose-Reisen zu verklagen, oder – Marlis schloss kurz die Augen – würde in seinem Artikel rabiate, ausrastende Mitreisende erwähnen. Das würde dem gewünschten Image der kultivierten Exklusivität ihrer Touren schwere Kratzer zufügen. Marlis schnappte ihre Handtasche auf und holte ein Glasröhrchen hervor. Drei, nein, vier der Schmerztabletten würden in Verbindung mit dem Alkohol Jablonskis Erinnerung an den Vorfall vielleicht die Schärfe nehmen. Bereitwillig spülte der Journalist die Pillen mit einem bis zum Rand gefüllten Glas Whiskey hinunter. »War mal Kriegsberichterstatter«, sagte er. »Bin hart im Nehmen.«

»Großartig«, sagte Marlis. »So ist's recht.« Aber wo blieb Frau Duerr? »Hat jemand unterwegs Frau Duerr gesehen? Nein? Na, vielleicht ist sie schon zum Bus gegangen.« Marlis trat an die hohe Tür und sah in den Garten. Auf der Himmelstreppe war die Duerr nicht zu sehen. Na, dann eben ohne die Dame. Marlis wandte sich ihren Gästen zu und hob das Glas. »Meine Damen und Herren, stoßen wir an, auf den Abschluss einer schönen Reise und eine gute Heimkehr. Prost!«

»Zum Wohl.« »Prösterchen!« »Auf Ihr Wohl, verehrte Frau Huyser.« »Oder *Sláinte*, wie es hier so schön heißt«, sagte Frau Uhland. »Stößchen«, rief Frau Müller, »ich glaube, ich brauch noch eins.«

Marlis bat die Gruppe, sich schon zum Bus zu begeben, während sie selbst Frau Duerr aufstöbern würde. Die beiden Schwestern wollten noch rasch zur Toilette. »Uns die Näschen pudern«, flüsterte Frau Müller laut und kicherte. »Komm, Schwesterherz. Hoffentlich kann ich mir das wieder abgewöhnen! Ich könnt' mich beömmeln.«

Marlis umrundete das Haus und betrat den Flur vor den Toiletten. Gut möglich, dass Frau Duerr hier hängen geblieben war, bei der Reparatur ihres Make-ups und dem Aufpeppen ihrer Frisur für die Rückreise. Gerade wollte Marlis die zu den Damentoiletten führende Tür öffnen, da hörte sie Frau Uhland sagen: »… und dass die doofe Duerr nicht tot ist, ist mir schnurzegal. Ist das nicht komisch?«

Marlis erstarrte.

»In Skibbereen war ich noch so was von voller Mordlust … aber jetzt … In der Sekunde, als sie auf die Bohlen vom Gerüst knallte, waren meine Rachegelüste verpufft. Eigenartig, oder?«

»Rache ist Blutwurst«, war Frau Müller zu hören, »Leberwurst hat mehr zu sagen. Haben wir früher immer gesagt, auf dem Schulhof. Weißt du noch?«

»Nee«, sagte Frau Uhland. »Nur, dass wir schon damals beste Freundinnen waren. Leihst du mir noch mal deinen Lippenstift?«

»Ein Glücksfall, dass in der Armada-Ausstellung sonst niemand mehr war.«

»Och. In dem atmosphärischen Halbdunkel hätte ich es auch so hingekriegt. Sobald sie verbotenerweise das Baugerüst bestiegen hatte, war alles klar. Sie hat nichts mitgekriegt, da bin ich sicher. Mit deinem Knirps wär's nicht gegangen.«

»Ja, ja. Schon gut. Werde mich nie wieder über deinen Stockschirm lustig machen.«

»Von unten Krücke um einen Knöchel und zack! Voll auf die Visage.«

»Ja, ihre spitze Nase ist hin, denk' ich. Und so wie das Bein von der Brüstung baumelte …«

»Bruch. Eindeutig.«

Marlis legte eine Hand über ihren Mund. Meinten die das im Ernst? Sie vermochte sich nicht zu rühren. Sollte sie die Tür zum Waschraum aufstoßen und die beiden konfrontieren? Oder zu den Stallgebäuden eilen und sehen, ob Frau Duerr wirklich verletzt war?

Frau Uhland sagte: »Du, ich dachte, ich werde deine Schwester ins Bistro von Herrn Prinz einladen, als Dank dafür, dass sie mir ihre Identität und ihren Pass geliehen hat. Du darfst natürlich mit.«

»Danke, super Idee.«

Frau Uhland war gar nicht Frau Uhland? Marlis legte ihre Stirn gegen den kühlen Türpfosten. Ein Albtraum. Reisen mit falschen Dokumenten? Passbetrug! Unter ihrer Ägide. Ihre Hochstimmung verflog und ein trübes Tief trat an die Stelle.

»Und wie steht's nun mit Rolf?«, sagte Frau Müller. »Wirst du jetzt vielleicht doch auf sein Versöhnungsangebot eingehen?«

»Hast du nicht mehr alle Tassen im Schrank? Seh' ich so aus? Nee, nee. Nicht, nachdem er mich dermaßen abserviert hat. Da kann er betteln, wie er will. Einmal fremdgehen hätte ich ihm – sehr eventuell – vergeben können. Aber wie er dann Tacheles geredet hat! Als er noch dachte, es würde mit der Duerr was von Dauer. Ich ihn während seines Studiums jahrelang unterstützt und mich jetzt auf dem Trockenen sitzen lassen wollen. Der feine Herr Rechtsanwalt. Von wegen keine Zugewinngemeinschaft und so. Ein Wolf im Schafspelz war der Rolf die ganzen Jahre. Und ich dumme Nuss hab' nix gemerkt. Und nur weil die Duerr gerast ist wie 'ne Irre und er jetzt im Rollstuhl sitzt, soll ich ihn zurücknehmen? Nee! Tabula rasa, Sister! Die haben jetzt beide ihre Strafe weg. Komm, wir müssen los.«

Marlis erwachte zum Leben. Sie sauste aus dem Vorraum, rannte um die Hausecke und lehnte sich schwer atmend gegen die Mauer.

Irgendwo über ihr klang die Posaune wieder auf. Melancholische Töne regneten durch die weiche Luft auf Marlis herab. Sie schloss ihre Augen. Fand nach einigen Momenten Trost in der schwermütigen Melodie.

Marlis straffte ihre Schultern. Gemessenen Schrittes ging sie hinüber zu den historischen Stallgebäuden.

Sie hatte nichts gehört. Kein Wort. Wusste von nichts. Das war die beste Strategie.

 **Cheese Straws / Käsestangen**

Zutaten:
- *Blätterteig aus dem Tiefkühlfach auftauen lassen*
- *1 Ei, mit einem Esslöffel Wasser aufgeschlagen*
- *150 g reifer irischer Cheddar-Käse (oder Parmesan), fein gerieben*
- *1 Prise Muskat, frisch gerieben*
- *grobkörniges Salz*
- *je nach Geschmack dazu: Thymian oder Kümmel*
- *etwas Mehl für die Arbeitsfläche*

Zubereitung:
Ofen auf 200 Grad vorheizen;
Blätterteig auf bemehlter Arbeitsfläche 1/2 cm dick ausrollen, mit dem Ei bestreichen, Käse darüber streuen (dazu kann man noch Thymian oder Kümmel geben). Teig vorsichtig umdrehen und die Rückseite mit Ei bestreichen und Käse bestreuen. In 1 cm breite, etwa 10 cm lange Streifen schneiden oder ausradeln.
Die Streifen so backen oder spiralförmig in sich verdrehen.

Stangen auf ein gefettetes Backblech legen.
15 – 20 Minuten backen, vor dem Servieren kurz auf dem Gitter abkühlen lassen.

Wenn man den Blätterteig selbst macht, kann man zusätzlich etwas geriebenen Käse, sowie Kräuter in den Teig einarbeiten. Die Käsestangen schmecken am besten frisch aus dem Ofen.
Will man sie im Voraus machen, ein Tipp der bekannten Ballymaloe Cookery School in County Cork: Stangen nach dem Backen im kühlen Ofen, bei etwa 100 Grad Celsius abkühlen lassen; dann in einem luftdichten Behälter verschließen.

Frauke Schuster

Nachmittagstee mit Leiche

Mein Nachmittagstee wird nicht schmackhafter, wenn mir eine Leiche vor die Füße fällt. Im Gegenteil. Schreckhaft bin ich wirklich nicht, aber als er mit einem dumpfem »Womm!« auf den Steinen aufschlug, ließ ich vor Schreck mein letztes Scone fallen. Auf das ich den gesamten Rest der Clotted Cream gestrichen hatte.

Nach einer Schrecksekunde hob ich das Brötchen auf und musste feststellen, dass es mit der bestrichenen Seite nach unten gelandet und der leckere Rahm mit kleinen Steinchen garniert war. Verärgert zückte ich mein Taschenmesser und versuchte, die oberste Schicht des Aufstrichs zu entfernen.

Das Dumme an Leichen ist, dass es nichts hilft, sie anzuschreien. Sie stehen nicht auf und verschwinden, wenden nicht mal anstandshalber den Kopf zur Seite.

»Hau ab, Mister!«, sagte ich trotzdem. »Mit welchem verdammten Recht kommst du her und verdirbst mir die Teepause?«

Natürlich antwortete er nicht und ich seufzte. Denn er lag genau auf meiner Arbeitsstelle. Was bedeutete, dass ich ihn fortschaffen musste. Aber das konnte bis nach dem Tee warten. Ich drehte mich ein wenig auf dem großen Stein, so dass ich von der Klippe weg zum Meer blicken konnte, das stürmisch gegen die Felsen brandete. Wenn ich den Typen nicht sehen musste, würde mein Appetit vielleicht zurückkehren. Meine Lieblingsscones verschwende ich nicht leichtfertig.

Erst als ich den letzten Bissen verdrückt und meine Hände an der alten Cordhose abgewischt hatte, packte ich den Kerl bei den Fußknöcheln – einen Schuh hatte er beim Sturz von der Klippe verloren – und zerrte ihn auf höher gelegenes Terrain.

»Wenn der Sturm wirklich zunimmt, wie sie's im Radio behaupten, holt dich das Meer heute Nacht trotzdem«, erklärte ich ihm. »Aber ich glaub's nicht. Der zieht weiter im Westen vorbei, mag ich wetten.« Doch derjenige, der die Leiche zu mir heruntergeworfen hatte, setzte bestimmt auf die Vorhersage von der Sturmflut. Und hatte mich von oben nicht sehen können, als ich im Schutz der überhängenden Felsen meine Scones verzehrte.

Niemand konnte mich von oben sehen, wenn ich hier arbeitete, und niemand kam je an diesen Miniaturstrand, denn es gab keinen normalen Weg hinab. Lediglich die Kletterseile und Haken, die ich selbst angebracht hatte. Die meisten Strände an der Jurassic Coast sind überschwemmt mit Badegästen, Surfern oder Hobby-Fossiliensuchern, und ich arbeite am liebsten allein. Weswegen ich mir dieses unzugängliche Revier ausgesucht hatte, das zudem bei Sturm oft komplett überflutet wird.

»Ich weiß, dass du ein Fall für die Bullen wärst«, sagte ich zu der Leiche. »Aber kannst du dir vorstellen, was abläuft, wenn ich denen stecke, dass du hier unten liegst? Ich hab die älteren Rechte an diesem Platz, und eh ich den Baby-Iguanodon nicht fertig freigelegt und sicher nach Hause geschafft hab, kommt mir niemand hier runter, weder Bullen noch Reporter! Überhaupt, was soll's dir groß ausmachen, ein bisschen zu warten, eh du in die Kiste musst?« Meine Stirn furchte sich. »Abgesehen davon: Wann hast du je was für mich getan? Also warum, zum Teufel, sollte ich was für dich tun?« Er antwortete nicht, und selbst, wenn er noch gelebt hätte, wäre ihm mit Sicherheit keine Antwort eingefallen.

Nicht ohne ein leises Triumphgefühl packte ich Hammer und Meißel und den leeren Becher Clotted Cream in den Rucksack und kniete neben den versteinerten Knochen des Iguanodon nieder. So einen bedeutenden Fund hatte ich in meinem ganzen Leben noch nicht gemacht! Wenn ich den übers Internet versteigern würde, könnte ich mir den Range Rover leisten, von dem ich seit Jahren träumte. Und die seit ewig ausstehenden Mietschulden zahlen. Obwohl das nun vielleicht nicht mehr nötig war.

»Mach's gut, Kiddo«, sagte ich wie jeden Abend zu den Resten des Saurierskeletts im Felsen. »Bis morgen, also!« Einen Moment zögerte ich, drehte mich dann zu der Leiche. War es pietätlos, sie einfach so liegen zu lassen? Unsinn. Tot ist tot, das weiß man als Fossiliensammler. Und der Mann hier war hundertprozentig ebenso tot wie mein prächtiger kleiner Saurier.

»Bin richtig gespannt, ob du morgen noch daliegst, Vince«, sagte ich schließlich, weil ich das Gefühl hatte, mich in irgendeiner Weise von ihm verabschieden zu müssen. »Hast nichts dagegen, wenn ich den Mister jetzt weglasse, oder?«

Hatte er nicht. Oder falls doch, beschwerte er sich jedenfalls nicht. Ich lud mir den Sack mit den aus dem Felsen gelösten Knochenstücken auf den Rücken und begann den Aufstieg.

Als ich das Häuschen in Kimmeridge erreichte, war es bereits stockdunkel. Ich schob den Schlüssel ins Schloss und blieb stehen. Nur zwei Türen weiter wohnte Vincent Stroke. Hatte Vincent Stroke gewohnt, verbesserte ich mich. Der Mann, der jetzt als Leiche neben meinem Baby-Iguanodon ruhte.

»Viel gefunden heute, Cathy?«

Ich wirbelte herum, und unser Dorfpolizist Arthur schlenderte lächelnd auf mich zu. Trotz des einsetzenden Regens und des stürmischen Winds wurde mir heiß.

»Man findet immer was.« Den Igu und die Leiche verschwieg ich wohlweislich. Wenn ich von Vincent erzählt hätte, würde zwei Stunden später eine Meute von Polizisten über *meinen* Strand rennen. Allein die Vorstellung trieb mir den Angstschweiß auf die Stirn.

»Wo hast du denn gesucht?«

Meine unbestimmte Geste schloss die halbe Purbeck-Küste ein. Zum Glück schien Arthur wenig Lust darauf zu haben, im Regen Konversation zu treiben, und stapfte mit einem freundlichen Abschiedsnicken davon. Auch er wohnte in einem von Vincents Ur-alt-Häusern zur Miete, aber ich mochte wetten, dass dort bei Regen nicht das Wasser die Wand runterlief und dass sein Boiler nicht bei jedem Bad zu explodieren drohte.

Aber ein heißes Bad brauchte ich jetzt dringend. Und konnte nur hoffen, dass mein Boiler noch mal dicht hielt. Was er erfreulicher-weise tat.

Erst als ich mich im warmen Wasser ausstreckte und auf die Rostflecken der zerkratzten Armaturen starrte, begann ich mich zu fragen, ob der Mörder, der Vincent über die Klippe geworfen hatte, irgendeinen Hinweis auf meine Anwesenheit entdeckt haben könnte. Mein Kletterseil, grau wie der Felsen, hatte ich hinter einem günstig gelegenen Busch am Klippenrand befestigt; gleich darunter verschwand es in einer Spalte, die von oben kaum einsehbar war. Ich hatte es so versteckt angebracht, um nicht von irgendwelchen Foto-Touristen gestört zu werden, die gelegentlich die schwarzgel-ben Schilder ignorierten, die vor Felsabbrüchen warnten und davor, den Klippenzaun zu übersteigen. Aber die Klippe, an deren Fuß ich arbeitete, lag dermaßen einsam, dass sowieso höchstens zweimal im Jahr ein Wanderer vorbeikam.

Nein, mein Kletterseil konnte der Leichenwerfer wohl kaum gese-hen haben. Ebenso wenig wie mich selbst, die ich im Windschatten des Felsüberhangs meine Scones verzehrt hatte. Aber was war mit meinem Werkzeug? Falls der Täter auf den felsigen Strand hinunter-geblickt hatte, hätte er außerdem den grünen Sack bemerken kön-nen, in den ich die aus dem Fels gelösten Knochen *meines* Skeletts zu packen pflegte. Und dann?

Hatte sich mein Badewasser abgekühlt? Oder warum spürte ich diesen kalten Schauer über meinen Rücken laufen? Wer immer Vin-cent Strokes Leiche über die Klippe gewuchtet hatte, hatte bewusst den einsamsten Ort gewählt, den er finden konnte. Weil er keine Zeugen wollte. Gar keine. Auch keine Fossiliensammlerinnen, die sich bloß für solche Leichen interessierten, die vor Millionen von Jahren gestorben waren.

Der Regen hielt nicht lange an und der angedrohte Sturm schien die Purbeck-Bucht tatsächlich weitgehend verschonen zu wollen. Ich hatte mir einen heißen Tee mit einem tüchtigen Schluck Whisky reingezogen oder eher einen heißen Whisky mit einem Schluck Tee und blickte in die Finsternis hinaus; die einzige Straßenlampe in unserer Ecke hatte schon vor Wochen ihren Dienst aufgegeben und niemand kümmerte sich darum. Weshalb auch? Bisher hatte sich hier jeder sicher gefühlt; Kimmeridge war nie eine Hochburg des Verbrechens gewesen, jeder italienische Mafioso hätte unsere Gegend aufgrund des Wetters spätestens nach zwei Wochen heulend verlassen. Zumindest meiner Ansicht nach.

In einem plötzlichen Entschluss tauschte ich meine Puschelpantoffeln mit dem schief aufgestickten Saurier gegen ausgelatschte Regenstiefel, hüllte mich in meinen dunkelsten Mantel, den ich normalerweise zu Beerdigungen trug, schaltete mein Flurlicht aus und schob mich so leise wie möglich auf die Straße hinaus.

Im Stroke'schen Haus brannte Licht! Zwar waren die Läden vorgelegt, aber als ich in weitem Bogen auf die Rückseite der Häuserzeile schlich, sah ich den schwachen Schein durch die Latten schimmern.

Vincent Stroke war Witwer seit Dinosaurierzeiten. Wer also geisterte nach seinem Tod durch sein Haus?

Ich stellte der Leiche die Frage, kaum, dass ich nach einer fast schlaflosen Nacht wieder beim Skelett des Igus zu hämmern begann.

»Kein Mensch hat dich leiden können, Vince!«, fuhr ich fort, ohne ihn lange anzusehen, schließlich musste ich mich auf meine Arbeit konzentrieren, durfte die Saurierwirbel nicht beschädigen. »Weder der Postbote, den du angegiftet hast, weil seine Stiefel angeblich zu viel Dreck auf deinem Fußabstreifer hinterließen, noch deine Mieter, die sich von dir schikanieren lassen mussten, und noch nicht mal der Bäcker, weil du behauptet hast, er würde Mäusedreck in seine Scones verbacken. Und deinen Nachbarn hast du vergrätzt, weil du seine Katze vergiften wolltest, als sie ihre Hinterlassenschaft in deinem Rosenbeet vergraben hat. Dabei haben deine Billigrosen sowieso nie richtig geblüht.« Ich warf der Leiche einen kurzen Blick zu, aber sie hatte den Kopf abgewandt. Oder ich mich anders hingekniet. »Nicht mal dein eigener Sohn kann dich ausstehen«, zählte ich unerbittlich weiter auf. »Das letzte Mal, als Bob hier war, habt ihr euch so laut angebrüllt, dass sich die halbe Straße die Ohren zuhalten musste. Ich war zu der Zeit leider nicht da, aber der Bäcker hat's mir erzählt, und, nebenbei bemerkt, *ich* finde seine Scones sind die besten in ganz Dorset! Fast so gut wie meine.«

Was mich daran erinnerte, dass es längst Frühstückszeit war. Ich zog die Tüte mit den Scones aus der Tasche, stellte einen frischen Becher Clotted Cream und ein Töpfchen Erdbeermarmelade auf den glattpolierten Felsen, den ich als Tischchen benutzte, und wischte mein Messer an der Hose ab.

»Wir haben nie zusammen gefrühstückt, Vince, ist dir klar, dass das heute eine Premiere wird?« Der Tag versprach schön zu werden, wärmer als die vorigen, und zwei neugierige Fliegen summten um Vincent Strokes Nase. »Eigentlich sollte ich für jemanden, der so ein Arsch war wie du, sowieso nicht die Polizei holen«, überlegte ich laut, während ich mir dick Marmelade und Rahm auf das erste Scone strich.

Genau in diesem Moment hörte ich den Wagen und erstarrte passend zu Leiche und Skelett. Jedoch nur für eine halbe Minute. Dann rannte ich zu meinem Werkzeug, sammelte alles ein und schob es zusammen mit dem Rucksack und meiner eigenen Person dahin, wo schon die Leiche lag: unter den Felsüberhang, wo wir nicht gesehen werden konnten.

Das Motorgeräusch erstarb, nun war nur noch die Brandung zu vernehmen. Die Leiche und ich hielten den Atem an, und zum ersten Mal in meinem Leben fühlte ich mich dem alten Vincent fast freundschaftlich verbunden. Denn wer da, fünfzig Fuß über uns, herantrapste, konnte fast nur der Mörder sein.

»Hallo?« Eine Männerstimme, verzerrt durch den immer noch starken Wind.

Wusste der Scheißkerl, wer immer er sein mochte, dass ich hier unten hockte? Oder wollte er nur herausbekommen, ob die Leiche wundersamerweise ins Leben zurückgefunden hatte? Ich warf einen Blick zu Vince und legte den Finger auf die Lippen. Die fünf oder sechs Fliegen, die um sein Gesicht surrten, gaben sich dennoch keine Mühe leise zu sein.

»Ist da wer unten?« Er fragte nicht sehr laut, der da oben, was ihn in meinen Augen erst recht als Täter auswies. Ein Tourist hätte in dieser Einsamkeit keine Scheu gefühlt, die Frage laut gegen den Wind zu brüllen. Wahrscheinlich war der Mörder zurückgekehrt, um zu checken, ob das Meer die Leiche tatsächlich verschlungen hatte. Vermutlich quälten ihn Zweifel, weil die Sturmflut ausgeblieben war.

Ich warf einen sehnsüchtigen Blick zu meinen Scones. Fehlte grad noch, dass mein Magenknurren Brandung und Wind übertönte! Vorsichtig streckte ich die Hand aus. Wer mich nicht sehen konnte, würde auch nicht merken, wenn ich etwas aß. Doch prompt rutschte mir der erste Krümel in die falsche Kehle. Ich presste beide Hände auf den Mund, um den Husten zu unterdrücken, merkte, wie ich rot anlief, immer röter, wie mein Gesicht heiß wurde. Ich rang nach Atem, und die Fliegen surrten zu mir, in der Hoffnung auf eine zweite Leiche. Schließlich konnte ich den Husten nicht länger zurückhalten, sonst würde ich ersticken. Ich hustete, hustete mir fast die Seele aus dem Leib, und weit über mir startete der Wagen. Fast ohnmächtig sank ich gegen den Fels. Wenn der Typ nur zwei Minuten später weggefahren wäre, hätte er mich todsicher gehört!

»Scheiße, Vince! Musst du mir noch im Tod Ärger machen?«, schrie ich die Leiche an. Ihr Gesichtsausdruck hatte sich verändert, und außerdem begann sie in der Wärme der Sonne zu riechen. Die hässlichen Würgemale am Hals machten sie auch nicht schöner. Ich verspürte große Lust, sie einfach ins Meer zu stoßen. Aber irgendwo in meinem Hinterkopf lebte die brave, im Wesentlichen gesetzestreue Bürgerin, die mich mahnte, die Leiche aufzubewahren, um ihre Existenz schließlich doch der Polizei mitzuteilen. Später. Wenn mein Igu fertig ausgemeißelt war.

Um mich zu beruhigen, aß ich zwei Scones, trank zwei Tassen meines geliebten Ceylon-Tees aus der mitgebrachten Thermosflasche, sortierte meine Meißel und kehrte zu dem Skelett zurück. Das Wichtigste, den Schädel, hatte ich schon vor Wochen geborgen; er lag, in meinen besten Kopfkissenbezug gewickelt, in meinem Kleiderschrank zu Hause. Auch die anderen, von der zentralen Steinplatte im Lauf der Jahrmillionen abgebrochenen Teile hatte ich bereits nach Hause geschafft. Nur der letzte Teil der Wirbelsäule stak tief im Fels, aber ich gab die Hoffnung nicht auf, auch ihn ohne Bruch bergen und am Seil hochziehen zu können. Zwei, maximal drei Tage würde ich noch benötigen, schätzte ich; solange würden Vince und ich eben miteinander klarkommen müssen.

Die Frage, wer den alten Stinkstiefel auf dem Gewissen haben mochte, ließ mir auch während der diffizilsten Meißelarbeiten keine Ruhe. Freunde hatte Vince schon ewig nicht mehr gehabt, dafür eine stetig wachsende Zahl von Feinden. Welchem davon würde ich einen Mord zutrauen? Im Grunde fast jedem. Es war eine raue Gegend hier an der Jurassic Coast und manchmal führten sich die Menschen auf wie die perfekten Erben der Dinosaurier, der Carnivoren, vor allem.

Vinces Nachbar Jake zum Beispiel, mit seiner paranoiden Angst um das Leben seiner hässlichen, schwanzlosen Katze. Hatte der nicht schon einmal gedroht, Vince abzustechen, sobald der dem grausligen Vieh auch nur ein Haar krümmte? Und Vinces Sohn Bob, der etwa in meinem Alter sein musste?

»Der Junge säuft von früh bis spät, das hat doch jeder im Dorf mitgekriegt«, wandte ich mich wieder an meine Leiche. »Und aus jedem Job, den er bekommt, fliegt er schneller wieder raus, als du hier runtergeflogen bist. Mag wetten, der ist auf die Kohle scharf, die du irgendwo in deiner Bude bunkerst.«

Wenn Vince noch hätte sprechen können, hätte er vermutlich geknurrt, ich solle mich zum Teufel scheren. Aber vorher gefälligst noch die ausstehenden Mieten zahlen. Denn nur durch beharrliches Knausern war er reich geworden.

An diesem Abend schlich ich wieder zu Vincent Strokes' Haus. Irgendwie fühlte ich mich verantwortlich für diese Leiche, mit der ich so viel Zeit verbrachte. Fast war es, als würden Vince und ich einander näher rücken, während wir nebeneinander am Strand hockten beziehungsweise, in seinem Fall, lagen.

Wieder brannte im Innern des tristen grauen Gebäudes ein Licht und diesmal war ich entschlossen zu bleiben. Abzuwarten, bis der finstere Gast sich zeigte. Zum Glück regnete es wenigstens nicht, aber die Nacht war kühl, und die Gedanken daran, dass in diesem Haus ein Mord geschehen war, alles andere als beruhigend.

Als ich schon über eine Stunde lang hinter einem Strauch auf der dem Eingang gegenüber liegenden Straßenseite kauerte und mich fragte, ob ich mit meinen halb ertaubten Beinen je wieder würde aufstehen können, warnte mich ein Knarren, dass sich die Tür langsam öffnete. Wer würde herauskommen? Ich strengte meine Augen an, mühte mich, das von einem karierten Käppi beschattete Gesicht zu erkennen.

Natürlich, hatte ich's mir doch gedacht! Ich sah zu, wie der Einbrecher die Straße überquerte, den Kragen hochgeschlagen, und spürte, wie die Angst in mir hochkroch. Hatte er mich gesehen? Hatte ich mich durch eine unachtsame Bewegung verraten?

Nein, zum Glück ging er an mir vorbei, stellte sich an den Lampenpfosten, dessen Licht nicht mehr funktionierte, und urinierte.

Meine Beine begannen zu krampfen, ehe der Kerl endlich seine Blase ausreichend entleert hatte und gemächlich, als habe er nichts zu verbergen, die Straße hinabschlenderte.

Ich stolperte auf die Füße, taumelte und wäre fast in die Arme des Mannes gefallen, der gerade um die nächste Hausecke gebogen war: Arthur.

»Nanu, suchst du deinen Steinkram jetzt schon in der Nacht?« Er fixierte mich mit seinem Polizistenblick, doch für den Moment war ich nur erleichtert, ihn zu sehen. Wenn jemand mich gegen Vinces Mörder schützen könnte, dann er!

»Oder«, Arthur ließ seinen Blick zu Vincents dunklem Haus schweifen, »hast du Mr. Stroke besucht? Als ich ihn das letzte Mal getroffen habe, sah er ein bisschen spitz aus, fand ich. Wird eben keiner von uns jünger, leider.«

Ich musste an Vinces aufgedunsenes Gesicht denken. »Also ... äh ... mir ist nichts dergleichen aufgefallen.«

»Wirklich nicht? Also, ich hatte mir eingebildet, dass er schlecht aussah. Hockt ja auch zu viel in seiner muffigen Bude. Gehört mehr raus an die Luft, der Mann. Aber auf die Stimmen der Vernunft wollte er ja noch nie hören.«

Luft bekam Vincent Stroke da, wo er lag, reichlich. Und er wurde in der Tat nicht weniger, sondern eher mehr. Mittlerweile hatte es sich bei sämtlichen Fliegen zwischen Bath und Dover rumgesprochen, dass man sich bei ihm wohlfühlen konnte. Mein gutes Verhältnis zu ihm litt unter diesen Bedingungen, und meistens richtete ich es so ein, dass ich ihm beim Arbeiten den Rücken zuwandte. Um meine Unhöflichkeit auszugleichen, redete ich besonders freundlich mit ihm.

»Nur noch ein paar Knochen und ich hab den Baby-Igu vollständig aus dem Fels. Dann bau ich mein Seil ab und erzähl dem guten Arthur, dass ich dich da unten hab liegen sehen. Der sagt sicher den Kriminalern in der Stadt Bescheid, und danach sollen die sich um dich kümmern.« Ich zögerte, denn mir fiel ein, dass Vince in dem Fall aus der schönen Natur in eine hässliche, dunkle Kammer in der Leichenhalle umziehen musste.

»Du willst sicher, dass dein Mörder gefasst wird, oder? Selbst wenn er ...« Ich brach ab, als ich erneut einen Wagen hörte.

»Komm rauf, Cathy! Das Spiel ist aus!« Erschrocken warf ich einen Blick zu Vince, dann hoch zur Klippe.

Niemand konnte mich sehen, oder? Als ich den Wagen hörte, war ich doch sofort wieder unter den Überhang geflüchtet!

»Mach schon! Oder muss ich meine Kollegen zu Hilfe rufen?«

Kollegen? Mir drehte sich alles. Dort oben stand Arthur! Wie viel wusste er? Was würde er nun von mir denken?

»Heute Morgen bin ich mit einem Boot an diesem Strand vorbeigefahren«, rief Arthur von oben herunter. »Und hab ihn liegen gesehen.« Anzulanden hatte er sich wegen der heftigen Brandung

vermutlich nicht getraut, nur mit dem Fernglas zu den Felsen ge-
linst.

Mein Mund wurde trocken. Morgen oder übermorgen wäre ich
mit der Arbeit an dem Igu fertig gewesen. Und jetzt?

»Du hattest Schulden bei ihm. Nachts bist du um sein Haus gestrichen.« Arthur musterte mich mit einer Strenge, die ich so gar nicht
von ihm kannte. »Und jetzt treff ich dich bei der Leiche an. Du
kannst mir nicht erzählen, dass das Zufälle sind!«

»Doch«, schrie ich verzweifelt, und in der Hosentasche ertasteten
meine Finger einen fossilen Wirbelknochen, den ich kurz zuvor aus
seinem steinernen Bett befreit hatte. »Ich kann alles erklären! Und
ich weiß auch, wer ihn wirklich umgebracht hat. Den Vince, meine
ich.«

»Und wer sollte das gewesen sein?«

»Sein Sohn! Bob Stroke. Ich hab ihn aus Vinces Haus kommen
sehen, nachts.«

Fast mitleidig schüttelte Arthur den Kopf. »Zum Tatzeitpunkt hat
Bob Stroke mit mir Karten gespielt. In Christchurch. Meilenweit
von hier entfernt. Und wie immer halb besoffen.«

»Und warum geisterte er dann nachts durch Vinces Haus?« So
leicht wollte ich mich nicht geschlagen geben, begriff mit Entsetzen,
dass nicht nur meine Arbeit, sondern sogar meine Freiheit auf dem
Spiel stand.

»Vielleicht hat er nach Geld gesucht? Das wird sich nie klären
lassen, fürchte ich. Aber eins ist klar wie Hühnerbrühe, Cathy: Dass
ich dich festnehmen muss. Wegen Mordverdachts.«

Und erst im Auto, als ich wie ein Häuflein Elend auf dem Rück-
sitz kauerte, begriff ich, was mir an Arthurs Worten falsch vorgekommen war. Kapierte, wie sich alles abgespielt haben musste.

Mein grüner Sack stand neben mir im Fußraum. Zwar hatte ich
in der Hast mein Werkzeug am Strand vergessen, aber der Sack ent-
hielt ein paar schwere, versteinerte Igu-Knochen. Schwer genug, um
sie jemandem über den Schädel zu ziehen …

Als ich zurück an *meine* Küste fuhr, fielen mir die Scharen kreischender Möwen auf, die vom Meer her landeinwärts zogen. Im Gegensatz zu Arthur, der jetzt im Kofferraum reiste, wusste ich sofort, was das bedeutete: einen aufziehenden Sturm, der sich mit allen Meerwassern gewaschen hatte. Und *meinen* Strand reinwaschen würde. Die Felsabschläge, die beim Freilegen des Igus angefallen waren, sämtliche Sconeskrümel, sämtliche Leichen würden am nächsten Morgen in den Tiefen des Meeres verschwunden sein.

Aus Pietätsgründen warf ich Arthur nicht einfach über die Klippe, sondern ließ ihn sanft an einem Seil auf den Strandstreifen hinabgleiten.

»Siehst du, Vince«, sagte ich, ohne meine erste Leiche anzusehen, vor deren Gesicht mir langsam graute. »Ich hab dich gerächt. Jetzt brauchen wir keine Bullen mehr, verstehst du?«

Ich drehte mich zu Arthur und versetzte ihm einen Fußtritt, zum Ausgleich für die Angst, die ich in seinem Wagen verspürt hatte.

»Vinces Sohn war zum Tatzeitpunkt also mit dir zusammen? Und woher hast du gewusst, wann genau Vincent starb? Nur der Täter konnte das wissen, du Schlaumeier! Oder die Täter, weil du wahrscheinlich mit Bob gemeinsame Sache gemacht hast. Um dir einen Anteil an Vincents Kohle zu sichern!«

Ein Vierteljahr später stand ich vor dem Traualtar, neben mir Bob Stroke, der reichste Mann von Kimmeridge. Ob er am Tod seines Vaters beteiligt gewesen war, wusste ich immer noch nicht, genauso wenig wie er wusste, wie und warum Dorfpolizist Arthur verschwunden war.

Meine Nachbarn tuschelten über meine seltsame Wahl; wer wollte schon einen chronischen Säufer zum Mann? Und sie prophezeiten, dass Bob unser gesamtes Vermögen in wenigen Jahren komplett in Whisky umgesetzt hätte.

Ich konnte ihnen nicht beipflichten. In unserer Gegend läuft ein Betrunkener ständig Gefahr, beim Abendspaziergang von einer Klippe zu stürzen. Und falls solch ein trauriger Unfall eintreten sollte, könnte die Witwe von ihrem Erbe ein kleines Fossilienmuseum aufziehen. Mit einer angegliederten Teestube, auf deren Karte Scones mit Clotted Cream an oberster Stelle stehen würden.

Träume sind dazu da, dass man sie sich erfüllt.

Cathys Schnell-Rezept für ihre Lieblingsscones

Zutaten:

- 2 ½ Tassen Weizenmehl 405
- 1 Päckchen Backpulver
- ¼ TL Salz
- 50 g Butter
- 150 g Fruchtjoghurt (Geschmacksrichtung nach Belieben)
- Mineralwasser nach Bedarf

Zubereitung:

Ofen auf 180 °C (Heißluft 160 °C) vorheizen.

Die Butter schmelzen (z.B. in der Mikrowelle).

Alle Zutaten rasch und nicht zu lange verkneten. Nur so viel Mineralwasser verwenden, dass der Teig gut formbar bleibt.

Aus dem Teig eine Rolle formen (Durchmesser 5-6 cm).

Die Rolle mit einem sehr scharfen Messer in 2-2 ½ cm dicke Scheiben schneiden.

Die Scheiben auf einem mit Backpapier belegtem Blech etwa 20 Minuten backen.

Die Scones mit Marmelade und Butter oder englischer Clotted Cream servieren.

Frisch aus dem Ofen schmecken sie am besten!

Klaus Stickelbroeck

Die schrecklichen Hunde von Barrymore Manor

Das Telefon störte beim Kreuzworträtsel.

»Unerfreulich.«

Bassist der Gruppe *The Jam*, sechs Buchstaben. *Foxton* trug ich ein und hob ab. »Jack Reese, Ermittlungen aller Art.«

Der Mann am anderen Ende der Leitung atmete laut durch.

»Reese, kennen Sie sich mit Hunden aus?«

»Ich habe neulich beim Rennen in der Chingford Road auf einen Hund namens *Brilliant Snail* gewettet.«

»Wollen Sie mich auf den Arm nehmen?«

»Ich weiß es nicht, Sir. Ich weiß ja nicht mal, wer Sie sind.«

Der Mann schnaufte. »Lord Alf Barrymore en Roses.«

Oha. Ich raschelte die *Times* zur Seite. Lord Alf Barrymore und die dazugehörigen Rosen war allerfeinster, britischer Hochadel. MBE, House of Lords und so weiter, großes Anwesen im Westen unserer schönen Insel. So reich, dass es schon peinlich war.

»Reese, ich vermisse meinen Hund.«

»Ähm …«

»Es ist natürlich nicht irgendein Hund.«

»Natürlich nicht.«

»Es handelt sich um Shawn of the Rising Rainbow. Ich möchte, dass Sie ihn wiederfinden.«

»Lord Barrymore, mit allem Respekt, aber ich glaube, ich bin in dieser brisanten Situation nicht der richtige Ansprechpartner. Es gibt etablierte Institutionen mit jeder Menge Sachverstand, die …«

»Sie sind mir empfohlen worden.«

Ich stutzte. Ich war ein recht erfolgreicher Privatermittler, meine Agentur im Londoner Stadtteil Kensington lief blendend, aber ich wunderte mich doch, dass sich meine Fähigkeiten bis in höchste Adelskreise Englands herumgesprochen hatten.

»Empfohlen? Von wem?«

»Von ihr.«

»Wer ist *ihr*?«

Er schwieg. Salbungsvoll. Von ihr? Oh. Also ... von *ihr*!

Jetzt war ich doch sprachlos. Fast. »Wir hatten nur einmal ganz kurz und eher beiläufig miteinander zu tun«, murmelte ich in den Hörer und erinnerte mich an das einzige Mal, bei dem ich meiner hochverehrten Königin in einer privaten Angelegenheit beratend hatte zur Seite stehen dürfen.

»Kurz und eher beiläufig. Das ist mir klar, Reese. Und? Übernehmen Sie den Fall?«

»Unter diesen Umständen ...«

»Ich erwarte Sie gegen 16.57 Uhr. Wenn Sie gleich losfahren, ist das machbar.«

Ich warf einen Blick auf die Uhr. Das war in knapp sechs Stunden. »Wo genau darf ich hinkommen?«

»Zu mir. Aufs Anwesen. Barrymore Manor in Gwinear-Gwithian. Sie wissen, wo das ist?«

»Selbstverständlich. Gwinear-Gwithian, Grafschaft Cornwall, ehemaliger District Penwith«, konnte ich antworten.

Nach Gwinear-Gwithian wird in Kreuzworträtseln oft gefragt, wenn der Erschaffer des Rätsels sich mit den Querfragen verbaut hat. Außerdem war dort ganz in der Nähe vor knapp einer Woche ein Juwelier überfallen worden, Diamanten im Wert von mehreren Hunderttausend Pfund waren weg. So Sachen merke ich mir. Ich bin Privatdetektiv, das ist subjektive Wahrnehmung, da kann ich gar nichts gegen tun.

»Dann bis gleich. Seien Sie pünktlich!«

Wir legten gleichzeitig auf. Der schnelle Blick auf die Zeiger eines alten Erbstücks, das an der Wand relativ regelmäßig tickte, gebot mir dringend, mich zu beeilen. Bis in den untersten linken Zipfel der Insel waren es knappe 600 Kilometer.

Brilliant Snail fiel mir wieder ein. 100 Pfund hatte ich auf das Tier gesetzt. Und verloren. So gut kannte ich mich mit Hunden aus.

*

Das aufwendige Anwesen hätte einen unbedarften Besucher sicher total beeindruckt. Mich nicht. Zwar waren solche prunkvollen Herrensitze in London selten, aber ich hatte alle Folgen von *Inspektor Barnaby* gesehen und mochte keinesfalls ausschließen, dass der prächtige Landsitz derer von Barrymore en Roses schon mal in einer Folge als Kulisse gedient hatte.

Die gesamte Anlage war als repräsentatives U angelegt. Am Kopfende erreichte man über eine lang gezogene, mit weißem Kies ausgelegte Auffahrt das efeuberankte Manor. Rotbrauner Stein, weiße Fensterrahmen, Gauben, viel Schiefer. Ins Herrenhaus eingelassen war eine kleine Kapelle mit Glockentürmchen und Buntglasfenster. Links und rechts gingen mit Riet bedachte Stallungen ab.

Mehrere Ahornbäume spendeten Schatten. In der Mitte des U's befand sich ein mit grauen Steinen eingefasster, ovaler Teich mit Rosen, die dem Zunamen der Barrymores zur adeligen Ehre gereichten. Ein etwa vier Jahre altes Kind mit langen schwarzen Zöpfen spielte mit einem Ball, ein älterer Reitersmann mit ausladenden Säbelbeinen und karierter Kappe o-beinte ein hölzernes Wagenrad von rechts nach links.

Ich war pünktlich. Zu klingeln brauchte ich nicht, ich wurde erwartet.

Ein genau wie ich um die 35 Jahre alter Butler mit tiefen Koteletten führte mich steifen Schrittes mit unbewegter Miene durch einen dunklen Flur. Ich grüßte höflich mehrere Ritterrüstungen, bis mein wortkarger Begleiter mich in einen hellen Salon mit bodentiefen Fenstern führte.

Lord Alf Barrymore en Roses erwartete mich. Genau so hatte ich mir den jüngsten Spross alten Adels vorgestellt. Alf war knapp 50

Jahre alt. Er trug vornehme Blässe, die hohe Stirn licht und trotz der spätsommerlichen Temperaturen eine dezent karierte Tweedjacke mit dunkelbraunen Aufnähern an den Ellbogen.

»Jack Reese, nehme ich an. Nehmen Sie Platz!«

Er schüttelte mit kräftigem Griff meine Hand und musterte mich durch eine unauffällige, randlose Brille. »Ich hatte Sie mir anders vorgestellt.«

»Weiß?«, fragte ich.

Er warf den Kopf in den Nacken. »Ich habe mit Ihrer Hautfarbe kein Problem. Ich weiß die kulturellen Unterschiede unseres geliebten Commonwealth durchaus zu schätzen. In allen Hautfarben.«

Immerhin.

Nicht die schlechteste Antwort.

»Kommen wir gleich zur Sache. Das ist ein Bild von Shawn.«

Er reichte mir ein gerahmtes Foto, das so aussah, als würde es üblicherweise einen teuren Schreibtisch zieren, und einen schwarzen Labradormix in Hab-Acht-Pose zeigte.

Der Butler schenkte derweil Tee ein. Richtig: inzwischen war es fünf Uhr. Der Hemdsärmel legte eine gezackte Narbe auf der Rückseite seiner rechten Hand frei, die nicht recht zum korrekt-vornehmen Habitus des Mannes passen wollte. Mein älterer Bruder hat eine ähnliche Narbe.

»Wann ist der Hund weggekommen?«, setzte ich entschlossen mit Ermittlungen an.

»Vorgestern. Ich verließ das Haus gegen 20.15 Uhr. Da war er noch da.«

»Erst vorgestern. Vielleicht kommt er von alleine zurück.«

»Ich fürchte nicht. Er ist ausgestopft.«

Ich schluckte.

»Ein Geschwür. Bösartig. Hat sich rasend schnell durch den Körper gefressen. Ich musste ihn einschläfern lassen, schlimme Sache. Er war erst sechs Jahre alt.«

Ich nickte. »Verstehe.«

»Das war am vierten Juli letzten Jahres.«

Knapp über ein Jahr her, rechnete ich nach. »Und Shawn ... äh ... stand wo?«

»Gleich hier im Eingang des Salons. Ein Prachtbursche. Er stand glänzend im Fell.«

»Ach?«

»Ich hatte ihn nur eine Woche zuvor einer Generalüberholung zugeführt. Beim hiesigen Präparator. Das war wie ein kleiner Urlaub für ihn und hat ihm richtig gut getan.«

Ich nickte. Und kam auf eine ganz heikle Sache zu sprechen. »Shawn ist wirklich ein ... Prachtbursche. Ich frage mich allerdings, wer als Täter in Frage kommen soll.«

»*Genau das* herauszufinden ist jetzt Ihre Aufgabe.«

Lord Alf zückte eine Taschenuhr. »Wir liegen natürlich genau in der Zeit. Sehr gut. Mrs. Cunnigham ist meine Köchin und hat Ihnen auf mein freundliches Geheiß hin etwas Gutes zubereitet. Dann sollten Sie sich allerdings zügig an die Arbeit machen. Wohnen können Sie hier im Gästezimmer. Das wird Roger ihnen zeigen.«

»Sehr wohl«, sagte Roger, so hieß also der Butler, und nickte.

Ich nickte zurück.

*

Mrs. Cunnigham schüttelte den Kopf und stemmte ihre mächtigen Hände in ihre mächtige Hüfte. »Sie sollen also dieses fürchterliche Viech suchen?«

»So schlimm?«

»Undiskutabel. Meine Enkelin Emily verbringt ihre Sommerferien hier auf Barrymore Manor und hat von dem Ding Albträume bekommen. Ich bin froh, dass der olle Staubfänger weg ist.«

Ich grinste.

Und ehrlich: am liebsten hätte ich mir die Finger abgeleckt. Mrs. Cunningham hatte punktgenau eine Cornish Pasty gebacken, die ihresgleichen hätte suchen müssen. Sagenhaft. Die halbmondförmige Blätterteigtasche hatte sie auf traditionelle Art mit Kartoffelwürfeln, mageren Rumpsteakstreifen und Zwiebeln gefüllt, die Pasty hatte mehr als nur gemundet.

»Das Ding hat gemüffelt«, fuhr Mrs. Cunningham fort. »Wenn es oben in Manchester geregnet hat, konnte man das hier im Salon riechen.«

»Und da regnet es oft.«

Sie räumte den Teller ab. »Was ich sage. Shawn war zu Lebzeiten ein fürchterlich träger Hund. Der hat meistens nur faul im Hof rumgelegen. Tot war dann in dem Kerl mehr Leben als vorher, wenn Sie wissen, was ich meine.«

Ich hatte eine vage Ahnung, verdrängte den Gedanken an krabbeliges Gewimmel aber schnell, weil ich den entzückenden Genuss der Pasty nicht belasten wollte.

»Dann ist es ja gut, dass er neulich beim Präparator war.«

»Das war nicht nur gut, sondern allerhöchste Zeit. Der Schwanz hing schlaff, das linke Ohr stand schief und die Pfote vorne rechts fiel immer ab. Außerdem hat mir sein Fell den Staubsauger verstopft. Ein grausiges Vieh. Von mir aus brauchen Sie sich bei der Suche gar nicht so sehr viel Mühe geben. Ein simpler Ficus Benjamina würde es im Flur auch tun.«

Roger räusperte sich. »Ich werde Ihnen nun die Gästekammer zeigen.«

Wir standen auf.

»Mrs. Cunningham, Sie sind eine Zauberin«, lobte ich die Köchin.

Mrs. Cunningham nickte wohlwollend und hatte in ihren vergangenen ca. siebzig Lebensjahren Komplimente dieser Klasse sicher schon häufiger gehört. Sicher alle zu Recht.

Wir überquerten den Hof und Roger führte mich in eines der beiden östlichen Nebengebäude. Es war ein Pferdestall. Fette, braune Bremsen stürzten sich hungrig auf uns.

»Hier entlang, bitte«, kommandierte Roger mich eine schmale Holztreppe hoch.

Die hatte ich heftig um mich wedelnd zur Hälfte erklommen, als mich plötzlich … jemand am Hosensaum festhielt.

Ich fuhr herum. »Was …?«

Ein zerknitterter, faltiger Kerl zuppelte mit runzliger Hand an meinem Bein und krächzte: »Sie sind hier, um den toten Hund zu suchen?«

Mit sanftem Ruck zuckte ich die Hose samt Bein frei. »Ja, äh … Ihr Name war wie?«

»Sie werden keinen toten Hund finden!«

Roger räusperte sich. »Das ist Mad John. Er ist … wie der Name schon sagt.«

Der Alte kniff seine wässrigen Augen zusammen. »Spotte nur!«

Sein Gesicht bestand nur aus diesen kleinen Äuglein, zwei dichten Büschen Augenbrauen darüber und einer riesigen, löchrigen, blaurot gekraterten Nase. Er stach mit dem Finger zuerst in Richtung Roger, dann nach mir.

Ich machte einen Schritt zurück.

Seine düstere Stimme schien aus einer anderen, heiseren Welt herüberzuwehen. »Sie werden keinen toten Hund finden, weil … der Hund noch lebt!«

Ich runzelte die Stirn. Roch es hier plötzlich ein bisschen nach Schwefel? Roger hinter mir seufzte.

»Shawn lebt und wird wiederkommen«, flüsterte John.

Ich konnte mich noch an das Sterbedatum des Tieres erinnern. »Shawn starb am vierten Juli letzten Jahres.«

»Ach was«, wischte er mit wildem Schwung das Detail vom imaginären Tisch.

Ich versuchte es mit einem zweiten Sachargument, das meiner Ansicht nach wirklich dringend gegen eine eigeninitiativliche Rückkehr des Hundes sprach. »Der Hund war ausgestopft.«

Der Faltige schüttelte sein graues Haupt. »Sie können eine Seele nicht ausstopfen.«

»John«, mahnte Roger.

Ich spürte einen lauwarmen Luftzug.

Mad John fuhr fort. »Sie können mit dem … Tier machen, was Sie wollen, aber Shawn ist nicht tot. Und er wird wiederkommen. Und er wird töten. Sie kennen die schreckliche Legende der Hunde von Barrymore Manor?«

Ich spürte eine Gänsehaut. »Welche Legende?«

»John! Es reicht jetzt«, rief Roger den Alten zur Ordnung.

»Shawn wird zurückkehren. Giftiger und böser als zuvor. Blut. Ich sehe Blut.« Er senkte die Stimme. »So wie damals.«

Ich setzte zu einer Frage an.

Roger murmelte: »Lassen Sie ihn!«

Mit energischem Griff zog er mich am Arm die restlichen Stufen der Treppe hoch, ließ Mad John unten am Treppenaufgang stehen und schloss, in der ersten Etage angekommen, energisch hinter uns die Zugangstür.

»Der Alte ist verrückt. Es wimmelt hier in der Gegend von alten Zinngruben. Er ist vor Jahren in einen Schacht gestürzt. Erst nach zwei Wochen ohne Sonnenlicht haben sie ihn gefunden.«

Butler Roger drückte eine Tür auf und wir traten in ein karges, aber hübsches Gästezimmer mit braunen Holzdielen. Während ich meine Reisetasche auf einen Tisch wuchtete, öffnete Roger ein kleines Fenster und ließ frische Luft herein.

»Lassen Sie sich von Mad John keinen Floh ins Ohr setzen. Das Gefährlichste hier sind die lästigen Bremsen. Ich wünsche einen angenehmen Aufenthalt.«

Ich streckte ihm dankbar die Hand entgegen. Wohl eine für den Butler ungewöhnliche Geste, denn er ergriff meine Hand eher zögerlich. Ich griff herzhaft zu und ruckte die Hand kraftvoll nach oben.

»Was soll das?«, erboste sich Roger.

Ich nickte auf seine Handaußenfläche. »Die Narbe. Das doppelte Wandsworth-W. Ich habe einen älteren Bruder, der hat auch in Wandsworth gesessen.«

»Ich weiß nicht, was Sie meinen.«

»Na, die Tätowierung. Sie haben versucht, sie entfernen zu lassen. Wie mein Bruder. Bei dem sieht das Ergebnis genauso aus. Aber hier kann dieses doppelte W sicher keiner dem Knast in London zuordnen.«

Roger pumpte Luft in seinen Brustkorb, zog die Hand zurück und legte sie trotzig auf den Rücken. »Ich arbeite seit über sechs Jahren in Barrymore Manor und habe mir hier nichts zuschulden kommen lassen. Lord Barrymore weiß selbstverständlich über meine Vergangenheit umfassend Bescheid, ich genieße sein vollstes Vertrauen. Ich bin schließlich kein Mörder.«

»Sondern?«

Er blickte mir direkt in die Augen. »Das geht Sie nichts an!«

Er drehte sich auf dem Absatz um und ließ die Tür ganz unprofessionell hinter sich in den Rahmen knallen.

Ich schritt ans Fenster, um es zu schließen. Ich komme aus London. Zu viel frische Luft macht mich nervös.

»Das Gefährlichste hier sind die Bremsen?«

Ich strich mir nachdenklich übers Kinn und war sicher, dass auch ausgestopfte Hunde erst an zweiter Stelle kamen. In Wandsworth saßen die richtig bösen Jungs, die, mit denen gar nicht zu spaßen war. So Typen wie mein Bruder.

Daher war es nicht der mysteriöse Hund, der mich ins Grübeln brachte. Sicher nicht. In jedem zweiten Schloss oder Manor hier in Cornwall trieben kopflose Untote oder durchsichtige Urahnen kettenrasselnd ihr metzelndes Unwesen.

Nein, nein. Da blieb ich locker. Aber Roger ... Das war schon irgendwie was Handfesteres. Ich würde in der Doppel-W Sache mal mit meinem Bruder telefonieren.

Aber zurück zum Hund. Wer stiehlt einen ausgestopften Köter? Vielleicht sogar Mad John. Möglicherweise hatte das Verschwinden von Shawn of the Rising Rainbow etwas mit der besagten Legende zu tun und da ergab es sehr wohl Sinn, sich diese Geschichte mal genau anzugucken. Um was ging es dort?

Hatte ich auf der Hinfahrt nicht eine Bücherei gesehen?

Doch.

Hatte ich.

*

Fünf Minuten später hatte ich meine Tasche ausgepackt und vier Bremsen getötet. Fünf weitere Minuten und ein Telefonat später wollte ich gerade in meinen Ford steigen, als mich plötzlich direkt am Fahrzeug ein Mann übers Dach hinweg mit süffisantem Singsang ansprach. »Sie suchen jetzt also den ausgestopften Hund?«

»Fragt bitte wer?«, entgegnete ich.

Aus Zeitgründen hatte ich mich in Sekundenbruchteilen entschlossen, den Mann in seinem weißen Sommeranzug mit der großen aristokratischen Nase nicht leiden zu können. Einfach so. Man muss nicht jedesmal in die Tiefe gehen, um sich eine Meinung zu bilden. Geht auch ohne.

»Cedric Barrymore. Mein Vater hat Sie engagiert, diesen … Job zu erledigen.«

Er blieb auf der anderen Seite des Fahrzeugs stehen. Ich nickte ihm zu. »Das hat er. Genau.«

Er schüttelte spöttisch den Kopf. »Na dann: Viel Erfolg! Haben Sie schon in den Mülltonnen nachgesehen?«

»Sie mögen keine Hunde?«

»Pferde finde ich gut. Die laufen schneller.«

Ich konnte ergänzen. »Und haben die längeren Schwänze.«

Cedric Barrymore changierte schlagartig ins Rötliche. Wie gesagt: Wenn ich mir einmal nach reiflicher Überlegung und Abwägung sämtlicher Für und Wider ein umfassendes Urteil gebildet habe, kann ich sehr konsequent sein. Und dieser in Weiß daherkommende Sechzigerjahre-Dandy mit blauem Angebertüchlein in der Anzugjacke machte es mir leicht.

Er hatte sich aber erstaunlich gut unter Kontrolle. »Ich sehe, Sie sind genau der richtige Mann für diese anspruchsvolle Aufgabe. Weiterhin alles Gute, schwarzer Bruder!«

Er grinste mies und anzüglich. Ich ging schnellen Schrittes ums Fahrzeug rum, holte aus und schlug ihm mit der Faust mitten auf die große, aristokratische Nase. Mit einem lieblichen Knirschen ging dort alles knackend kaputt, was das aristokratische Riechorgan über Generationen genetisch ausgemacht hatte.

Nein. Tat ich natürlich nicht. Ich grinste ähnlich debil zurück, machte eine kurze Notiz auf meiner internen Merkliste, stieg wortlos ins Auto und fuhr davon.

*

Ich fand es erstaunlich, dass die kleine 3000-Seelen-Gemeinde eine Bücherei hatte. Noch bemerkenswerter war die junge Dame, die mich im nostalgischen Backsteinbau erwartete. Üblicherweise sehen Bibliothekarinnen aus wie Margaret Thatcher. Diese hier sah aus wie Victoria Beckham. In ihrer gesunden 55-Kilo-Phase.

Und die junge Frau hatte eine ähnlich kräftige Stimme. »Hallo?«

Ein Namensschild verriet, dass ich es hier nicht mit Posh-Spice zu tun hatte, sondern eine gewisse Meredith Heamoor vor mir stand.

Ich lehnte mich über die Rezeption. »Hallo, Meredith. Mein Name ist Reese. Jack Reese. Ich brauche eine Auskunft.«

»Jack Reese? Sind Sie vom MI6? Haben Sie die Lizenz zum Töten?«

»Das dürfte ich jetzt nicht zugeben. Ich bin ganz harmlos.«

Sie musterte mich mit sorgfältig prüfendem Blick und verdammt, ich merkte, wie mir jugendliche Röte ins Gesicht stieg. Gott sei Dank war ich schwarz.

»Die Harmlosen sind langweilig.«

»Ich bin nur *ein bisschen* harmlos.«

»Schon besser. Mr. Jack Reese, was soll das denn für eine Auskunft sein?«

»Ich bin Privatdetektiv und ermittle in einer Vermisstensache. Jetzt brauche ich Informationen über die fürchterlichen, untoten Hunde von Barrymore Manor. Sicher gibt es etwas Schriftliches über die Legende.«

»Sicher, aber Sie können auch mich fragen. Ich kenne die Legende. Reicht Ihnen das?«

»Äh ... ja.«

»Gut.« Sie blickte auf die Wanduhr, schlug auf eine Glocke, die aber nur für uns beide bimmelte, und sagte: »Feierabend für heute.«

*

Zehn Minuten später saßen wir in einem Pub mit dem Namen *Tavern of the three Hanged that could have been deheaded better* und nippten am Ale.

»Die Legende ist natürlich Unsinn. Also, der Teil mit den Hunden. Schon im 18. Jahrhundert gab es hier rund um Barrymore Manor und in weiten Teilen Cornwalls große Zinnabbaugebiete. Es wurden zahlreiche Schächte gegraben. Die Bergarbeiter fuhren morgens in die Stollen ein, verbrachten den ganzen Tag unter der Erde und fuhren erst abends wieder aus. Die Zinnvorhaben waren enorm. Einige der Bergarbeiter haben die Zeit unter Tage genutzt, um eigene Stollen anzulegen.«

»Eine frühe Form von nicht angemeldeter Nebentätigkeit.«

»Genau. Die Erträge zwackten sie ab. Erstens war das sehr gefährlich, denn die Stollen waren nie professionell gesichert, und zweitens entzogen sie den Inhabern der Stollen Gewinn. Die Inhaber mussten reagieren und taten das, indem sie die schrecklichen Hunde von Barrymore Manor erfanden. Das waren Hunde, die ihr Grab verlassen und die es auf dem Weg zum ewigen Hundefriedhof in die Stollen verschlagen hatte. Wer also den offiziellen Pfad verließ, lief Gefahr, von den Hunden angefallen, verschleppt und getötet zu werden.«

»Das hat funktioniert?«

»Ja. Tatsächlich sollen dort immer wieder abgetrennte Hände, Füße und menschliche Knochenreste gefunden worden sein. Man mag da spekulieren. Das waren raue Zeiten damals.«

Ich versuchte kurz, die Legende mit dem Verschwinden von Shawn Rainbowdings in Verbindung zu bringen. Der gemeinsame Nenner blieb die abschreckende Wirkung des toten Tieres und die Angst, die man bekommen konnte, wenn man dem Tier plötzlich gegenüber stand.

»Welche arme Seele wird denn vermisst?«, fragte Meredith neugierig.

»Ein Hund.«

»Oh. Dann sollten Sie nächtens unbedingt mal in den Stollen nachsehen.«

»Es ist Shawn, der Hund von Lord Barrymore en Roses. Wenn Sie mich in die Stollen begleiten?«

Ein Schatten huschte über ihr Gesicht. »Ich begebe mich aus persönlichen Gründen nur sehr ungern nach Barrymore Manor.«

»Cedric?«, gab ich einen Schuss ins Blaue ab.

In ihren Augen funkelte es. »Ich glaube nicht, dass der Hund jetzt unterirdisch sein Unwesen treibt. Auch nicht, dass er blutrünstig auferstehen wird.«

Ich beugte mich über den Tisch. Sie roch nach einem Hauch von Literatur mit einem Schuss Dolce&Gabbana. »Was macht eine junge Dame in Gwinear-Gwithian, wenn sie nicht gerade in der Bücherei arbeitet?«

»Sie pflegt ihre arme, kranke Mutter und genießt den herrlichen Süden Englands mit seinem prächtigen Angarrack Valley und den traumhaften, menschenleeren Stränden. Ich schwimme sehr viel und bin eine leidenschaftliche Taucherin.«

Wir blieben noch eine Weile, bis sie sich ihrer Mutter erinnerte. Im Gehen legte sie eine Hand auf meinen Arm. »Wegen Cedric Barrymore: Ich war jahrelang seine Verlobte. Er liebt das Glücksspiel mehr als mich. Ich habe mich im Guten von ihm getrennt. Er sich nicht im Guten von mir. Deshalb meide ich das Manor. Bestellen Sie aber Lord Alf einen lieben Gruß und auch seiner Köchin, Mrs. Cunningham. Sie *müssen* ihre Cornish Pasty probieren. Ein Gedicht!«

Ich versprach es. Weil mir der Hund trotzdem nicht aus dem Sinn kam, ließ ich mir den Weg zum Präparator erklären. Vielleicht konnte der mir erklären, was das Bedeutende an diesem ausgestopften Tier war, wo es ansonsten doch eher schlecht und schlapp wegkam.

»Sehen wir uns wieder?«, fragte ich zum Abschied.

»Wenn Sie die Begegnung mit den fürchterlichen Hunden von Barrymore Manor überleben, sehr gerne.«

Sie lachte. Ich lachte mit ihr. Offensichtlich fand sie den Spruch allerdings lustiger als ich …

*

Der Tierpräparator hatte seine Werkstatt gar nicht weit entfernt im westlichen Teil des Ortes, gleich neben der beeindruckenden Pfarrkirche von Gwinear. Hatte ich allerdings gehofft, dass der Präparator mir in Sachen Shawn würde weiterhelfen können, so musste ich mich nach wenigen Augenblicken leider enttäuscht sehen.

Ich betrat die Werkstatt des Facharbeiters über einen Hinterhof. Und ehrlich, ich kann mich nicht dran gewöhnen. All die toten Augen, die mich im Laufe meiner Berufszeit leer angeglotzt hatten. Immer dieses Stumpfe, dieses Matt-Glanzlose. Ich mag mich nicht dran gewöhnen. Menschen- und Tieraugen taten sich da nichts. Vom Prinzip her ist es gleich. Hier das Reh mit großen, gebrochenen Bambiaugen, dort der Präparator mit starr an die Decke gerichtetem Blick. Beide in diesem Fall jeweils mit einem Messer tief in der Brust.

Tot.

Erfreut stellte ich zumindest fest, dass man den Präparator nicht ausgenommen oder weidmännisch aufgebrochen hatte, wie die meisten Tiere im Raum. Er war unversehrt. Bis auf das Loch in seiner Brust. Es war die einzige Wunde im Raum, die ich als relativ frisch ausmachen konnte. Sicherheitshalber trat ich an den Mann und legte meine Finger auf die Schlagader am Hals. Aber sein Herz hatte ausgepumpt. Dies allerdings – der Temperatur seiner Haut nach zu urteilen – erst vor kurzer Zeit.

Mein Blick strich beunruhigt über die toten Tiere um uns herum. Rümpfe waren aufgerissen, Extremitäten lagen ungeordnet umher. Wolle, Watte. Dass es kein Blut gab, machte die Szene noch unheimlicher. Ich fühlte mich wie mitten in einem Film von David Lynch, so grausam und unwirklich bot sich mir dieser Tatort.

Ich zupfte das Handy aus meiner Tasche und fragte mich, was dieser bizarre Tatort für mich und meine Ermittlungen zu bedeuten hatte. Gleichzeitig war ich sicher, dass das Präparieren von Shawn irgendwie mit diesem Massaker und dessen Verschwinden zusammenhing.

»Nur wie?«, murmelte ich und schob in meinem Kopf Gedankenteile hin und her. Bis schließlich die örtliche Polizei eintraf, mich festnahm und auf die Wache schleppte.

*

Der Polizist, der mich überhaupt nicht an *Inspector Barnaby* erinnerte, stellte mir viele Fragen. Einige mehrfach. Für die mutmaßliche Todeszeit konnte ich auf ein weibliches Alibi mit dunklen Haaren verweisen, ein Alibi, das glücklicherweise auch bereitwillig bestätigt wurde.

Richtig schnell wurde unsere Vernehmung dann beendet, als Lord Alf Barrymore en Roses in der Station erschien und sich für eine unverzügliche Freilassung meinerseits stark machte.

»Ich bezahle Sie nicht fürs im Knast Rumsitzen«, erklärte Lord Alf knurrig sein Erscheinen.

Wir verabredeten uns zu einem späten Abendessen im Salon, denn ich hatte die Zeit in der Gefängniszelle nutzen können, um in der Shawn-Sache zu einem Ergebnis zu kommen, nämlich ihn als Dreh- und Angelpunkt dieser ganzen Situation auszumachen.

Ich bat Lord Alf Barrymore um das Einbestellen einer großen Runde im Manor, damit ich dann vor versammelter Mannschaft meine Ergebnisse verkünden konnte.

Der Lord war sehr erfreut.

Und ich eine Viertelstunde später in meiner Gästekammer. Ich führte in der nächsten knappen Stunde zwei klärende Gespräche, brachte zwei Verbündete auf meine Seite, gönnte mir eine warme Dusche, lieh mir was und war pünktlich um zehn im Salon. Lord Alf Barrymore hatte alle um sich versammelt, die es zu versammeln galt. Es fehlte nur einer, was mich nicht wunderte.

»Roger ist unauffindbar«, murmelte Mrs. Cunningham, als sie an seiner statt den teuren Whisky in teuren Gläsern servierte.

»Nun denn, ich liebe Spannung«, hieß Lord Alf die Anwesenden willkommen. »Aber nur im Kriminalroman. Reese, ich darf bitten.«

Ich trat in die Mitte des Raumes, atmete tief ein und zuckte dann entschuldigend mit den Schultern. »Es tut mir leid, da war ich ein wenig vorschnell. Geben Sie mir bitte noch ein paar Stunden Zeit, ich muss ein paar Kleinigkeiten abklären.«

Cedric Barrymore verdrehte die Augen, Mrs. Cunningham blickte enttäuscht, der Rittmeister George wippte mit seinen Säbelbeinen. Mad John saß in einer Ecke und ignorierte mich.

»Das ist jetzt schon ein wenig enttäuschend«, murmelte Lord Alf Barrymore mit leidlich verstecktem Vorwurf im Bariton.

»Enttäuschung ist das Ergebnis zu hoher Erwartungen. Ich bin nicht enttäuscht«, summte Cedric süffisant mit einer hochgezogenen Augenbraue.

»Ich erwarte ein Telefonat und bin sicher, schon in den nächsten Stunden den entscheidenden Hinweis zu bekommen, wo sich Shawn befindet. Dann werde ich sofort loslaufen, den kleinen Kerl bergen und Ihnen präsentieren.«

Mrs. Cunnigham murmelte etwas. Ich verstand *doofes Vieh* und *überflüssig*, aber da mochte ich mich irren.

»Nun denn, immerhin, der Whisky ist gut«, seufzte Lord Barrymore, was alle anderen als Aufforderung verstanden, zu gehen.

Das letzte Wort hatte dann allerdings Mad John. Mit sich leer an der getäfelten Zimmerdecke verlierendem Blick flüsterte er: »Heute Nacht kommt Shawn zurück. Und wird sich einen von uns holen.«

*

Meine nächsten Schritte waren sorgfältig vorbereitet. Ich zog mich um. Ich war bereit, die Falle gestellt. Jetzt musste ich meine Beute nur noch in die Nähe dieser Falle locken und schnapp, würde sich knallend eine dünne Eisenstange ins Genick des kleinen Miststücks schlagen.

»Herrlich.«

Ich schnappte mir die starke Taschenlampe und schritt voran. Aus dem Zimmer, die Treppe runter in den Pferdestall, hinaus auf den Hof. Schlapp. Schlapp. Schlapp.

Mit den quietschgelben Badelatschen an den nackten Füßen lief es sich auf dem Kies ein wenig ungewohnt, aber es war ja nicht weit. Wenn nur das Gummiband der Taucherbrille nicht so drücken würde.

Den Pferdestall kaum verlassen, stockte mir der Atem. Ein Schatten. Direkt vor mir. Fast wäre ich gegen Rittmeister George geprallt, der sich o-beinig im Halbdunkel ein Kippchen rauchte. Als Zeichen völliger Überraschung ruckte er verdattert seine rechte Augenbraue gen Himmel. »Guten Abend, Mr. Reese. Sie machen einen Ausflug?«

Ich deutete auf meine Badehose in den Farben des Union Jacks und winkte mit der mächtigen Stabtaschenlampe, wie sie semiprofessionelle Taucherinnen mitzuführen pflegen. »Tauchen. Ich gehe einer Sache auf den Grund.«

»Dann viel Erfolg«, wünschte George und nahm einen tiefen Zug auf Lunge.

Den würde ich haben, da war ich mir fast sicher.

Schlapp. Schlapp. Schlapp.

Sie waren wie Nadeln, wie gemeine, heiße Akupunkturstifte, die Blicke. *Ihre* Blicke, die ich geradezu körperlich spüren konnte. Ohne aus den Augenwinkeln etwas erkennen zu können, wusste ich ganz genau, dass sie in den Fenstern hingen und mich beobachteten. Und ich war mir ebenfalls absolut sicher, dass da *ein* Mensch ganz besonders interessiert zusah …

Die Nacht war mondlos, keine Wolke am schwarzen Himmel, hell funkelnde Sterne. Eine einzelne Bogenlampe tauchte die Szene in milchiges Licht.

Schlapp. Schlapp. Schlapp.

Nach wenigen Metern hatte ich den steinernen Rand der ovalen Teichanlage in der Mitte des Hofes erreicht. Ich streckte einen Finger ins Wasser, freute mich über eine angenehm mediterrane Wassertemperatur und ließ mich vorsichtig über den Rand ins dunkle Wasser gleiten. Der Teich war tiefer als ich dachte. Erst als mir das Wasser buchstäblich bis zum Hals stand, bekam ich schlammig-klebrigen Boden unter die Füße, die bis zu den Knöcheln im Morast einsackten. Ich hielt den Strahler von oben ins Wasser. Im grellen Lichtkegel wurden die ausladenden Blätter der Seerosen sichtbar. Die waren sehr schön, verdeckten aber den Blick ins tiefe Wasser.

Ich seufzte. Das hatte ich mir gedacht. Aber ich war vorbereitet und zog mir die Taucherbrille mit orangefarbenem Schnorchel ins Gesicht. Ich pustete ein paar Mal kräftig durch die Plastikröhre und tauchte unter.

Ich sah fast nichts. Ohne die kräftige Unterwasserlampe hätte ich jetzt und hier gar nichts gesehen. So entdeckte ich Shawn of the Rising Rainbow schon nach wenigen Sekunden. Der Hund hatte sich unter einem der stabilen Seerosenblätter verheddert. Ich bekam das Felltier zu packen und zog ihn hinter mir her aus dem Wasser.

Ich hatte den Rand fast erreicht, als ich die Person entdeckte, die mich am Beckenrand bereits mit giftigem Blick erwartete. Ich zuckte zusammen.

»Haben Sie das Vieh gefunden?«

Sie hatte ihre Arme zänkisch vor der Brust verschränkt. Ich zuckte entschuldigend mit den Schultern. Da die sich unterhalb der Wasseroberfläche befanden, ergänzte ich: »Sorry.«

Ich schwang mich aus dem Teich heraus vor ihre Füße. Mir das verwandtschaftliche Verhältnis vors Auge führend, war die Ähnlichkeit mit ihrer schwarzhaarigen Enkelin Emily tatsächlich verblüffend. Die Enkelin, mit der ich heute Abend gesprochen und die im Beisein ihrer Großmutter verschämt gebeichtet hatte, den gruseligen Shawn aus dem Salon entführt und heimlich im Hofteich versenkt zu haben.

»Sie sind schuld, wenn meine Enkelin jetzt wieder Albträume hat«, stellte Mrs. Cunningham grantig fest, drehte sich um und stampfte wütend davon.

Ich blickte ihr hinterher und erkannte, dass im Manor mehrere Lichter angegangen waren. Ein Fenster wurde geöffnet.

»Haben Sie ihn?«

Lord Barrymore! Ich reckte meine tropfende Beute in den Himmel. »Ich föhne ihn kurz trocken, Sir, und würde mich freuen, wenn wir uns gleich noch auf einen kleinen Whisky im Salon treffen könnten.«

»Ich werde uns einen vorzüglichen Tropfen aussuchen!«

Ich klemmte mir den nassen Shawn unter die Achsel und schlapperte los. Ich hatte die Holztreppe zum Gästezimmer in der ersten Etage gerade erreicht, als sich im Dunkel vor mir plötzlich jemand räusperte.

Ich zuckte zusammen. »Wer …?«

Aber es war nur Mad John, der einen Schritt nach vorne trat, den Hund fest im Blick. »Und? Stellt er sich tot?«

Ich nickte. »Machen Sie sich keine Sorgen, John. Ich hab das unglückliche Tier aus dem Teich gefischt. Vorher habe ich vom Erzbischof persönlich gesegnetes Weihwasser hineingetröpfelt. Es hat im Tümpel ein wenig gebrodelt, aber jetzt ist der gute Shawn wirklich so tot, wie er sein muss.«

Mad John überlegte, ruckelte mit den dichten Brauen, legte den Kopf nach links, legte ihn nach rechts. Er zögerte und kniff schließlich die kleinen Augen zusammen. »Das ist gut. Das ist … richtig gut«, murmelte er und verschwand rückwärts wieder im Dunkel.

*

»Ausgezeichnet«, sagten Lord Barrymore und ich gleichzeitig.

Er meinte meine erfolgreiche Ermittlungsarbeit, ich den hervorragenden, preisgekrönten *Hicks & Healey Cornish Single Malt Whisky*. Shawn lag nicht zu unseren Füßen, sondern stand in der Lobby nebenan. Das lange Bad hatte ihm nicht sonderlich zugesetzt. Er war okay, roch allerdings sehr streng nach Manchester.

»Ich räume ein, dass Sie mich ehrlich beeindruckt haben«, erklärte Lord Barrymore mit sichtlich zufriedenem Gesichtsausdruck und schwenkte sein mit dunklem Bernstein gefülltes Glas. »Ein sehr gutes Zeit-Leistungs-Verhältnis, das will festgestellt sein.«

Ich ließ das so im Raum stehen. Es klang gut, stimmte und deshalb war dem nichts hinzuzufügen.

»Dann werden Sie Barrymore Manor morgen wieder verlassen?«

»Ich denke ja. Da ist nur noch eine Kleinigkeit, die ich gerne geregelt wissen möchte.«

Lord Barrymore lächelte. »Mr. Reese. Auf jeden Fall werde ich *ihr* ausrichten, wie zufrieden ich mit Ihrer Arbeit war.«

Ich prostete ihm dankbar zu, hatte aber eigentlich etwas anderes gemeint. »Ich möchte noch den …«

In diesem Moment schrie im Zimmer nebenan jemand laut auf. Wir schnellten hoch. Ohne einen Tropfen Whisky zu verschütten.

Es polterte, irgendetwas ging zu Bruch. Ich knallte das Glas auf den Tisch, wir stürmten nach nebenan.

»Roger!«, schrie Lord Barrymore.

Der Butler stand hinter einem umgestürzten Sofa und hielt den ausgestopften Shawn in seinen Händen.

»Er wollte den Hund stehlen«, erklärte ich.

»Wieso?«, fragte Lord Barrymore.

Roger blieb stumm.

Ich konnte lösen. »Sie erinnern sich an den Diamantenraub vor gut einer Woche, gleich hier in der Nähe? Der Täter ist seinerzeit in die Werkstatt des Tierpräparators geflüchtet. Der Präparator war eingeweiht. Dort haben sie die Beute im ausgestopften Rumpf vom guten, alten Shawn versteckt. Der Täter musste jetzt nur noch warten, bis das Tier wieder zurück nach Barrymore Manor geliefert wird. Aber dann verschwindet das Tier samt Diamanten. Der Täter sucht den Präparator auf, der schwört, mit Shawns Verschwinden nichts zu tun zu haben. Die beiden geraten in Streit. Der Täter tötet den Mitwisser. Als ich vor einigen Stunden nun verkündete, das Tier wieder ranzuschaffen, witterte der Mörder seine Chance, doch noch an die Diamanten zu kommen. Und ich stellte ihm eine Falle, platzierte Shawn scheinbar unbewacht im Salon. Und der Täter tappte hinein.«

Lord Barrymore nickte. »Sehr gut. Keine Bewegung, Roger, das Spiel ist aus! Und ich sage es direkt: Ich bin so enttäuscht von Ihnen!«

Rogers Blick blieb ausdruckslos.

Ich räusperte mich. »Ich habe meinen Bruder angerufen, der ausgezeichnete Kontakte nach Wandsworth unterhält.«

»Ich bin kein Mörder«, erklärte Roger.

»Nein«, bestätigte ich. »Aber ein sehr geschickter Taschendieb. Das große Talent wird Ihnen uneingeschränkt auch durch meinen Bruder bescheinigt.«

»Danke.«

»Er lässt grüßen.«

»Nochmals: Danke.«

»Und deshalb war mir von Anfang an klar, dass ich hier in Barrymore Manor nur eine Person als Dieb und Mörder mit Sicherheit ausschließen konnte. Roger wäre niemals so dämlich, hier ein Ding zu drehen, der Verdacht würde sofort auf ihn fallen. Und er ist kein Mörder. Daher war er derjenige, den ich gestern Abend ansprach, um mir mit meiner Falle zu helfen, beziehungsweise Shawn zu bewachen, während Sie, Lord Alf, und ich plaudernd im Nebenzimmer sitzen.«

Lord Barrymore blinzelte heftig. »Das heißt ...«

In diesem Moment stöhnte jemand hinter dem Sofa.

»Genau«, fuhr ich fort. »Und es tut mir ein wenig leid, Ihnen den Täter präsentieren zu müssen.«

Roger griff dem Stöhnenden unter die Arme und zog ihn hinterm Sofa hervor in die Senkrechte.

»Cedric!«

»Ja. Cedric. Das Dandygehabe und seine langjährige Spielsucht waren dann finanziell doch ein wenig zu aufwendig.«

Cedric verzog sein Gesicht.

Ich arbeitete meine interne Merkliste ab und ich fügte hinzu: »Oder etwa nicht? Weißbrot?«

*

Überraschend den eigenen Sohn als Dieb und Mörder präsentiert zu bekommen, schlug Lord Alf Barrymore en Roses ein wenig auf die euphorische Stimmung und ich bezweifelte ernsthaft, ob er sich wirklich lobend bei *ihr* über mich und meine Arbeit auslassen würde.

Nun denn.

Ich übergab der insgesamt recht erfreuten Polizei Cedric Barrymore, Shawn und die Diamanten. Von letzteren übrigens lediglich den allergrößten Teil, denn einer der größeren Klunker war irgendwie verschwunden und fehlte. Roger, der Butler, lächelte kaum merklich und höflich, als ich mich von ihm verabschiedete. Richtig. Er war kein Mörder ...

Mich höflich verabschieden, das taten auch Mrs. Cunningham und Emily, die beide erleichtert feststellen durften, dass Shawn of the Rising Rainbow bis auf weiteres als Beweismittel in den Kellern der örtlichen Staatsanwaltschaft verschwinden würde. Ich durfte hocherfreut eine frisch gebackene Cornish Pasty entgegennehmen, die ich vorsichtig auf dem Beifahrersitz ablegte und deren betörender Duft sich sofort im Inneren meines Fords ausbreitete.

Mad John winkte mir zu.

Ich warf einen letzten Blick auf das imposante Barrymore Manor, startete den Wagen, war sehr guter Dinge und hatte es ja nicht weit. Schließlich musste ich noch die von ihr geliehenen Taucherutensilien zurück zu Meredith Heamoor bringen.

»Mehr als erfreulich«, murmelte ich und gab Gas.

 **Grundrezept Cornish Pasty**

Cornish Pasty

Kein Weg führt in Cornwall vorbei an der Cornish Pasty. Die gefüllte halbmondförmige Teigtasche gibt es zum Mitnehmen an jeder Ecke und in jeder nur denkbaren Zusammensetzung.

Ihre typische Form hat die Pasty aufgrund ihres Ursprungs: Sie war die tägliche Mahlzeit kornischer Zinnminen-Arbeiter. Da im Zusammenhang mit dem Abbau von Zinn häufig das Gift Arsen auftrat und die Bergarbeiter sich nicht vor jeder Mahlzeit die Hände waschen konnten, hielten sie – zur Vermeidung einer Vergiftung – ihre Pasty an der krustigen Teigumrandung fest, aßen den Mittelteil und warfen den Rest weg. Deswegen hatte und hat die Cornish Pasty auch heute noch ihren dicken Teigrand.

Zutaten *(für 4 Stück)*:

Teig:
- *450 g Mehl*
- *1 halber Teelöffel Salz*
- *100 g kalte Butter oder Margarine*
- *100 g Schweineschmalz (auch 200 g Butter möglich)*
- *ca. 175 ml kaltes Wasser*

Füllung:
- *600 g Kartoffeln*
- *250 g weiße Rüben (normale Möhren gehen auch)*
- *1 große Zwiebel*
- *300 g mageres Beefsteak*
- *Salz, Pfeffer, Zucker*

Das Mehl in einer großen Schüssel mit dem Salz vermischen, dann die gekühlte Butter und das Schmalz mit den Fingern stückchenweise gut einarbeiten. Unter ständigem Rühren so wenig Wasser wie möglich hinzufügen, bis ein geschmeidiger, nicht klebriger Teig entsteht. Mit kalten Fingern gründlich durchkneten, eine Teigkugel formen und diese für 45 Minuten in den Kühlschrank legen.

Die Kartoffeln, die Rüben und das rohe Rindfleisch in kleine Stückchen schneiden und die Zwiebel sehr fein hacken. Alles miteinander vermengen. Ordentlich mit Salz, Pfeffer und einer guten Prise Zucker würzen.

Teig aus dem Kühlschrank nehmen, in vier Portionen teilen und auf einer bemehlten Arbeitsfläche kreisförmig ausrollen. Die Kreise sollten einen Durchmesser von etwa 20-23 cm haben. Auf jeweils einen halben Kreis etwas von der vorbereiteten Fleisch-Gemüse-Mischung geben. Die Ränder leicht mit kaltem Wasser anfeuchten, Teigkreise zusammenfalten und gut festdrücken. Mit verquirltem Ei bestreichen und mit einer Gabel Löcher in jede Pasty stechen. Auf 220 °C im vorgeheizten Ofen ca. 20 Minuten backen. Danach die Temperatur auf 160 °C reduzieren und weitere 20 Minuten backen. Vor dem Servieren die Pasties zehn Minuten im ausgeschalteten Ofen bei geschlossener Tür ruhen lassen.

J. Monika Walther

Kippers & Seville Orange

Diese armseligen schmalen Häuser an der Little Horton Lane in Bradford sind deprimierend: vorne ein Streifen Gras, ein Plattenweg zur
schmalen Tür, und dahinter verbirgt sich ein winziges Wohnzimmer
mit einem Kamin, in dem ein lächerlicher Ölofen flackert, und eine
kleine Küche mit einer angebauten Rumpelkammer; die Stiege nach
oben führt zu zwei Kammern und einem Raum, der die Bezeichnung
Bad nicht verdient: ein Waschbecken mit Toilette. Ich könnte so nicht
leben, geschweige denn kochen. Gut kochen. Aber Miss Azadi gehört
zur Curryfraktion. Sie ist eine Kashmiri. Sie lebt so.

Ich bin aus Queensbury. Meiner Familie gehört seit vier Generationen das Brighton Hotel. Ein schönes stattliches Haus, mit stilvollen
Zimmern, Terrasse, Garten und Nebengebäuden. Und guter Küche.
Im Brighton wird gefeiert, geheiratet, nach der Arbeit im Pub getrun-
ken und gegessen. Unsere Gäste haben Niveau. Ein Golfplatz mit
international ausgeschriebenen Turnieren liegt in der Nähe.

Ich arbeite in meinem Hotel als Geschäftsführerin. Ja, obwohl
ich siebenundsechzig bin, arbeite ich noch. Gerne. Ich bin morgens die Erste und abends, spät abends, gehe ich durch das ganze
Haus, durch die Gänge, höre, lausche, sehe nach dem Rechten überall. Und gehe auch im Pub noch einmal an alle Tische, grüße und
rede mit den Gästen, trinke einen alten, einen sehr alten (24 Jahre)
schottischen Single Malt. Algen, Tang, Nordmeer und Atlantik. Ich
liebe Great Britain und ich liebe Yorkshire. Meine Heimat.

Ich liebe das Leben im Hotel, wie alle Arbeit ineinander greift. Jeder hat seine Aufgabe und alle dienen dem Gast. Und doch habe ich
mir immer wieder die Tage anders vorgestellt, von Dingen geträumt,
die nie wahr wurden: Reisen, zärtliche Küsse, Verführung, sonnige

Wärme, ich als Gast in einer fremden Landschaft. Vielleicht bin ich deshalb so wütend geworden, dass ich eine mir fremde Frau kidnappte und einsperrte. Ja, mit der Absicht sie zu beseitigen. Nicht töten, aber Miss Azadi sollte von der Bildfläche, aus der Kochshow verschwinden. Hätte sie sich doch in Luft aufgelöst, den Anstand besessen, weg zu bleiben, aber nein, Runde für Runde kochte sie sich in den Vordergrund, wurde interviewt: Ihre Lammkeule in Minzsauce mit Mangochutney, das sie mit einem Hauch Curry bestäubt hatte, wurde in den Fernsehhimmel gelobt. Und dazu lächelte sie immer mit niedergeschlagenem Blick. Welch Getue. Und ich stand da mit meinem Coronation Chicken, hatte nicht die kleinste Zutat vergessen: das Huhn, kein Hahn, in Petersilie, Thymian, Lorbeer, Pfeffer und jungen Karotten aufgekocht, behutsam unter den Augen des Fernsehpublikums und eines albernen, lärmenden jungen Kochs von den Knochen gelöst. Für das Dressing mischte ich leicht angebratene Zwiebeln mit Currypulver, Tomatenmark, Wasser und Rotwein, würzte mit Meeressalz, feinem Zucker, Pfeffer und Zitronensaft und das alles vermengte ich mit selbst angerührter Mayonnaise, mit einem leichten Püree aus getrockneten Aprikosen und einem Löffel Schlagsahne. Coronation Chicken war Luxus in der Kargheit und Armut des Nachkriegsenglands, die Zutaten kamen aus dem Empire und zeigten unsere Größe, aber wieder bekamen Miss Azadi und ich die gleiche Punktzahl. Wie ungerecht.

Sie wissen genau, dass Ihre Lammkeule am Knochen noch blutig war, Miss Azadi, und wir Engländer niemals marokkanische Minze für unsere Soßen verwenden. Aber Sie haben wie immer gelächelt und bekamen viel zu viele Punkte.

Ich stand an der Hand meiner Mutter am 2. Juni 1953 vor dem Buckinghampalast und winkte der Königin in der goldenen Kutsche zu. Die junge und schöne Queen Elizabeth II. Acht Jahre war ich alt und stolz auf mein Land, auf unser Hotel, damals war ich glücklich über die Ausflüge nach Bradford, Manning und nach Scarborough ans Meer. Mit meinem Vater, meinen Großeltern, manchmal auch mit meiner Mutter, die aber meist in der Hotelküche stand. Damals gab es oft grobe Stücke vom Schafsfleisch zu essen, die in dem erkalteten grauen Fett steckten, daneben matschige Bohnen und Kartoffeln. Oder gebratene Hühnermägen. Ohne jeden Tüdellütt. Was essbar war, wurde verwertet. Damals, im Krönungsjahr, gab es in Bradford keine Fremden, nicht diese dunklen Gesichter. Jetzt sind sie überall. Überall. Auf der Straße, in den Geschäften, in den Schulen. Pakistani. Kashmiri. Was hat die Regierung uns angetan? Und überall ihre Gewürze und Gerüche. Ihr Gestank. Ihre Gerichte. Ihre dunklen Gesichter. Miss Azadi.

Wie bescheiden Sie immer tun, Miss Azadi. Warum sind Sie nicht ehrlich und aufrichtig wie ich? Warum lächeln Sie immer? Selbst die Königin lächelt nicht immer.

Die anderen sechs Teilnehmer der Kochshow waren ausgeschieden, Miss Azadi und ich kochten uns in die Herzen der britischen Nation, der geteilten britischen Nation: Lower Class gegen Upper Middle Class, braun gegen weiß, Curry gegen Roastbeef, Pomeranzen gegen Kippers. Die beiden Köche, die Miss Azadi und mich betreuten, die Moderatoren, die Jury, die Zuschauer im Saal und vor den Bildschirmen hatten sich geteilt in eine Azadi- und die Brightonfraktion. Und selbst bei der Teezubereitung, nicht nur bei der Wahl der Teesorte, gab es nur Streit: Wie die Königin befolge ich das Prinzip Milk-in-first und nehme kräftigen schwarzen Assam, während Miss Azadi wie all diese Leute aus den Unterschichten Tea-in-first und Earl Grey bevorzugt. Die feine Art des Royal Tea mit Sherry und Champagner kennt sie so wenig wie die Bedeutung eines Formal Tea. Das Wort Savouries, kleine zarte Sandwiches, kannte sie natürlich auch nicht. Aber ich werde es ihr nun alles beibringen. Bis zu ihrem oder meinem Tod.

Miss Azadi! Erst kommt die Milch in die Tasse, dann wird der Tee darüber gegossen. Nicht umgekehrt. Und morgen backe ich die kleinen Teekuchen, wie sie in Yorkshire geliebt werden, mit Rosinen und Gewürzen. Fat rascals, warm und mit viel Butter zu essen.

Zuletzt wurden Miss Azadi und mir von der Jury Aufgaben in einem Briefumschlag überreicht. Ohne Vorbereitung, ohne Kochbuch mussten wir Klassiker der englischen Küche kochen. Als wir immer noch gleichauf waren, wurden Rezepte vorgegeben, die Zutaten waren eingekauft, wir blieben punktgleich. Ich begann nach einem Ausweg zu suchen: Ich wollte um jeden Preis gewinnen.

Unser Hotel in Queensbury wurde während dieser aufregenden Zeit der Treffpunkt von neugierigen Hobbyköchen. Das Brighton war an jedem Wochenende ausgebucht. Meiner neunzigjährigen Mutter, die gerne noch in der Küche aushalf und kochte, wurde die bedrängende Fragerei der Gäste nach Gewürzen, Speisen und nach ihrer Tochter zu viel. Mein Erfolg brachte im Hotel die Abläufe durcheinander, statt im Büro und an der Rezeption zu arbeiten, stand ich an den Herden allen im Weg und probierte immer neue Rezepte für die Show. Ich träumte von mir bis dahin unbekannten Fischen, Soßen, Gemüsekompositionen und Gewürzen. Italienische und vietnamesische Gerichte kamen gerade in Mode.

Sehen Sie, Miss Azadi, was Sie angerichtet haben? Wie Sie sich und mich in Bedrängnis brachten? »Britische Küche heute« sollte einen Monat laufen, aber nicht ein Vierteljahr, nur weil Sie immer besser sein wollten als ich. Was hätte ich tun sollen, nachdem Sie bestritten, dass zu einem traditionellen Frühstück Kippers und Lammnierchen gehören? Gesalzene Räucherheringe werden im Brighton immer zum Breakfast serviert, genauso wie ein Black Pudding. Wir leben in Yorkshire und wir kennen es nicht anders, als aufgeschnittene und gebratene Blutwurst zu servieren. Wir wissen, was gut ist.

Drei Aufgaben blieben Miss Azadi und mir noch: Scones, Clotted Cream und eine Erdbeermarmelade zuzubereiten, war eine davon. Der mich begleitende Koch war begeistert von meiner weichen dicken Sahne, aber wieder gab es gleiche Punktzahl für Miss Azadi, die ihre Crème leicht karamellisiert hatte. Wir sind doch keine Mongolen. Die Jury fand den Geschmack: fremd, aber interessant.

Die zweite Aufgabe war die Zubereitung eines vollständigen Englischen Frühstückes.

Miss Azadi, vielleicht kommt der Tag, an dem Sie sich nach gesalzenem Räucherhering sehnen und froh wären, wenn ich Ihnen Kippers brächte. Und sei er drei Tage alt.

Unser Hotel ist bei den Gästen bekannt für sein traditionelles Full English Breakfast. Ohne Weglassungen und modernen Schnickschnack: Alles, was man tun muss, ist dreimal täglich frühstücken, sagte nicht nur mein Vater.

Eine halbe Grapefruit, eingeschnitten, gegessen mit dem einseitig gezahnten Löffelchen. Ein Glas Orangensaft. Eine Schüssel knusprige Cornflakes in lauwarmer Milch, aber ich bevorzuge ungesüßten Porridge. Der Hauptgang entscheidet alles, wobei ich es verabscheue, alle Speisen auf einen Teller zu packen, wie es heute üblich ist und wie es auch in unserem Hotel leider manche Gäste tun, obwohl doch jede Speise auf warmen Platten einzeln angerichtet ist und unsere Kellner gerne servieren – wie es sich gehört. Wichtig ist die Wahl des Frühstücksspeckes und kross ausgebraten muss er sein, dann kleine gegrillte Würstchen, am besten aus Lammfleisch, Spiegel- und Rühreier, gegrillte Tomaten und Pilze, aber nicht aus der Dose. Nicht fehlen dürfen Schweins- oder Lammnierchen. Die Soße, Brown Sauce, sollte selbst angerührt sein.

Was es nicht gibt im Brighton, sind warme weiße Bohnen in Tomatensoße, außer einigen Gästen aus Nordarmerika wünscht dies niemand, und auch Kartoffelgerichte servieren wir nicht zum Frühstück. Hash Browns. Nein. Aber nicht fehlen darf in Yorkshire die gebratene und in Scheiben geschnittene Blutwurst. Ohne Speckstücke. Gestocktes frisches Blut. Und: Kippers oder Kabeljau, am besten beides. Miss Azadi ließ diese Köstlichkeiten weg und bot stattdessen im letzten Gang eine reiche Auswahl an Marmeladen aus Orangen, Pomeranzen, Zitronen und Limetten. Sie konnte sich gar nicht genug tun: Olde English Thick Cut, Ruby Orange, Orange Fine mit und ohne. Ihretwegen wurden wir schon einen Tag vor der Sendung in die Studioküche bestellt, weil Miss Azadi unter Aufsicht all diese Marmeladen herstellen musste.

Ich bot zum Abschluss nur eine Sorte an: Seville Orange mit Zitrone in der Klassischen Variante. Selbstgebackenes Toastbrot, gesalzene Butter. All meine Mühe umsonst. Die Köche hatten längst Partei ergriffen für die duftenden Marmeladen; das Publikum im Saal tobte für Miss Azadi, für mich, gerade wie der Einklatscher es ihnen vorgab; die Jury aß und schmeckte, lächelte und kommentierte wie immer gekonnt und amüsant für das Fernsehen, aber Miss Azadi und ich waren punktgleich, ihre Marmeladen gegen meine Kippers, Nierchen und Blutwurst. Ich dachte eine Sekunde, ich bringe diese Kashmiri vor laufender Kamera um. Nein, ich lächelte, auch wenn mein Herz raste. Und als ich erfuhr, was die letzte Aufgabe war, biss ich mir beim Lächeln meine Zunge blutig: Chicken Tikka Masala. Wen und wie hatte Miss Azadi bestochen? Sie war zwanzig Jahre jünger. Wer weiß. Chicken Tikka Masala. Soll ich Ihnen das nun jeden Tag bringen? Miss Azadi! Diese kleinen matschigen Hühnerbrocken in einer fettigen Tomatensoße mit Yoghurt vermischt und mit Masala zu Tode gewürzt.

Chicken Tikka Masala, ein Gericht, das es in Indien nie gegeben hatte. Kein Inder und kein dort stationierter Brite hatte das je in Indien gegessen. Aber in England. Es ist das wahre britische Nationalgericht inzwischen, sagen einige, die nur auf die Umsatzzahlen schielen, die mit diesem Gericht erwirtschaftet werden. Chicken Tikka Masala beleidigt sowohl indische, als auch britische Traditionalisten und mit diesem Gericht, das keinerlei Kochkunst verlangte, nicht einmal ein zartes Hühnchen, wollte diese kleine ewig lächelnde Miss Azadi nun also die Kochshow gewinnen.

Mein Verstand setzte aus. Wir hatten eine Woche Zeit für die Vorbereitungen zum Finalkochen, diesmal vergab nicht nur allein die Jury Punkte, sondern auch ein berühmter Gourmetkoch, natürlich indischer Herkunft, würde kosten, viel reden und die Gewinnerin bestimmen. Nach all der Mühe, dieses Komplott. Ich hörte auf zu denken, zu grübeln, zu kochen. Ich fuhr zu Miss Azadis Haus in Bradford, bat sie freundlich auf einen Tee ins Brighton. Sie lächelte und sagte nicht Nein, vielleicht fühlte sie sich auch geehrt und endlich von mir anerkannt. Während der kurzen Fahrt erzählte ich ihr von der Krönung 1953 und, dass seit damals im Brighton das Frühstück in unveränderter Form serviert wird. Ich redete, sie lächelte, dann bat ich sie in meine kleine Suite, servierte Tee, Scones und feine dünne Sandwiches. In ihrem Tee, einem Earl Grey, war ein starkes Schlafmittel. Nach einer Stunde glitt das Lächeln aus diesem braunen Gesicht und sie war ruhig. Ich trank meinen Tee, aß noch ein Sandwich und wusste nicht, wohin mit Miss Azadi. Mein Herz raste und der Verstand ging eigene Wege, ohne mich. Mein Verstand entschied, Miss Azadi bei mir zu behalten, lebend. Wie schön wäre es, wenn sie im Brighton in der Küche arbeitete, tun müsste, was ich sagte, aber bis zum Kochfinale musste sie verschwinden. Ich würde für sie kochen, und sie müsste essen, was ich gerne aß.

Miss Azadi, aufwachen! *It's Teatime*. Und morgen ist das Kochfinale. Und ich werde gewinnen. Und Sie werden für das Brighton in Zukunft kochen. Sie werden allen Leuten sagen, dass Sie an dem Finale nicht teilnehmen wollten. Miss Azadi, bitte!

Leider war Miss Azadi, obwohl arbeitslos, keinem meiner Argumente zugänglich. Ich beschwor sie, bot ihr sogar einen Anteil am Brighton, aber nein, sie begann zu schreien. Ich habe eine kräftige Handschrift, ein paar Ohrfeigen genügten und sie war still. Das Brighton ist ein großes Anwesen, ich verfrachtete Miss Azadi in einen der tieferen Kellerräume, hinter dem Weinkeller, mit Decken, Getränken, Essen. Die Schlüsselgewalt war bei mir. Meine Mutter beschränkte ihre Wege auf die Hotelhalle, Pub, Küche und ihr kleines Anwesen am Rande des Parks.

Die Kochshow wurde unter den missmutigen Blicken aller mit meinem Chicken Tikka Masala beendet; es gab keine Siegerin. Der Form halber wurde ich gelobt, interviewt und in eine neue Kochshow eingeladen, ein Verlag bot mir Zusammenarbeit an, aber das Lächeln von Miss Azadi fehlte allen. Vielleicht sogar mir.

Jeden Tag koche ich für Miss Azadi, kümmere mich um ihr Wohlbefinden und bitte sie, meine Teilhaberin im Brighton zu werden. Ja, soweit ist es mit mir gekommen. Jeden Tag erkläre ich ihr, was traditionelle britische Küche ist. Jeden Tag sagt mein Verstand, dass ich Miss Azadi umbringen muss, und mein Herz wünscht sich, dass diese dunkelgesichtige Kashmiri einlenkt.

Gestern huschte ein winziges Lächeln über das Gesicht von Miss Azadi, als ich ihr das Frühstück brachte, notgedrungen, Speck, Würstchen, Rührei und Nierchen auf einem Teller serviert, aber statt einer halben Grapefruit hatte ich ein leichtes Kompott aus Pomeranzen zubereitet.

Coronation Chicken
(»Krönungshühnchen«)

Coronation Chicken besteht aus gekochtem kalten Hühnerfleisch, Mayonnaise und Currypulver. Da 1953 die Dauer der Krönungszeremonie von Königin Elisabeth II. nicht vorauszusagen war, entschieden die Leiterinnen der English Cordon Bleu Cooking School, ein kaltes Büffet anzubieten. Da zu den Gästen sowohl Moslems als auch Hindus gehörten, schieden Schweine- und Rindfleisch aus. Constance Spry und Rosemary Hume komponierten also einen Geflügelsalat. Im Originalrezept wird Hühnchen mit Petersilie, Thymian und Lorbeer, Pfeffer und Karotten aufgekocht und danach vom Knochen gelöst. Für das Dressing werden angebratene Zwiebeln mit Currypulver, Tomatenmark, Wasser und Rotwein gemischt, die dann mit Salz, Zucker, Pfeffer und Zitronensaft gewürzt werden. Die Würzmischung wiederum wird mit Mayonnaise, Püree aus getrockneten Aprikosen und etwas Schlagsahne vermengt.

Als Neuauflage des Hühnchengerichtes entwarfen britische Köche anlässlich des 50. Thronjubiläums (Golden Jubilee) von Königin Elisabeth II. im Jahr 2002 das Jubilee Chicken.

Zutaten *(für 6 – 8 Personen)*:

- *2 junge Hühner*
- *einige Möhren*
- *Suppengrün*
- *1 Zwiebel*
- *1 TL Öl*
- *1 TL Currypulver*
- *1 TL Tomatenmark*
- *1 Glas Rotwein (100 ml) und dieselbe Menge Wasser*
- *1 Lorbeerblatt*
- *1-2 Zitronenscheiben und etwas Zitronensaft*
- *1-2 TL Aprikosenpüree*
- *450 ml Mayonnaise*
- *2-3 TL Schlagsahne*

Zubereitung:

Zunächst die Hühner kochen, bis sie weich sind (etwa 40 Minuten), und in der Brühe abkühlen lassen, dann die Knochen entfernen und in Stücke schneiden. Für die Currymayonnaise fein gehackte Zwiebel 3-4

Minuten in Öl dünsten, Currypulver zugeben, 1-2 Minuten weiter dünsten. Tomatenmark, Wein, Wasser und Lorbeer zugeben, zum Kochen bringen, mit etwas Salz, Pfeffer und Zucker würzen, Zitrone und Zitronensaft zugeben. In der offenen Pfanne 5-10 Minuten köcheln, abseihen und abkühlen lassen. Dann nach und nach die Mayonnaise und das Aprikosenmus zugeben, nachwürzen, zum Schluss die Sahne hinzufügen.

Jutta Wilbertz

Freundinnen

Ich hätte nicht herkommen sollen.

»Natürlich bist du dabei! Hotel zahle ich, einen Billigflug wirst du wohl irgendwie finden und wir sind alle da!« Wenn Bea sich einmal in Gang gesetzt hat, ist sie eine Dampfwalze. Schon vor Monaten hat sie angerufen, mich auf diesen Termin festgenagelt und keine Entschuldigung gelten lassen. Vier Tage, um ihren Fünfzigsten in Dublin zu feiern. Hat sie denn sonst keine Freundinnen, die sie mitschleifen kann? »Nein, ich will unsere alte Truppe. Die anderen seh ich ständig, euch nicht!«

Das ist es ja gerade! Die alte Truppe! Bea, Monika, Heike und ich.

Auf Bea und Monika freue ich mich ja auch, ich habe sie ewig nicht getroffen – aber dass Heike zugesagt hat … Ich an ihrer Stelle wäre nicht gekommen. Irgendeine Ausrede wäre mir eingefallen, ganz gleich, welche, Hauptsache, ich hätte nicht wieder zurück gemusst, zurück auf die grüne Insel, die wir beide damals in beklommenem Schweigen verlassen haben. Ein Schweigen, das mehr oder weniger bis heute angedauert hat. Ich hätte nicht herkommen sollen.

Als ich im Hotel am Empfang stehe, sehe ich schon Bea und Monika im hinteren Salon sitzen – *it's teatime*. Noch haben sie mich nicht entdeckt. Eigentlich würde ich gern auf mein Zimmer schleichen, duschen und umziehen wäre schön, aber da blickt Bea auf. Sie hat sich seit unserem letzten Treffen nicht verändert – Frauen wie Bea haben kein Verfallsdatum, sie ist noch genauso gepflegt, patent, zeitlos wie sie mit zwanzig war und mit sechzig sein wird. Sie kommt schwungvoll auf mich zu.

»Anna, wie schön! Komm, setz dich, deine Sachen kannst du später hochbringen, jetzt trink erst einmal einen schönen Tee. Irish Blend, mit Sahne, wie sich das gehört!«

Sie bugsiert mich an den Tisch. Monika ist ebenfalls aufgestanden und umarmt mich herzlich. Sie ist nicht mehr der frische, sprudelnde Schmetterling von früher, das Leben oder sagen wir besser die Scheidung und ihre Rolle als alleinerziehende Mutter von drei Teenagern haben sie müde gemacht. Aber sie lächelt und ist bester Laune. Gerade jetzt werden frische Scones gebracht.

»Himmlisch!« Monika greift sofort zu und beißt verzückt hinein.

»Moment«, Bea runzelt die Stirn. »Jetzt warte doch mal, so isst man keine Scones. Die haben hier extra Butter mit serviert, und dazu Marmelade.«

Ich muss lachen und auch Monika kichert. Bea kann nicht aus ihrer Haut! Sie weiß immer genau, wie etwas zu sein hat – und wehe, die Realität richtet sich nicht danach. Aber ich mag sie, wir sind trotz aller Verschiedenheit immer gut miteinander ausgekommen.

»Was ist so lustig?«, fragt sie, aber bevor wir antworten können, springt Monika auf und winkt.

»Da ist Heike! Heike, hier sind wir!«

Mir wird schlagartig schlecht, aber dann zwinge ich mich zu lächeln und drehe mich um. Da steht sie, direkt hinter mir. Heike!

Wir kennen uns alle seit der Schulzeit. Heike war mir damals im Englisch-Leistungskurs aufgefallen. Groß war sie, flippig, hennagefärbte Haare, sie hatte ein lautes, ansteckendes Lachen und ein aufbrausendes Temperament. Sie liebte Irland, irische Musik und irische Zopfmusterpullover, die sie hingebungsvoll während der Unterrichtsstunden strickte; wir haben ja damals alle gestrickt, allerdings war ich ein hoffnungsloser Fall, meine Pullover mutierten schnell zu riesigen Strickröcken und andauernd kämpfte ich mit verlorenen Maschen. Heike dagegen produzierte ein Kunstwerk nach dem anderen und ich war schwer beeindruckt. Dafür war sie begeistert von meiner Stimme. Ich schleppte die Gitarre ja überall mit, sang Joan Baez, Bob Dylan, Simon & Garfunkel, Irish Folk, das ganze Programm, und so waren wir schnell unzertrennlich.

Die Idee, gemeinsam nach dem Abitur nach Irland zu fahren, kam uns in einer Freistunde, in der wir Bea und Monika von Connemara und dem Ring of Kerry vorschwärmten – nicht, dass wir schon einmal dort gewesen wären. Damals gab es keine Billig-Flieger und Irland war weit weg. Das Land hinter dem Regenbogen, Nimmerland, Avalon – all unsere Phantasie war auf diese wilde, mystische Insel im Westen gerichtet. Die Welt war noch groß und geheimnisvoll. Bea und Monika ließen sich anstecken und die Sache war beschlossen.

Heike. Wir sehen uns einen winzigen Moment in die Augen, dann stehe ich auf.

»Hallo«, sage ich betont ungezwungen und umarme sie schnell. Sie murmelt ein »Anna, ist das lange her, wie geht's dir, gut siehst du aus«, und streicht mir wie beiläufig einmal über den Arm, bevor sie sich zu Bea und Monika dreht und – nun plötzlich ganz munter – von ihrem Flug erzählt, der wohl reichlich turbulent war.

So haben wir es auch bei den regelmäßigen Klassentreffen immer gehalten, zu denen wir beide anreisen, sie aus Berlin, ich aus Düsseldorf: freundliche Begrüßung, sich aber dann direkt jemand anderem zuwenden. Wir sind darin so gut, dass es noch niemandem aufgefallen ist, dass wir eigentlich nicht miteinander sprechen.

Auch jetzt kommt keine seltsame Stimmung auf, Bea strahlt und lässt dann doch eine Runde Sekt servieren – Teatime hin oder her!

»Ich freu mich so, Mädels! Auf uns, auf die alten Zeiten!«

Am nächsten Morgen tappe ich gegen acht Uhr in den Frühstücksraum – wir sind um neun verabredet, aber ich habe schlecht geschlafen, bin mit dickem Schädel aufgewacht und brauche dringend einen starken Tee. Ich bin einfach nichts mehr gewohnt. Jedenfalls kein Guinness und erst recht keinen Baileys mehr, ich trinke sonst Rotwein und den auch nur in Maßen.

Bea hatte uns abends ins »Bleeding Horse« geschleppt, eines der ältesten und berühmtesten Pubs in Dublin, literarisch erwähnt bei James Joyce – genau dort hatten wir vor dreißig Jahren unseren ersten Abend verbracht. Verrückterweise hatte sich gar nicht so viel verändert. Die hohen Decken im Eingangsbereich, die langen verwinkelten Gänge, die versteckten Ecken, immer wieder mal ein größerer Raum – eine bunte, lockere Atmosphäre und gar nicht so touristisch, wie ich beim Reinkommen befürchtet hatte. Natürlich, ein paar Neuerungen gab es schon, beispielsweise eine Guinness-Zapfstation direkt am Tisch, die man sich freischalten lassen konnte – ziemlich gefährlich, denn so führte schnell eines zum anderen und in Nullkommanichts waren wir ein kichernder, alberner Haufen von Endvierzigerinnen, die sich wie achtzehn fühlten und Arm in Arm »Dirty old town« grölten. Peinlich, aber es schien keinen zu stören. Heike und ich hatten die ganze Zeit vermieden, nebeneinander zu sitzen, aber durch Monikas häufiges Aufstehen (mal auf die Toilette, dann wieder nach draußen, um eine zu rauchen – ja, auch das war anders als früher, keine dichten Rauchschwaden mehr) fanden wir uns dann doch Seite an Seite wieder. Und als wir »For Auld Lang Syne« sangen, ein altes schottisches Lied über Freundschaft und Abschied, hatten wir uns tatsächlich eingehakt. Es war ein seltsames Gefühl, etwas lang Vergessenes war wieder ganz vertraut – und es tat weh, denn mir wurde plötzlich so richtig bewusst, was wir eigentlich verloren haben. Ich glaube, Heike ging es ähnlich, wir schauten uns nicht an, ließen uns aber auch nicht los. Der Abend wurde spät und dementsprechend fühle ich mich heute Morgen: ziemlich alt!

Das Frühstücksbuffet ist deftig und eindeutig nicht das Richtige für meinen flauen Magen. Speck, Rührei, Würstchen, Baked Beans und natürlich Black Pudding. Ich stehe etwas unschlüssig beim Porridge, entscheide mich dann aber doch nur für ein trockenes Toast und schwarzen Tee mit viel Zucker. Als ich mich suchend nach einem Tisch umschaue, entdecke ich Heike alleine am Fenster. Sie hat mich gesehen, schaut zögernd zu mir rüber. Ach, was soll's. Kurzentschlossen lass ich mich auf den Stuhl ihr gegenüber fallen.

»Hast du auch so schlecht geschlafen?«

»Ja. Ich bin schon ewig wach, das ist mein dritter Tee.« Sie lächelt schwach. »Vielleicht auch schon mein vierter.«

Wir schweigen einen Moment und nippen an unseren Tassen.

»Komisch, wieder hier zu sein«, sage ich schließlich. »Das heißt, hier in Dublin, im Hotel haben wir ja damals nicht gewohnt.«

Heike grinst.

»So weit geht Beas Traditionsbewusstsein dann doch nicht, dass sie uns in diesem Youth Guesthouse einquartiert hätte. Weißt du noch? Dieser furchtbar dünne Spülwasser-Tee, den es dort gab?«

»Grauenhaft! Und das weiße, labbrige Brot.«

»Drei Sorten muffige Cereals und kalte Eier. Dazu der Geruch von Desinfektionsmittel und stinkenden Socken!«

»Aber dafür ein Haufen süßer Rucksack-Jungs aus Australien und Kanada.« Wir lachen beide, einen kleinen Augenblick fühlt es sich an wie früher, doch dann ist es wieder vorbei. Ich nehme einen Schluck Tee.

»Ich war in den letzten Jahren häufig in Dublin«, sagt Heike jetzt. »Es ist immer wieder toll, aber verglichen mit früher ist es ja leider ziemlich Schicki-Micki geworden. Darum bin ich auch lieber in Cork oder irgendwo an der Westküste.«

Wie bitte? Beinahe wäre mir die Tasse aus der Hand gefallen. Ich habe Mühe, sie ruhig abzusetzen, ich bin richtig erschrocken.

»Ich dachte, du wärst nie wieder nach Irland zurück gekommen«, rutscht es mir raus.

»Warum denn nicht? Ich liebe Irland!« Sie schaut mich nicht an, als sie das sagt. Ich dagegen kann nicht anders, ich muss sie anstarren, kann es nicht fassen. So sieht sie das also! Ganz schön kaltblütig!

Mit einem Schlag ist unsere vorsichtige Vertrautheit von eben wieder dahin.

»Ihr seid ja früh auf.« Monika steht an unserem Tisch, wir haben sie gar nicht kommen sehen.

»Ist das nicht herrlich? Aber ich schwöre, ab nächste Woche mach ich Diät.« Sie stellt ihren Teller ab, der bis oben hin vollgeladen ist mit Würstchen, Bohnen und gegrillten Tomaten. Zufrieden seufzend sinkt sie auf den freien Stuhl neben mir.

»Bea kommt auch gleich, sie telefoniert noch wegen des Mietwagens.«

Mietwagen? Heike scheint genauso überrascht zu sein wie ich, aber wir fragen beide nicht nach. Monika hat ein Würstchen auf die Gabel gespießt und widmet sich mit Hingabe ihrem Frühstück. »Ich geh mir auch mal was holen«, murmelt Heike und steht auf. Ich schaue ihr nach, wie sie zum Buffet geht. Mir ist plötzlich kalt.

Zwei Stunden später sitzen wir im Auto und fahren Richtung Süden, in die Wicklow Mountains.

»Heute soll sich das Wetter halten«, sagt Bea und kurvt munter durch den Linksverkehr, »ich hatte Glendalough als Überraschung für morgen eingeplant, aber Dublin ist auch im Regen schön, darum hab ich schnell umorganisiert.«

Glendalough! Damit habe ich nicht gerechnet, ich dachte, wir bleiben in Dublin! Heike ist ziemlich still. Ich habe ihr Gesicht beobachtet. Als Bea verkündete, dass wir eine Tagestour zur alten Klostersiedlung machen, ist es nach einem kurzen Erschrecken regelrecht versteinert.

Ja, Heike und ich waren dort, damals. Zum Abschluss unseres irischen Sommers. Wir sind eine Woche länger geblieben als die anderen, das war von vorneherein so besprochen. Mit den beiden hatten wir in Jugendherbergen übernachtet, darauf hatte Bea bestanden, die uns genau die jährliche Niederschlagmenge in Irland vorrechnen konnte und immer schon Wert auf einen gewissen Komfort legte. Als Heike und ich dann alleine waren, trampten wir einfach ins Blaue, mit meinem kleinen braunen Nylonzelt, es regnete ständig, aber genau deshalb war Irland so grün und alles war wunderbar. Rucksäcke, Isomatten, Schlafsäcke, eine Gitarre, zwei junge Mädchen, hungrig nach Abenteuern und angefüllt mit klischeebeladenen Vorstellungen über Irland. Am liebsten wären wir ja mit einem Planwagen durch die Gegend gefahren, mit einem dicken, scheckigen Tinker davor, doch das war zu teuer. Aber wir haben es auch nicht vermisst, denn manchmal trafen wir auf ein paar frustrierte Mädchen, die im strömenden Regen mit ihrem Pferdewagen durch die Gegend zuckelten, immer nur ein paar Meilen in der Stunde zurücklegen konnten, während wir spontan der Nase nachfahren konnten – und wir standen nie lange an der Straße, die Iren nahmen uns immer sofort mit und luden uns oft sogar zu einem Picknick oder Eis ein. Das war Gastfreundschaft! Wir campten wild, wo wir gerade Lust hatten, landeten bei einem Folkfestival irgendwo in Connemara, saßen dort den ganzen Tag in den Pubs und ganz gleich, wo wir waren, überall war Musik! Eine bunte Mischung aus Iren und flippigen Reisenden von überall her! Ich hatte natürlich die Gitarre dabei und wir spielten uns gegenseitig Songs vor, es wurde gefiddelt und auf Felltrommeln geschlagen, dann wieder sprang ein junger Typ auf den Tisch und sang a cappella eine alte Ballade und immer hatten wir ein Guinness vor der Nase, das uns irgendjemand dahin gestellt hatte, ohne Kommentar, ohne Forderung. Vier Tage ein einziger Rausch – danach waren wir allerdings ziemlich angeschlagen und beschlossen, unsere Irlandreise mit mystischer Stimmung und viel Ruhe ausklingen zu lassen. Also trampten wir nach Glendalough, dieser wunderschönen uralten Klosteranlage, in einem malerischen Tal mit zwei Seen. Dort sind wir zwei Tage geblieben.

»Wow«, sagt Monika ehrfurchtsvoll, als wir vor dem alten Rundturm stehen. »Das ist ja hier der helle Wahnsinn.«

Es nieselt leicht – das Wetter in Irland hält sich zu Beas Bedauern nicht an Vorhersagen – aber dieser leichte Regen verstärkt eigentlich nur die mystische Wirkung, die von diesem Ort ausgeht. Alte moosige Mauern, leichter Nebel, wir haben es damals gespürt und auch heute ist es unverändert, trotz der vielen Touristen. Da ist einfach etwas Ewiges, Erhabenes, Tröstliches.

Plötzlich bin ich froh, wieder hier zu sein, trotz allem, was dann in der Nacht passiert ist und alles verändert hat! Dieser Ort ist heilig geblieben, er konnte nichts dafür. Und genauso plötzlich merke ich, dass ich keine Lust mehr habe, zu schweigen. Keine Lust mehr, mich immer wieder zu fragen, ob ich damals nicht doch hätte anders handeln können, keine Lust mehr, mich schuldig zu fühlen.

»Und? Bist du auf deinen vielen Irlandreisen auch hierhin zurückgekommen?«, frage ich Heike und ich weiß genau, dass meine Stimme kalt und provozierend klingt. Aber ihre Eröffnung heute Morgen, dass sie weiter nach Irland gefahren ist, als ob nichts gewesen wäre, hat mich erschüttert und irgendwie wachgerüttelt. Ich habe sie wohl falsch eingeschätzt, die ganze Zeit.

»Nein«, sagt sie leise und schaut mich merkwürdig an, »seit damals nicht mehr.«

»Na, das ist ja immerhin etwas.«

Wir können nicht weiterreden, weil Bea und Monika sich wieder bei uns einhängen. Ich spüre weiter Heikes Blicke, beunruhigt, irritiert. Soll sie gucken! Sie weiß doch eh, dass ich es weiß. Davon gehe ich jedenfalls aus. Ich meine, diese Funkstille zwischen uns, dieses sich aus dem Weg gehen, das kam doch nicht von ungefähr! Und unsere stillschweigende Übereinkunft, Bea und Monika nach dem Urlaub etwas von der tollen letzten Woche vorzuschwärmen und dabei Glendalough nur locker in einem Nebensatz zu erwähnen. Ohne uns dabei anzusehen.

Zum Lunch essen wir ein exzellentes Stew in einem urigen Pub mit wunderschönen alten Butzglasfenstern, die fast schon wie Kirchenfenster wirken. Dazu gibt es Rotwein und zum Nachtisch Irish Creme. Nach einem Espresso – ja, inzwischen gibt es alle Sorten von Kaffee in Irland, inklusive Latte Macchiato – fahren wir Richtung Dublin. Monika hat den Platz vorn neben Bea ergattert, ich war nicht schnell genug, und so sitzen Heike und ich hinten, so weit voneinander abgerückt wie möglich. Die Straße windet sich durch eine phantastische Landschaft: dichte Wälder, Wasserfälle, Berge, Seen. Aber auch Hochmoore schimmern in weiter Ferne in der Spätnachmittagssonne. Es könnte alles so schön sein.

Als wir um eine Ecke biegen, zieht Heike scharf die Luft ein. Dann sehe ich sie auch. Die alte Brücke! Sie sieht noch genauso aus wie früher. Und alles ist wieder klar in meinem Kopf!

Genau hier hatte Paddy uns den Zeltplatz gezeigt. Paddy, der uns angesprochen hatte, als wir damals in Glendalough mit unseren Rucksäcken am Eis-Wagen standen und ein Softeis mit Schokoflake aßen. Er wollte uns die Straße hoch Richtung Dublin mitnehmen und meinte, er könne uns einen wunderbaren Platz zum Zelten zeigen, direkt an einem wilden Fluss. Er wohne ganz in der Nähe, ein Pub sei nicht weit, dort würde er sich am Abend mit Freunden treffen, Musik machen, Darts spielen, Guinness trinken. Wir sollten doch auch kommen! Das hörte sich gut an! Unseren letzten Abend vor der Rückfahrt wollten wir dann doch nicht mehr in klösterlicher Ruhe, sondern mit Irish Folk und netten Leuten verbringen.

»Bea, halt bitte mal an«, höre ich mich sagen. Heike neben mir erstarrt.

»Hier haben wir damals in unserer letzten Nacht gezeltet«, fahre ich unbarmherzig fort. »Lasst uns doch aussteigen.«

Mir ist jetzt alles egal. Ich weiß nur, dass ich keine Lust mehr habe, ich will jetzt den Ballon zum Platzen bringen, das Ganze hat mich viele, viele Jahre zu viel gekostet. Heike ist selbst schuld, sie musste damit rechnen, sie hätte ja nicht zu kommen brauchen.

Wir klettern aus dem Wagen. Direkt vor uns führt die Straße über die alte Steinbrücke. Tief unten tost der Wildbach.

»Das ist ja traumhaft«, ruft Monika begeistert.

Auch Bea schaut sich bewundernd um.

»Hier habt ihr gezeltet?«

»Ja, da vorne, etwas weiter die Wiese runter.« Heike klingt plötzlich ganz gelassen. Sie lässt sich nichts anmerken, sie spielt das Spiel mit. Wir beide spielen und wissen nicht, wie es enden wird.

Wir gehen alle bis zur Brücke, schauen hinunter und hören das Brausen des Wassers. Monika lehnt sich vor, murmelt: »Brr, ist das hoch«, und dreht sich zu uns um.

»Also, ich mach jetzt ein paar Photos.«

»Gute Idee, ich komm mit.«

Bea hängt sich bei ihr ein und sie schlendern zurück zum Auto, um ihre Kameras zu holen.

Heike und ich bleiben zurück, lehnen an der Brüstung. Und jetzt sehen wir uns an, blicken nicht mehr weg. Dafür ist es zu spät. Wie auf Kommando setzen wir uns in Bewegung, gehen über das Gras, am Rand der Schlucht entlang. Ungefähr 10 Meter unterhalb der Straße bleiben wir stehen.

Das hier ist die Stelle.

»Du willst es also nicht anders«, raunt Heike.

Ich spüre ihren warmen Atem an meinem Ohr. Ich stehe direkt an der Kante. Es ist rutschig und ich würde gerne einen Schritt zurücktreten, aber Heike ist direkt hinter mir, schirmt mich von den beiden ab, die jetzt oben am Auto stehen und begeistert Photos in die andere Richtung schießen.

»Wir hätten nie etwas mit ihm anfangen sollen«, sage ich.

Endlich! Ich habe es ausgesprochen, habe ihn erwähnt, ihn, den ich seit dreißig Jahren in den hintersten Winkel meines Gedächtnisses verbannt habe. Das Tabu ist gebrochen.

Wir hatten Brian an jenem letzten Abend im Pub kennengelernt, ein guter Freund von Paddy. Er sah gut aus, jedenfalls viel besser als Paddy, der nett, mollig und rothaarig war. Brian dagegen hatte etwas Mystisches, Wildes. Dunkle Locken, grüne Augen, er trug eine braune, speckige Lederjacke, rauchte Selbstgedrehte und konnte phantastisch singen. Das hat uns beiden natürlich den Rest gegeben, wir waren sofort bis über die Ohren verknallt! Allerdings waren wir nicht wirklich darauf aus, ihn abzuschleppen, das war dann doch nicht unser Stil. Aber ein bisschen rumschmusen, das wollten wir und es brach ein regelrechter Wettkampf zwischen uns aus, wer ihn denn nun für sich erobern könnte. Paddys Freunde waren eine gutgelaunte Truppe, das Guinness floss in Strömen, Brian spendierte uns einen Baileys nach dem anderen. Und er küsste gut. Uns beide, er wollte sich gar nicht entscheiden und letzten Endes war es uns dann auch egal. Ich meine, es war unser letzter Abend in Irland, romantische Verwicklungen konnten wir sowieso nicht brauchen. Zum Schluss hatte er uns rechts und links untergehakt, prahlte laut mit seiner deutschen Eroberung und wurde auf eine unangenehme Art zudringlich. So betrunken waren Heike und ich dann doch nicht, rückten energisch von ihm ab und unterhielten uns wieder lieber mit dem netten, höflichen, harmlosen Paddy.

Heike steht immer noch hinter mir. Ich spüre ihren Atem. Unten rauscht der Fluss.

»Wir waren sehr jung. Und ziemlich blöd.« Ihre Stimme klingt hart und blechern.

Ja, wir waren naiv, waren vom Folk-Festival gewohnt, dass irische Gastfreundschaft keine Gegenleistung fordert. Nun, Brian wollte eine. Als er begriffen hatte, dass wir nicht im Traum daran dachten, ihn zu einem flotten Dreier in unser Zelt einzuladen, wurde er richtig ekelhaft, fluchte laut über uns »*german bitches*« und Paddy hatte Mühe, ihn im Zaum zu halten. Seine Freunde schirmten uns auf eine nette, freundliche Art von Brian ab und Paddy, dem das alles furchtbar unangenehm war, entschuldigte sich im Laufe des Abends gleich mehrfach für seinen Freund. Irgendwann hatte der sich wieder beruhigt, hockte schmollend in einer Ecke und starrte uns finster an. Wir machten uns nichts draus, fanden ihn in seiner gekränkten Manneswürde ziemlich lächerlich. Wir haben ihn einfach nicht ernst genommen.

»Meinst du, er ist irgendwann gefunden worden?«, frage ich und obwohl ich Angst habe, tut es unendlich gut, ES endlich auszusprechen. Ich drehe mich zu Heike um. Sie schaut mich merkwürdig an, ihre Augen flackern. Vielleicht ist sie ja auch froh, dass das Versteckspiel endlich vorbei ist.

»Ich wusste nicht, dass du die Stelle kennst! Du hast doch geschlafen.«

»Nein, Heike, ich hab dich gesehen. Ich hab dich hier gesehen. Mit ihm.«

Dieser Moment hat sich auf meine innere Netzhaut gebrannt, seit dreißig Jahren sehe ich es vor mir. Wie ich morgens im Zelt wach werde, früh ist es, ich gähne, mein Kopf tut weh, mein Fuß irgendwie auch und ich habe schlecht geschlafen.

Heike ist nicht da. »Sie kocht Tee«, denke ich. Ich krieche aus dem Zelt, die Luft ist klar, das wird ein schöner Morgen. Ich gehe ein paar Schritte, ich muss mal. Gerade als ich mich hinhocke, sehe ich Heike. Sie ist keine zwanzig Meter weit entfernt, oben dicht an der Straße, sie zieht und schleppt etwas, etwas Schlaffes, schwer zu Greifendes. Etwas mit dunklen Haaren und einer braunen Lederjacke.

»Du hast dich immer wieder umgeschaut, aber du hast mich nicht gesehen. Dann hast du ihn hier das Steilufer runter gerollt. Und ich bin leise zurück ins Zelt. Ich wollte dir Zeit lassen. Und ich wollte, dass du es mir selber erzählst.«

Ja, sie sollte es mir erzählen, dann hätte wir in Ruhe überlegt, was wir tun sollten. Aber als ich scheinbar schlaftrunken aus dem Zelt kroch und »Guten Morgen« murmelte, war sie schon dabei, ohne große Erklärung unsere Sachen einzupacken.

»Jaja, besser früh los, wegen der Fähre«, habe ich gemurmelt und wir haben uns nicht angesehen, sind wie selbstverständlich den Waldpfad runter zur unteren Straße gelaufen statt den direkten Weg Richtung Brücke zu nehmen. Die ganze Zeit habe ich darauf gewartet, dass sie es mir erzählt. Sie war meine beste Freundin, ich hätte zu ihr gestanden.

Ja, ich habe gewartet: während der Busfahrt nach Dublin, am Hafen, als wir auf der Kaimauer saßen und Fisch und Chips aßen, sogar noch, als wir bereits im Warteraum der Fähre waren.

Erst als wir durch die Passkontrolle gingen, wusste ich, dass sie es nie sagen würde. Weder mir, noch irgendjemanden. Und ich wusste, dass ich schweigen würde. Und, dass uns das unsere Freundschaft kosten würde.

»Er ist nicht ins Wasser gefallen, ist auf halber Höhe liegen geblieben«, sagt Heike. Sie sagt das einfach so. »Ich bin nicht hinterher geklettert, um ihn ganz rein zu rollen, es war zu spät und wir mussten los. So wurde er zumindest nicht sofort gefunden.«

Wir stehen nebeneinander, ich spüre ihre Müdigkeit, sie tut mir leid. Meine ganze Wut ist weg, meine Güte, wir waren doch damals noch halbe Kinder.

»Wie ist es passiert?«, frage ich vorsichtig »Hat er dir morgens aufgelauert? Er wusste, dass wir früh los wollten. Dieser Bastard! Es war Notwehr, nicht wahr?«

Heike dreht ruckartig ihren Kopf, ihre Augen sind geweitet. Eben noch so ruhig und gefasst, wirkt sie schlagartig völlig verstört. Vielleicht erlebt sie den Moment gerade jetzt noch einmal, vielleicht hat sie es bisher nicht an sich rangelassen. Ich will tröstend ihren Arm nehmen, aber sie wehrt mich heftig ab.

»Spinnst du? Von was redest du eigentlich?«, fragt sie so laut, dass ich zusammenzucke. Ist sie jetzt völlig durchgedreht? Wir starren uns an.

»Komm schon«, flüstere ich heiser. »Jetzt hast du sowieso schon fast alles erzählt. Es wird dir guttun. Ich weiß es doch, ich wusste es die ganze Zeit. Du hast Brian getötet.«

Das ist der Satz, den ich die ganzen Jahre nicht aussprechen wollte, weder vor ihr noch vor mir selbst, noch vor meinem Therapeuten. Meine beste Freundin ist eine Mörderin und ich habe sie gedeckt.

»Das sagst ausgerechnet du?« Heike beginnt zu lachen. Sie lacht wie eine Irre! Ich habe eine Gänsehaut, kann mich nicht rühren, mir ist kalt und mir ist schlecht!

»Anna, so betrunken kannst du nicht gewesen sein! Das kannst du mir nicht erzählen, du weißt doch genau, was passiert ist!«

Ich starre sie an, in meinem Kopf ist ein Rauschen, alles dreht sich. Wovon redet sie?

»Anna.« Jetzt ist ihre Stimme klar und eisig. »Ich weiß Bescheid. Ich weiß, dass du nachts noch rumgelaufen bist. Ich war todmüde, aber du wolltest spazieren gehen. Und ich weiß, dass ich morgens Brian gefunden habe. Mit eingeschlagenem Schädel.« Sie macht eine kleine Pause. »Und ich weiß, dass deine Hände voller Blut waren! Ich war deine Freundin. Also habe ich gehandelt. Aber du hast mir nicht vertraut, du hast nichts gesagt!«

Mein Kopf fährt weiter Karussell, nein, das kann nicht sein. Dann war es gar nicht …? Sie hat ihn doch weggezogen! Also war er schon tot? Aber wer …? Hilfe! Wer war denn sonst …? Nur sie – und ich! Aber das kann nicht sein!

Sicher, ich war betrunken, ja, aber ich hatte keinen Filmriss, das weiß ich! Weiß ich es wirklich? Ich habe schlecht geträumt in der Nacht, daran erinnere ich mich plötzlich, irgendwie war da Brian, der mit einer wutverzerrten Fratze auf mich zuwankte, und ich, ich konnte nicht weg, so ist das in Träumen und er kam immer näher … Das Rauschen in meinem Kopf wird lauter, Blut! Woher kam das Blut? Es stimmt, meine Hände waren blutig … und mein Fuß hat wehgetan.

»Ich bin in einen Stacheldraht getreten«, höre ich mich sagen. Schlagartig hört das Karussell auf, sich zu drehen, das Rauschen ist weg, ich habe wieder festen Boden unter den Füßen.

»Was?«

»Ich bin nachts mit Sandalen in den Stacheldraht getreten. Mein Fuß hat stark geblutet, aber ich war einfach zu blau, um ihn zu verbinden, hab nur die Wunde zugedrückt und ein Taschentuch drum gewickelt und morgens war es schon fast wieder gut. Hab ich total vergessen, nachdem ich dich gesehen hatte.«

»Du meinst?«

»Sieht so aus.«

»Aber was ist dann …?«

Wir wissen beide nicht, was wir sagen sollen. Kreidebleich starrt Heike mich an – ich sehe bestimmt genauso aus.

»Was ist, wollen wir weiter?«, ruft Bea von der Brücke.

»Moment!«, ruft Heike zurück. Wir atmen beide tief durch, dann gehen wir langsam zum Wagen.

»Vielleicht gibt es das Pub noch!«, raunt Heike. »Wir müssen dahin.«

Das Pub existiert tatsächlich immer noch. Wir sind in Irland. Den anderen haben wir gesagt, dass wir hier damals einen tollen Abend hatten und darum unbedingt anhalten müssten. Während der kurzen Fahrt im Auto haben wir vor uns hingestarrt, wenn es doch wahr wäre, wenn es wirklich wahr wäre.

Der Schankraum hat sich kaum verändert, die Dartscheibe hängt tatsächlich noch an der gleichen Stelle, und da sind immer noch Photographien der diversen Meisterschaften direkt neben den Toiletten. Paddy hatte sie uns damals voller Stolz gezeigt, er hatte mehrfach gewonnen, auch auf überregionaler Ebene.

Heike und ich sind jetzt möglichst beiläufig vor die Photowand geschlendert, jede hat ein Guinness in der Hand. Da, auf diesem Bild ist Paddy, der Paddy von damals, mollig, rote Haare, er hält stolz einen Pokal in die Höhe. Und, mein Gott, neben ihm steht Brian! Es versetzt mir einen Stoß. Wie jung die beiden aussehen! So alt könnten jetzt unsere Söhne sein. Schrecklich! Es gibt noch weitere Photographien, auf den älteren sind häufig beide zu sehen, mal als Sieger, mal im Hintergrund. Auf den neueren erscheinen sie nicht mehr. Eine ganze Generation von strahlenden Dart-Siegern lächelt uns entgegen.

»Hier«, ruft Heike und ich beuge mich vor und betrachte das Bild, zu dem sie mich gelotst hat. Ja, da ist Paddy wieder. Bei der Meisterschaft 2005 sitzt er rechts an einem der Tische. Nicht mehr jung, nicht mehr mollig, aber eindeutig Paddy! Also muss er immer noch hier wohnen, wir müssen ihn finden, vielleicht kann er uns weiterhelfen. Vielleicht weiß er, was damals passiert ist. Wir riskieren es, wir kommen aus der Deckung.

»Paddy Fitzgerald.« Der Wirt kratzt sich am Kopf. »Den haben Sie also bei Ihrer Irlandreise kennengelernt? Ist ja komisch. Wann war denn das?«

»Vor achtundzwanzig Jahren«, lügen wir. Wir wollen uns in der Jahreszahl lieber nicht festlegen.

»Das kann eigentlich nicht sein.« Erwidert er nachdenklich. »Zu dem Zeitpunkt hat er noch gesessen. Totschlag. Hat im Suff seinen Kumpel erschlagen. Oben an der Straße. Irgendeine Streiterei wegen Mädchen.« Er erwärmt sich nun sichtlich für das Thema und ihm scheint nicht aufzufallen, dass Heike und ich uns aneinanderklammern.

»War 'ne merkwürdige Geschichte. Paddy ist direkt am nächsten Morgen zusammen mit Father O'Connor zur Polizei und hat sich gestellt. Hat alles gestanden – aber wo er den Toten gelassen hat, das war ihm nicht mehr klar. Hat Ewigkeiten gedauert, bis man den am Fluss gefunden hat. Na ja, hat mildernde Umstände gekriegt, nur ein paar Jahre gesessen. Lebt seitdem in Dublin, aber manchmal kommt er noch. Sitzt dann meistens dort in der Ecke und lässt sich volllaufen. Tja, dieser Brian war halt sein Freund – und wahre Freundschaft – die ist durch nichts kaputt zu kriegen.«

 **Irish Creme**

Zutaten:

- *100 g Zartbitter-Schokolade*
- *½ Liter Milch*
- *4 EL Zucker*
- *1 Päckchen Schokoladenpudding (für ½ Milch, nicht instant, sondern zum Kochen)*
- *100 ml Baileys*
- *200 g Sahne*

Zubereitung:

Schokolade reiben. 50 ml Milch, Puddingpulver und Zucker glatt rühren. 450 ml Milch aufkochen. Angerührtes Puddingpulver einrühren, aufkochen und unter Rühren ca. 1 Minute köcheln. Geriebene Schokolade im Pudding auflösen. Baileys unterrühren. Puddingoberfläche abdecken und Pudding ca.1 1/2 Stunden kalt stellen. Sahne steif schlagen und unterheben. Erkaltete Creme glatt rühren und in 4 Dessert-Gläser füllen. Nach Belieben verzieren (z.B. mit Sprühsahne, Kleeblättern aus Schokolade, Mandelblättchen) und mit einem Gläschen Baileys servieren. Cheers!

Jennifer B. Wind

To Grouse a Grouse

Breathes there a man with soul so dead,
Who never to himself hath said,
This is my own, my native land!
Whose heart hath ne'er within him burn'd
As home his footsteps he hath turn'd
From wandering on a foreign strand!
(»The Lay of the Last Minstrel«,
1805 from SIR AIDEN SCOTT 1771-1832)

Schottland – Aberdeen City Centre, Sommer 1964

Obwohl es Katy eilig hatte, kam sie nicht umhin vor dem Town House stehen zu bleiben, um die Häuserzeile, die nicht umsonst *Silver Mile* genannt wurde, zu betrachten. Wie so oft war sie geblendet von diesem Anblick. Wenn die Sonne schien, begann der Glimmeranteil im Granit, aus der beinahe alle Häuser Aberdeens gebaut waren, zu glitzern — ein wahrlich einzigartiges Schauspiel in einer einzigartigen Stadt.

Den Korb mit den Lebensmitteln fest an sich gedrückt, lief sie weiter. Längst bevor sie in der Nähe des Commercial Quays war, stieg ihr schon der vertraute Geruch nach Salzwasser und Fisch in die Nase. Am Abend würden Aunt Macy und Uncle Kyle zum Essen kommen, die zum Gordon-Clan gehörten. Vielleicht kam auch Grant Gordon mit, Katy hoffte es jedenfalls. Sie schwärmte heimlich für ihn. Mum wollte *Crappid Heids* machen. Deshalb hatte sie ihr aufgetragen frischen Hummer zu kaufen. Zur Feier des Tages würde es als Hauptgericht die ersten Moorhühner des Jahres geben. Rotwein, Whisky, Weintrauben, Champignons und Schinkenspeck hatte Katy bereits eingekauft. Vor zwei Wochen hatte Mum Heidezweige in Whisky getränkt. Sie bevorzugte Glen Dronach. Ihrer Meinung nach war das der beste Whisky Aberdeenshires.

Katy konnte es nicht erwarten das zarte Fleisch zu kosten. In der Granitmine verdiente Dad längst nicht genug. So mussten sie das restliche Jahr bescheiden leben. Von einem Lammeintopf wurden sie drei Tage lang satt, ansonsten gab es Gemüse aus dem Garten, Haferbrei oder Brot mit Schafskäse.

Nach dem Einkauf fuhr Katy mit dem Bus zurück nach Newburgh, ein Fischerdorf nördlich von Aberdeen, in dem sie wohnte. Als sie über den kaputten Eingang im maroden Zaun stieg, spürte sie bereits die Aufregung. Ihre Brüder Liam und Dylan rannten, lauthals Piratenlieder singend, ausgelassen im Garten herum. Der Klang ihrer Stimmen zauberte ein Lächeln auf Katys Lippen. Liam nahm ihr die Einkäufe ab und trug sie ins Haus. Wenn sie auch wenig hatten, sie liebten einander.

Der Holzbottich war bereits mit heißem Wasser befüllt. Eine Waschrumpel stand darin. Katy entfernte die Bandagen von ihren Händen und rieb die eingeweichten Kleidungsstücke über die Waschrumpel. In den offenen Wunden brannte die Seifenlauge. Die Haut hatte einfach keine Zeit zu heilen.

»Hey, da ist ja mein fleißiges Mädchen.« Mit seinen kräftigen Armen umfasste ihr Vater ihre Taille und wirbelte sie im Kreis.

»Dad!« Katy lachte vergnügt. »Du wirst noch ganz nass!« »Guck mich an, Mädchen.« Ein breites Grinsen lief über sein grau-glimmerndes Gesicht. »Ein Bad könnte ich gerade gut vertragen.«

Mit einem Augenzwinkern drückte sie ihm einen Kuss auf die schmutzige Wange. »Mum hat sicher noch Wasser aufgestellt.«

Ein Schrei unterbrach die Idylle. Ihre Mutter lief mit hochrotem Gesicht und Tränen in den Augen in den Garten. In der einen Hand hielt sie ein sauberes Messer und in der anderen einen blutbefleckten Strick.

»Die Moorhühner sind weg!« Die Stimme ihrer Mutter zitterte.

»Alle?«, fragte Katy fassungslos.

Verzweifelt schlug ihre Mutter die Hände vor das Gesicht. »Was soll ich jetzt bloß kochen?«

»Ich geh mit Katy in den Schuppen«, sagte ihr Vater beruhigend. »Es kommt alles wieder in Ordnung.«

Katy folgte ihrem Vater. Nicht ein einziges Huhn hing an der Stange. Nur der dunkle Boden zeugte davon, dass am Vortag noch fünfzehn blutende Tiere hier gehangen hatten.

Wortlos ging ihr Vater auf eine Kiste zu und steckte ein Ausbeinmesser ein. »Komm Katy, wir müssen für Abendessen sorgen.«

Es war viel zu spät, um noch ins Moor zu fahren und zu jagen. Ratlos stolperte Katy hinter ihrem Vater her. Nach einer Weile legte er die Finger auf seine Lippen und schlich weiter. In der Dämmerung erkannte Katy das beleuchtete Haus der Familie Hays. Was zum Teufel wollte ihr Vater dort? Lachen und Geschirrklappern drang aus einem offenen Fenster zu ihnen hinüber. Dad schlich zur Scheune der Hays, aus der ein ihr bekannter Geruch nach abgehangenem Fleisch drang. Die Holztür war verzogen und deshalb nicht verschlossen. Ihr Vater nahm Katy an der Hand und zwängte sich mit ihr durch den Türspalt. Sie fanden sich inmitten einer Schar Moorhühner wieder, die fein säuberlich in Reihen sortiert auf einer Leine hingen. Mindestens fünfzig Stück! Augenblicklich hatte Katy ein mulmiges Gefühl im Bauch. »Dad? Was tun wir hier?«

Was, wenn Jack Hays sie hier im Schuppen fand? Der Alte war für seine cholerische Ader bekannt. Zudem hatte er Macht und Einfluss in ganz Aberdeenshire. Ihr Vater ging die Reihen mit den Moorhühnern ab und besah sich jedes einzelne Federvieh genau. Er begutachtete ihre Krallen und griff in ihre Schlünde.

»Was tust du da?«

»Schweig still!« Mit gezieltem Griff förderte er einen Heidezweig aus dem Schlund eines Moorhuhns hervor und nickte. Mit dem Ausbeinmesser säbelte er am Seil des betreffenden Huhns.

»Du wirst das Huhn doch nicht etwa stehlen?« Das Grummeln in ihrem Bauch wurde stärker. Ihr Dad war ein Dieb?

»Ich hol mir nur zurück, was mir gehört«, murmelte er und fuhr fort, das Moorhuhn vom Strick zu schneiden.

Als das Huhn auf den Holzboden fiel, säbelte er bereits am nächsten Seil. Ein Huhn nach dem anderen plumpste auf den Scheunenboden. Dad war so in seine Arbeit vertieft, dass er nicht bemerkte, wie der Gesang von draußen immer lauter wurde. Durch eine Ritze im Holz spähte Katy hinaus und sah eine Gestalt über die Wiese wanken.

»Dad«, flüsterte Katy ängstlich. Panisch zog sie ihn am blutverschmierten Ärmel. Er schüttelte ihre Hand ab.

»Nur noch zwei Stück.«

»Aber Dad!«

»Sammel die Hühner auf. Pack sie in den Korb, der neben dem Eingang steht.«

»Willst du den Korb stehlen?« Verzweifelt trat sie von einem Bein auf das andere.

»Sehe ich aus wie ein Dieb, Katy?« Mit zusammengekniffenen Augen starrte er sie an. »Den Korb bringe ich natürlich morgen zurück!«

Mit einem lauten Knarren öffnete sich die Scheunentür. Der alte Hays polterte herein. Sofort war die Luft von Alkohol und Schweiß geschwängert. Der alte Mann blickte, sichtlich erstaunt, von Katy zu ihrem Vater und wieder zurück.

»Was will dein Gör mit meinem Korb?«

Mit zitternden Knien ging Katy zum Eingang und stellte den Korb wieder ab. Doch Hays Aufmerksamkeit richtete sich längst auf etwas anderes. »Wieso liegen meine Moorhühner auf dem Boden?«

»Deine Moorhühner?« Ihr Vater schüttelte sich vor Lachen. »Du triffst doch seit Jahren nicht einmal die Scheibe!«

»Ich bin der beste Moorhuhnjäger in ganz Aberdeenshire!«, lallte der alte Hays und spuckte auf den Holzboden. »Gewesen, Jack, gewesen«, erwiderte Dad und begann die Moorhühner aufzusammeln. Sofort stürzte sich Jack Hays auf ihren Vater und versuchte ihm die Hühner zu entreißen. Das durfte doch nicht wahr sein!

»Lass meine Hühner los, Menzies!«, brüllte der Alte.

»Deine Hühner?«, erwiderte ihr Vater aufgebracht. »Denkst du nicht, ich hätte nicht bemerkt, dass du seit Jahren Hühner klaust, weil du selber nichts mehr triffst?«

»Mädchen«, wandte der alte Hays sich an sie. »Sag deinem Vater, er soll mit diesen Lügen aufhören.« Seine Haare standen vom Kopf ab, die Wangen waren eingefallen, die Augen blutunterlaufen. Der Alte sah selbst wie eines der Hühner aus, ein mürrisches Huhn. ›A grousy grouse‹, dachte Katy. In einer anderen Situation würde sie dieses Wortspiel lustig finden. Angespannt nagte sie an ihrer Unterlippe.

»Ich lüge? Das hier …«, ihr Vater zeigte auf die toten Moorhühner am Boden, »… sind meine Moorhühner. Ich hab sie am 12. und 14. August geschossen.«

Der Bauch des alten Hays begann zu vibrieren. Sein Lachen hallte von den Wänden wider. »Wie willst du das beweisen?«

Dad steckte seine Finger in den Schlund eines Huhns und beförderte einen Zweig zu Tage.

»Wie ungewöhnlich, ein Heidezweig!« Jack Hays rollte mit den Augen. »Lächerlich! Die Moore sind voller Heide.«

Wortlos reichte Dad ihm den Zweig. Katy konnte einen Blick darauf erhaschen. Ans Ende des Zweigleins war ein dünnes Lederbändchen gebunden, in das zwei Buchstaben eingeritzt waren. Jack murmelte: »A. M. Was zum Teufel soll das?«

»Das sind meine Initialen.«

»Ist mir klar. Aiden Menzies! Was soll das?«

»Ich hab alle Moorhühner, die ich erlegt habe, markiert.«

»Ich hätte die Zweige entfernen und verbrennen können!« »Hast du aber nicht. Den anderen Clans habe ich ebenfalls geraten, ihre Hühner zu markieren.« Grinsend verschränkte ihr Vater seine Arme vor der Brust. »Wir wollten den Moorhuhndieb endlich stellen. Das mache ich gerade.«

Nachdenklich schritt Jack Hays die Reihen ab. »Ich fasse es nicht.« Er kratzte sich am Bart. »Douglas hat all seinen Hühnern die Daumenkralle abgeschnitten.«

»Du gibst den Diebstahl also zu!«

»Douglas war immer schon ein Narr!«

Im selben Moment sprang Callum Hays in die Scheune und fuchtelte mit einem Gewehr herum. »Was ist hier los?«

»Callum, geh ins Haus!«, schrie Jack seinen Sohn an. »Wir Erwachsenen regeln das unter uns!« Das Gewehr in Callums Hand zitterte. »Ich bin 35 Jahre alt, Vater!« Schweiß perlte auf Callums Stirn. Rotz lief aus seiner Nase. Irritiert starrte er auf die Hühner am Boden. Jack Hays grunzte verächtlich. Aus dem Haus hörte man das Schreien eines Säuglings. Beinahe erleichtert hob Callum den Kopf. »Dann geh ich wieder zu Finlay.« Bevor er aus der Scheune lief, stellte Callum das Gewehr an die Wand. Jack Hays griff danach und richtete den Lauf auf Katys Vater. »Verschwindet!«

»Sobald ich meine Hühner aufgesammelt habe!«

»Du hast mich wohl nicht verstanden, Aiden! Raus hier!«

»Nicht ohne meine Hühner!«

»Dad, er ist betrunken«, mischte Katy sich ein.

»Irrtum, ich bin völlig klar im Kopf«, erwiderte Jack Hays. »Ihr Menzies werdet immer Abschaum bleiben!«

Mit hochrotem Kopf ging ihr Vater auf den Alten zu. Katy hielt ihn zurück. »Dad, lass uns gehen.«

»Und was sollen wir heute essen?«

Ungefragt wies Jack Hays auf einen Stapel Dosen mit der Aufschrift *Corned Beef*, die auf einem Regal gestapelt waren. »Das ist gut genug für euch. Nehmt euch eine Dose.«

Dad erhob die Fäuste. »Oder auch zwei Dosen.« Schadenfroh grinste der Alte ihn an. Noch nie hatte Katy ihren Vater so zornig erlebt. »Ich geh mit meinen Hühnern oder ich melde dich bei der Polizei.«

Das war zu viel für Jack Hays. Er begann zu glucksen, dann lehnte er sich gegen die Wand und lachte, bis ihm die Tränen kamen. Im selben Moment wusste Katy, was Jack so erheiterte. Die Polizei von Aberdeenshire wurde von James Hays geführt, Jacks ältestem Sohn.

»Du willst deine Hühner?« Jack Hays trat mit einem Bein fest auf einen Hühnerkörper. Der Dreck, der auf seinen Gummistiefeln klebte, vermischte sich mit rohem Fleisch. Katy hörte die Knochen knacken. »Hier hast du deine Hühner!« Dann zerquetschte er ein weiteres Huhn, dann noch eines. Wie ein verrückter Gnom trampelte der Alte auf den Hühnern herum und lachte ihrem Vater dabei ins Gesicht.

Mit Entsetzen sah Katy ihren Vater mit erhobenen Fäusten auf Jack Hays zugehen. Katy hüpfte dazwischen und legte ihrem Vater beruhigend die Hand auf die Brust. »Lass uns verschwinden.« Ihr Vater kratzte sich am Kopf und ging auf das Regal mit dem Corned Beef zu, was das Lachen des alten Hays noch verstärkte. »Ihr Menzies seid immer schon Dummköpfe und Feiglinge gewesen. Und du, Aiden, warst immer der größte Idiot!«

Da zeriss etwas in Katy. Niemand hatte das Recht ihren Vater derart zu beleidigen. Wütend zog sie am Regal, sodass die Dosen mit lautem Gescheppper herunter fielen. Daraufhin ließ der alte Hays das Gewehr fallen und stürzte sich mit wutverzerrter Fratze auf sie. Seine fleischigen Hände umklammerten ihren Hals, seine Daumen drückten in ihre Haut. Katy röchelte. Aus den Augenwinkeln sah sie ihren Vater das Gewehr vom Boden aufheben.

»Dumme Gans.« Ein Speichelfaden floss aus dem rechten Mundwinkel des Alten. Angewidert sah Katy weg, während sie verzweifelt versuchte, ihren Angreifer abzuwehren. Auf einmal stand ihr Vater hinter Hays, das Gewehr schussbereit angehoben. Katy wollte schreien, doch Hays ließ ihren Hals nicht los. Da klickte es. Ihr Vater hatte das Gewehr entsichert. Hays stutzte und blickte hinter sich.

»Lass meine Tochter los, Jack!«, schrie ihr Vater. »Sonst puste ich dir deinen verdammten Schädel weg!«

Der Alte lockerte seinen Griff, ließ Katy allerdings nicht los. »Jack«, versuchte es ihr Vater erneut. »Im Gegensatz zu dir kann ich mit einer Waffe umgehen.«

Der Alte schüttelte den Kopf, beugte sich über Katy und drückte seine Finger fester in ihren Hals. Ihr Vater hielt den Lauf hoch und zielte auf den Hinterkopf des Alten. Dann klickte es, einmal, zweimal. Daraufhin ließ der Alte von Katy ab, drehte sich um und spuckte ihrem Vater ins Gesicht. »Du wolltest mich tatsächlich hinterrücks erschießen? Was bist du doch für eine feige Sau.«

Ihr Vater hob überrascht die Augenbrauen und drehte das Gewehr in seiner Hand. »Wusste nicht, dass du sogar zu geizig bist, um Patronen zu kaufen.«

Der Alte hustete und spuckte grünen Schleim aus. »Ich polier dir dein blödes Maul, Menzies!«

Rasch warf ihr Vater das Gewehr von sich und zückte sein Messer. In seiner Not griff der alte Hays nach einem Holzscheit. Die Männer umkreisten sich wie Raubtiere. Ihr Vater war durch die Arbeit in den Minen kräftig, aber der Alte war aufgrund seiner Körpergröße und dem Mangel an Körpergewicht wendiger. Immer wieder schaffte er es ihrem Vater auszuweichen und ihn mehrmals mit dem Holzscheit zu treffen. Ihr Vater stöhnte vor Schmerzen. Beim Versuch, den Angreifer abzuwehren, verpasste er Jack mit dem Ausbeinmesser einen Schnitt am Oberarm. Blut quoll aus dem zerfetzten Hemdsärmel des Alten, der zwar aufschrie, aber sofort reagierte. Es genügte ein gezielter Hieb mit dem Holzscheit, um Dad das Messer aus der Hand zu klatschen. Dann drosch der Alte ihrem Vater mehrmals mit dem Holzscheit auf den Kopf, bis dieser zu Boden sank. Jack setzte sich auf Vaters Bauch, boxte auf Vater ein und beschimpfte ihn dabei.

Fieberhaft überlegte Katy, wie sie ihrem Vater helfen konnte. Da fiel ihr Blick auf das Gewehr. Ohne noch einmal darüber nachzudenken nahm sie es an sich und schlug dem Alten mit dem Gewehrkolben auf den Rücken. Er ächzte. Katy zog ihm die Waffe noch einmal über und traf ihn an der Schläfe. Der Alte rollte von ihrem Vater herunter und blieb schnaufend liegen. Seine Augen waren geschlossen.

»Lebt er noch?« Ihr Vater nickte und stand auf. »Lass uns verschwinden.« Beim Hinausgehen schnappte er sich noch vier Dosen Corned Beef. Katy würde das Fleisch ganz bestimmt nicht essen. Schweigend gingen sie heim.

Aus ihrem Haus tönte Musik, Stimmengewirr und heiteres Gelächter. Aber da war noch etwas. Ein bekannter aromatischer Duft drang aus den geöffneten Fenstern nach draußen. Es roch nach … das war doch nicht möglich. Katy sog die Luft noch einmal ein. Kein Zweifel!

»Grouse«, murmelte ihr Vater neben ihr. Erfreut lief Katy auf das Haus zu, öffnete die Türe und fiel ihrer Mutter um den Hals. »Blass siehst du aus, Schatz. Alles in Ordnung?« Ein Blick von ihrem Vater genügte und Katy wusste, dass sie über das Geschehene kein Wort verlieren würden.

»Bin nur hungrig«, antwortete sie ehrlich.

Ihr Vater drückte seiner Frau einen kurzen Kuss auf die Stirn und verschwand schnell im Badezimmer. Katy sah sich um. Onkel Kyle, Tante Macy und Grant Gordon saßen am reich gedeckten Tisch. Darauf stand ein Silbertablett mit gebratenen Moorhühnern in der Soße, die ihre Mum kreiert hatte. Daneben standen eine Schale mit Weintrauben und ein Korb mit gerösteten Brotscheiben.

»Isla?« Verwirrt kratzte sich Katys Vater am Kopf, als er erfrischt und mit einem neuen Hemd bekleidet den Raum betrat. »Wo hast du die Moorhühner her?«

Der junge Grant Gordon erhob sich. »Ich habe zum ersten Mal welche geschossen.« Stolz lächelte er in die Runde, bis sein Blick auf Katy fiel, die ihn glücklich anstrahlte. Sofort errötete Grant, strich sich eine dunkle Haarsträhne aus dem Gesicht und setzte sich wieder. Katys Vater klopfte ihm anerkennend auf die Schulter »Danke Junge. Dann wollen wir mal das Festmahl genießen!« Bevor er sich an den Tisch setzte, wandte er sich an Kyle Gordon. »Dein Sohn hat den Abend gerettet. Kannst stolz auf ihn sein!« Dann genossen sie das Festmahl. Heimlich verstaute Katy die Corned Beef Dosen, die Vater mitgenommen hatte, ganz hinten im Vorratsschrank.

Eine Woche später klopfte es an der Tür. Draußen stand Grant. »Hey Katy, habt ihr schon die Einladung zur Beerdigung erhalten?« Sie schüttelte den Kopf.

»Jack Hays ist vor zwei Tagen gestorben«, sagte Grant. Schwindel erfasste Katy. Benommen hielt sie sich am Türrahmen fest. Grant trat ein. Höflich begrüßte er ihren Vater, der am Tisch saß und mit einem Dosenöffner hantierte.

»Hat es den Alten endlich erwischt«, sagte er teilnahmslos.

Grant sah Katy besorgt an. »Ich begleite dich zur Beerdigung, wenn du willst. Es scheint dich mitzunehmen.«

Das traf den Nagel auf dem Kopf. Hatte sie etwa Jack Hays getötet, als sie ihn mit dem Gewehr an der Schläfe getroffen hatte? Oder war er am Messerstich gestorben? Konnte man an einer Verletzung am Oberarm sterben? Behutsam lenkte Grant sie zum Tisch. Sie setzte sich auf einen Stuhl. Grant brachte ihr ein Glas Wasser und setzte sich ebenfalls. In der Zwischenzeit hatte ihr Vater es geschafft, die Dose zu öffnen, stand auf und ging in die Speisekammer.

Katy räusperte sich. »Woran ist er gestorben?«

Ihr Vater kam mit einem Messer und einer Scheibe Brot zurück. *Er wurde umgebracht*, hallte es in Katys Kopf.

»Typhus«, antwortete Grant stattdessen.

»Typhus?« Erleichtert atmete Katy aus.

Mit einem fröhlichen Pfeifen bestrich ihr Vater die Brotscheibe mit dem Inhalt aus der Dose.

»Ja, habt ihr es nicht gehört? In William Lows Supermarkt wurde anscheinend typhusverseuchtes Fleisch verkauft. Es sind schon weit mehr als 300 Menschen erkrankt.«

»Jack Hays hat das gegessen?« Katy fröstelte.

Ihr Vater legte das Messer weg und nahm das Brot in die Hand. Grant nickte. »Jack hatte den ganzen Schuppen voll damit.«

Es dauerte nur Sekunden, bis Katy klar wurde, was das bedeutete. Geistesgegenwärtig sprang sie auf und entriss ihrem Vater das Brot, das er sich eben in den Mund schieben wollte. »Bist du wahnsinnig? Hast du nicht zugehört?«

»Doch, doch, Kindchen. Der gute alte Jack ist tot.« Seine Mundwinkel zuckten. Sofort schmiss Katy das Essen in den Mülleimer und entsorgte auch die noch ungeöffneten Dosen aus der Vorratskammer.

Verliebt strahlte sie Grant an, ihren Held. Ohne es zu wissen, hatten er und seine Moorhühner ihrer Familie damals das Leben gerettet, und nicht auszudenken, was passiert wäre, hätte Grant an diesem Tag nicht vorbeigeschaut.

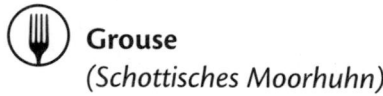 **Grouse**
(Schottisches Moorhuhn)

Grouse – Schottisches Moorhuhn – klassisch

Zutaten *(für 4 Personen)*:

- *2 junge schottische Moorhühner*
- *6 Scheiben Schinkenspeck*
- *1 Zitrone (oder etwas Himbeersaft)*
- *100 g Butter*
- *½ Tasse Portwein*
- *Salz*
- *Pfeffer*
- *Heidezweige, in Whisky getränkt*

Zubereitung *(Zubereitungsdauer ca. 40 Minuten)*:

Etwas Butter, den Saft einer Zitrone oder wilden Himbeersaft, Salz und Pfeffer vermischen, die gut abgehangenen Moorhühner (im Sommer etwa 7 Tage, im Winter mindestens 10 Tage: » the traditional test is to hang by the tail and when the body falls on the cellar floor it is ready for the pot«) damit füllen, mit dem Schinkenspeck und den Heidezweiglein umwickeln und in die Pfanne legen. Die restliche Butter hinzufügen. Den Ofen vorheizen und die Hühner 20 Minuten braten. Dann den Portwein hinzufügen und weitere 5 Minuten braten. Den Schinkenspeck und die Heidezweige entfernen, die Hühner und die Soße separat servieren. Dazu passen geschälte, kernlose Weintrauben, serviert in einem Glasschälchen.

Grouse – Schottisches Moorhuhn in Rotweinsauce – raffiniert modern – nach Isla Menzies

Zutaten *(für 6 Personen):*

3 küchenfertige Moorhühner
125 g Butter
2 Möhren
1 große Zwiebel
2 Knoblauchzehen
250 ml Rotwein
400 ml Fleischbrühe
250 g Champignons klein
1 EL Mehl
1 EL Thymian
Salz
Pfeffer
Für die Garnitur: Dünne Brotscheiben, Butter, feingehackte Petersilie

Zubereitung:

Die Moorhühner in Portionsstücke zerteilen und diese in Butter rundum anbraten, herausnehmen und beiseite stellen. Möhren, Zwiebel und Knoblauch fein hacken und im Bratfett dünsten. Wein und Fleischbrühe zugießen, Thymian und Gewürze zufügen. Moorhühner in den Sud geben und zugedeckt etwa 20 Minuten bei niedriger Hitze garen.

In der Zwischenzeit die Champignons putzen und in der restlichen Butter dünsten. Die Moorhühner aus der Soße nehmen und auslösen.

Die Soße unter Rühren reduzieren, durch ein Sieb passieren und mit dem Mehl andicken. Das Fleisch und die Pilze in die Soße geben und noch etwa 5 Minuten ziehen lassen.

Mit dünnen, in Butter gerösteten und mit Petersilie bestreuten Brotscheiben servieren.

Vita der Autoren

Raoul Biltgen, geboren 1974 in Luxemburg, Schauspielausbildung in Wien, dann Ensemblemitglied am Landestheater Bregenz, anschließend Dramaturg am Theater der Jugend. Seit 2003 lebt und arbeitet er als freier Schauspieler und Schriftsteller in Wien. Neben ein paar Buchveröffentlichungen hat er zahlreiche Theaterstücke und Kurzgeschichten geschrieben. Zusätzlich absolviert er die Ausbildung zum Psychotherapeuten. www.raoulbiltgen.com

Ina Coelen, 1958 am Niederrhein geboren, lebt und arbeitet in Krefeld. Sie studierte Grafik-Design und arbeitete für verschiedene Werbeagenturen und Verlage. Seit 1999 veröffentlicht sie Kriminalgeschichten und hat inzwischen über zwei Dutzend Krimi-Anthologien herausgegeben. Seit 2001 organisiert sie die *Krefelder Krimi-Tage*. Als Co-Autorin schrieb sie die kulinarischen Krimis *Killer, Küche, Knast* und *Tödliches Dinner*. 2008 erschien ihr Regionalkrimi *Ehrenwerte Mörder* und 2009 folgte *Kaltgemacht*. Im selben Jahr gab sie mit Brigitte Glaser die Anthologie *Bitterböse Schokoladen-Krimis* heraus und 2010 zusammen mit Rebecca Gablé *Natürlich der Gärtner!*. 2011 folgte *Bis zum letzten Löffel* gemeinsam mit Martina K. Schneiders und Ulla Lessmann. www.coelen-krimi.de

Astrid della Giustina arbeitet als Texterin, Tagungskoordinatorin in einem Wellnesshotel und Coach für Englisch, Deutsch und Literatur. Sie veröffentlichte bis dato, neben mehreren Kurzgeschichten ,einen Ratgeber über ihren Job, die Biographie einer Domina sowie den bizarren Düsseldorf-Krimi *Luzifers Entführung*. Mit Großbritannien verbindet sie vor allem der Humor und auch sie kocht – genau wie Moira im schottischen Kurzkrimi *Die Wiedergutmacherin* – mit Vergnügen für ihre Katzen. www.astrid-dellagiustina.de

Gitta Edelmann lebt – nach zwei Jahren in Edinburgh, wo sie Haggis, Whisky, Shortbread und den Scots Accent zu lieben gelernt hat –

mit ihrer Familie nun in Bonn. Neben kriminellen Geschichten für Erwachsene schreibt sie Spannendes und Lustiges für Kinder. Außerdem leitet sie Seminare für Kreatives Schreiben und ist Programmleiterin der *Fidibux*-Kinder-ebooks von Satzweiss.com/Chichili Agency. Gitta Edelmann ist Mitglied bei den *Mörderischen Schwestern*, im *Syndikat*, im Verband deutscher Schriftsteller VS und im Bödecker-Kreis.

Goest & Patsch – Ria Klug und Thea Krüger

Ria Klug, gelernte Tischlerin mit geisteswissenschaftlichem Vordiplom, schreibt seit 2008. Sie hat drei Langkrimis und einige Kurzkrimis veröffentlicht und ist Regiosprecherin der Berliner *Mörderischen Schwestern*.

Thea Krüger studierte Germanistik und evangelische Religionspädagogik, schreibt seit 2009. Drei Kriminalromane warten auf ihre Veröffentlichung. Sie ist Mitglied der *Mörderischen Schwestern*.

Unter dem Pseudonym Goest & Patsch schreiben und veröffentlichen Ria Klug und Thea Krüger ihre mordsmäßigen Kurzgeschichten.

Rita Hausen ist ehemalige Gymnasiallehrerin für Deutsch und katholische Religion, schreibt Gedichte, Kurzgeschichten, Erzählungen und Romane und ist fasziniert von der Zeit des 18. Jahrhunderts. Sie lebt in Walldorf, zeitweise aber auch in einem abgelegenen Haus in Mecklenburg. Außer dem Schreiben widmet sie sich auch dem Malen von Bildern in Pastell und Acryl, gegenständlich und abstrakt. Zuletzt veröffentlichte sie: *Trazom. Ein Mozartkrimi, Teufelsaustreibung in Meersburg,* in: *Drei Tagesritte vom Bodensee, Schiller-Code* und *Ein ungeratener Sohn.* www.rita-hausen.de

Simone Jöst ist Krimiautorin und lebt im Odenwald. Das Handwerk des Schreibens ist ihre Leidenschaft. Sie absolvierte ein Belletristikstudium und publizierte zahlreiche Kurzgeschichten in Anthologien. Sie sammelte Erfahrungen im Verlagswesen, ist Herausgeberin diverser Krimibände, veranstaltet Lesungen, ist Mitglied bei den *Mörderischen Schwestern* und vergisst darüber hinaus schon mal, dass sie keiner Fliege etwas zuleide tun kann. www.simonejoest.de

Wolfgang Kemmer studierte Germanistik, Anglistik und Angloamerikanische Geschichte in Köln und arbeitete anschließend als Volontär, später als Lektor in einer Literatur-Agentur. Heute lebt er als freiberuflicher Autor und Redakteur mit seiner Familie in Augsburg.

Er ist Herausgeber mehrerer Krimi-Anthologien und betreut seit Jahren den Kurzkrimi-Podcast für www.jokers.de. www.wolfgang-kemmer.de

Ralf Kramp, geboren 1963 in Euskirchen, lebt in der Vulkaneifel. Für sein Debüt erhielt er 1996 den Förderpreis des Eifel-Literatur-Festivals. Seither erschienen mehrere Kriminalromane, unter anderem auch die Reihe um den kauzigen Helden Herbie Feldmann und seinen unsichtbaren Begleiter Julius. Seit 1998 veranstaltet er »Blutspur«-Krimiwochenenden in der Eifel, bei denen hartgesottene Krimifans ihr angelesenes »Fachwissen« endlich bei einer Live-Mördersuche in die Tat umsetzen können. Im Jahr 2002 erhielt er den Kulturpreis des Kreises Euskirchen, 2010 die »Herzogenrather Handschelle«. Seit 2007 führt er mit seiner Frau Monika in Hillesheim das *Kriminalhaus* mit dem *Deutschen Krimi-Archiv* mit 26 000 Bänden, dem *Café Sherlock* und der Buchhandlung *Lesezeichen*. Er ist ein großer Liebhaber Englands, seiner Kriminalliteratur und seiner Lebensart und bricht bei jeder sich bietenden Gelegenheit eine Lanze für die »zu Unrecht geschmähte« englische Küche. www.ralf-kramp.de, www.kriminalhaus.de

Tatjana Kruse, Jahrgangsgewächs aus süddeutscher Hanglage mit Migrationshintergrund (Vater Schweizer, Mutter Friesin), lebt und arbeitet in Schwäbisch Hall – kein Synonym für eine Bausparkasse, sondern die vermutlich kleinste Metropole der Welt. Sie ist anglophil, liebt Agatha Christie, *After Eight* und High Tea und schaut regelmäßig *Downton Abbey*. Seit dem Jahr 2000 schreibt sie Kriminalromane, u.a. die *Kommissar Seifferheld*-Reihe. www.tatjanakruse.de

Heidi Moor-Blank war die Schreiblust Ventil während des Rückzugs ins reine Mutterleben. Unterstützung und Inspiration gab die Mitgliedschaft bei den *Mörderischen Schwestern*. Nach der Rückeroberung des Arbeitsplatzes in einem Softwarehaus bleibt nur noch wenig Freizeit – deshalb reicht es *nur* für Krimi-Kurzgeschichten. Schließlich muss noch genügend Zeit bleiben für die weiteren Hobbys: Theater bei der *Kleinen Bühne Landau* und schwimmen und tauchen, wann immer es geht. www.heidi-moor-blank.de

Nicole Neubauer wurde 1972 geboren. Sie arbeitet als freie Autorin, Rechtsanwältin und Lektorin und ist Mitglied der *Mörderischen Schwestern* und der *Autorinnenvereinigung e.V.* Ihr Kurzkrimi *Backstage* erhielt 2011 den zweiten Platz im *Broilerbar*-Kurzgeschichtenwettbewerb. Mit dem Romanmanuskript *Kellerkind* gewann sie einen Förderplatz im Mentorenprogramm der *Mörderischen Schwestern*. Nicole Neubauer lebt mit ihrer Familie im Herzen Schwabings.

Andreas P. Pittler, geboren 1964, ist ein echter Wiener. Er studierte in seiner Heimatstadt Geschichte und in Irland bzw. Schottland den Unterschied zwischen Whiskey und Whisky. Derart illuminiert begann er mit dem Schreiben von Kriminalgeschichten. 2000 erschien sein erster Roman, *Der Sündenbock*, der überwiegend auf den britischen Inseln spielt. Seitdem sind neun weitere Romane aus seiner Feder erschienen, u.a. die *Bronstein*-Reihe, deren Band *Tinnef* 2012 für den Friedrich Glauser-Preis nominiert war. Im April 2013 kam sein neuester Roman *Der Fluch der Sirte* in die Buchhandlungen. Für sein schriftstellerisches Schaffen wurde ihm 2006 von Bundespräsident Heinz Fischer das *Silberne Ehrenzeichen für Verdienste um die Republik Österreich* verliehen.

Ingrid Schmitz wurde 1955 in Düsseldorf geboren, arbeitete dort als Speditionskauffrau bei einer kanadischen Reederei und später im sowjetischen Außenhandel. Seit 2000 ist sie hauptberuflich Autorin. Bisher veröffentlichte sie in diversen Verlagen über 50 Krimikurzgeschichten, drei Romane und vierzehn Anthologien. 2011 brachte Droemer Knaur ihre Krimi-eBook-Reihe *Mörderisch liebe Grüße* heraus. Einige Monate später erschien die von ihr geschriebene Biographie *Currywurst & Dolce Vita* über das Auswandererpärchen Didi und Hasi, bekannt durch VOX-*Goodbye Deutschland*. Ansonsten hat sie sich voll und ganz dem Krimi verschrieben, betätigt sich in diesem Genre auch als Herausgeberin und Agentin.

Ingrid Schmitz ist Mitglied bei: *Mörderische Schwestern, Syndikat, International Association of Crime Writers*. www.krimischmitz.de

Gesine Schulz wurde in Niedersachsen geboren und ist im Ruhrgebiet aufgewachsen, wo sie heute – nach mehreren Jahren im Ausland – wieder lebt. Ihr zweiter Schreibtisch steht im Südwesten Irlands – Schauplatz ihres Buches *Eine Tüte grüner Wind* und der in dieser Anthologie enthaltenen Geschichte *Bantry House Blues*. Ihre amüsanten Kurzkrimis über die Essener Privatdetektivin und Putzfrau Karo Rutkowsky wurden in zwei Bänden veröffentlicht: *Der Beuys von Borbeck* und *Grab mit Aussicht*. www.gesineschulz.com

Frauke Schuster, Jahrgang 1958, wuchs in Ägypten auf und studierte Chemie an der Universität Regensburg. Neben der Liebe zum Orient und den Naturwissenschaften spielt die Schriftstellerei eine Hauptrolle in ihrem Leben. Bisher hat sie fünf Kriminalromane veröffentlicht, daneben verfasst sie Kurzkrimis auf Deutsch und Englisch. Ihre Kurzgeschichte *Quetschkorn und blaue Bohnen* wurde für den Kärntner Krimipreis 2008 nominiert. Frauke Schuster ist Mitglied der Autorenvereinigungen *Mörderische Schwestern* und *Das Syndikat*. www.fraukeschuster.de

Klaus Stickelbroeck, geboren 1963 in Anrath, lebt in Kerken und arbeitet als Polizeibeamter in Düsseldorf. Sein erster Kriminalroman mit Privatdetektiv Hartmann, *Fieses Foul*, erschien 2007. Der dritte Hartmann-Krimi *Fischfutter* wurde 2011 für den Friedrich-Glauser-Preis als bester Kriminalroman des vergangenen Jahres nominiert. Als einer der fünf *Krimi-Cops*, fünf Polizisten aus Düsseldorf, die gemeinsam Kriminalromane schreiben, erschienen unter anderem die Krimis *Stückwerk* und *Umgelegt*. Neben seinen Romanen schreibt er witzig-spannende Kurzkrimis, von denen *Französische Versuchung* 2010 in der Anthologie *Muscheln, Mousse und Messer* erschienen ist. Er ist Mitglied im Krimi-Autorennetzwerk *Syndikat*.

J. Monika Walther, geboren 1945 in Leipzig, stammt aus einer jüdisch-protestantischen Familie, aufgewachsen in Leipzig und Berlin – und kreuz und quer in der ganzen Westrepublik. Sie lebt seit 1966 im Münsterland und den Niederlanden, arbeitet seit 1976 als Schriftstellerin: Prosa, Hörspiel, Lyrik. Und immer wieder schreibt sie Kriminalgeschichten. Sie erhielt zahlreiche Auszeichnungen und Stipendien: 2010 ein Stipendium des International writers and translators house ins Ventspils, Lettland; 2011 das Arbeitsstipendium des Landes Nordrhein-Westfalen und 2012 das Literaturstipendium als 1. Friedrichskooger Koogschreiberin. www.jmonikawalther.eu

Jutta Wilbertz studierte Theaterwissenschaft und absolvierte zusätzlich eine Schauspiel- und Gesangsausbildung in Rom und Köln. Neben Kriminalerzählungen und Kurzgeschichten schreibt sie auch mörderische und andere Chansons. Sie tritt regelmäßig mit ihren kabarettistisch-musikalischen bzw. literarisch-musikalischen Programmen auf. Lebt und überlebt mit Mann, Tochter und Hund in Köln. www.wilbertz-kunz.de; http://jutta-wilbertz.kulturserver-nrw.de/

Jennifer B. Wind, geboren 1973 in Leoben, wohnt sie heute südlich von Wien. Sie schreibt Romane für Jugendliche und Erwachsene, Drehbücher, Rezensionen und Kurztexte. Zahlreiche Veröffentlichungen von Kurzgeschichten, Ratekrimis und Rezensionen in Zeitungen, Anthologien und Magazinen. Sie ist Mitglied bei den *Mörderischen Schwestern*, den *Krimiautor/innen (A.I.E.P.)*, den *IG Autor/innen* und der *Kulturvernetzung NÖ*. Sie hat zahlreiche Preise erhalten, u. a. 2013 den Totenschmaus Kurzkrimi-Preis, 2010 den Broilerbar Kurzkrimi-Preis und im selben Jahr war sie nominiert für den Wiener Kriminachwuchspreis. www.jennifer-b-wind.com

Verzeichnis der Rezepte

Ingrid Schmitz (Hrsg.)

Muscheln, Mousse und Messer

Eine kulinarische Krimi-Anthologie

CONTE *Krimi*

220 Seiten, ISBN 978-3-941657-22-9, 12,90 €

Der Mensch isst, um zu leben; der Franzose lebt, um zu essen. Die französische Küche vereint die regionale Vielfalt an frischen, hochwertigen Zutaten mit raffinierten und kräftigen mediterranen Aromen. Die geniale Kombination, bei der einheimische Weine und Champagner nicht fehlen dürfen, beruht nicht zuletzt auf der landschaftlichen Vielfalt Frankreichs. Fruchtbare Felder, üppiges Weideland und weltberühmte Weingärten verführen zu einer Schlemmerreise durch das Land der Tafelfreuden. Kulinarische Köstlichkeiten, für die man sterben könnte ...
manche sogar sterben müssen.

Die Kriminalschriftstellerin Ingrid Schmitz hat ihre Kolleginnen und Kollegen gebeten, sich des delikaten Themas anzunehmen und ihr ein besonderes Menü zu liefern. Zusammengekommen sind sechzehn Krimikurzgeschichten nebst nachkochbaren Rezepten, serviert auf humorvolle, makabere oder tiefgründige Art.

Mit Beiträgen von: Anne Chaplet, Ina Coelen, Astrid della Giustina, Alexandra Guggenheim, Carsten Sebastian Henn, Beatrix Kramlovsky, Ralf Kramp, Tatjana Kruse, Ulla Lessmann, Susanne Mischke, Heidi Moor-Blank, Renate Müller-Piper, Niklaus Schmid, Ingrid Schmitz, Bärbel Schoening, Klaus Stickelbroeck

Die Krimireihe des Conte Verlages

Lilo Beil *Die Mauern des Schweigens*
Kommissar Gontards fünfter Fall
192 Seiten, ISBN 978-3-941657-60-1, 11,90 €

Lilo Beil *Mord auf vier Pfoten*
22 tierische Krimigeschichten
218 Seiten, ISBN 978-3-941657-88-5, 11,90 €

Gunter Gerlach *Frauen von Brücken werfen*
Händels Münchner Fall
184 Seiten, ISBN 978-3-941657-62-5, 11,90 €

Andrea Habeney *Arsen und Apfelwein*
304 Seiten, ISBN 978-3-941657-93-9, 11,90 €

Stefan Hüfner *Der Tote von Dresden*
184 Seiten, ISBN 978-3-936950-13-7, 9,90 €

Peter J. Kraus *Joint Adventure*
228 Seiten, ISBN 978-3-941657-16-8, 12,90 €

Peter J. Kraus *Cattolini erbt*
232 Seiten, ISBN 978-3-941657-65-6, 13,90 €

Gaston Leroux *Die Hölle an der Ruhr*
Rouletabille bei Krupp
180 Seiten, ISBN 978-3-941657-21-2, 11,90 €

Jens Luckwaldt *Puder und Blei*
218 Seiten, ISBN 978-3-941657-26-7, 12,90 €

Barbara Mansion *Mörderische Wallfahrt*
204 Seiten, ISBN 978-3-936950-59-5, 9,90 €

Barbara Mansion *Das Geheimnis der Burgkapelle*
198 Seiten, ISBN 978-3-941657-09-0, 12,90 €

Kerstin Rech *Schenselo*
188 Seiten, ISBN 978-3-936950-60-1, 9,90 €

Kerstin Rech *Hotel Excelsior*
232 Seiten, ISBN 978-3-936950-77-9, 11,90 €

Carolin Römer *Die irische Meerjungfrau*
Ein Fin O'Malley Krimi
306 Seiten, ISBN 978-3-941657-25-0, 13,90 €

Carolin Römer *Greed Castle*
Ein Fin O'Malley Krimi
294 Seiten, ISBN 978-3-941657-86-1, 13,90 €

Guido Rohm *Untat*
140 Seiten, ISBN 978-3-941657-78-6, 10,90 €

Dieter Paul Rudolph *Arme Leute*
210 Seiten, ISBN 978-3-941657-06-9, 12,90 €

Dieter Paul Rudolph *Pixity*
Stadt der Unsichtbaren
292 Seiten, ISBN 978-3-941657-29-8, 13,90 €

Dieter Paul Rudolph *Der Bote*
Ein Science-Fiction-Krimi
176 Seiten, ISBN 978-3-941657-61-8, 11,90 €

Elke Schwab *Kullmanns letzter Fall*
270 Seiten, ISBN 978-3-936950-71-7, 11,90 €

Elke Schwab *Tod am Litermont*
278 Seiten, ISBN 978-3-936950-74-8, 12,90 €

Elke Schwab *Hetzjagd am Grünen See*
302 Seiten, ISBN 978-3-936950-95-3, 12,90 €

Elke Schwab *Das Skelett vom Bliesgau*
282 Seiten, ISBN 978-3-941657-14-4, 12,90 €

Elke Schwab *Galgentod auf der Teufelsburg*
330 Seiten, ISBN 978-3-941657-39-7, 12,90 €

Die Krimireihe des Conte Verlages

Elke Schwab *Blutige Seilfahrt im Warndt*
320 Seiten, ISBN 978-3-941657-66-3, 13,90 €

JuttaStina Strauss *Koks und Kosakenkaffee*
Guzzos erster Fall
286 Seiten, ISBN 978-3-936950-54-0, 13,90 €

JuttaStina Strauss *Mis en Vosges*
Guzzo in Lothringen
290 Seiten, ISBN 978-3-936950-80-9, 13,90 €

Markus Walther (Hrsg.) *Letzte Grüße von der Saar*
Krimi-Anthologie, 244 Seiten, ISBN 978-3-936950-68-7, 12,90 €

Lisa Huth, Karin Mayer (Hrsg.) *Mord vor Ort*
Das Krimibuch zum Treffpunkt Ü-Wagen
230 Seiten, ISBN 978-3-941657-02-1, 12,90 €

Lisa Huth, Karin Mayer (Hrsg.) *Mord vor Ort 2*
Das zweite Krimibuch zum Treffpunkt Ü-Wagen
236 Seiten, ISBN 978-3-941657-41-0, 12,90 €

Ingrid Schmitz (Hrsg.) *Muscheln, Mousse und Messer*
Eine kulinarische Krimi-Anthologie
220 Seiten, ISBN 978-3-941657-22-9, 12,90 €

Ingrid Schmitz (Hrsg.) *Porridge, Pies and Pistols*
Eine kulinarische Krimi-Anthologie
298 Seiten, ISBN 978-3-941657-87-8, 12,90 €